A FLECHA DE OURO

Livros do autor na Coleção **L&PM** Pocket

O coração das trevas
Os duelistas
Flecha de ouro
Juventude
Tufão

JOSEPH CONRAD

A FLECHA DE OURO

Tradução de Marques Rebello

www.lpm.com.br

L&PM POCKET

Coleção L&PM Pocket, vol. 243

Título original: *Arrow of Gold*

Este livro foi publicado em formato 14 x 21, pela L&PM Editores, em junho 1984.
Tradução adquirida conforme acordo com a Editora Globo S.A.

Primeira edição na Coleção L&PM POCKET:novembro de 2001
Esta reimpressão: junho de 2008

Tradução: Marques Rebello
Revisão: Delza Menin e Renato Deitos

ISBN 978-85-254-1073-3

C754f	Conrad, Joseph, 1857-1924. pseud. A flecha de ouro / Józef Konrad Korzeniowski; tradução de Marques Rebello. -- Porto Alegre: L&PM, 2008. 304 p. ; 18 cm -- (Coleção L&PM Pocket) 1. Ficção inglesa-Romances de aventuras. 2. Korzeniowski, Józef Konrad, 1857-1924. I. Título. II. Série. CDD 823.87 CDU 820-311.3

Catalogação elaborada por Izabel A. Merlo, CRB 10/329.

© L&PM Editores, 2001

Todos os direitos desta edição reservados a L&PM Editores
Rua Comendador Coruja 314, loja 9 – Floresta – 90.220-180
Porto Alegre – RS – Brasil / Fone: 51.3225.5777 – Fax: 51.3221-5380

Pedidos & Depto. Comercial: vendas@lpm.com.br
Fale conosco: info@lpm.com.br
www.lpm.com.br

Impresso no Brasil
Outono de 2008

APRESENTAÇÃO

PEQUENOS NAUFRÁGIOS

Eduardo Bueno

Nascido nos contrafortes dos Cárpatos, numa região agreste distante tanto do Mar Negro como do Báltico, criado num país sem costas litorâneas, filho de uma família sem nenhuma tradição náutica, Józef Teodor Konrad Nalecz Korzaeniowski tomou a surpreendente decisão aos 15 anos: trocaria a casa do tio por portos longínquos. Singraria os mares em navios mercantes. Conheceria o mundo; suas ilhas exóticas e praias intocadas. Não passava de um garoto de 15 anos, órfão de pai e mãe, mas estava firmemente decidido: seria um marinheiro.

Józef Teodor nascera em 3 de dezembro de 1857, em Berdichev, na Ucrânia Polonesa, filho de um fazendeiro com modestas tendências literárias. Sob dominação russa, a região vivia em constante efervescência revolucionária. Ao participar de um movimento pela independência da Polônia, o pai foi exilado no norte da Rússia. Pouco mais tarde, morreu a mãe. O jovem Conrad, então com nove anos, foi enviado para a Cracóvia para ser criado pelo tio, Tadeuz Bobrowaski. Em fins de 1872, farto do ambiente geográfico e existencialmente cinzento, anunciou que deixaria o lar, "para tornar-se um homem do mar".

Mesmo fogoso e ativo, Conrad teve que esperar dois anos para concretizar o sonho. Em 1874, aos 17 anos, porém, trocava o inverno polonês pelas perigosas ruas portuárias varridas pelo vento mistral da cidade de Marselha, na França. Lá, alistou-se em barcos franceses e por duas vezes viajou para a América do Sul e Antilhas. Foi no retorno da segunda viagem, em fins de 1875, num bar da zona portuária, na rua

Cannebière, em Marselha, que Conrad envolveu-se numa das mais intensas aventuras de sua existência atribulada.

Nesta época, como coloca na Nota Introdutória do livro, os amigos o julgavam "como quem devesse ser dado por perdido", já que, para eles, era como se o velho companheiro houvesse "enveredado por um deserto impenetrável". O próprio autor considerava-se "como o pombo que foi embora, daquela velha fábula". Solitário, num bar quase vazio, numa noite fria de carnaval, quando havia no ar "um tom de loucura", o jovem marinheiro trava conhecimento com dois personagens importantes do chamado movimento Legitimista – como se autodenominava o grupo que lutava por Don Carlos de Bourbon, pretendente ao trono da Espanha.

Também em sua introdução, Conrad comenta que "a história nada tem a ver com essa narrativa, que não pretende justificar ou condenar". Mas o fato é que alguns esclarecimentos históricos são necessários para situar melhor o romance.

O Carlismo foi um movimento de fundo político e religioso bastante conservador. Durante anos manteve forças paramilitares bem armadas e treinadas, tentando aproveitar-se de quase todos os períodos de turbulência na vida política espanhola para tomar o poder. Foi assim em 1827-39, 1868-76, 1898-1902, 1931-36. Durante a sangrenta guerra civil de 36, os carlistas integraram-se às falanges fascistas de Franco e foi quando chegaram mais próximos de seu objetivo: durante vários anos mantiveram oficiais de alta patente no exército espanhol. Na verdade, ecos do movimento prolongam-se até os dias de hoje, uma vez que o rei Juan Carlos é neto de Afonso XIII, exilado durante o golpe de 36, mas reconhecido pelos carlistas como o verdadeiro rei.

Essa história de conflitos e matanças começou em 1827, com o surgimento do grupo Apostólico, de formação fervorosamente católica e contrário ao Liberalismo, e de seu braço armado paramilitar: os Voluntários Legalistas. A primeira guerra carlista explodiu em 1833, quando o rei Ferdinando VII, baseado na Sanção Pragmática de Carlos IV (assinada em 1789), decidiu que seria sucedido por sua filha Isabella, de três anos. Indignado, o irmão mais moço Don Carlos invoca a Lei Sálica (introduzida na Espanha em 1713, por Felipe V) e exige seus direitos como "sucessor legítimo".

A ideologia carlista, bastante forte nas províncias do norte e do leste, baseava-se numa religiosidade católica radical quase obscurecida, na descentralização política e num nacionalismo fervoroso que, no entanto, respeitava a autonomia de bascos e catalãos. O rei era a personificação da soberania nacional para "combater os excessos do Liberalismo".

A narrativa de *A flecha de ouro* passa-os durante a segunda guerra carlista, de 1872 a 76. As escaramuças começaram em 1868, com a deposição de Isabella II, e só terminaram com a posse de seu filho Alfonso XII, reconhecido pelos carlistas. Na época em que o jovem Conrad encontrava-se em Marselha, porém, a guerra atravessava seu período mais violento. Encurralados nos vales e montanhas de fronteira com a França, os carlistas necessitavam de um abastecimento de armas e munições. O melhor caminho era marítimo: mas tanto o embarque quanto o desembarque exigiam uma dose bastante grande de coragem e sangue-frio.

Conrad tinha apenas 19 anos, nenhuma convicção política e, no entanto, aceitou a árdua tarefa. Qual o motivo que o levava a juntar-se a um grupo ultraconservador com o qual não compartilhava nenhuma idéia política? O leitor encontrará a resposta nas primeiras páginas do livro: Conrad apaixonara-se por uma das líderes do movimento, a deslumbrante Doña Rita – o personagem mais enigmático e fascinante deste *A flecha de ouro*. A paixão explosiva e intensa fez com que esse período da vida do escritor tivesse um desfecho trágico: uma tentativa de suicídio, em fins de 1877. No ano seguinte, refeito, o jovem marinheiro embarcaria num veleiro inglês para desembarcar em Suffolk, Inglaterra, falando apenas poucas palavras da língua na qual se tornaria um grande mestre.

Somente em 1919, quando sua reputação como escritor já estava definitivamente estabelecida, Conrad sentiu-se maduro para narrar os episódios que vivera no sul da França, naquele tumultuado final da adolescência. Tinha então 62 anos e a paixão por "Doña Rita" já não poderia abalá-lo. Menos famoso do que *Lord Jim* (1900), *Nostromo* (1904) e *Vitória*

(1915), o livro contém todos os ingredientes de uma trama tipicamente conradiana: dramas envolvendo delações, ambição e violência, a fina análise moral de cada personagem, as sutilezas estilísticas típicas de um mestre e uma boa dose de aventura, entre "todos aqueles políticos, arcebispos, generais, monges, guerrilheiros, contrabandistas de terra e mar, agentes suspeitos, especuladores tenebrosos e trapaceiros indubitáveis".

Traduzido com perfeição em 1940, por Marques Rebello (1907-1973), grande escritor e jornalista brasileiro, autor entre outros do clássico *A estrela sobe*, *A flecha de ouro* é mais um dos livros de Conrad na coleção L&PM POCKET. Seus livros são viagens profundas pelo universo de personagens desvalidos, constantemente atormentados em seus pequenos naufrágios.

E.B.
primavera de 1984

A FLECHA DE OURO

Nota Introdutória

As páginas que se seguem foram extraídas de um alentado manuscrito que aparentemente estava destinado a uma única mulher. Ela parece ter sido a amiga de infância do respectivo autor. Separaram-se quando ainda crianças, ou pouco mais que isso. Passaram-se anos. E eis que surgiu uma circunstância que veio relembrar a essa mulher o companheiro dos verdes anos. Escreveu-lhe ela então: "Tenho ouvido falar de você ultimamente. Sei onde a vida o conduziu. Você, sem dúvida, trilhou o caminho que havia escolhido. Mas a nós, que ficamos para trás, sempre nos pareceu que você se havia metido por um deserto impenetrável. Sempre o consideramos como quem devesse ser dado como perdido. Mas você voltou, e, embora seja possível que jamais nos tornemos a ver, tenho saudades suas e confesso-lhe que gostaria de conhecer os incidentes ocorridos no caminho que o levou ao ponto em que agora se acha".

Ele respondeu assim: "Creio ser você a única criatura ainda existente que se lembre dos meus tempos de criança. Tive notícias suas vez por outra, mas tinha a curiosidade de saber como você é atualmente. Talvez que, se o soubesse, não ousasse tomar da pena. Mas não sei. Apenas me recordo de que éramos grandes amigos. Com efeito, tinha-lhe muito mais amizade do que aos meus irmãos. Mas sou como o pombo que foi embora, como naquela velha fábula. Se algum dia me resolver fazer-lhe esta narrativa, hei de gostar que você se sinta presente nela. É possível que eu abuse da sua paciência contando-lhe a história da minha vida, que tanto difere da sua, não só no conjunto dos fatos, mas também no seu próprio sentido. Talvez você não compreenda. É ainda possível que se escandalize. Digo tudo isso a mim mesmo, mas sei que vou sucumbir. Lembro-me perfeitamente de que você, naquele tempo, quando tinha mais ou menos quinze anos, sempre conseguia obrigar-me a fazer o que muito bem entendia".

Ele sucumbiu. Começa a narrativa que faz a ela com a descrição minuciosa dessa aventura que levou cerca de doze meses a realizar-se. Na forma em que se apresenta aqui, foi despojada de todas as alusões ao passado comum a ambos, de todos os desvios, comentários ou explicações relacionados diretamente com a amiga de infância. Mas, mesmo como está, conserva uma extensão considerável. Parece que ele não tinha apenas memória, mas sabia ainda como apelar para as suas recordações. No entanto, nesse ponto, as opiniões podem variar.

Essa aventura, a sua primeira grande aventura, como ele a denomina, começa em Marselha. E aí termina, também. Contudo, poderia ter ocorrido em qualquer lugar. Isso não significa que os personagens que nela figuram tivessem podido encontrar-se no puro espaço. O local teve uma importância decisiva. Quanto à época, é facilmente determinada, de acordo com os acontecimentos, entre 1870 e 1880, quando Don Carlos de Bourbon, encorajado pela reação geral da Europa inteira contra os excessos do republicanismo comunista, fez a tentativa de reconquistar o trono espanhol, de armas na mão, por entre as montanhas e os desfiladeiros de Guipuzcoa. Trata-se talvez do último exemplo de aventura de um pretendente à coroa que a história registra, com esse tom grave de desaprovação que lhe é peculiar, mas onde se nota um pesar envergonhado pelo romanesco que vai desaparecendo. É que os historiadores, nesse particular, não se distinguem do comum dos mortais.

No entanto, a história nada tem a ver com esta narrativa. Nem se pretende aqui justificar ou condenar. O máximo que o autor espera é um pouco de simpatia pela sua juventude já morta e enterrada, e que ele revive ao terminar a sua insignificante trajetória nesta terra. Estranha personalidade – todavia não muito diferente de cada um de nós.

A propósito de certos fatos, é conveniente acrescentar algumas palavras elucidativas.

Pode parecer que ele tenha mergulhado de modo muito repentino nessa longa aventura. Mas, a julgar por certas passagens (suprimidas aqui por contarem assuntos sem importância), nota-se claramente que, na ocasião do seu encontro no café, Mills já havia formado, fosse como fosse, uma idéia nítida desse rapaz ardente que lhe tinham apresentado num salão ultralegitimista. O que Mills soubera dava-lhe a impressão de um jovem que havia chegado com excelentes credenciais, e que parecia fazer o possível para estragar a vida de modo excêntrico, em companhia de gente boêmia (pelo menos um poeta surgiu desse meio mais tarde), e que, por outro lado, fizera amizade com gente da cidade velha, pilotos, marinheiros, operários de toda espécie. Pretendia mesmo, de modo um tanto absurdo, ser homem do mar, e já lhe atribuía uma aventura mal definida e um tanto ou quanto ilegal no Golfo do México. Ocorreu logo a Mills que esse rapaz excêntrico era exatamente o elemento necessário para aquilo que os legitimistas faziam tanta questão nessa época, isto é, organizar um reabastecimento por mar, de armas e munições, para os destacamentos carlistas que se achavam no sul. Era precisamente para conferenciar com Doña Rita sobre esse assunto que o capitão Blunt fora enviado pelo quartel-general.

Mills pôs-se logo em contato com Blunt e apresentou-lhe a sua sugestão. O capitão concordou. Na verdade, naquela tarde de carnaval, tanto Mills quanto Blunt haviam procurado o homem em questão por toda parte. Haviam decidido arrastá-lo, caso possível, para essa aventura. Blunt, naturalmente, desejava vê-lo, antes de mais nada. Provavelmente considerou-o como um elemento promissor, mas, sob outro ponto de vista, não perigoso. Foi assim que, com essa facilidade leviana, surgiu o notável (e ao mesmo tempo misterioso) *Monsieur George* – ao contato de dois espíritos que de modo algum se importavam com o que lhe pudesse acontecer.

O intuito de ambos explica o tom de intimidade que adquiriu a primeira conversa que tiveram e o súbito aparecimento da história de Doña Rita. Mills, evidentemente, desejava ouvir tudo a respeito. Quanto ao capitão Blunt, suspeito que, nessa ocasião, não pensava noutra coisa. Além disso, era a Doña Rita que competia persuadir o rapaz, pois, afinal de contas, tal empresa, com os seus riscos gravíssimos, não era nenhuma bagatela a se propor a um homem – por mais moço que fosse.

Não se pode negar que Mills dê a impressão de ter agido de modo pouco escrupuloso. Ele mesmo parece ter tido consciência disso, em determinada ocasião, quando se dirigiam de carro ao Prado. Mas talvez que Mills, com o seu poder de penetração, compreendesse muito bem a natureza com que estava tratando. É bem possível que a tenha invejado. Mas não é meu propósito desculpar Mills. Quanto àquele que podemos considerar como vítima de Mills, é óbvio que jamais lhe ocorreu a menor idéia de censura. Para ele, Mills não podia ser criticado. Exemplo notável do ascendente que uma forte individualidade pode exercer sobre um jovem.

Primeira parte

I

Certas ruas têm uma atmosfera que lhes é peculiar, gozando de uma espécie de fama universal e da afeição particular dos habitantes da cidade. A Cannebière é uma dessas ruas, e o adágio: "Se Paris tivesse uma Cannebière, seria uma pequena Marselha", é a expressão jocosa do orgulho municipal. Também eu sofri a sua fascinação. Ela foi para mim uma rua que me levava ao desconhecido.

Havia um determinado ponto da Cannebière em que se viam nada menos que cinco grandes cafés numa fileira resplandecente. Naquela noite, entrei casualmente num deles. Não havia muita gente. Parecia até vazio, a despeito do aspecto festivo e do excesso de luz. Fazia bastante frio naquela rua maravilhosa (era uma noite de carnaval), eu não tinha o que fazer, e sentia-me só. Por isso entrei ali e sentei-me.

O carnaval estava acabando. Toda a gente, de classe ou não, queria aproveitar os últimos momentos. Grupos mascarados, de braço dado, gritando como peles-vermelhas, varriam as ruas em correrias loucas, enquanto as rajadas de um mistral frio faziam estremecer, a perder de vista, a luz dos lampiões de gás. Havia em tudo aquilo um tom de loucura.

Talvez fosse esse o motivo da minha impressão de achar-me só, visto que não estava nem mascarado nem disfarçado; tampouco berrava, não me encontrando de modo algum em harmonia com o elemento desvairado da vida. Mas não estava triste. Achava-me apenas num estado de serenidade. Acabava de voltar da minha segunda viagem às Antilhas. Havia ainda nos meus olhos o esplendor tropical, estava com a memória cheia de aventuras que, legítimas ou não, tinham o seu encanto e o seu interesse emotivo, pois que me haviam comovido um pouco e me divertiram bastante. No entanto me tinham deixado intacto. Eram com efeito aventuras passadas com outros e não comigo. Se excetuarmos um ligeiro hábito de responsabilidade que eu tinha adquirido, elas não me amadureceram. Estava tão jovem quanto antes. Inconcebivelmente jovem – ainda magnificamente displicente –, infinitamente receptivo.

Poderão acreditar que eu não estava pensando em Don Carlos, nem na luta em que ele se empenhava para conquistar um reino. Por que havia de pensar? Não há nenhuma necessidade em pensar-se naquilo que aparece diariamente nos jornais e em todas as conversas. Tinha pago algumas visitas depois do meu regresso, e a maioria das minhas relações compunha-se de legitimistas, que se interessavam profundamente nos acontecimentos da fronteira espanhola, por motivos políticos, religiosos ou apenas românticos. Quanto a mim, não estava interessado: não era, talvez, suficientemente romântico. Ou então, quem sabe? – seria ainda mais romântico do que toda aquela boa gente. O fato é que a aventura me parecia vulgar. Esse homem não fazia mais do que cumprir com o seu dever de pretendente.

Na capa de um jornal ilustrado que vi em cima de uma mesa próxima, ele se mostrava bastante pitoresco, sentado num rochedo: era um homem forte, de barba quadrada, e apoiava as mãos no copo de um sabre de cavalaria, tudo isso se destacando sobre um fundo de montanhas selvagens. Minha atenção fora atraída por aquela esplêndida gravura em madeira (nesse tempo ainda não se faziam reproduções tolas de instantâneos). Tratava-se evidentemente de um pouco de romance para uso dos monarquistas, mas seja como for atraiu a minha atenção.

Nessa ocasião, alguns mascarados vindos da rua invadiram o café, dançando de mãos dadas e conduzidos por um homem robusto com um nariz de papelão. Este fazia piruetas doidas, e atrás dele vinham umas vinte pessoas, quase todas fantasiadas de *pierrot* e *pierrette*, numa farândula que serpenteava por entre as mesas e cadeiras; os olhos brilhavam através dos orifícios das máscaras de papelão, a respiração era ofegante, mas todos se mantinham num silêncio misterioso.

Era gente de poucos recursos, com fantasias de morim branco salpicado de manchas vermelhas, mas no meio deles havia uma moça vestida de negro com crescentes dourados, de gola alta e saia muito curta. A maioria dos freqüentadores habituais do café não se dignou a levantar os olhos do jogo ou dos jornais. Eu, estando só e sem nada que fazer, contemplei-os vagamente. A moça fantasiada de Noite usava uma pequena máscara de veludo preto, que se chama em francês *loup*. O que não consigo compreender é a razão que levou essa deliciosa criaturinha a juntar-se a um grupo tão vulgar. A boca e o queixo descobertos sugeriam uma graça requintada.

Eles desfilaram pela minha mesa; a Noite notou talvez o meu olhar fixo, e inclinando-se um pouco para a frente, fez-me uma careta, pondo para fora uma lingüinha que parecia um dardo róseo. Fui apanhado de improviso, e não tive sequer o tempo de dar-lhe um *très joli* de aprovação, pois ela já se tinha afastado, saltitando. Depois de tal prova de interesse, eu não podia deixar de segui-la com o olhar até a porta onde a cadeia se desfazia e os mascarados tentavam sair todos ao mesmo tempo. Dois senhores que vinham da rua ficaram embaraçados nessa confusão. A Noite (que parecia ter essa mania) fez-lhes a mesma careta, pondo a língua de fora. O mais alto dos dois, que estava de casaca e com o sobretudo muito aberto, com grande presença de espírito, fez-lhe festinhas no queixo, e nesse momento pude notar, naquele rosto magro e sombrio, o rebrilhar de uma fileira de dentes muito brancos. O outro cavalheiro era bem diferente: louro, de rosto liso e corado, e espadaúdo. Usava um terno cinzento, evidentemente comprado pronto, pois parecia muito apertado para sua opulenta envergadura.

Esse homem não me era de todo desconhecido. Durante toda ou quase toda a semana anterior eu o havia procurado em tudo quanto era lugar público onde é possível encontrar-se gente numa cidade provinciana. Eu o vira pela primeira vez, trajado com esse mesmo terno cinzento comprado feito, num salão legitimista onde, visivelmente, era motivo de curiosidade, sobretudo por parte do elemento feminino. Percebi que se chamava Monsieur Mills. A dama que o havia me apresentado aproveitou a oportunidade para cochichar-me ao ouvido: "um proche parent de lord X..." e acrescentara, revirando os olhos: "Um grande amigo do rei", dando a entender, evidentemente, que se referia a Don Carlos.

Observei o "proche parent", não por causa do seu parentesco, mas porque estava entusiasmado com o seu ar de desembaraço, a despeito da corpulência e da roupa tão apertada. Mas nessa ocasião a mesma dama acrescentou:

"Ele chegou aqui como *un naufragé*".

Fiquei então verdadeiramente interessado. Jamais tivera oportunidade de ver alguém que houvesse escapado a um naufrágio. O meu espírito de aventura despertou. Eu considerava um naufrágio como um acontecimento inevitável, mais cedo ou mais tarde, no meu futuro.

Enquanto isso, o homem que adquirira aos meus olhos tanta distinção olhava calmamente em torno, e só falava quando alguma das senhoras presentes lhe dirigia pessoalmente a palavra. Havia mais de uma dezena de pessoas naquele salão, na maioria senhoras que comiam doces e conversavam com grande entusiasmo. Dir-se-ia um *comité* carlista de caráter particularmente ridículo. Apesar da minha mocidade e inexperiência, esse aspecto não me passou despercebido. E naquela sala eu era muitíssimo mais moço que qualquer outro. O tranqüilo Monsieur Mills intimidava-me um pouco pela sua idade (devia ter trinta e cinco anos, suponho), bem como pela sua maciça serenidade e os seus olhos claros e atentos. Mas a tentação era demasiado forte – e dirigi-me a ele impulsivamente, interrogando-o sobre o tal naufrágio.

Virou para mim o seu rosto largo e corado, tendo no olhar penetrante uma expressão de surpresa, mas esse olhar (como se me houvesse atravessado de repente sem nada encontrar de repreensível) tomou de súbito uma expressão cordial. A propósito do tal naufrágio não me contou grande coisa. Apenas me disse que não se dera no Mediterrâneo, mas do outro lado do Sul da França – no Golfo de Biscaia. "Mas este lugar não é apropriado para se fazer uma narrativa dessa espécie", observou, olhando em torno do salão com um leve sorriso tão atraente quanto o resto da sua personalidade ao mesmo tempo rústica e distinta.

Manifestei o meu pesar: gostaria de ouvir a história com todos seus pormenores, ao que me respondeu que não era nenhum segredo, e que, talvez, na próxima vez em que nos encontrássemos...

– Mas onde poderemos nos encontrar? – exclamei. – Não costumo freqüentar esta casa, o senhor sabe.

– Onde? Ora, na Cannebière, naturalmente. Toda a gente se encontra pelo menos uma vez por dia na calçada fronteira à Bourse.

Era verdade. Mas, embora eu o procurasse nos dias que se seguiram, foi-me impossível encontrá-lo nas horas habituais. Os meus companheiros de ociosidade (e nessa ocasião todo o meu tempo era de ociosidade) notaram a minha preocupação e troçaram comigo. Queriam saber se aquela a quem eu procurava era loura ou morena; se a fascinação que me trazia numa angústia de expectativa era uma das minhas aristocratas ou uma beleza do meio marítimo, pois sabiam que eu estava com um pé em cada um desses dois mundos, se é que me devo exprimir assim. Quanto a eles, constituíam o mundo da boêmia, que não era muito vasto, onde éramos uma meia dúzia, sob a direção de um escultor que chamávamos de Prax, por abreviatura. Eu era cognominado de "Jovem Ulisses", e gostava desse apelido.

Mas, com troça ou sem ela, eles ficariam bastante surpreendidos ao ver-me abandoná-los pelo corpulento e simpático Mills. Estava pronto a largar a companhia fácil dos meus semelhantes para manifestar àquele cavalheiro o mais vivo respeito. Não era precisamente por causa do tal naufrágio. Atraía-me e interessava-me sobretudo em virtude da sua natureza esquiva. O temor de que ele pudesse partir de repente para a Inglaterra ou para a Espanha provocava-me uma espécie de desânimo ridículo, como se com isso eu perdesse uma oportunidade única. E foi com uma reação jubilosa que me atrevi a fazer-lhe um sinal com a mão através da sala do café.

Confundi-me logo depois, quando o vi dirigir-se para a minha mesa em companhia do amigo, o qual era de uma elegância notável, parecendo uma dessas figuras que se costumam ver, numa bela noite de maio, pelas imediações da Ópera de Paris. Era na verdade bem parisiense. E no entanto não me deu a impressão de ser tão francês quanto devia, como se a nacionalidade pudesse ter diferentes graus de perfeição. Quanto a Mills, era perfeitamente insular. Não podia haver a menor dúvida a seu respeito. Ambos dirigiram-me um leve sorriso. O corpulento Mills fez a apresentação: "Capitão Blunt".

Apertamo-nos as mãos. Esse nome não me dizia grande coisa. O que me surpreendeu foi o fato de Mills lembrar-se tão bem do meu. Não quero gabar a minha modéstia, mas parecia-me que dois ou três dias fossem mais do que suficientes para que um homem como Mills se esquecesse até da minha existência. Quanto ao capitão, fiquei impressionado, ao examiná-lo de mais perto, pela perfeita correção da sua personalidade. A indumentária, o todo esbelto, as feições regulares, delicadas, a pele queimada pelo sol, a atitude, era tudo tão correto que só se salvava do perigo da banalidade pelos olhos negros de vivacidade pouco comum no sul da França e ainda menos na Itália. Além disso, considerado como um oficial em traje civil, não parecia suficientemente profissional. Esta imperfeição não deixava também de ter o seu interesse.

Poder-se-á pensar que estou sutilizando as minhas impressões propositalmente, mas o fato é que uma pessoa que levou uma existência rude, muito rude mesmo, só chega a considerar dignos de interesse e de lembrança os detalhes sutis das personalidades, dos encontros e dos acontecimentos. Essa noite – compreenda-se – foi a última noite da parte de minha vida em que eu não conhecia aquela mulher. Aquelas horas foram como que as últimas de uma existência prévia. Não é culpa minha se esses momentos não ficaram associados, na ocasião decisiva, a qualquer coisa de melhor do que os esplendores vulgares de um café dourado e o clamor desvairado do carnaval da rua.

Nós três, no entanto (quase que completamente estranhos uns aos outros), assumíramos atitudes de uma grave amabilidade em torno da mesa. Um garçom aproximou-se para perguntar o que desejávamos, e foi então que, quando pedi café, a primeira coisa que eu soube do capitão Blunt é que ele sofria de insônia. Na sua maneira imperturbável, Mills pôs-se a encher o cachimbo. Fiquei logo extremamente embaraçado, e positivamente aborrecido quando vi o nosso Prax entrar no café com uma espécie de roupa medieval, muito parecida com a que Fausto usa no terceiro ato, e que, sem dúvida alguma, se destinava a algum Fausto de ópera. Trazia flutuando nas espáduas um largo manto. Encaminhou-se teatralmente para a nossa mesa, e dirigindo-se a mim como "Jovem Ulisses", propôs-me que fôssemos passear nos campos de asfalto para colher algumas margaridas a fim de enfeitar uma ceia verdadeiramente infernal que se organizava do outro lado da rua, no sobrado da Maison Dorée. Abanando a cabeça e com olhares indignados, dei-lhe a perceber que não estava só. Ele recuou um passo, como que surpreso pela descoberta, tirou-me a gorra de veludo enfeitada de plumas com uma saudação profunda.

Enquanto isso, o bem-educado mas rústico Mills estivera muito ocupado em acender o cachimbo, e o distinto capitão esboçava um discreto sorriso. Estava profundamente vexado, e pedi desculpas pela intrusão, dizendo que aquele rapaz era um futuro grande escultor e de todo inofensivo, mas que com certeza o ar da noite subira-lhe à cabeça.

Mills contemplou-me com os seus olhos azuis tão amigáveis mas tremendamente penetrantes, através da nuvem do fumo que se formara em torno da sua cabeça. O sorriso do capitão esbelto e moreno adquiriu uma expressão cordial. Poderia saber por que fora eu chamado de "Jovem Ulisses" pelo meu amigo? – E imediatamente observou, num tom de urbanidade jovial, que Ulisses era um personagem astucioso. Mills não me deu tempo de responder. Disse de improviso: "'Esse grego dos velhos tempos era famoso como viajante – foi o primeiro da história". E com a mão que segurava o cachimbo fez um gesto vago na minha direção.

– Ah! *Vraiment*! O polido capitão mostrava-se incrédulo e como que enfastiado. – O senhor é homem do mar? Mas, diga-me, em que sentido? – falávamos francês, e ele empregou a expressão *homme de mer*.

Mills manifestou-se mais uma vez: – No mesmo sentido em que você é militar (*homme de guerre*).

Foi então que ouvi o capitão Blunt proferir uma das suas contundentes declarações. Ele tinha duas a fazer, e a primeira foi esta:

– Vivo da minha espada.

Isto foi dito com um charme extraordinário, o que, acrescido à importância do assunto, cortou-me a respiração. Eu não podia fazer outra coisa a não ser olhar fixamente para ele, que acrescentava, com mais naturalidade ainda: – Segundo Regimento de Cavalaria de Castela. – E depois, acentuando bem as palavras, em espanhol: – *En las filas legitimas*.

Ouviu-se então a voz de Mills, imóvel como Júpiter dentro da sua nuvem:

– Ele está aqui de licença.

– Evidentemente, não vou apregoar isso pelas ruas – observou-me categoricamente o capitão –, da mesma forma que o nosso amigo não propala a sua aventura do naufrágio. Não devemos abusar da tolerância das autoridades francesas. Não seria muito correto – nem muito garantido tampouco.

Fiquei de repente muitíssimo encantado com a minha nova companhia. Um homem "que vivia da espada", diante de mim, ali bem ao meu lado! Dizer-se que tais criaturas ainda existiam no mundo! Eu não nascera, então, demasiado tarde! E do outro lado da mesa, com o seu ar de benevolência atenta, suficiente por si para despertar interesse, achava-se um homem com a história de um naufrágio que não podia ser propalada pelas ruas. Mas por quê?

Compreendi muito bem o motivo quando me disse que embarcara no *Clyde* a bordo de um pequeno vapor fretado por um parente seu, "pessoa muito rica", observou (lorde X, provavelmente, pensei), para transportar armas e outras provisões para o exército carlista. Não se tratava de um naufrágio no sentido comum da palavra. Tudo andara bem até o último momento quando de repente o *Numância* (couraçado republicano) surgiu, perseguiu-os, e obrigou-os a arribar na costa francesa ao sul de Baiona. Em poucas palavras, mas com um senso muito justo da aventura, Mills descreveu-nos como conseguiu nadar até a praia, tendo como roupa simplesmente um cinturão e um par de calças. Os obuses caíam em volta dele até que uma canhoneira francesa saiu de Baiona e expulsou o *Numância* das águas territoriais.

Tudo isso era muito interessante, e eu estava fascinado pela visão desse homem tão calmo arrastado pela ressaca e, sem fôlego, tomar pé, com a indumentária descrita, nas belas terras de França, no papel de contrabandista de munições de guerra. Entretanto, não fora preso nem expulso, visto que ali estava diante de mim. Mas por que, e de que forma tinha vindo para tão longe do teatro da sua aventura? A pergunta era interessante, e eu o interroguei com uma indiscrição tão ingênua que ele não pareceu escandalizado. Disse-me que o navio, tendo apenas dado à costa, mas não afundado, o carregamento de contrabando que havia a bordo estava sem dúvida em boas condições. A alfândega francesa pusera guardas a bordo. Se a sua vigilância pudesse ser..., digamos, distraída por um meio qualquer, ou pelo menos afrouxada, um bom número de fuzis e cartuchos poderia passar calmamente, durante a noite, para bordo de certos barcos de pesca espanhóis. Com outras palavras, esse material seria assim salvo para a causa carlista. Ele achava a coisa exeqüível...

Eu disse, com uma gravidade profissional, que isso era sem dúvida possível, contanto que se pudesse contar com algumas noites bem calmas, o que é raro naquela costa.

Mr. Mills não tinha medo dos elementos. Mas, na sua opinião, era preciso começar entrando em algum entendimento com o pessoal da alfândega francesa, que era de um zelo altamente inconveniente.

– Mas que diabo! – exclamei surpreendido – o senhor não pode subornar a alfândega francesa. Isto aqui não é uma república sul-americana.

– Isto é mesmo uma república? – murmurou, muito preocupado em sugar o seu cachimbo de madeira.

– Ora, então não é?

Ele murmurou de novo:

– Oh, tão pouco!

Pus-me então a rir e ele aí manifestou um ar levemente irônico. Não. Não se tratava de subornar, admitia. Mas havia muitas simpatias legitimistas em Paris. Uma pessoa em condições poderia pôr essas simpatias em movimento, e se viesse de cima uma insinuação para que os funcionários do lugar não se preocupassem demasiado com aquele naufrágio...

O mais interessante era o tom frio e refletido desse projeto inverossímil. Mr. Blunt estava sentado perto de mim e, com um ar abstrato, contemplava a sala de um lado para outro; e foi ao contemplar o róseo pé de uma deusa cheia de carnes, encurtada pela perspectiva, figurando numa enorme composição de estilo italiano pintada no teto, que ele deixou escapar, como que por acaso estas palavras: "Ela arranjará isso para você com toda a facilidade".

– Todos os agentes carlistas em Baiona me deram essa certeza – disse Mills. – Teria ido diretamente a Paris se não me tivessem dito que ela havido fugido para cá, fatigada, aborrecida, a fim de repousar. – A informação não era muito animadora.

– Essas fugas são bem conhecidas – murmurou Blunt.

– Você há de vê-la.

– Sim. Eles me disseram que você...

– O senhor quer dizer – interrompi – que está contando com uma mulher para arranjar este negócio?

– Isto, para ela, é uma bagatela – observou Blunt quase com indiferença. – Nessa modalidade de negócios, as mulheres levam vantagem. Têm menos escrúpulos.

– Mais audácia – acrescentou Mills quase num sussurro.

Blunt ficou um momento em silêncio, e depois disse-me, num tom da maior cortesia: – Você compreende, um homem pode, de repente, levar um pontapé que o ponha pela escada abaixo.

Esta observação chocou-me, embora não tivesse razão de ser. Mas ele não me deu tempo de dar a menor resposta. Indaguei, com extrema polidez, quais os meus conhecimentos sobre as repúblicas sul-americanas. Confessei que sabia muito pouco a respeito. Vagueando pelo Golfo do México, havia observado um pouco; entre outros lugares, tinha estado alguns dias no Haiti, que era única no gênero, por se tratar de uma república negra. Nesse ponto o capitão Blunt pôs-se a falar muito dos negros. Falava com conhecimento de causa, com inteligência, e com uma espécie de afeição desdenhosa. Contou anedotas. Interessei-me, embora um tanto incrédulo e bastante surpreendido. Esse homem, de aspecto tão *boulevardier* que até parecia um exilado em cidade de província, esse homem com os seus modos finos de sociedade – que noção poderia ter dos negros?

Mills, em silêncio e atento, parecia ler os meus pensamentos. Sacudiu um pouco o cachimbo e explicou: – O capitão é da Carolina do Sul.

– Ah! – murmurei. Então, depois de uma brevíssima pausa, ouvi a segunda das declarações de J. K. Blunt:

– Sim – disse –, *je suis Américain, catholique et gentilhomme* – num tom que contrastava de tal forma com o sorriso que acompanhava essas palavras que fiquei embaraçado, sem saber se devia retribuir esse sorriso, ou curvar-me gravemente. Evidentemente, não fiz uma coisa nem outra, e pairou entre nós um silêncio flácido e equívoco, que serviu, aliás, para que abandonássemos o idioma francês na nossa conversa. Fui o primeiro a falar, propondo que ceassem comigo, não do outro lado da rua, por causa das turbulências das ceias "infernais", mas num estabelecimento muito mais seleto, situado numa rua transversal, afastada da Cannebière. Sentia-me um pouco vaidoso por poder dizer que tinha sempre uma mesa reservada no Salon des Palmiers, também chamado Salon Blanc, onde o ambiente era legitimista e, além disso, muito distinto – mesmo durante o carnaval.

– Noventa por cento dos que lá se encontram – disse eu – são da mesma opinião política que os senhores, se é que isso pode servir de estímulo. Venham. Vamos nos divertir.

Eu não estava particularmente animado. O que desejava era permanecer na companhia deles, e dissipar a inexplicável sensação de constrangimento que me tomava. Mills olhava-me com insistência, amavelmente, com um leve sorriso.

– Não – disse Blunt. – Por que haveríamos de ir lá? Apenas para que nos ponham pela porta afora a estas horas, e depois teremos que ir para casa e enfrentar a insônia. Pode-se imaginar coisa mais nojenta?

Sorria enquanto falava, mas o olhar que os seus olhos profundos lançavam não estava de acordo com a expressão de polidez extravagante que ele procurava dar-lhes. Sugeriu outra coisa. Por que não íamos ao seu apartamento? Tinha lá o necessário para preparar um prato de sua invenção, pelo qual ficara famoso em toda linha dos postos avançados da cavalaria real, ele próprio seria o cozinheiro. Havia também, possivelmente, algumas garrafas de vinho branco que poderíamos beber em copos de Veneza. Um festim de *bivouac*, com efeito. E ele não nos poria para fora antes do amanhecer. Disso não houvesse a menor dúvida: ele não podia dormir.

Será preciso dizer que fiquei fascinado com essa idéia? Mas, de certo modo, hesitei e olhei para Mills, que era bem mais velho do que eu. Este levantou-se sem dizer palavra. Foi decisivo, pois nenhuma obscura prevenção, sobretudo tão vaga quanto era a minha, poderia subsistir diante do exemplo da sua tranqüila personalidade.

II

A rua em que Blunt vivia apresentou-se aos nossos olhos, estreita, silenciosa, deserta e sombria, mas com um número suficiente de lampiões de gás para revelar o seu característico primordial: uma série de paus de bandeira encimando a maioria das suas portas fechadas. Era a rua dos cônsules, e observei a Blunt que, ao sair de manhã, ele podia observar as bandeiras de todas ou quase todas as nações, exceto a sua. (O consulado dos Estados Unidos era do outro lado da cidade.) Ele murmurou entre dentes que tinha bastante cuidado em manter-se a distância do seu consulado.

– Tem medo do cachorro do cônsul? – perguntei troçando. O cachorro do cônsul pesava cerca de libra e meia, e era conhecido em toda a cidade por exibir-se carregado pelo braço consular em toda a parte, a todas as horas, mas sobretudo na hora elegante do passeio pelo Prado.

Mas compreendi que a minha pilhéria fora inoportuna quando Mills resmungou-me em voz baixa junto ao ouvido:
– São todos *yankees* aqui.

Murmurei, confuso: – Ah! sim, é verdade.

Os livros não são nada. Descobri o que até então não havia compreendido, isto é, que a guerra da Secessão não era apenas assunto impresso, mas um fato real que não tinha mais de dez anos de idade. Tratava-se ali de um gentil-homem da Carolina do Sul. Fiquei um pouco envergonhado da minha falta de tato. Enquanto isso, com o seu aspecto de mundano clássico, a cartola atirada um pouco para trás, o capitão Blunt encontrava certa dificuldade em manejar a chave da porta. A casa diante da qual nos detivéramos não era uma dessas casas de muitos andares que ocupavam a maior parte da rua. Tinha apenas um renque de janelas acima do andar térreo. As paredes nuas que aí terminavam faziam presumir a existência de um jardim. A fachada sombria não apresentava nenhuma característica arquitetônica acentuada, e à luz vacilante de um lampião parecia um tanto ou quanto estragada. Maior foi portanto a minha surpresa ao entrar num vestíbulo, cujo piso era de mármore preto e branco, e que na penumbra assumia proporções de palácio. Blunt não avivou a luz mortiça do bico de gás solitário, e, atravessando a peça, fez-nos passar diante da escada e, por uma porta de madeira negra e reluzente, onde se notava uma pesada maçaneta de bronze, que dava, segundo nos disse, para o seu apartamento, levou-nos diretamente ao estúdio no fim do corredor. Era uma peça de pequenas proporções, apoiada de encontro ao muro da casa à maneira de um alpendre. Nela brilhava uma grande lâmpada. O assoalho era formado por simples lajes, mas havia espalhados pelo chão alguns tapetes, e, embora bastante usados, eram de muito valor. Havia também um belíssimo sofá estofado de seda rósea estampada, um enorme divã coberto de almofadas, algumas magníficas poltronas de diferentes formas (mas todas muito gastas), uma mesa redonda, e, no meio de todas essas coisas bonitas, um vulgar braseiro de ferro. Alguém devia ter cuidado dele havia pouco tempo, pois o fogo crepitava e o calor da peça era bastante agradável para quem vinha de fora, onde as lufadas de mistral penetravam até os ossos.

Mills sem dizer palavra atirou-se sobre o divã, e, apoiado num braço, contemplou pensativo um canto afastado onde, à sombra de um monumental armário de madeira trabalhada, um manequim articulado, sem cabeça nem mãos, mas com os membros muito bem conformados postos numa atitude de reserva, parecia embaraçado diante daquele olhar.

Enquanto gozávamos dessa hospitalidade de *bivouac* (o prato era de fato excelente, e o nosso hóspede, num casaco cinzento surrado, tinha ainda o aspecto de perfeito mundano), meus olhos procuraram aquele canto da peça. Blunt percebeu, e notou que eu parecia ser atraído pela Imperatriz.

– É desagradável – disse eu. – Ela está com ar de quem se esconde ali como um esqueleto num festim. Mas por que é que o senhor dá o nome de imperatriz a esse manequim?

– Porque ele pousou durante dias e dias para um pintor com as vestes de uma imperatriz bizantina... Eu me pergunto onde é que ele conseguiu encontrar aqueles tecidos incomparáveis... Você conheceu-o, pois não?

Mills abaixou a cabeça lentamente, e depois bebeu de trago o vinho que enchia o copo de Veneza.

– Esta casa está cheia de objetos de grande valor. E assim são todas as suas outras casas, a de Paris também – aquele misterioso pavilhão, escondido num canto qualquer em Passy.

Mills conhecia o pavilhão. O vinho, creio eu, soltara-lhe a língua. Também Blunt perdera um pouco da sua reserva.

Do que conversaram, tirei a noção de uma personalidade excêntrica, homem de muitas posses, de acesso difícil, colecionador de coisas belas, e pintor conhecido apenas de um círculo limitado. Mas enquanto isso eu esvaziara o meu copo de Veneza com uma certa regularidade (o calor que se desprendia daquele braseiro de ferro era surpreendente: secava a garganta, e o vinho cor de palha não parecia muito mais forte que um pouco d'água de colorido agradável). As vozes e as impressões que eles evocavam adquiriam no meu espírito um matizado fantástico. De repente percebi que Mills estava em mangas de camisa. Não notara que ele tinha tirado o casaco. Blunt desabotoara o paletó surrado, expondo grande parte da camisa de peito duro e a gravata branca comprimida pelo queixo bem barbeado. Tinha um estranho ar de insolência, ou pelo menos assim me parecia. Dirigi-me a ele com uma voz muito mais forte do que pretendia:

– O senhor conheceu esse homem extraordinário?

– Para conhecê-lo pessoalmente era preciso ou ser muito distinto ou ter muita sorte. O nosso amigo Mills aqui presente...

– Sim, eu tive sorte – interrompeu Mills. – Distinto, no caso, era o meu primo. Foi assim que consegui entrar na casa dele em Paris – no chamado pavilhão – duas vezes.

– E também viu Doña Rita duas vezes? – perguntou Blunt com um sorriso indefinível e alguma ênfase. Mills foi também enfático na resposta, mas conservou-se sério:

– Não me entusiasmo facilmente em relação às mulheres, mas ela era sem dúvida alguma o mais admirável achado entre todas as coisas inapreciáveis que ele acumulara naquela casa... o mais admirável...

– Ah! Mas a questão é que, de todos os objetos que lá se encontravam, ela era o único dotado de vida – observou Blunt com um mínimo de sarcasmo.

– Profundamente cheia de vida – afirmou Mills. – Não porque fosse inquieta, pois, na verdade, mal saía daquele canapé entre as janelas, como você sabe...

– Não, não sei de nada. Nunca estive lá – declarou Blunt com aquele mesmo rebrilhar de dentes brancos, tão singularmente destituído de expressão que se tornava positivamente embaraçoso.

– Mas ela irradiava vida – continuou Mills. – Mas que vida, e que qualidade de vida! Meu primo e Henry Allègre tinham muita coisa a contar um ao outro, e assim tive toda a liberdade de conversar com ela. Na segunda visita éramos já como velhos amigos, completo absurdo, aliás, visto que não tínhamos a menor oportunidade de nos encontrarmos de novo neste mundo ou no outro. Não quero meter-me em assuntos teológicos, mas quer me parecer que nos Campos Elíseos ela terá o seu lugar numa companhia bastante especial.

Tudo isso foi dito com uma voz suave e com a maneira impassível que lhe era peculiar. Blunt fez de novo rebrilhar inquietadoramente os dentes e murmurou:

– Especial? Eu diria mais bem misturada. – E depois, mais alto: – Como, por exemplo...

– Como por exemplo Cleópatra – respondeu calmamente Mills, e acrescentou depois de uma pausa: – a qual não era propriamente bonita.

– Pensaria de preferência numa La Vallière – deixou cair Blunt com uma indiferença da qual não se saberia o que pensar. Talvez que o assunto começasse a aborrecê-lo, ou então que não passasse de uma espécie de afetação, pois a personagem não era fácil de definir. Eu, no entanto, não estava indiferente. Mulher é sempre assunto interessante e a minha atenção estava alerta. Mills refletiu um pouco, e, com uma espécie de benevolência displicente, disse por fim:

– Sim, Doña Rita, tanto quanto a conheço, é tão diversa na sua simplicidade que até isso é possível. Sim, uma La Vallière romântica e resignada... que tinha uma boca bem grande.

Senti então necessidade de intrometer-me.

– O senhor também conheceu La Vallière? – perguntei com impertinência.

Mills lançou-me um sorriso.

– Não. Não sou tão velho assim – disse. – Mas não é muito difícil saber de fatos dessa natureza sobre um personagem histórico. Existem versos licenciosos dessa época, e felicitava-se Luiz XIV pela posse... – não me lembro bem da letra – pela posse

"... *de ce bec amoureux*
 Que d'une oreille à Éature va,
 Tra là là."

ou qualquer coisa parecida. Não é preciso que vá de uma orelha a outra, mas o fato é que uma boca de grandes proporções é não raro indício de certa generosidade de espírito e de sentimentos. Meu amigo, desconfie das mulheres de boca pequena. Desconfie das outras também, é claro; mas boca pequena é sinal de fatalidade. Ora, os simpatizantes da causa monárquica não podem certamente censurar Doña Rita por falta de generosidade, se é que posso dar crédito ao que ouvi dizer. Como poderia eu julgá-la? Estive em contato com ela durante seis horas, no máximo. Foi o bastante para sentir a sedução da sua inteligência espontânea e da sua magnífica beleza. E tudo isso me ocorreu tão rapidamente – concluiu ele – porque ela possuía aquilo que certo francês chamou de "dom terrível da familiaridade".

Blunt escutara tudo isso de mau humor. Fez um gesto de aprovação com a cabeça.

– Sim! – continuou Mills ainda perdido nas suas recordações. – E ao dizer adeus ela podia criar de repente uma distância imensa que a separava do interlocutor. Uma ligeira rudeza de atitude, uma mudança de fisionomia, e tinha-se a impressão de ser despedido por uma pessoa nascida na púrpura. Mesmo quando estendia a mão – como fez comigo – era como que através de caudaloso rio. Seria por simples afetação? Talvez que ela seja realmente um desses seres inacessíveis. Que acha, Blunt?

Era uma pergunta direta que, por um motivo qualquer (como se o meu grau de sensibilidade já estivesse aumentado), me desagradou, ou antes, me perturbou de modo estranho. Blunt pareceu não ter ouvido. Mas, depois de um momento, voltou-se para mim.

– Este homem – disse, num tom de perfeita urbanidade – é fino como ninguém. Todas essas declarações sobre a sedução de Doña Rita, e depois essa dúvida final manifestada após duas visitas apenas, que reunidas não duraram mais de seis horas, e tudo isso passado já há três anos! Mas é a Henry Allègre que você devia fazer essa pergunta, Monsieur Mills.

– Não possuo o segredo de ressuscitar os mortos – respondeu Mills de bom humor. – E, se o tivesse, ainda hesitaria. Seria tomar demasiada liberdade com alguém que conhecemos tão pouco em vida.

– E no entanto Henry Allègre é a única pessoa à qual se poderia perguntar a respeito dela, depois de todos esses anos de camaradagem ininterrupta, desde o dia em que a descobriu; durante o tempo todo, sem um intervalo, até que ele exalou o último suspiro. Não quero dizer que ela tenha cuidado dele. Ele tinha um homem de confiança para esse fim, não podia suportar mulher alguma nessa função. Mas, nessa época, não podia tolerar que esta ficasse longe de suas vistas. Foi a única mulher que jamais posou para ele, pois não queria modelos em casa. Eis por que "Moça de Chapéu" e a "Imperatriz Bizantina" têm esse ar de família, embora nenhuma delas tenha realmente semelhança com Doña Rita... Você conhece minha mãe?

Mills inclinou-se ligeiramente e um furtivo sorriso desapareceu-lhe dos lábios. Os olhos de Blunt fixavam o centro do seu prato vazio.

– Então você talvez conheça as relações artísticas e literárias de minha mãe – continuou Blunt com uma sutil mudança de tom. – Minha mãe escreve versos desde a idade de quinze anos. Continua a escrevê-los. Continua a ter quinze anos – é uma menina mimada de gênio. Pediu pois a um poeta amigo seu – que era nada mais nada menos que Versoy – que lhe arranjasse uma visita à casa de Henry Allègre. A princípio ele julgou não ter ouvido direito. Você deve saber que, para minha mãe, o homem que não se põe de quatro ao menor capricho de uma mulher não é cavalheiresco. Mas você, com certeza, sabe disso tudo, não é?...

Mills sacudiu a cabeça com um ar entretido. Blunt, que havia despregado os olhos do prato, recomeçou muito decidido.

– Ela não dá descanso a si mesma nem aos amigos. Minha mãe é requintadamente absurda. Você compreende que todos esses pintores, poetas, colecionadores (e comerciantes de velharias, acrescentou entre dentes) não vão nada comigo; mas Versoy é mais um homem de sociedade. Certo dia encontrei-o na sala de armas. Estava furioso. Pediu-me que dissesse à minha mãe que aquele era um último esforço do seu cavalheirismo. As incumbências que ela lhe dava eram demasiado difíceis. Mas creio, no entanto, que ele tinha certa satisfação em mostrar a influência que dispunha naquele círculo. Sabia que minha mãe contaria o caso a todas as senhoras da sociedade. É um patifezinho invejoso e rabugento. Tem o alto da cabeça brilhante como uma bola de bilhar. Acho que é capaz de lustrá-la todas as manhãs com uma flanela. É lógico que eles não passaram do grande salão do primeiro andar, uma enorme peça com três pares de colunas no centro.

As portas do alto da escadaria tinham sido abertas de par em par, como que para uma visita real. Você pode imaginar minha mãe, com os seus cabelos brancos penteados à moda do século XVIII, e os seus olhos negros cintilantes, penetrando naqueles esplendores, escoltada por uma espécie de esquilo calvo e vexado – e Henry Allègre vindo ao seu encontro como um príncipe de expressão severa, com o seu ar de cruzado de pedra tumular, as suas grandes mãos brancas, a sua voz doce e velada, os seus olhos semicerrados, como que olhando para eles de alto de um balcão. Você se lembra, Mills, desse cacoete que ele tinha?

Mills, enchendo as bochechas, exalou uma enorme nuvem de fumaça.

– Acho que ele também estava furioso – continuou Blunt imperturbável. – Mas portou-se com absoluta civilidade. Mostrou a minha mãe todos os "tesouros" da sala, peças de marfim, de esmalte, miniaturas, tudo quanto era monstruosidade do Japão, das Índias, de Tombuctu... Levou a sua condescendência a ponto de mandar trazer à sala a "Moça de Chapéu" em busto, sem moldura. Puseram-na sobre uma cadeira para que minha mãe pudesse contemplá-la. A "Imperatriz Bizantina" já se achava lá, pendurada na parede do fundo, de tamanho natural, com a moldura dourada que pesava meia tonelada. Minha mãe começou confundindo o "Mestre" com agradecimentos, e depois abismou-se na contemplação da "Moça de Chapéu". Depois suspirou: "Deveria chamar-se *Diaphaneité*, se tal palavra existe. Ah! é verdadeiramente a última expressão do moderno". Tomou de repente do *face-à-main* e olhou para a parede do fundo. "E aquilo é Bizâncio puríssimo! Quem era essa bela e taciturna Imperatriz?"

– "A que eu tinha em mente era Teodósia" – dignou-se Allègre em responder. "Era originalmente uma escrava, vinda não se sabe donde."

– Minha mãe sabe ser maravilhosamente indiscreta quando é levada por uma fantasia. Não encontrou nada melhor do que perguntar ao "Mestre" por que motivo tirara do mesmo modelo a mesma inspiração para as duas fisionomias. Sentia-se sem dúvida orgulhosa da sua perspicácia. Allègre, no entanto, considerou a observação como uma impertinência sem limites; mas respondeu no tom mais aveludado possível: "Talvez seja porque vi nessa mulher alguma coisa da mulher de todos os tempos". Minha mãe deve ter percebido que se achava num terreno perigoso. Ela é profundamente inteligente. Além disso, devia saber alguma coisa. Mas as mulheres conseguem às vezes uma impenetrabilidade miraculosa. Foi assim que exclamou: "Então ela é uma maravilha!" E, com intuito de elogio, prosseguiu dizendo que só os olhos do descobridor de tantas maravilhas de arte podiam ter encontrado na vida coisa tão admirável. Acho que nesse momento Allègre perdeu de todo o domínio sobre si; ou então que tenha querido retribuir à minha mãe todos aqueles "mestres" com que ela o confundira havia duas horas. Insinuou com a maior polidez: "Já que a senhora honra a minha pobre coleção com a sua visita, talvez não lhe fosse desagradável julgar a inspiração desses dois quadros. Ela está lá em cima mudando de roupa depois do nosso passeio a cavalo desta manhã. Mas não demora. Ficará talvez um pouco surpreendida ao ser convidada a descer nestas condições, mas com algumas palavras de preparação, e tratando-se puramente de uma questão de arte..." – Acho que nunca houve duas pessoas que ficassem tão interditas. O próprio Versoy confessa que deixou cair o chapéu ruidosamente. Como filho sou muito respeitador, creio eu, mas gostaria, confesso, de ter visto essa retirada pela escadaria abaixo. Ah! Ah! Ah!

Pôs-se a rir de maneira bastante desabusada, e depois contraiu o rosto numa expressão carrancuda.

– O implacável bruto do Allègre acompanhou-os cerimoniosamente até embaixo e pôs minha mãe no carro com a maior deferência. Não descerrou sequer os lábios, e inclinou-se profundamente enquanto o carro se afastava. Minha mãe levou três dias para se refazer da consternação. Almoço quase sempre com ela, e não podia imaginar o que se tinha passado quando um dia...

Lançou um olhar em torno da mesa, ergueu-se bruscamente, e com uma palavra de desculpa saiu do estúdio por uma pequena porta do canto. Isso deu-me a impressão de que a minha presença nada significara para aqueles dois. Com os cotovelos apoiados na mesa, Mills segurava diante do rosto o cachimbo, donde tirava, de quando em quando, uma baforada, sem deixar de manter o olhar muito fixo.

Senti-me levado a perguntar num sussurro:

– O senhor conhece-o bem?

– Não sei até onde ele quer chegar – respondeu secamente. – Quanto à mãe dele, com certeza não se evaporou com essa facilidade. Suspeito que isso fosse um negócio qualquer. Pode ter sido uma trama a fim de obter um quadro de Allègre para alguém. Para meu primo é provável que não fosse. Ou talvez fosse apenas para descobrir o que ele tinha. Os Blunts perderam todos os seus bens e em Paris há uma infinidade de meios para arranjar um pouco de dinheiro sem sair de certos limites, nem mesmo infringir a lei. Madame Blunt já teve de fato certa posição – nos tempos do Segundo Império –, e assim...

Ouvia de boca aberta, sentindo que a minha experiência adquirida nas Antilhas era inútil para me orientar em tal ambiente. Mas Mills deteve-se e terminou num tom diferente:

– Não é fácil saber a que ponto ela queria chegar, em qualquer circunstância. Quanto ao mais, é de uma honorabilidade sem mácula. É uma anciã aristocrática e encantadora. Apenas, é pobre.

Um estrondo na porta cortou-lhe a palavra, e logo depois Mr. John Blunt, capitão de Cavalaria do Exército Legitimista, cozinheiro de primeira ordem (num prato, ao menos), e generoso anfitrião, entrou segurando entre os dedos os gargalos de quatro novas garrafas.

– Tropecei e quase quebrei tudo – observou displicente. Mas nem eu, com toda a minha inocência, acreditei que ele tropeçaria acidentalmente. Enquanto ele tirava as rolhas e enchia os copos, reinou profundo silêncio; mas nenhum de nós levou esse silêncio a sério – pelo menos não mais que o tal tropeção.

– Certo dia – continuou com aquela voz curiosamente timbrada que lhe era peculiar –, minha mãe tomou uma resolução heróica e decidiu levantar-se no meio da noite. É preciso que se compreenda a fraseologia de minha mãe. Isso significava que ela queria estar de pé e vestida às nove horas. Dessa vez não era Versoy o encarregado de a acompanhar, e sim eu. Você pode imaginar o quanto estava entusiasmado...

Tornava-se bem claro que Blunt dirigia-se exclusivamente a Mills, e muito mais ao espírito de Mills do que a Mills como homem. Era como se Mills representasse qualquer coisa de iniciado e que devesse ser apreciado como tal. Eu, naturalmente, não podia ter tais pretensões: se representava alguma coisa era uma perfeita frescura de sensação e uma ignorância refrescante, não daquilo que a vida pode proporcionar-nos (disso eu já tinha pelo menos alguma idéia), mas daquilo que ela realmente encerra. Sabia perfeitamente que era de uma absoluta insignificância perante aqueles dois homens. Todavia a minha atenção não se sentia diminuída. É verdade que falavam de uma mulher, mas eu estava na idade em que esse assunto por si só não representava um interesse esmagador. Minha imaginação se excitaria provavelmente muito mais com as aventuras e o destino de um homem. O que impedia o meu interesse de declinar era a própria pessoa de Blunt. O rebrilhar do seu sorriso, combinado a uma entonação ligeiramente carrancuda, fascinava-me como uma incongruência moral.

Assim, numa idade em que se dorme realmente bem, mas em que se sente às vezes que a necessidade de dormir não passa de fraqueza reservada à velhice, eu conservava-me acordado sem esforço; e, na minha frescura de espírito, divertia-me com o contraste das personalidades, dos fatos e da atmosfera moral que me eram revelados pela minha experiência adquirida nas Antilhas. E todas essas coisas eram dominadas por uma figura feminina que, na minha imaginação, possuía apenas contornos indefinidos, ora investida da graça de uma donzela, ora revestida do prestígio de uma mulher, e que se mantinha distinta em qualquer desses aspectos. Pois o fato é que esses dois homens a tinham *visto*, enquanto a mim ela fora apenas "apresentada", evasivamente, em palavras evanescentes, nos tons dúbios de uma voz que não me era familiar.

Ela me era apresentada agora no Bois de Boulogne, na hora matinal do mundo ultra-elegante (pelo que deduzi), num meio-sangue baio claro, escoltada à direita por esse Henry

Allègre montado num possante alazão, e do outro lado por um dos conhecidos de Allègre (pois que ele verdadeiramente não tinha amigos), algum dos requintados freqüentadores do misterioso pavilhão. E é preciso notar que este lado da moldura em que essa mulher se mostrava a quem a contemplasse pela perspectiva da grande alameda, não era permanente. Na manhã em que Blunt teve que acompanhar a mãe até lá, a fim de satisfazer uma irresistível curiosidade que ele não aprovava de modo algum, viram-se sucessivamente, ao lado dessa mulher ou donzela, um general de cavalaria de *culotte* vermelha, ao qual ela sorria; um político em ascensão, vestido de cinzento, que lhe falava com grande animação, mas que se afastou bruscamente para se encontrar com um personagem de turbante vermelho na cabeça e montado num cavalo branco; e algum tempo mais tarde, o desagradável Mr. Blunt e sua indiscreta progenitora (embora eu francamente não pudesse perceber o que havia de mal nisso) tiveram ainda uma oportunidade de ver algo notável. Desta vez a terceira pessoa era o Pretendente real (cujo retrato acabara de ser pintado por Allègre), e cujo riso cordial, sonoro, ouvia-se muito antes do trio de cavaleiros passar lentamente diante dos Blunts. As feições da moça estavam coradas. Não ria. Mantinha uma expressão grave e os olhos baixos, pensativamente. Blunt confessou que, naquela ocasião, o encanto, o brilho e a força da sua personalidade se achavam admiravelmente enquadrados por aqueles companheiros que cavalgavam montarias magníficas, e que davam a impressão de paladinos, um mais idoso que o outro, mas que, tanto um quanto outro, representavam por igual diferentes épocas da idade viril. Blunt nunca tinha visto Henry Allègre de tão perto. Allègre cavalgava do lado da alameda em que Blunt dava respeitosamente o braço à mãe (já tendo descido do carro), e perguntava a si mesmo se aquele convencido cavalheiro teria a audácia de saudá-los. Mas tal não se deu. Talvez ele nem os tivesse notado. Allègre não tinha o hábito de olhar à direita e à esquerda. Tinha já alguns fios brancos na barba, mas parecia rijo como uma estátua. Menos de três meses depois disso, morria.

– Como foi isso? – perguntou Mills, que se conservava imóvel havia muito tempo.

– Oh, um acidente. Mas ele demorou. Estavam a caminho da Córsega. Uma peregrinação de todos os anos. Sentimental, talvez. Foi para a Córsega que ele a levou – da primeira vez, quero dizer.

Houve uma levíssima contração nos músculos da face de Blunt. Foi insignificante, mas eu, que contemplava o narrador com a atenção de todas as almas simples, percebi muito bem: era sem dúvida a crispação de um sofrimento moral. Fez um esforço para prosseguir: – Suponho que você saiba como foi que ele se apoderou dela? – perguntou num tom displicente muito pouco apropriado a uma pessoa tão reservada e de tanta experiência social.

Mills mudou de atitude para poder encará-lo fixamente por um momento. Depois recostou-se na cadeira com um ar de interesse – não digo curiosidade e sim interesse: – Alguém mais saberá, além das duas partes interessadas? – perguntou, com qualquer coisa de novo, ou talvez de reanimado, na sua tranqüilidade imóvel. – Pergunto isso porque nunca se ouviu falar nada a respeito. Lembrou-me que certa noite, num restaurante, vi um homem entrar em companhia de uma mulher bonita, bem bonita, como que tivesse sido roubada do paraíso de Maomé. Com Doña Rita as coisas não podem ter sido assim tão definidas. Mas, para falar dela com o mesmo arroubo, sempre senti que Allègre devia tê-la apanhado no recinto de algum templo... nas montanhas.

Eu estava encantado. Jamais ouvira falar de uma mulher nesse estilo, de uma mulher em carne e osso, não de uma mulher de romance. Pois ali não havia poesia, e no entanto ela parecia já estar na categoria das visões. E eu ficaria absorto nesse devaneio se Blunt, inesperadamente, não se tivesse dirigido a mim:

– Já lhe disse que esse homem era fino como ninguém... – E depois, voltando-se para Mills: – Num templo? Já sei o que isso significa. – E o seu olhar sombrio rebrilhou: – E é absolutamente indispensável que seja nas montanhas? – acrescentou.

– Ou num deserto – concedeu Mills –, se prefere. Já houve templos no deserto, você sabe.

Blunt acalmou-se e adquiriu uma atitude displicente.

– Na verdade, Henry Allègre surpreendeu-a num dia de manhã bem cedo, no jardim da casa em que ele morava, num jardim onde havia muitos tordos e outros passarinhos. Estava sentada numa pedra, fragmento de alguma velha balaustrada, com os pés na grama molhada, lendo um livro desconjuntado qualquer. Estava com um vestido curto, preto, barato (*une petite robe de deux sous*), e com uma das meias furada. Levantou os olhos e notou que ele a contemplava pensativo, do alto da sua barba ambrosiana, como se fosse Júpiter olhando para um mortal. Trocaram entre si um longo olhar, pois ela ficou a princípio demasiado comovida para mexer-se; depois ele murmurou: "*Restez donc*". Ela baixou de novo os olhos para o livro, e pouco depois ouvia os passos dele que se afastavam pela alameda. O coração batia-lhe enquanto ouvia os passarinhos que enchiam o ar com o seu murmúrio. Não teve medo. Conto-lhe isto porque foi ela própria quem me fez a narrativa. Que melhor autoridade se pode desejar...?

– Blunt deteve-se.

– É verdade. Ela não é dessas criaturas que mintam a propósito das próprias sensações – murmurou Mills por cima das mãos juntas.

– Nada escapa à sua penetração – observou-me Blunt com aquela urbanidade equívoca que me causava sempre uma sensação embaraçosa por causa de Mills. – Positivamente nada. – Voltou-se de novo para Mills. – Depois de alguns minutos de imobilidade, contou-me ela, levantou-se da pedra em que estava sentada e caminhou lentamente na pista daquela aparição. Foi-lhe impossível encontrar Allègre. No portal daquele edifício extremamente feio que, da rua, dissimula o pavilhão e o jardim, a porteira esperava-a, de mãos na cintura. Assim que pôde, exclamou para Rita: – O patrão te apanhou.

– O fato é que a velha, sendo amiga da tia de Rita, deixava que a moça viesse ao jardim quando Allègre estava ausente. Mas as idas e vindas de Allègre eram súbitas e imprevistas; e naquela manhã, Rita, atravessando a rua estreita e movimentada, insinuara-se pelo portão sem saber que Allègre tinha voltado e sem ser vista pela mulher do porteiro. A menina – pois que então ela era pouco mais do que isso – desculpou-se por ter talvez provocado algum aborrecimento à boa mulher. Mas esta respondeu com um sorriso peculiar: – Você não tem cara de aborrecer os outros. O meu patrão não ficou zangado. Disse que você pode vir de manhã quantas vezes quiser. Rita, sem nada responder, atravessou de novo a rua em direção ao armazém cheio de laranjas onde ela passava a maior parte do tempo, o que ela chama de suas horas de sonho, de indolência, sem pensamentos e sem cuidados. Atravessou a rua com um buraco na meia. Tinha um buraco na meia não porque seu tio ou sua tia fossem pobres (tinham em torno deles nunca menos de oito mil laranjas, na maioria encaixotadas), mas porque ela era então descuidada, desmazelada e totalmente inconsciente da sua aparência física. Contou-me que nessa época não chegava nem a ter consciência de sua própria existência. Era um simples acessório na vida crepuscular da tia, uma francesa, e do tio, o mercador de laranjas, um camponês basco, ao qual fora confiada, quando tinha cerca de treze anos, pelo outro tio, o grande homem da família, cura de uma paróquia nas colinas das imediações de Tolosa. Ela é de origem camponesa, você sabe. Eis a verdadeira origem da "Moça de Chapéu" e da "Imperatriz Bizantina" que tanto intrigaram minha querida mãe, e dessa criatura misteriosa que as pessoas privilegiadas das artes, das letras, da política, ou simplesmente da sociedade, puderam contemplar sentada no grande sofá, durante as reuniões que se realizavam no pavilhão privado de Allègre: eis a origem dessa Doña Rita a quem se dirigiam com as manifestações do maior respeito, evidente e misteriosa ao mesmo tempo, como um objeto de arte de alguma época desconhecida, a Doña Rita da Paris dos iniciados. Doña Rita e nada mais – única e indefinível. Ele deteve-se com um sorriso desagradável.

– E de origem camponesa? – exclamei dentro do estranho silêncio que se fez entre Mills e Blunt.

– Oh! todos esses bascos foram enobrecidos por Don Sancho II – disse o capitão Blunt com certo azedume. – Vêem-se brasões esculpidos em cima das portas dos mais miseráveis *caserios*. Seja como for, ela é bem Doña Rita, independentemente do que possa ser ou não ser em si mesma ou aos olhos dos outros. Aos seus olhos, por exemplo, Mills, hein?

Mills permaneceu um momento em silêncio.

– Por que pensar nisso tudo? – murmurou friamente por fim. – Um estranho pássaro nasce às vezes num ninho de modo inexplicável, e o destino de tal pássaro é fatalmente mal definido, incerto, duvidoso. Então foi assim que Henry Allègre a viu pela primeira vez? E que foi que aconteceu depois?

– Que aconteceu depois? – repetiu Blunt com uma entonação de surpresa afetada. – É necessário fazer tal pergunta? Se você tivesse perguntado *como* foi que o resto aconteceu... Mas, como pode bem imaginar, ela não me contou tudo a esse respeito. Ela – continuou ele com um sarcasmo polido – não se estendeu sobre os fatos. O diabo do Allègre, que tinha o descaramento de tomar ares de príncipe, com certeza (eu não me admiraria que o fizesse) fez com que o fato de a ter notado parecesse uma espécie de favor concedido pelo Olimpo. Sou perfeitamente incapaz de dizer como a imaginação e o espírito dos tios e das tias dessa espécie podem ser afetados por visitas tão excepcionais. A Mitologia pode esclarecer-nos um pouco. Existe a história de Danaë, por exemplo.

– Existe – observou Mills calmamente –, mas não me lembro de nenhum tio ou tia nessa história.

– Há também certas histórias de descobertas e aquisições de objetos de arte únicos. As aproximações bem dirigidas, as negociações astuciosas, as mentiras e os meandros verbais... por puro amor da arte, você compreende.

Com o seu semblante sombrio e os perpétuos sorrisos que iluminam de quando em quando o seu ar carrancudo, Blunt adquiria para mim um aspecto verdadeiramente satânico. Mills brincava negligentemente com um copo vazio. Um e outro se esqueceram totalmente da minha existência.

– Não sei bem como se sentiria um objeto de arte – continuou Blunt, com uma voz inesperadamente áspera, mas que não tardou a recuperar o tom habitual. – Não sei. Mas o que sei é que Rita não foi uma Danaë, nunca foi, em tempo algum da sua vida. Não se incomodava então com os buracos das meias.

Não se incomodaria agora... Isto é, contanto que consiga conservar algum par de meias – acrescentou com uma espécie de furor reprimido, tão singularmente inesperado que eu teria soltado uma gargalhada se não tivesse ficado estupefato.

– Não? Verdade? – E o tranqüilo Mills ficou interessado.

– Sim, é verdade – disse Blunt franzindo as sobrancelhas de uma maneira verdadeiramente diabólica. – Ela ainda é bem capaz de ficar sem um único par de meias.

– Este mundo está cheio de ladrões – declarou Mills, fleumático. – Não há mais escrúpulos em roubar-se um viajante solitário.

– Como ele é fino! – declarou Blunt, que se lembrou da minha existência para dirigir-me esta observação que, como de costume, deixou-me numa posição embaraçosa. – É exato. Um viajante solitário. Eles estavam todos no embrulho, do mais baixo ao mais alto. Meu Deus! Que turma! Havia até um arcebispo.

– *Vous plaisantez*! – disse Mills, sem manifestar no entanto grande incredulidade.

– Muito raramente brinco – protestou Blunt sério. – Eis por que não mencionei Sua Majestade, que Deus guarde. Teria sido um exagero... No entanto, ainda não chegamos ao fim. Estávamos falando sobre o princípio. Ouvi dizer que alguns negociantes em objetos de arte, gente mercenária, evidentemente (minha mãe tem certa experiência desse meio), manifestam às vezes uma estranha repugnância em separar-se de certos espécimes, mesmo por bom preço. Deve ser bem engraçado. É bem possível que o tio e a tia se atirassem em lágrimas pelo chão, entre as laranjas, ou batessem com a cabeça na parede de raiva e desespero. Mas duvido. E de qualquer forma, Allègre não é dos que se metam em complicações vulgares. É bem possível também que aquela gente ficasse boquiaberta diante de tanta magnificência. Não eram pobres, como se sabe; não lhes incumbia pois ser honestos. Ainda se encontram naquele velho e respeitável armazém, segundo pude compreender. Mantiveram a sua posição no *quartier*; creio eu. Mas não conservaram a sobrinha. Isso pode ter sido um sacrifício! Pois, se não estou enganado, lembro-me ter ouvido dizer que, depois de freqüentar algum tempo uma escola, bem na esquina, a menina fora encarregada dos livros daquele negócio de laranjas. Como quer que fosse, o primeiro fato da história comum de Rita e Allègre é uma viagem à Itália, e depois à Córsega. Você sabe que Allègre tinha uma casa num lugar qualquer da Córsega, que pertence agora a ela, como tudo que ele tinha, e esse palácio corso é provavelmente a parte que Doña Rita conservará mais tempo. Quem quereria comprar uma propriedade como aquela? Suponho que ninguém a desejaria de presente. Esse homem mandava construir casas por toda parte. Até esta casa em que nos achamos pertenceu a ele. Doña Rita deu-a à irmã, segundo me informaram. Pelo menos é a irmã que toma conta. É a minha proprietária...

– A irmã dela aqui! – exclamei. – Irmã dela!

Blunt voltou-se para mim, mas apenas para um olhar demorado e silencioso. Os seus olhos estavam na sombra, e fiquei impressionado pela primeira vez com o que havia de fatal nesse homem assim que se calou. O efeito era puramente físico, mas em conseqüência disso, tudo o que ele dizia parecia fora de propósito e como que provindo de uma alma ao mesmo tempo vulgar e inquieta.

– Doña Rita mandou buscá-la nas suas montanhas. Ela dorme num lugar qualquer desta casa, num dos quartos desocupados. Aluga-os, como você sabe, a preços extorsivos, isto é, quando os inquilinos querem pagar, porque se amedronta com facilidade. Compreende-se, ela nunca estivera numa cidade tão grande, nem nunca vira gente tão estranha. Tomou conta da casa do tio cura nalgum desfiladeiro de montanhas durante anos e anos. É extraordinário que ele a tenha deixado partir. Há certo mistério nisso. Motivo teológico ou de família? O santo tio, na sua paróquia selvagem, não podia conhecer outras razões. Ela usa um rosário na cintura. Assim que sentiu nos dedos algumas moedas, ficou louca por dinheiro. Se vocês ficarem bastante tempo aqui na minha companhia, o que espero, pois francamente não tenho sono, hão de vê-la sair para a missa das seis e meia; mas não há nada de notável nela; não passa de uma camponesa de trinta e quatro anos mais ou menos. Uma freira rústica...

Devo dizer logo que não ficamos lá tanto tempo assim. Não foi naquela manhã que tive a primeira oportunidade de ver a Teresa dos lábios sussurrantes e dos olhos baixos, saindo para a missa da madrugada, deixando aquela casa de iniqüidade pela obscuridade fria e matutina da cidade de perdição, num mundo saturado de pecados. Não. Não foi naquela manhã que vi a incrível irmã de Doña Rita com o seu semblante moreno, seco, o seu andar deslizante, e as suas vestes realmente monásticas, com um lenço negro que lhe apertava a cabeça e com duas pontas que lhe caíam pelas costas. Sim, parecia bem uma freira. E, contudo, não tanto. Chamaria a atenção dos transeuntes se essas escapadas para a missa das seis e meia não fossem a única ocasião em que ela se aventurava pelas ruas ímpias. Tinha medo das ruas, mas de modo especial, como que não temendo os perigos, mas sim o contágio. No entanto, não voltara para as suas montanhas, porque, no fundo, era de um caráter indomável, tinha uma tenacidade de camponesa nos seus intuitos, estava dotada de instintos de pilhagem...

Não, não permanecemos o suficiente com Mr. Blunt para ver pelo menos aquele dorso negro se esgueirando pela porta afora em busca do seu piedoso itinerário. Era piedosa. Era terrível. O seu espírito limitado de camponesa era inacessível como um cofre de ferro. Era fatal... É perfeitamente ridículo confessar que todos eles agora me parecem fatais; mas, visto que escrevo com toda a sinceridade, pouco me importa o ridículo. Suponho que a fatalidade deve exprimir-se, corporificar-se, como as outras forças desta terra; e, se assim é, por que não em tais criaturas tanto quanto em outras figuras mais gloriosas ou mais terríveis?

Permanecemos, no entanto, o bastante para que a aspereza apenas dissimulada de Blunt pudesse desenvolver-se a propósito de Allègre e de Rita. Continuou, dirigindo-se ainda a Mills, e chegou ao ponto que chamava de segundo ato, a característica impudência de Allègre – que ultrapassava largamente a impudência dos reis, dos milionários ou dos vagabundos –, a revelação da existência de Rita ao mundo em geral. Não era um mundo muito vasto, mas era escolhido. Como descrevê-lo resumidamente? Em essência era o mundo que monta a cavalo de manhã no Bois.

Menos de ano e meio depois do momento em que a encontrou sentada num fragmento de pedra enterrado no seu jardim selvagem, cheio de tordos, de estominhos, e de outras inocentes criaturas que povoam o ar, ele já lhe ensinara, entre outras coisas notáveis, a arte de montar admiravelmente a cavalo, e assim que chegaram a Paris levou-a consigo para o seu primeiro passeio matinal.

– Deixo-lhe o cuidado de julgar a sensação – continuou Blunt, com uma leve careta, como se as palavras lhe deixassem um gosto ácido na boca. – E a consternação – acrescentou, venenoso. – Muitos dos cavalheiros daquela manhã memorável estavam em companhia de senhoras de suas famílias, mas tiveram que tirar o chapéu da mesma forma, sobretudo os que de certo modo deviam obrigações a Allègre. Vocês ficariam assombrados se soubessem dos nomes das personalidades mundanas que lhe deviam dinheiro. E não me refiro apenas aos do mundo das artes. Depois da surpresa do primeiro choque, espalhou-se às pressas a história de uma filha adotiva, creio eu. Vocês compreendem, "adotiva" com uma entonação particular da palavra – o que era perfeitamente plausível. Disseram-me que nessa época ela parecia extremamente jovem ao lado dele, quero dizer extremamente jovem na expressão, nos olhos, no sorriso. Ela devia estar...

Blunt interrompeu-se bruscamente, mas não o suficiente para impedir que o murmúrio confuso da palavra "adorável" chegasse aos nossos ouvidos atentos.

O corpulento Mills fez um ligeiro movimento na cadeira. O efeito produzido em mim foi mais interior, uma estranha emoção que me deixou perfeitamente imóvel; e, durante esse momento de silêncio, Blunt assumiu aos meus olhos um aspecto mais fatal que nunca.

– Creio que isso não durou muito – recomeçou num tom mais amável. – Não admira! O gênero de conversas que ela deve ter ouvido durante a última primavera passada em Paris não deixaria, sem dúvida, de provocar forte impressão numa personalidade muito menos receptiva; é evidente que

Allègre não fechou a porta aos amigos, e essa nova aparição não era de molde a mantê-los a distância. Depois daquela manhã memorável ela passou a ter permanentemente alguém para escoltá-la nas suas cavalgadas. O velho Doyen, o que era escultor, foi o primeiro a aproximar-se. Nessa idade tudo se permite. Ele cavalgava uma estranha montaria, que parecia um cavalo de circo. Rita percebeu-o com um olhar de soslaio quando ele passou ao lado e ergueu a pata enorme, metida numa luva maior ainda, assim como isto (e Blunt agitou a mão mais alto que a cabeça). Passou por eles e de repente fez com que a sua fantástica montaria se voltasse e se chegasse a eles trotando. Com um simples "*Bonjour*, Allègre" postou-se ao lado dela e, de chapéu na mão, pôs-se a falar-lhe com aquele vozeirão que parecia um rugido distante do mar. Não articulava bem as palavras e as primeiras que ela conseguiu entender foram: – Sou um velho escultor... É claro, esse hábito existe... Mas posso vê-la através de tudo isso... – Depois colocou o chapéu na cabeça bem de lado. – Sou um grande escultor de mulheres – declarou –, abandonei a minha vida por elas, pobres infelizes criaturas, as mais belas, as mais ricas, as mais amadas... Duas gerações delas... Olhe bem para os meus olhos, *mon enfant*. – Olharam um para o outro. Doña Rita confessou-me que o velho fez-lhe o coração bater com tal força que ela não conseguiu sorrir-lhe. E viu que os olhos do escultor se enchiam de lágrimas. Mas logo as enxugou simplesmente com as costas da mão e continuou resmungando um pouco: – É o que eu pensava. Você tem o bastante para fazer um homem como eu chorar. Pensei que a minha vida de artista estava acabada, e nisso você aparece, surgindo só o diabo sabe de onde, com este jovem amigo meu, que não é mau brochador de telas – mas é de mármore e de bronze que você precisa... Terminarei a minha vida de artista com a sua cabeça, mas hei de precisar de um pouco desses ombros, também... Está ouvindo, Allègre? Preciso de um pouco dos ombros dela, também. Percebo, através da roupa, que são divinos. O diabo me leve se não são divinos! Sim, hei de fazer a sua cabeça, e depois *nunc dimittis*.

– Foram estas as primeiras palavras com que o mundo a saudou, ou melhor com que a civilização a recebeu: as montanhas da terra natal e a caverna das laranjas pertenciam já a uma era pré-histórica. – Por que não lhe pede para vir visitar-nos hoje de tarde? – sugeriu docemente a voz de Allègre – ele conhece o caminho da casa. O velho respondeu com extraordinário fervor: – Oh, eu irei, com toda a certeza. – E, enquanto detinha o cavalo, eles se afastaram. Contou-me ela que sentiu o coração bater durante muito tempo. O remoto poder daquela voz, aqueles olhos velhos cheios de lágrimas, aquele semblante nobre e devastado impressionaram-na profundamente, declarou-me. Mas talvez o que a impressionasse era sobretudo a sombra, a sombra ainda viva de uma grande paixão no coração daquele homem. Allègre observou-lhe calmamente: – Ele sempre foi um pouco doido.

III

Mills deixou cair as mãos que seguravam o cachimbo apagado e já frio.

– Hum! então ela atirou assim uma flecha no coração desse velho? E qual foi o resultado?

– Um busto em terracota, creio eu. Se era bom, não sei. Acho que ainda está nesta casa. Mandaram uma porção de coisas de Paris para cá, quando ela abandonou o pavilhão. Agora, quando volta a Paris, fica no hotel, você sabe.

– Penso que o busto deve estar trancado ali num lugar qualquer – continuou Blunt indicando com o dedo o fundo do estúdio onde, entre os monumentais armários de carvalho escuro, dissimulava-se o tímido manequim que vestira as vestes hirtas da Imperatriz Bizantina e o surpreendente chapéu do outro quadro. Eu me perguntava se aquele manequim também viera de Paris, e se viera com ou sem cabeça. Talvez que a cabeça tivesse sido abandonada por lá, rolando para o canto de alguma peça vazia do desmantelado pavilhão. Eu a imaginava solitária, sem feições, como um nabo, tendo uma simples cavilha saliente no lugar onde deveria estar o pescoço... E Mr. Blunt continuava a falar.

– Há verdadeiros tesouros atrás dessas portas trancadas, brocados, jóias antigas, quadros sem moldura, chinesices, coisas do Japão...

Resmungava tanto quanto possível a um homem de maneiras e voz tão distintas.

– Não creio que ela tenha feito presente de tudo isso à irmã, mas não me surpreenderia se essa camponesa tímida reivindicasse o monte pelo amor de Deus e pelo bem da Igreja... E que também o agarrasse com unhas e dentes – acrescentou de modo expressivo.

A fisionomia de Mills permanecia grave. Muito grave. Divertia-me com essas pequeninas tiradas venenosas do fatal Mr. Blunt. Mais uma vez me senti totalmente esquecido. Mas não me aborrecia de modo algum, nem mesmo estava com sono. Este ponto parece-me bastante estranho ao considerá-lo depois de tanto tempo, tendo em vista a minha mocidade e a hora depressiva que precede o romper do dia. Além disso, tínhamos passado o tempo bebendo aquele vinho cor de palha, e bebendo não direi como se fosse água (ninguém teria bebido tanta água assim), mas... E a névoa produzida pelo fumo do tabaco era como a neblina azul das grandes distâncias vistas em sonho.

Sim, aquele velho escultor foi o primeiro a juntar-se a eles sem rebuços perante a sociedade de Paris. Foi aquela velha glória que inaugurou a série de companheiros das tais cavalgadas matutinas: série que se prolongou durante três primaveras parisienses a seguir, e na qual se contava um famoso fisiologista, cavalheiro que dava a entender que a humanidade podia tornar-se imortal ou, pelo menos, eternamente velha; um filósofo e psicólogo da moda, que costumava dar conferências a enormes auditórios femininos dos quais zombava um pouco (mas que nunca se permitiu atitude equivalente quando falava com Rita); o rabugento *dandy* Cabanel (mas uma única vez, e por pura vaidade); em resumo, tudo que havia de requintado, inclusive também um célebre personagem que mais tarde se transformou em cavalheiro de indústria. Mas este era realmente um gênio... Tudo isso segundo Mr. Blunt, que nos deu todos esses pormenores com uma espécie de displicência que mal dissimulava certa irritação secreta.

– A parte isto, vocês compreendem – continuou Mr. Blunt –, tudo o que ela sabia do mundo dos homens e das mulheres (quero dizer, até a morte de Allègre) era o que tinha visto do alto de uma sela por duas horas diárias, e durante quatro meses do ano, mais ou menos. Absolutamente tudo, tendo sempre à direita Allègre que se anulava com o seu ar impenetrável de guardião. É favor não tocar! Não gostava que se tocassem nos tesouros, a menos que pusesse nas mãos do observador algum objeto único com uma espécie de murmúrio triunfante: "Olhe bem para isto". É evidente que só sei disso por ouvir dizer. Sou um personagem bastante insignificante, vocês compreendem, mesmo para...

Voltou-se para nós e fez reluzir a dentadura branca da maneira mais agradável, mas a parte superior do semblante, os olhos fundos e o ligeiro franzir das sobrancelhas davam-lhe sempre qualquer coisa de fatal. Pensei de repente na definição que dera a si próprio: "*Américain, catholique et gentilhomme*", com o surpreendente complemento "Vivo da minha espada", pronunciado no tom de conversa de salão em que perpassava uma suspeita de zombaria.

Insistiu sobre o fato de que a primeira e única vez que vira Allègre um pouco mais de perto foi naquela manhã no Bois, em companhia de sua mãe. Sua Majestade (que Deus guarde), que não era então nem mesmo um pretendente ativo, escoltava a moça, muito jovem ainda, como companheiro habitual durante um mês mais ou menos. Allègre cismou de repente pintar o seu retrato. Daí resultou uma espécie de intimidade. Mr. Blunt observou que, dos dois imponentes cavaleiros, era Allègre o que tinha aspecto mais majestoso.

– Esse filho de um miserável milionário que vendia sabão – comentou Mr. Blunt entre dentes. – Um homem absolutamente sem família, sem um único parente no mundo... Uma legítima extravagância.

– Isso explica por que ele pôde deixar todos os bens para ela – disse Mills.

– O testamento, creio eu – continuou Mr. Blunt, mal-humorado –, estava escrito numa meia folha de papel, tendo em cima um touro assírio que era sua divisa. Que diabo queria ele dizer com isso? Seja como for, foi a última vez que ela contemplou o mundo dos homens e de mulheres do alto de uma sela. Menos de três meses após...

– Allègre morreu e... – murmurou Mills interessado.

– E ela teve que desmontar – interrompeu Mr. Blunt carrancudo. – Desmontar bem no meio de tudo isso. E descer até o chão, vejam bem. Não sabia o que fazer de si mesma. Nunca tinha andado no chão. Ela...

– Ah! – exclamou Mills.

– E até mesmo oh! se você quiser – retorquiu Mr. Blunt, num tom um tanto vulgar que me fez abrir mais ainda os olhos já bem abertos.

Voltou-se para mim e com o seu costume desagradável de fazer comentários sobre Mills como se essa tranqüila criatura que eu admirava, em quem tinha confiança, e pelo qual já sentia certa afeição, não passasse de um manequim da espécie do outro que se dissimulava na sombra, deplorável e acéfalo na sua atitude de aterrado pudor.

– Nada escapa à sua penetração. É capaz de distinguir um monte de feno a uma distância enorme quando tem interesse.

Pensei que isso era já ir demasiado longe, ultrapassando os limites da vulgaridade; mas Mills permanecia inalterável e limitou-se a procurar a tabaqueira.

– Mas isso não é nada comparado ao interesse manifestado por minha mãe. Ela nunca foi capaz de distinguir um monte de feno, eis por que sempre se surpreende e se inquieta tanto. É claro que Doña Rita não era uma mulher da qual os jornais se ocupam. O mesmo não se dava com Allègre. Muita coisa se imprimiu sobre ele e muito se falou na sociedade sobre ela; e imediatamente minha mãe percebeu um monte de feno e naturalmente se absorveu de um modo excessivo no caso. Supus que esse interesse se esgotasse. Mas nada disso. Ela tivera um choque, uma impressão vivíssima por causa dessa moça. Minha mãe nunca tinha sido tratada com impertinência até então, e a impressão estética deve ter sido extraordinariamente forte. Creio que importou numa espécie de revolução moral, pois, de outro modo, não acho explicação para a sua maneira de agir. Quando Rita voltou a Paris um ano e meio depois da morte de Allègre, um jornalistazinho (sujeito esperto) teve a idéia de referir-se a ela como sendo a herdeira de Mr. Allègre. "A herdeira de Mr. Allègre instalou-se de novo entre os tesouros daquele pavilhão tão conhecido do escol do mundo artístico, científico e político, para não falar dos membros das famílias aristocráticas e até reais..." Vocês conhecem o estilo. A nota apareceu primeiro no *Fígaro*, se não me engano. E terminava com esta frasezinha singela: "Ela está só". Doña Rita achava-se portanto em pleno caminho da celebridade. Diariamente pequenas alusões, e coisas parecidas. Só Deus sabe quem pôs termo a tudo isso. Deu-se naquele jardim uma afluência de "velhos amigos", o bastante para afugentar todos os pássaros. Suponho que um ou alguns desses amigos, tendo influência na imprensa, fez cessar os comentários. Mas a tagarelice não cessou, e a designação também persistiu, pois que se prendia a um fato muito certo e bastante significativo, e naturalmente falou-se muito de certo episódio veneziano nas casas que minha mãe freqüentava. Falava-se do ponto de vista monárquico, com uma espécie de respeito. Dizia-se até que a inspiração e a resolução da guerra que agora se fere além dos Pirineus partira daquela cabeça... Alguns chegavam a dizer que ela era como que o anjo da guarda do Legitimismo. Vocês sabem com que se parece o entusiasmo monarquista.

A expressão de Mr. Blunt denotava certa repugnância sarcástica. Mills balançou imperceptivelmente a cabeça. Dava a impressão de conhecer bem aquilo.

– Ora, falando com todo o respeito possível, parece que o caso influiu muito no espírito de minha mãe. Eu já estava no exército monarquista, e naturalmente não se podia contar com comunicações postais regulares com a França. Minha mãe ouve contar em todos os tons que a herdeira de Mr. Allègre planeja uma viagem secreta. Todos os salões nobres estavam cheios de mexericos, evidentemente, sobre esse segredo. Ela então senta-se e escreve: "Madame, tendo sido informada que a senhora se dirige aos lugares que retêm as esperanças de todas as pessoas de bom senso, confio à sua simpatia de mulher os sentimentos ansiosos de uma mãe, etc., etc.," e terminava com um pedido para me transmitir notícias e trazer outras tantas... Oh, a displicência de minha mãe!

De repente, e de modo muito inesperado, ouviu-se a voz de Mills formular uma pergunta que me pareceu bem estranha.

– Gostaria de saber de que modo sua mãe mandou essa carta.

Seguiu-se uma pausa.

– Não foi bem como se fosse um jornal, quero crer – replicou Mr. Blunt, com uma das suas caretas que me faziam duvidar da estabilidade dos seus sentimentos e da consistência de seu modo de ver em relação a toda aquela história. – A empregada de minha mãe levou-a, num fiacre, muito tarde, certa noite, até o pavilhão, e trouxe a resposta rabiscada num pedaço de papel: "Escreva a sua mensagem imediatamente", tendo como assinatura um grande R maiúsculo. Então minha mãe sentou-se de novo junto à sua deliciosa escrivaninha e a empregada refez o trajeto de fiacre antes da meia-noite; e cerca de dez dias depois recebi uma carta enfiada nas minhas mãos quando eu estava nas *avanzadas,* bem na ocasião em que ia partir para uma patrulha noturna, assim como um bilhete que me pedia para visitar a pessoa que o escrevera a fim de que esta pudesse acalmar a inquietude de minha mãe dizendo-lhe como eu ia.

– Como assinatura um simples R, mas percebi logo, e, de surpresa, quase caí do cavalo.

– Quer dizer então que Doña Rita esteve de fato há pouco tempo no quartel-general do Rei? – exclamou Mills, com evidente surpresa. – Mas nós – toda gente – nós acreditávamos que esse caso estava acabado há muito tempo.

– Absolutamente. Nada no mundo pode estar mais acabado do que isso. Não há duvida que foram reservados quartos para ela no hotel de Tolouse por ordem do quartel-general do Rei. Dois quartos na água-furtada, pois a casa estava repleta de tudo quanto era gente da corte; mas posso assegurar que durante os três dias que esteve lá, ela não pôs a cabeça do lado de fora da porta. O General Mongroviejo fez-lhe uma visita oficial por parte do Rei. Um general, veja bem, e não uma pessoa da casa. Este matiz caracteriza bem as relações atuais. A visita durou cinco minutos. Certo personagem do departamento dos negócios estrangeiros e do quartel-general trancou-se com ela durante duas horas. Mas isso foi a negócio, evidentemente. Depois, dois oficiais do estado-maior vieram juntos com algumas explicações ou instruções para ela. Depois, o Barão H., casado com uma mulher muito bonita, e que tanto se tem sacrificado pela causa, fez uma barulhada por querer vê-la até que ela consentiu em recebê-lo um momento. Dizem que ele ficou bastante amedrontado com a chegada dela, mas que depois da entrevista partiu todo sorrisos. Quem mais? Ah, sim, veio o Arcebispo. Meia hora. É mais do que necessário para dar a bênção, e não posso conceber que mais tinha ele a dar-lhe. Mas estou certo que conseguiu mais alguma coisa dela. As autoridades militares mandaram buscar dois camponeses do planalto e ela também os recebeu. O monge que anda sempre rodando a corte esteve com ela várias vezes. Finalmente eu. Tive licença de deixar os postos avançados. Foi a primeira vez que falei com ela. Queria voltar naquela noite para o regimento, mas o monge encontrou-me no corredor e informou-me que eu ia receber ordem de escoltar a mui nobre e leal senhora até à fronteira francesa como missão pessoal da mais elevada honra. Tive vontade de rir bem nas barbas dele, que era, aliás, muito jovial e pôs-se a rir comigo com toda a naturalidade – mas o fato é que antes de anoitecer eu recebia a ordem. A missão não era nada simples, pois os afonsistas atacavam o flanco direito da nossa vanguarda, e havia por lá uma confusão considerável. Montei-a numa mula e a empregada noutra. Passamos uma noite numa velha torre em ruínas ocupada por um destacamento da nossa infantaria e partimos ao raiar do dia sob o fogo dos afonsistas. A empregada quase morreu de medo, e um dos cavaleiros que nos acompanhavam ficou ferido. Fazê-la passar a fronteira às escondidas foi outra complicação, mas isso já não me competia. Não seria recomendável para ela apresentar-se aos postos da fronteira francesa em companhia de uniformes carlistas. Ela parece não ter a menor noção do medo. Certa vez, quando escalávamos uma escarpa debaixo do fogo da artilharia, perguntei-lhe de propósito, provocado pela maneira com que contemplava a cena: "Um pouco emocionada, hein?" E ela respondeu em voz baixa: "Oh, sim! estou comovida. Costumava correr por estes montes quando era pequena". E note-se que foi nessa ocasião que o cavaleiro que nos acompanhava foi ferido por um fragmento de obus. Blasfemava tremendamente e procurava conter o cavalo. Os obuses caíam em volta de nós à razão de dois por minuto.

– Felizmente os obuses afonsinos não são muito melhores que os nossos. Mas as mulheres são engraçadas. Eu receava que a empregada pulasse e desaparecesse por entre os rochedos, e nesse caso seríamos obrigados a apear-nos para ir buscá-la. Mas ela não fez nada disso; ficou perfeitamente quieta em cima da mula e pôs-se a gritar. Limitou-se a isso, a berrar. Por fim chegamos a uma rocha de aspecto curioso, no fim de uma várzea coberta de mata. Havia silêncio e o sol brilhava. Disse a Doña Rita: "Teremos que nos separar dentro de poucos minutos. Acho que minha missão termina aqui". E ela disse-me: "Conheço bem este rochedo. Aqui é minha terra".

Então agradeceu-me por tê-la trazido até ali e nisso apareceram três camponeses que estavam à nossa espera, dois moços e um velho de cara raspada, o nariz fino como lâmina de espada, os olhos muito redondos – era um personagem muito conhecido em todo o exército carlista. Os dois rapazes detiveram-se debaixo das árvores, a distância, mas o velho chegou bem perto e olhou para ela, fixando o olhar como se contemplasse o sol. Então ergueu o braço muito devagar e tirou a boina vermelha, descobrindo a calva. Observei-a sorrir para ele o tempo todo. Quero crer que o conhecia tão bem quanto conhecia o velho rochedo. Bem velho rochedo. O rochedo imemorial – e aquele velho – eram marcos da juventude dela. Depois as mulas puseram-se em marcha animadamente, enquanto os três camponeses caminhavam ao lado em passo acelerado, e desapareceram por entre as árvores. Aquela gente com toda a certeza fora enviada pelo tio dela, o cura.

Era uma cena de grande doçura, a luz da manhã, o fragmento da região descoberta enquadrada por escarpas pedregosas, um ou dois picos elevados a distância, o fumo ralo de alguns *caserios* invisíveis, subindo para o céu aqui e ali. Ao longe, atrás de nós, a fuzilaria cessara e o eco das detonações morrera nas gargantas da serra. Jamais soubera, até então, o que significava a paz...

– Nem depois disso – murmurou Mr. Blunt após uma pausa e logo prosseguiu. – A igrejinha de pedra do tio dela, o santo da família, podia achar-se junto ao contraforte mais próximo da colina mais próxima. Apeei-me para pensar a espádua do meu comandado. Não passava de uma arranhadura extensa. Enquanto isso, um sino pôs-se a badalar ao longe. O som feria deliciosamente o ouvido, cristalino como a luz da manhã. Mas de repente cessou. Vocês sabem como cessa de repente o som de um sino distante. Até então eu não sabia o que significava o silêncio. Enquanto me maravilhava com isso, o homem que cuidava dos nossos cavalos sentiu o desejo de elevar a voz. Era um espanhol, e não um basco: pôs-se a cantarolar em castelhano a canção que vocês conhecem:

"Oh, sinos da minha aldeia natal,
Vou-me embora... adeus!"

Tinha boa voz. Quando se extinguiu a última nota, tornei a montar, mas ficara no ambiente um certo encanto, qualquer coisa de particular e pessoal, pois, enquanto contemplávamos a região antes de voltar, o cantor disse: "Gostaria de saber como se chama este lugar", e o outro homem observou: "Mas não há nenhuma aldeia aqui". O primeiro insistiu: "Não, eu quero dizer o lugar, este lugar aqui". O soldado ferido declarou que provavelmente não tinha nome. Mas enganava-se. A colina, ou o rochedo, ou a mata, ou o conjunto de tudo tinha um nome. Soube-o mais tarde por acaso. Era – Lastaola.

Uma nuvem de fumo do cachimbo de Mills insinuou-se entre a minha cabeça e a de Mr. Blunt, que, estranho detalhe, bocejou de leve. Pareceu-me uma afetação evidente por parte de um homem de maneiras tão finas e que, além do mais, sofria de insônias desesperadoras.

– Foi assim que nos encontramos pela primeira vez e como, pela primeira vez, nos separamos – disse ele num tom de enfado e indiferença. – É bem possível que ela tenha visto o tio de passagem. Foi talvez nessa ocasião que ela teve a idéia de tirar a irmã daquele deserto. Não duvido que tivesse um salvo-conduto do governo francês que lhe dava a mais completa liberdade de ação. Com certeza conseguiu-o em Paris antes de partir.

Mr. Blunt abriu-se num sorriso mundano, levemente cínico.

– Ela consegue tudo o que quer em Paris. Poderia obter que um exército inteiro passasse a fronteira, se o desejasse. Seria capaz de entrar no Ministério do Exterior à uma hora da madrugada, se lhe aprouvesse. As portas se escancaram diante da herdeira de Mr. Allègre. Herdou os velhos amigos, as velhas relações... Evidentemente, se fosse uma velha desdentada... Mas não é, vocês compreendem. Os porteiros de todos os ministérios curvam-se até o chão, e do fundo dos mais recônditos santuários surgem vozes que adquirem um tom arrebatado para dizer: *"Faites entrer"*. Minha mãe conhece um pouco dessa história, acompanhou a carreira dela com a maior atenção. E a própria Rita não chega a surpreender-se. Faz as coisas mais extraordinárias com a mesma naturalidade com que compra um par de luvas. Os empregados das lojas são muito polidos, e a gente da sociedade se parece muito com esses empregados. Que soube ela do mundo? só o vira do alto da sua sela. Oh, ela fará a entrega da sua carga com a maior facilidade, Mills. Como o fará?... Ora, quando tudo estiver terminado – você está me entendendo, Mills? –, quando tudo estiver terminado, ela mal saberá como foi que as coisas se passaram.

– É bem pouco possível que ela o ignore – declarou Mills calmamente.

– Não, ela não é idiota – disse Mr. Blunt com a mesma simplicidade na voz. – Mas me confessou, não faz muitos dias, que sofre dum certo sentimento de irrealidade. Eu lhe disse que, de qualquer forma, devia pelo menos crer nas próprias sensações. Respondeu-me então que sim, que na verdade havia uma sobre a qual não tinha a menor dúvida. E você não é capaz de adivinhar qual era. Nem tente. Quando a mim, só sei porque somos muito amigos.

Nesse momento, todos nós mudamos ligeiramente de atitude. Os olhos fixos de Mills lançaram um olhar na direção de Blunt; eu, que estava no divã, ergui-me um pouco das almofadas, e Mr. Blunt, voltando-se um pouco, apoiou o cotovelo na mesa.

– Perguntei-lhe qual era essa sensação. Não vejo – continuou Mr. Blunt com uma doçura horrível – por que motivo devia eu manifestar a menor consideração para com a herdeira de Mr. Allègre. Não me refiro a essa disposição particular em que ela se achava, e não era mais que enfado. Ela então contou-me. É o medo. Vou dizer mais uma vez: o medo...

Acrescentou depois de uma pausa: – Não pode haver a menor dúvida quanto à sua coragem. Ela pronunciou claramente a palavra medo.

Ouviu-se um ruído: eram as pernas de Mills que se esticavam debaixo da mesa.

– Uma criatura de imaginação – começou ele –, uma inteligência jovem e virgem, mergulhou durante cerca de cinco anos na conversa do estúdio de Allègre, onde as mais duras verdades eram trituradas e se despedaçavam todas as crenças. Eles eram como que uma matilha de cães intelectuais, compreendem...

– Sim, sim, é claro – interrompeu bruscamente Blunt –, uma personalidade intelectual totalmente ao abandono, uma alma sem lar... mas eu, que não sou nem muito fino nem muito profundo, estou convencido de que o medo é palpável.

– Por que ela o confessou? – insinuou Mills.

– Não, porque não confessou – contradisse Blunt, franzindo o sobrolho mas com uma voz extremamente suave. – Na verdade, ela mordeu a língua. E, considerando o quanto somos amigos (juntos sob a metralha e tudo o mais), concluo que não há nisso nada de que se gabar. Nem a minha amizade, aliás.

A expressão de Mills atingia a perfeição da indiferença. Mas eu que o contemplava, na minha inocência, tentando descobrir o que tudo aquilo podia significar, tive a impressão de que essa indiferença era talvez demasiado perfeita.

– A minha licença é uma farsa – exclamou o capitão Blunt, numa exasperação imprevista. – Como oficial de Don Carlos, não ocupo uma posição superior à de simples bandido. Devia ter sido internado naquelas miseráveis barracas de Avinhão há muito tempo... Por que não fui? Porque Doña Rita existe, nada mais. E claro que se sabe da minha permanência aqui. A ela bastaria murmurar ao ministro do Interior: "Ponha-me aquele pássaro na gaiola", e a coisa se faria sem maiores formalidades... Triste mundo este – comentou ele mudando de tom. – Hoje em dia um cavalheiro que vive da espada acha-se exposto a este gênero de aventura.

Foi então que, pela primeira vez, ouvi o riso de Mr. Mills. Era um riso profundo, agradável, cordial, não muito forte e absolutamente desprovido desse tom de escárnio que estraga tanto riso e revela o secreto enrijamento de tanto coração. Mas nem por isso era um riso muito alegre.

– Mas a verdade no caso é que eu estou *"en mission"* – continuou o capitão Blunt. – Fui encarregado de resolver certas coisas, de pôr outras coisas em andamento, e, segundo as instruções recebidas, Doña Rita deverá ser o intermediário em todas essas negociações. E por quê? Porque todas as calvas deste governo republicano ficam vermelhas assim que o vestido dela sussurra do lado de fora da porta. Inclinam-se com profunda deferência quando a porta se abre, mas o gesto dissimula um sorriso por causa do episódio veneziano. Aquele maldito Versoy meteu o nariz nesse negócio; diz que foi por acaso. Viu-os no Lido e (esses tipos que escrevem são horríveis) escreveu o que ele chama de uma *vignette* (acho que por acaso, também) com esse mesmo tipo. Nela se tratava de um príncipe, uma dama e um enorme cão. Ele descrevia como o príncipe, ao descer da gôndola, esvaziou a bolsa nas mãos de um velho e pitoresco mendigo, enquanto a dama, um pouco afastada, voltava-se para contemplar Veneza, com o cão romanticamente estendido aos pés. Uma das belas vinhetas em prosa de Versoy, num grande jornal que tem uma seção literária. Mas alguns outros jornais, que não se importam com literatura, apresentaram o caso picadinho por miúdo. E isso é um tipo de episódio que impressiona os políticos, especialmente se a dama é... enfim, o que é...

Fez uma pausa. Os seus olhos escuros brilharam na direção do pobre manequim; depois continuou num cinismo estudado:

– E assim ela foge para cá. Esgotamento, tédio, descanso para os nervos. Absurdo. Garanto que não tem mais nervos do que eu.

Não sei como ele entendia essas palavras, mas naquele momento, esbelto e elegante, parecia um simples feixe de nervos, com as expressões fugidias do seu semblante fino e distinto, com a inquietação das suas magras mãos morenas por entre os objetos que estavam sobre a mesa. Na cinza do cachimbo espalhada sobre um pouco de vinho derramado, ele traçou com o indicador um R maiúsculo. Depois olhou fixamente para o fundo de um copo vazio. Tenho a impressão de que eu estava ali de olhos esbugalhados como um camponês num espetáculo. O cachimbo de Mills estava abandonado na mesa, vazio e frio. Talvez não tivesse mais tabaco. Mr. Blunt readquiriu a sua maneira requintada, nervosamente.

– Naturalmente, os movimentos dela são comentados nos salões mais rigoristas e também noutros lugares, também rigoristas, mas onde a tagarelice adquire outro tom. Ali se diz provavelmente que ela teve um "*coup de coeur*" por alguém. Enquanto eu julgo ser ela absolutamente incapaz de tal coisa. Aquele caso veneziano, do princípio ao fim, não foi nada mais que um "*coup de tête*", e todas essas atividades em que estou envolvido, como você vê (por ordem do quartel-general, ah, ah, ah!), não passam de conseqüência dessa intimidade na qual me meti... Para não falar de minha mãe, que é deliciosa, mas tão irresponsável quanto uma dessas princesas malucas que escandalizam as famílias reais...

Pareceu ter mordido a língua e eu observei que os olhos de Mills davam a impressão de dilatar-se mais do que nunca. Naquele semblante plácido, era qualquer coisa de surpreendente.

– Uma intimidade – recomeçou Mr. Blunt num tom de mau humor ultradistinto –, uma intimidade com a herdeira de Mr. Allègre por parte de... de minha parte... bem, não é exatamente... dá ensejo... bem, eu pergunto, que parece isso?

– Há alguém contemplando a cena? – deixou escapar negligentemente Mills por entre os lábios amáveis.

– Neste momento, talvez não. Mas não preciso dizer ao homem do mundo, como você, que tais coisas não podem deixar de ser notadas. E que elas são, digamos, comprometedoras, em vista do simples fato da fortuna.

Mills levantou-se, procurou o sobretudo e, depois de o enfiar, falou, enquanto buscava o chapéu:

– Enquanto que a mulher em si é, por assim dizer, inapreciável.

Mr. Blunt murmurou a palavra: Evidentemente.

Nisso nos levantamos todos. A chaminé estava apagada e a lâmpada, cercada pelas garrafas e vidros vazios, extinguia-se.

Lembro-me que tive um grande estremecimento ao abandonar o divã.

– Tornaremos a nos encontrar dentro de poucas horas – disse Mr. Blunt. – Não se esqueça de vir – disse, dirigindo-se a mim. – Sim, não falte. Não tenha escrúpulos. Estou autorizado a fazer convites.

Deve ter notado a minha timidez, a minha surpresa, o meu embaraço. E na verdade eu não sabia o que dizer.

– Garanto-lhe que não há nada de incorreto no seu comparecimento – insistiu com a maior civilidade. – Será apresentado por dois bons amigos, Mills e eu. Com certeza não está com medo de uma mulher verdadeiramente encantadora...

Não estava com medo, mas a cabeça rodava-me um pouco, e olhei-o sem dizer palavra.

– O almoço é ao meio-dia em ponto. Você virá na companhia de Mills. Lamento que tenham de partir. Vou meter-me na cama por uma hora ou duas, mas tenho certeza de que não dormirei.

Acompanhou-me pelo corredor até o vestíbulo preto e branco, onde a chama escassa do gás tinha um ar de abandono. Quando abriu a porta da entrada, a rajada fria do mistral que varria a rua dos Cônsules fez-me estremecer até a medula dos ossos.

Mills e eu trocamos apenas algumas palavras enquanto nos dirigíamos para o centro da cidade. Na madrugada gélida e tempestuosa, ele caminhava pensativo, sem dar atenção ao desconforto do frio, à influência depressiva da hora, à desolação daquelas ruas vazias onde a poeira seca se erguia em turbilhões diante de nós, atrás de nós, assaltava-nos surgindo das ruas transversais. Os mascarados haviam se recolhido e os passos ressoavam nas calçadas com som desigual, como de homens sem predestinação, sem esperança.

– Espero que não falte – disse Mills de repente.

– Com franqueza, não sei bem – respondi.

– Não sabe? Bem, não se esqueça que não estou tentando persuadi-lo; mas estou no Hotel do Louvre, e sairei de lá meio-dia menos um quarto para esse almoço. Meio-dia menos um quarto, nem um minuto mais. Acho que você será capaz de dormir, não?

Pus-me a rir.

– Que idade deliciosa, a sua – disse Mills ao chegarmos ao cais. Já os contornos sombrios dos operários se mexiam na madrugada cortante, e os mastros dos navios se distinguiam vagamente até onde o olhar podia alcançar pelo velho porto além.

– Bem – recomeçou Mills –, você é capaz de dormir demais.

Essa sugestão foi feita num tom jovial, na ocasião em que apertávamos a mão no fim da Cannebière. Pareceu-me imenso ao afastar-se de mim. Dirigi-me para a casa em que estava morando. Trazia a cabeça cheia de imagens confusas, mas sentia-me realmente muito cansado para pensar.

Segunda Parte

I

Certas vezes me pergunto ainda se Mills desejava realmente que eu ficasse dormindo, isto é, se ele manifestou nisso algum interesse. A sua uniforme amabilidade não me permitia discernir. E mal posso recordar-me dos meus próprios sentimentos. A recordação que guardo daquela época da minha vida é de uma qualidade tão particular, que o princípio e o fim se acham mergulhados na sensação única de uma emoção profunda, contínua, esmagadora, revestida de exaltação extrema, cheia de uma alegria descuidada e de uma tristeza invencível – como num sonho. A impressão de que tudo isso foi vivido como que num grande ímpeto de imaginação torna-se ainda mais forte a distância, pois que, mesmo então, eu me sentia diante de um destino imprevisto, de acontecimentos cujo aparecimento não provocara nenhuma sombra.

Não que esses acontecimentos fossem de modo algum extraordinários. Eram na verdade vulgares. O que num olhar retrospectivo me parece surpreendente e um pouco aterrador é o que eles tiveram de pontual e inevitável. Mills foi pontual. Exatamente às doze menos um quarto apareceu sob o imponente portal do Hotel do Louvre, de feições frescas, com o seu terno cinzento mal assentado, e envolto na atmosfera de simpatia que lhe era peculiar.

Como poderia eu evitá-lo? Tenho até hoje a obscura convicção de que ele possuía uma distinção inerente de espírito e coração, muito superior à de todos os seres que jamais encontrei. Ele era inevitável; e, naturalmente, nunca tentei evitá-lo. O seu primeiro olhar dirigiu-se a uma vitória que parou diante da porta do hotel, na qual eu me achava sem outro sentimento, tanto quanto posso lembrar-me hoje, a não ser de ligeira timidez. Entrou no carro sem um momento de hesitação, envolveu-me da cabeça aos pés com o seu olhar cordial e (tal era o seu dom particular) causou-me uma sensação agradável.

Depois de termos caminhado algum tempo, não pude deixar de dizer-lhe com um riso acanhado: – Sabe que me parece bem extraordinário ir assim com o senhor a essa casa?

Virou-se para mim e disse na sua voz amável:

– Você vai achar tudo extremamente simples. Tão simples que se sentirá inteiramente à vontade. Suponho que não ignora até que ponto o mundo é egoísta, quero dizer a maioria dos que nele vivem, não raro inconscientemente, reconheço, e sobretudo os que têm uma missão, uma idéia fixa, um objetivo fantástico em vista, ou mesmo simplesmente uma ilusão fantástica, o que não significa não terem escrúpulos. E não sei se neste momento eu mesmo não faço parte deles.

– Isso, evidentemente, não posso dizer – retorqui.

– Há anos que não a vejo – recomeçou – e, comparando com o que ela era então, deve ser agora uma personalidade muito importante. Pelo que ouvimos de Mr. Blunt, as experiências mais a amadureceram do que a instruíram. Há pessoas, é claro, as quais não se pode instruir. Não sei se ela faz parte desse número. Mas, quanto à maturidade, já é outra coisa. A capacidade de sofrer se desenvolve em todo ser humano digno desse nome.

– O capitão Blunt não parece pessoa muito feliz – disse eu. – Dá a impressão de ter queixa de todos. Franze o sobrolho a tudo que os outros dizem e fazem. Deve ser terrivelmente maduro.

Mills lançou-me um olhar de soslaio, que encontrou os meus nas mesmas condições, e ambos sorrimos sem olhar francamente um para o outro. No fim da rua de Roma, o soprar violento e gélido do mistral envolveu a vitória que passava então debaixo de uma mancha de sol, brilhante mas sem calor. Tomamos a direita, contornando em marcha imponente o obelisco um tanto mesquinho erigido à entrada do Prado.

– Não sei se você é maduro ou não – disse Mills bem-humorado. – Mas penso que se sairá bem. Você...

– Diga-me – interrompi – qual é realmente a posição que tem lá o capitão Blunt?

E apontei com a cabeça para a alameda do Prado que se abria diante de nós entre fileiras de árvores inteiramente sem folhas.

– Perfeitamente falsa, creio eu. Não está de acordo nem com as suas ilusões ou pretensões, nem com a verdadeira posição que ele tem no mundo. E assim, entre a mãe dele, o quartel-general, e o estado dos seus próprios sentimentos, ele...

– Está enamorado dela – interrompi de novo.

– Isso não ajuda a resolver o caso, nem tampouco tenho certeza sobre tal ponto. Se assim é, não pode ser um sentimento muito idealista. Todo o calor do seu idealismo se acha concentrado num certo *"Américain, catholique et gentilhomme..."*

O sorriso que por alguns momentos pairou nos seus lábios não tinha a menor perversidade.

– Ao mesmo tempo, ele tem uma noção muito nítida das condições materiais que revestem, de algum modo, a situação.

– Que quer dizer com isso? Que Doña Rita (o nome tornara-se estranhamente familiar à minha língua) é rica, que possui muitos haveres?

– Sim, uma fortuna – disse Mills. – Mas essa fortuna pertenceu antes a Allègre... E depois há a fortuna de Blunt: ele vive da espada. E há a fortuna da mãe dele, que, pode ter certeza, é uma velha senhora absolutamente encantadora, inteligente, e ultra-aristocrática, com as relações mais distintas. Pode ter certeza. Ela não vive da espada. Ela... ela vive de expediente. Tenho a impressão de que esses dois se detestam cordialmente às vezes... Já chegamos.

A vitória parou na alameda lateral, margeada pelos muros baixos dos jardins privados. Saltamos diante de um portão de ferro forjado que ficou entreaberto, e seguimos por uma alameda circular que levava à porta de uma grande vila de aparência abandonada. O mistral zunia ao sol, agitando furiosamente as moitas desprotegidas. Tudo estava brilhante e rijo, o ar estava rijo, a luz estava rija, a terra debaixo dos nossos pés estava dura.

A porta em que Mills bateu abriu-se quase que imediatamente. A menina que a abriu era de pequena estatura, morena, e com leves marcas de varíola. Quanto ao mais, uma evidente *"femme-de-chambre"* e muito ocupada. Disse apressadamente: — A dona da casa acaba de chegar do passeio a cavalo, e subiu as escadas deixando-nos o encargo de fechar a porta.

A escada tinha um tapete vermelho. Mr. Blunt surgiu de um ponto qualquer do vestíbulo. Trajava calça de montaria e um casaco negro de abas largas. Esse conjunto assentava-lhe bem, mas não deixava de o alterar profundamente, tirando-lhe o efeito esbelto e flexível que tinha em traje de cerimônia. Não me dava a impressão de ser ele, mas antes um irmão do homem que conversara conosco na noite anterior. Exalava um delicado odor de sabão perfumado. Presenteou-nos com um rebrilhar dos seus dentes alvos e disse:

— É uma maçada. Acabamos de nos apear do cavalo. Terei que almoçar como estou. É um costume antigo que ela tem de começar o dia a cavalo. Pretende só passar bem quando faz isso. Acho que tem razão, pois que talvez não houvesse um dia, nestes últimos cinco ou seis anos, que ela não tivesse começado com uma boa cavalgada. É o motivo por que sempre foge de Paris, onde não pode sair pela manhã sozinha. Aqui, é diferente. E como eu, também, sou um estranho nestas paragens, posso sair com ela. Não é que faça questão.

Estas últimas palavras dirigiam-se particularmente a Mills com o acréscimo de uma observação em voz baixa: — É uma posição equívoca. — E depois dirigindo-se calmamente a mim e com um sorriso ligeiro: — Estivemos falando a seu respeito hoje de manhã. Você é esperado com impaciência.

— Muito lhe agradeço – disse-lhe –, mas não posso deixar de perguntar a mim mesmo o que venho fazer aqui.

Como Mills, que estava em frente à escada, levantasse o olhar, tanto Blunt quanto eu nos voltamos. A mulher de quem eu tanto ouvia falar, e de um modo que jamais ouvira em relação a uma mulher, descia então as escadas, e a minha primeira impressão foi de profunda perplexidade diante da evidência dela existir realmente. E mesmo aí a impressão visual era mais a das cores que nos dão um quadro do que a das formas da vida real. Vestia um manto, uma espécie de roupão de seda azul pálido bordado na frente e dos lados do pescoço de desenhos negro e ouro, muito apertado, e preso por um largo cinto da mesma fazenda. As chinelas eram da mesma cor, com tiras pretas no peito do pé. A escadaria branca, o vermelho escarlate do tapete, e o azul pálido do vestido formavam uma combinação de cores, que fazia ressaltar as feições daquele semblante, que, depois do primeiro olhar para o conjunto, arrastava para si irresistivelmente toda a contemplação por uma qualidade indefinível de encanto além de toda análise e que levava a pensar em raças remotas, em estranhas gerações, nos semblantes femininos esculpidos em monumentos imemoriais e nos que repousam esquecidos nos seus túmulos. Enquanto ela descia os degraus, os olhos ligeiramente baixos, lembrei-me das palavras ouvidas durante a noite, o que Allègre dissera a seu respeito, que havia nela "qualquer coisa das mulheres de todos os tempos".

Ao chegar no último degrau, levantou as pálpebras, e exibiu-nos uns dentes mais cintilantes que os de Mr. Blunt, e até mesmo mais fortes. E na verdade, ao aproximar-se, fazia nascer em nós (mas afinal eu só falo por mim) o sentimento vivo da sua perfeição física, tanto pela beleza dos membros como pelo equilíbrio dos nervos, e não tanto talvez o sentimento da graça quanto o de uma harmonia perfeita.

– Lamento tê-los feito esperar – disse. A voz era grave, penetrante, e da mais sedutora suavidade. Estendeu a mão a Mills com toda a naturalidade, como a um velho amigo. Dentro da manga extraordinariamente ampla, forrada de seda negra, pude ver o braço, muito branco, como um reluzir de pérola na sombra. Mas a mim ela estendeu a mão um tanto rígida, como que numa súbita reserva de toda a sua pessoa, combinada a um olhar muito fixo e direto. A mão era bela e fina. Inclinei-me, e limitamo-nos a tocar os dedos. Nessa ocasião não a olhei no rosto.

Em seguida, notou que havia alguns envelopes em cima da mesa redonda, de tampo de mármore, situada no centro do vestíbulo. Apanhou um deles com um movimento admiravelmente rápido, quase felino, e abriu-o, dizendo-nos:
– Desculpem-me, eu preciso... Façam o favor de passar para a sala de jantar. Mostre o caminho, capitão Blunt.

O olhar dilatado fixou a carta. Mr. Blunt abriu uma das portas, mas antes de atravessá-la ouvimos uma petulante exclamação acompanhada de um bater infantil de pés, e terminando num riso onde havia certa entonação de desprezo.

A porta fechou-se atrás de nós; fôramos abandonados por Mr. Blunt. Ficara do outro lado, possivelmente para a acalmar. A sala em que nos achávamos era comprida como uma galeria e terminava numa rotunda com muitas janelas. Era suficientemente longa para duas chaminés de granito polido. Uma mesa posta para quatro pessoas ocupava muito pouco o espaço. O soalho, de duas espécies de madeira embutida, estava muito encerado, e refletia os objetos como água mansa.

Pouco depois, Doña Rita e Blunt vieram ao nosso encontro e pusemo-nos à mesa; mas, antes que pudéssemos começar a conversar, o ressoar dramaticamente imprevisto da campainha da entrada silenciou a nossa animação incipiente. Doña Rita olhou detidamente para cada um de nós, com surpresa, quase com desconfiança. – Como pôde ele saber que eu estava aqui? – murmurou depois de olhar para o cartão que lhe trouxeram. Passou o cartão a Blunt, que o transmitiu a Mills; este esboçou uma careta, deixou-o cair na mesa, e limitou-se a sussurrar-me: – Um jornalista de Paris.

– Acabou por me descobrir – disse Doña Rita. – Poderíamos comprar a paz com dinheiro sonante se essa gente não estivesse sempre pronta a nos agarrar a alma com a outra mão. Apavora-me.

A voz saía-lhe misteriosa e penetrante dos lábios, que pouco se moviam. Mills observava-a com uma curiosidade benevolente. Mr. Blunt murmurou: – É melhor não irritar a fera. – O rosto de Doña Rita, com os seus olhos estreitos, a larga fronte e as maçãs salientes, ficou por alguns momentos muito calmo; depois enrubesceu ligeiramente. – Oh – disse ela com doçura –, mande-o entrar. Seria realmente perigoso se ele quisesse... você sabe – acrescentou, dirigindo-se a Mills.

A pessoa que provocara todas essas observações e tanta hesitação, como se se tratasse de algum animal selvagem, surpreendeu-me ao entrar, a princípio pela beleza dos seus cabelos brancos, e depois pelo seu aspecto paternal e pela simplicidade inocente de suas maneiras. Puseram-lhe um talher entre Mills e Doña Rita, que, com o maior desembaraço, pôs para o outro lado do prato os envelopes que havia trazido consigo. Com o mesmo desembaraço os olhos azuis do homenzinho os acompanharam numa tentativa de decifrar os endereços.

Parecia conhecer, pelo menos um pouco, a Blunt e Mills. Quanto a mim, lançou-me um olhar de perplexidade estúpida. Dirigiu-se então à dona da casa.

– Descansando? Descansar faz bem. Dou-lhe minha palavra, pensava encontrá-la aqui sozinha. Mas a senhora tem muito espírito. Nem o homem nem a mulher foram criados para viver sós... – Depois dessa introdução, ele assenhoreou-se da conversa, que lhe foi abandonada propositalmente, e acredito que eu fui o único a manifestar algum interesse. Não pude evitá-lo. Os outros, Mills inclusive, ali estavam como surdos-mudos. Não. Era mesmo qualquer coisa de mais nítido. Davam mais a impressão de um grupo de figuras de cera, com a sua expressão imóvel mas sem sentido, e com aquele aspecto estranho de quem sabe que a sua existência não passa de uma impostura.

Eu era a exceção; e nada poderia assinalar melhor a minha condição de que era um estranho, o mais inteiramente estranho possível à região moral em que aquela gente vivia, agia, gozava ou sofria as suas incompreensíveis emoções. Era tão estranho ali quanto o náufrago mais desesperado que numa noite é atirado numa cabana de indígenas, encontrando-os às voltas com os preconceitos e os problemas de uma terra desconhecida – de uma terra da qual ele jamais tivera a menor idéia.

Estava ainda pior, sob certo ponto de vista. Era ainda mais desconcertante. Pois, prosseguindo na mesma imagem do náufrago enredado nas complicações de uma organização desconhecida, eu, o náufrago, é que era o selvagem, o simples e inocente filho da natureza. Aquela gente era evidentemente mais civilizada do que eu. Havia mais ritos, mais cerimonial, mais complexidade nas suas sensações, mais noção do mal, mais variedades de significados nas frases sutis da sua linguagem. É claro! Eu era ainda tão jovem. No entanto, posso assegurar que foi justamente então que perdi todo sentimento de inferioridade. E por quê? Naturalmente, a falta de prudência e a ignorância da juventude representaram a sua parte. Mas havia ainda alguma coisa mais. Ao olhar para Doña Rita, de cabeça apoiada na mão, os cílios negros descidos sobre as faces levemente coradas, não me senti mais sozinho na minha mocidade. Aquela mulher, de quem ouvira falar tantas coisas que eu retivera com a exatidão duma memória infalível, aquela mulher se me revelava jovem, mais jovem do que todos que eu jamais vira, tão jovem quanto eu (e a sensação da minha mocidade era então muito aguda), se me revelava com o sentimento de uma singular intimidade, de modo que nenhum equívoco entre nós fosse possível, e que não nos restasse mais nada a saber um do outro. Naturalmente, essa sensação foi momentânea, mas luminosa; era uma luz que não podia durar, mas que não deixava atrás de si nenhuma sombra. Pelo contrário, parecia ter despertado magicamente, num ponto qualquer do meu íntimo, uma certeza inexplicável, uma confiança indizível em mim mesmo: a convicção quente, firme, impetuosa da minha vida individual começar para tudo que é bom ali, naquele lugar, naquele sentimento de solidariedade, naquela sedução.

II

Por esse motivo, a bem dizer admirável, eu era o único da companhia a ouvir sem constrangimento o hóspede inesperado, cuja bela cabeça grisalha tão bem penteada, tão bem ondulada, tão artisticamente arranjada que não se podia sentir diante dela mais respeito do que por uma custosa peruca exposta na vitrina de um cabeleireiro. Com efeito, eu tinha até vontade de rir. Isso demonstra o meu desembaraço. Gozava de uma perfeita liberdade de espírito; e assim, de todos os olhos que se achavam naquela sala, os meus eram os únicos a se mover livremente. Todos os demais que ouviam tinham baixado o olhar, Mills inclusive, mas isso, estou bem certo, era apenas conseqüência da sua delicada simpatia. Não lhe restava outra maneira de interessar-se.

O intruso devorava as costeletas – se é que eram costeletas. A despeito da minha perfeita liberdade de espírito, não tinha noção do que estávamos comendo. Tenho a impressão de que o almoço era um simples espetáculo, exceto, naturalmente, para o homem de cabelos brancos, que tinha de fato fome e que, além disso, deve ter tido a agradável sensação de dominar a cena. Inclinava-se sobre o prato e mastigava decidido, enquanto girava incessantemente os olhos azuis; mas, na verdade, nunca olhava abertamente para nenhum de nós. Todas as vezes que depunha o talher, recostava-se na cadeira e punha-se a esmiuçar em tom superficial alguma intriga parisiense sobre pessoas em evidência.

Falou a princípio sobre certo político de peso. A sua "cara Rita" conhecia-o. Usava uma roupa que datava de 1848, era como que feito de pau e pergaminho e ainda usava uma gravata branca em volta do pescoço; e a própria esposa nunca fora vista com vestido decotado. Jamais. Abotoava-se até o queixo, como o marido. Pois bem, esse homem confessara-lhe que quando se metia numa controvérsia política, não em questão de princípio, mas sobre qualquer medida especial no decurso de um debate, sentia-se disposto a matar quem quer que fosse.

Interrompeu-se para um comentário.

– Eu mesmo sou um pouco assim. Acredito que seja um sentimento puramente profissional. Sustentar o próprio ponto de vista, qualquer que seja. Normalmente sou incapaz de matar uma mosca. Minha sensibilidade é demasiado aguda para tanto. Sou também de uma grande ternura, de uma ternura imensa. Sou um republicano. Sou um vermelho. Quanto aos que agora nos dominam e governam, toda essa gente que vocês tentam levar de olhos vendados, não passam de terríveis monarquistas disfarçados. Conspiram a ruína de todas as instituições às quais me devotei. Mas nunca tentei estragar o seu joguinho, Rita. Afinal de contas, não é mais que um joguinho. Você sabe muito bem que dois ou três artigos destemidos, qualquer coisa no meu estilo, percebe, acabaria num instante com todo esse apoio furtivo que presta ao seu Rei. Chamo-o de rei apenas por amabilidade para com você. É um aventureiro, um sanguinário, um aventureiro criminoso, para mim, e nada mais. Escute aqui, minha filha, por que é que você se debate dessa maneira? Por causa desse bandido? *Allons donc!* Uma discípula de Henry Allègre não pode ter ilusões dessa espécie sobre homem algum. E muito menos uma discípula como você! Ah, os bons tempos do pavilhão! Não pense que eu invoque uma intimidade particular. Era o suficiente para me permitir oferecer-lhe os meus préstimos, Rita, quando o nosso pobre amigo faleceu. Eu julgava poder ser útil e por isso apareci. Aconteceu que fui o primeiro. Lembra-se, Rita? O que permitia a todos um bom entendimento com o nosso pobre e caro Henry Allègre era o desprezo completo, uniforme e imparcial que ele tinha pela humanidade inteira. Nisso não há nada que seja contra os mais puros princípios democráticos; mas que você, Rita, quisesse esbanjar tanto a vida em benefício de um aventureiro monárquico, isso positivamente me desconcerta. Pois você não gosta dele. Você jamais gostou dele, bem sabe.

Tentou apanhar-lhe a mão na qual ela apoiava a cabeça, chegou efetivamente a desprendê-la (o que foi realmente pasmoso) e, conservando-a entre as suas, começou a dar-lhe pancadinhas paternais da maneira mais impudente. Ela consentia com aparente insensibilidade. Enquanto isso, ele passeava com o olhar por sobre a mesa, estudando as nossas expressões. Era penoso. A estupidez desse olhar circunvagante tinha uma força que paralisava. Falava à vontade, com uma familiaridade áspera.

– Chego aqui pensando encontrar uma boa menina, razoável, que compreendeu por fim a vaidade de todas as coisas; meia luz nos quartos; em volta dela as obras dos poetas favoritos, e assim por diante. Digo a mim mesmo: "É preciso ir depressa ver aquela menina querida e prudente, e encorajá-la nas suas boas resoluções... E dou com um almoço na intimidade. Pois suponho que seja na *intimidade*. Hein? Muito? Hum, sim..."

Era realmente aterrador. Mais uma vez o olhar circunvagou pela mesa, com uma expressão incrivelmente em desacordo com as palavras. Era como se tivesse tomado aqueles olhos emprestado de algum idiota especialmente para essa visita. Segurava ainda a mão de Doña Rita, e dava-lhe pancadinhas de quando em quando.

– É para desanimar – disse num arrulho. – E acredito que nenhum dos aqui presentes seja francês. Não sei o que estão pretendendo. Está além das minhas forças. Mas se estivéssemos numa república – todos sabem que sou um velho jacobino, *sans-culotte* e terrorista –, se isto fosse de fato uma república, com a Convenção reunida e uma Junta de Salvação Pública cuidando das questões nacionais, já teriam mandado cortar a cabeça de todos aqui. Ah, ah!... estou brincando, ah, ah!... e seria uma boa lição. Não façam caso da minha pilhéria.

Enquanto ainda ria soltou a mão de Doña Rita, que sem demora se apoiou nela de novo: nem uma vez olhara para ele.

Durante o silêncio bastante humilhante que se seguiu, ele tirou do bolso um enorme estojo de couro, abriu-o e examinou com interesse crítico os seis charutos que lá se achavam. A incansável *femme-de-chambre* pôs na mesa uma bandeja de café. Cada um de nós – no contentamento, suponho, de ter alguma coisa que fazer – tirou uma xícara, mas ele, para começar, pôs-se a cheirar a sua, fungando. Doña Rita continuava apoiada no cotovelo, de lábios cerrados numa expressão repousante de particular suavidade. Não havia nada de lânguido na sua atitude. O semblante, com a aparência delicada de uma rosa, e os olhos baixos, estava como velado de uma resoluta imobilidade, e tinha tal encanto que senti um ímpeto insensato de dar a volta e beijar-lhe o braço no qual se apoiava, aquele braço rijo e bem conformado, que brilhava não como mármore, mas com um esplendor vivo e cálido. Tal era a familiaridade em que eu a tinha em meus pensamentos! Evidentemente, não fiz nada disso. Não era nada incontrolável, mas um desejo terno do tipo mais respeitoso e mais inocentemente sentimental. Fiz o gesto na minha imaginação, calmamente, quase com solenidade, enquanto o homem de cabelos de prata se recostava na cadeira, soltava baforadas do charuto, e começava a falar de novo.

A conversa, em aparência, era das mais inocentes. Informou à sua "cara Rita" que estava realmente de passagem para Monte Carlo. Era um hábito antigo seu, nessa época do ano; mas estava pronto a regressar a Paris caso pudesse fazer qualquer coisa por sua *"chère enfant";* voltaria por um dia, dois, três dias, o tempo que fosse preciso; deixaria Monte Carlo de lado naquele ano, se pudesse prestar-lhe o menor serviço e poupar-lhe uma viagem. Por exemplo, poderia ver se estava cuidando bem do pavilhão tão cheio de tesouros de arte. Que iria acontecer a todas aquelas coisas?... Fazendo-se ouvir pela primeira vez, Doña Rita murmurou sem se mover que já tinha entrado em entendimentos com a polícia a fim de que o pavilhão fosse bem vigiado. E o jogo quase imperceptível daqueles lábios encantou-me.

Mas o inquieto indivíduo não se tranqüilizou. Observou que já se tinham roubado coisas do próprio Louvre, que era talvez mais bem vigiado. Além disso, havia ainda, no patamar, aquele maravilhoso gabinete de laca negra com garças de prata, que sozinho pagaria largamente um par de ladrões. Um carrinho de mão, alguns sacos velhos, e eles podiam saquear tudo aquilo, bem nas barbas da gente.

– O senhor pensou em tudo? – perguntou ela num murmúrio frio, enquanto nós três ficávamos ali fumando para ter uma atitude qualquer (não era certamente por prazer) e nos perguntando o que iríamos ouvir depois.

Não, ele não havia pensado em tudo. Mas confessou que durante anos e anos estivera apaixonado por aquele gabinete. De qualquer forma, que *iria* acontecer àquelas coisas? Esse problema intrigava toda gente. Voltou de leve a cabeça branca admiravelmente penteada, de modo a dirigir-se a Mr. Blunt diretamente.

– Tive o prazer de encontrar a senhora sua mãe ultimamente.

Mr. Blunt levou muito tempo para levantar o sobrolho e mostrar-lhe os dentes brilhantes antes de deixar escapar com negligência: – Não posso imaginar onde é que o senhor pode ter encontrado minha mãe.

– Ora, em casa de Bing, o antiquário – disse o outro com o ar mais gravemente estúpido do mundo. Havia contudo nessas poucas palavras qualquer coisa parecendo significar que, se Mr. Blunt procurava aborrecimentos, não deixaria de os encontrar. – Bing acompanhava-a até a porta da loja, mas estava tão furioso com qualquer coisa, que chegou a ser um pouco rude comigo depois. Não sei se será muito bom para Madame *votre mère* indispor-se com Bing. Ele é uma personalidade parisiense. Uma potência na sua esfera. Os nervos de toda essa gente estão hiperexcitados diante do que possa acontecer com a coleção de Allègre. E não se admira que estejam nervosos. Um grande acontecimento artístico depende dos seus lábios, minha cara, minha grande Rita. E, a propósito, lembre-se de que não é prudente indispor-se com os outros. Que foi que você fez ao pobre Azzolati? É verdade que lhe pediu para sair e nunca mais a visitar de novo, ou qualquer coisa terrível desse gênero? Não duvido que ele lhe fosse útil, a você ou ao seu rei. Um homem que é convidado para caçar com o Presidente no Rambouillet! Estive com ele no outro dia à noite; ouvi dizer que tinha ganho quantias fabulosas no jogo; mas parecia profundamente desgraçado, o pobre diabo. Lastimava-se do seu procedimento – oh, imenso! Disse-me que você fora absolutamente brutal com ele. Declarou-me: – Não presto para nada, *mon cher*. No outro dia, no Rambouillet, sempre que tinha uma lebre diante da espingarda, pensava nas palavras cruéis que ela disse e os meus olhos se enchiam de lágrimas. Falhei todos os tiros... – Você não serve para a diplomacia, bem sabe, *ma chère*. Age como se fosse uma criança. Quando precisar que um cavalheiro de meia idade faça alguma coisa por você, não comece fazendo-o chorar. Pensei que toda a mulher havia de saber disso muito bem. Até uma freira o saberia. Que diz você? Devo voltar a Paris e reconciliá-la com Azzolati?

Esperou pela resposta. Ela cerrava os lábios finos numa atitude muito significativa. Fiquei surpreso ao ver a nossa hóspede abanar negativamente a cabeça, pois, na verdade, pela sua atitude, pela imobilidade pensativa do seu semblante, ela parecia estar a milhares de milhas de nós todos, perdida num devaneio interminável.

Ele desistiu. – Muito bem, preciso ir-me. O expresso para Nice passa às quatro horas. Estarei ausente três semanas e depois tornarei a vê-la. A menos que sofra um acesso de má sorte e fique limpo, caso em que você me verá mais cedo.

Voltou-se de repente para Mills.

– Seu primo virá cá este ano, para aquela sua linda vila de Cannes?

Mills mal se dignou a responder que nada sabia dos movimentos do primo.

– Um *grand seigneur* combinado a um grande *connaisseur* – afirmou o outro gravemente. A boca ficara-lhe frouxa e parecia um perfeito e grotesco imbecil sob os cabelos brancos, com aspecto de peru. Pensei positivamente que ele ia começar a babar. Mas em seguida investiu contra Blunt.

– O senhor também vai tentar a fortuna?... Parece-me que há muito tempo não é visto em Paris, onde se costumava encontrá-lo. Onde tem estado todo este tempo?

– O senhor não sabe onde eu estive? – perguntou Mr. Blunt com grande precisão.

– Não, só tenho o hábito de esquadrinhar coisas que possam ter alguma utilidade para mim – foi a inesperada resposta, pronunciada num tom perfeitamente indiferente, e engolida por Mr. Blunt num silêncio total.

Por fim preparou-se para se levantar da mesa. – Reflita no que eu disse, minha querida Rita.

– Já está resolvido – foi a resposta de Doña Rita num tom mais grave do que o que eu a ouvira empregar até então, e que me emocionou profundamente enquanto ela continuava: – Quero dizer, já refleti.

Ela voltara dos confins remotos da sua meditação, voltara de todo. Levantou-se e afastou-se da mesa, fazendo sinal ao outro para que a acompanhasse, o que ele não tardou a fazer, embora devagar, e como que com enfado.

Realizou-se uma conferência num recesso de uma janela. Nós três permanecemos sentados em volta da mesa de onde a empregada morena tirava os copos e os pratos com gestos bruscos. Contemplei francamente o perfil de Doña Rita, irregular, animado e de uma fascinação indefinida, a cabeça bem conformada e com os cabelos presos no alto aparentemente por uma flecha de ouro cuja haste era ornada de pedrarias. Não podíamos perceber o que ela dizia, mas o movimento dos lábios e o jogo das formas eram cheios de encanto, cheios de interesse, exprimindo ao mesmo tempo audácia e meiguice. Falava com animação sem elevar a voz. O homem ouvia, o dorso recurvo, mas parecia demasiado estúpido para compreender. Pude notar, de quando em quando, que falava, mas não se podia ouvi-lo. Em certo momento Doña Rita voltou a cabeça na direção da sala e chamou a empregada: – Dê-me a minha bolsa que está em cima do sofá.

Nisso ouviu-se o outro dizer nitidamente: – Não, não, – e depois um pouco mais baixo: – Você não tem tato, Rita... – Pude apanhar depois a resposta dela, em voz baixa e penetrante: – Por que não? Entre velhos amigos! – Entretanto mandava levar embora a bolsa, ele acalmava-se e as vozes se amorteceram de novo. Vi então que ele tomava-lhe da mão para beijar, enquanto ela, de costas para a sala, continuava a contemplar pela janela o jardim despido. Por fim saiu da sala, dirigindo à mesa um ligeiro *"bonjour, bonjour"*, que nenhum de nós três tomou em consideração.

III

Mills levantou-se e aproximou-se da figura que se achava na janela. Para grande surpresa minha, Mr. Blunt, depois de um momento de hesitação visivelmente penosa, precipitou-se atrás do homem de cabelos brancos. Em conseqüência desses movimentos fiquei inteiramente entregue a mim mesmo, e começava a ficar muito pouco à vontade quando Doña Rita, junto à janela, dirigiu-se a mim em voz alta:

– Mr. Mills e eu não temos confidências a fazer um ao outro.

Achei que isso era para me encorajar a aproximar-me deles. Ambos olharam para mim. Doña Rita acrescentou: – Mr. Mills e eu somos amigos de longa data, como sabe.

Banhada no suave reflexo do sol que iluminava obliquamente a sala, muito ereta, os braços caídos, diante de Mills, e com um leve sorriso dirigido a mim, ela parecia ao mesmo tempo extremamente jovem e já madura. Houve mesmo um momento em que uma ligeira covinha se lhe desenhou na face.

– Gostaria de saber há quanto tempo – disse eu com um sorriso.

– Oh, há séculos, séculos – exclamou precipitadamente franzindo um pouco as sobrancelhas. Depois pôs-se a falar com Mills, retomando evidentemente a conversa interrompida.

– O caso deste homem é excepcional, no entanto ele não é o pior de todos. Mas assim são as coisas. Não tenho contas a prestar a ninguém, mas não desejo ser arrastada a todos os desaguadouros onde esse indivíduo pesca para viver.

Inclinara ligeiramente a cabeça para trás, mas não havia nenhum reflexo de desprezo ou de cólera debaixo daquelas pálpebras de longos cílios negros. As palavras não ressoavam. Fiquei pela primeira vez impressionado com a uniformidade misteriosa de sua voz.

– Permita-me lembrar-lhe – disse Mills, com expressão grave e bondosa – que, sendo o que é, a senhora nada tem a temer?

– E nada a perder, talvez – prosseguiu ela sem amargor.
– Não. Não é medo. É uma espécie de terror. Deve lembrar-se de que monja nenhuma poderia ter tido vida mais protegida que a minha. Henry Allègre tinha a sua grandeza. Quando enfrentava o mundo, também o mascarava. Era suficientemente grande para isso. Enchia todo o meu horizonte.

– E isso bastava-lhe? – perguntou Mills.

– Por que perguntar isso agora? – disse ela num tom de censura. – A verdade é que nunca indaguei de mim mesma. Ele era a sombra e a luz, a forma e a voz. Queria que fosse assim. Na manhã do dia em que morreu, vieram chamar-me às quatro horas. Corri para o quarto dele, descalça. Reconheceu-me e murmurou: – És impecável. – Fiquei com muito medo. Pareceu refletir, depois disse bem claramente: – Tal é o meu caráter. Sou assim. – Foram as últimas palavras que pronunciou. Quase não as percebi então. Pensava que ele se achava numa posição muito incômoda e perguntei-lhe se podia levantá-lo um pouco mais de encontro aos travesseiros. Como sabe, sou bastante forte. Podia ter feito isso. Já o fizera antes. Levantou a mão dos lençóis o suficiente para indicar que não desejava que lhe tocassem. Foi o último gesto que fez. Inclinei-me sobre ele e então – e então quase saí correndo de casa assim como estava, em camisa de dormir. Acho que se estivesse vestida teria saído para o jardim, para a rua – teria desaparecido. Nunca tinha visto a morte. Posso mesmo dizer que nunca ouvi falar. Queria fugir dela.

Fez uma pausa para retomar demorada e tranqüilamente o fôlego. Os olhos baixos tornavam patética a doçura harmoniosa e audaz do seu semblante.

– *"Fuir la mort"* – repetiu pensativa, com a sua voz misteriosa.

Mills fez com a cabeça um ligeiro movimento, nada mais. Antes de prosseguir, ela me lançou um breve olhar como para me confirmar cordialmente que eu tinha o direito de estar ali.

– Pode-se descrever a minha vida como tendo visto passar durante anos a humanidade do alto de uma janela do quarto andar. Quando veio o fim foi como se caísse da sacada na rua. Foi tão brusco assim. Lembro-me de que certa vez alguém nos contou, no pavilhão, a história de uma moça que pulou da janela do quarto andar... (Por amor, quero crer, acrescentou rapidamente), e nada lhe aconteceu. Com certeza o seu anjo da guarda estendeu as asas a tempo de salvá-la. Sem dúvida. Mas, quanto a mim, tudo que sei é que não quebrei coisa alguma – nem mesmo o coração. Não se escandalize, Mr. Mills. É bem provável que não compreenda.

– Muito provável – aquiesceu Mills imperturbável. – Mas não se fie muito.

– Henry Allègre tinha a sua inteligência, Mr. Mills, no mais alto conceito – disse ela inesperadamente e com uma seriedade evidente. – Tudo isto é apenas para lhe dizer que, quando ele desapareceu, me senti incólume, mas confusa, sem rumo, insuficientemente aturdida. Aconteceu que esse indivíduo se achava num lugar qualquer ali por perto. Como foi que ele descobriu... Mas é da sua profissão descobrir coisas. E ele sabe, também, intrometer-se por toda parte. Na verdade, nos primeiros dias foi útil, e de certo modo parecia que fora a Providência quem o enviara. No meu desespero pensei que jamais poderia pagá-lo devidamente... Pois bem, não fiz outra coisa senão pagar desde essa data.

– Que quer dizer? – perguntou Mills suavemente. – Em dinheiro sonante?

– Oh, é realmente tão pouco – exclamou ela. – Já lhe disse que ele não é dos piores. Permaneci naquela casa, de onde quase fugira em roupa de dormir. Fiquei porque não sabia o que fazer depois. Ele sumiu-se da mesma forma como tinha aparecido, na pista de qualquer outra coisa, suponho. Como sabe, ele precisa ganhar a vida de um modo ou de outro. Mas não pense que fiquei abandonada. Pelo contrário. Entrava e saía gente, gente que Henry Allègre conhecia – ou recusara conhecer. Tinha a sensação permanente de enredos e intrigas em volta de mim. Sentia-me moralmente mortificada, toda doída, quando, certo dia, recebo o cartão de visita de Don Rafael de Villarel. Um grande de Espanha. Não o conhecia, mas, como sabe, não havia praticamente nenhuma personalidade proeminente ou de posição de quem não tivesse falado no pavilhão na minha presença. Deste só ouvira dizer que era pessoa muito austera e piedosa, sempre na igreja, e outras coisas semelhantes. Vi um homenzinho frágil de rosto comprido e amarelo, olhos sumidos de fanático, um verdadeiro inquisidor, um monge sem batina. Sentia-se a falta do rosário nos seus dedos delgados. Olhou-me de modo terrível e não pude imaginar quais os motivos que o traziam ali. Esperava que puxasse um crucifixo e me condenasse à fogueira sem mais preâmbulos. Mas não; baixou os olhos e, com voz fria e compassada, informou-me de que me visitava por parte do príncipe – chamava-o de Sua Majestade. Fiquei transtornada com a mudança. Perguntei-me então por que não enfiava as mãos nas mangas do casaco, você sabe, como fazem os frades mendicantes quando pedem esmolas. Explicou-me que o Príncipe pedia permissão para visitar-me e apresentar pessoalmente as suas condolências. Nós o tínhamos visto com muita freqüência durante os nossos dois últimos meses em Paris naquele ano. Henry Allègre teve a fantasia de pintar-lhe o retrato. Ele costumava passear conosco a cavalo todas as manhãs. Quase sem refletir disse-lhe que ficaria encantada. Don Rafael escandalizou-se com minha falta de formalidade, mas saudou-me em silêncio, à maneira dos monges, inclinando toda a parte superior do corpo. Se houvesse ao menos cruzado as mãos sobre o peito teria sido impecável. Então, não sei por que, qualquer coisa me impeliu a fazer-lhe uma profunda reverência enquanto ele saía da sala recuando, deixando-me de súbito impressionada não só com ele mas comigo também. Naquela tarde, mandei fechar a porta a quem quer que fosse, e o Príncipe apareceu com uma expressão de tristeza muito adequada, mas, cinco minutos depois de entrar na sala, ria como de costume, abalando com esse riso aquela pequenina casa. Você conhece esse riso forte e irresistível...

– Não – disse Mills um pouco abrupto –, nunca o vi.

– Não? – disse ela surpresa – E no entanto você...

– Compreendo – interrompeu Mills. – Tudo isso é puramente acidental. Deve saber que sou um homem de estudo, um solitário, mas com uma inclinação secreta pelas aventuras que, não sei como, se manifesta, e surpreende até a mim mesmo.

Ela ouvia com aquele olhar enigmático, tranqüilo, que se filtrava por entre os cílios, e com uma inclinação cordial da cabeça.

– Considero-o como um cavalheiro franco e leal... Aventuras – e livros? Ah, os livros! Quantos deles já não li e reli! Não é?...

– Sim – murmurou Mills. – É o que a gente faz.

Ela estendeu a mão e apoiou-a de leve no braço de Mills.

– Escute, não preciso justificar-me, mas se eu tivesse conhecido uma única mulher neste mundo, se tivesse tido ao menos a oportunidade de observar uma delas, talvez que me tivesse posto de guarda. Mas, como sabe, tal não se deu. A única mulher com quem tive algum trato era eu mesma, e, segundo dizem, ninguém consegue conhecer a si mesma. Nunca me veio à cabeça pôr-me em guarda contra o calor e a terrível simplicidade que o caracterizavam. Você e ele eram as únicas pessoas, extremamente diferentes, que não se aproximavam de mim como se eu fosse algum objeto precioso numa coleção, uma escultura em marfim ou uma porcelana chinesa. Eis por que, Mills, o conservei tão bem na minha memória. Oh! você não era tão simples! Quanto a ele... cedo aprendi a lastimar não ser algum objeto cinzelado de osso ou de bronze; ou uma porcelana rara, *pâte dure,* e não *pâte tendre.* Um belo espécime.

– Raro, sim. Único até – disse Mills olhando-a fixamente com um sorriso. – Mas não procure depreciar-se a si mesma. Você nunca foi bonita. Você não é bonita. Você é pior.

Houve um brilho de malícia nos olhos estreitos de Doña Rita.

– Você encontra essas belas frases nos seus livros? – perguntou ela.

– Para dizer a verdade – disse Mills com um leve sorriso –, encontrei esta num livro. Tratava-se de uma mulher que dizia isso de si mesma. Uma mulher fora do comum, que morreu há alguns anos. Era atriz. Uma grande artista.

– Grande!... Criatura feliz! Tinha esse refúgio, essa roupa, enquanto eu estou aqui sem nada para me proteger contra a má fortuna, despida e oferecida a todos os ventos que soprem. Sim, a grandeza na arte é uma proteção. Será que haveria alguma coisa em mim, algum talento, se eu tivesse tentado? Mas Henry Allègre nunca me deixou experimentar. Dizia-me que, por mais que fizesse, nunca seria bastante para o que eu era. A perfeição da lisonja! Julgaria talvez que eu não tinha talento de espécie alguma? É possível. Teria os seus motivos. Tive a impressão, depois disso, de que era ciumento. Não tinha mais ciúmes da humanidade do que medo dos ladrões para a sua coleção; mas pode ter tido ciúmes do que acaso entreviu em mim, de alguma paixão que podia ser despertada. De qualquer forma, nunca se arrependeu. Jamais esquecerei as suas últimas palavras. Viu-me de pé, junto da cama, sem defesa, simbólica e abandonada, e tudo que achou para dizer foi: – Pois bem, eu sou assim.

Eu me perdia na contemplação dela. Jamais vira ninguém falar usando tão pouco os músculos da face. Na plenitude do vigor de expressão, o rosto conservava uma espécie de imobilidade. As palavras pareciam formar-se sozinhas, ardentes ou patéticas, no ar, para fora dos lábios, cujo contorno mal se perturbava, um contorno de doçura, de gravidade, e de força, como que nascido da inspiração de algum artista, pois nunca vi, nem antes nem depois, nada que se lhe comparasse na natureza.

Tudo isso era parte do encantamento que ela lançava sobre mim; e pareceu-me notar que Mills tinha o aspecto de quem estivesse sob a ação de um sortilégio. Se também ele estava cativo, eu não tinha motivo de envergonhar-me da minha rendição.

– E você sabe – recomeçou ela bruscamente – que fui acostumada a todas as formas de respeito.

– É verdade – murmurou Mills, como que involuntariamente.

– Pois é isso – reafirmou ela. – O meu instinto pode ter me dito que a minha única proteção era a obscuridade, mas não sabia como nem onde encontrá-la. Oh, sim, tive esse instinto... Mas havia outros instintos e... Como poderei dizer-lhe? Não sabia, tampouco, como me pôr de guarda contra mim mesma. Nem uma alma com quem falar, ou de quem obter um conselho. Uma alma feminina experimentada, em quem talvez eu pudesse ver o meu próprio reflexo. Asseguro-lhe que a única mulher que jamais me falou francamente, e isso mesmo por escrito, foi...

Lançou um olhar de soslaio, notou que Mr. Blunt voltava do vestíbulo e acrescentou rapidamente em voz baixa:

– A mãe dele.

O sorriso cintilante e mecânico de Mr. Blunt brilhou na nossa direção através da sala, mas não foi acompanhado pela sua pessoa. Voltou-se para a mais próxima das duas grandes chaminés e, encontrando alguns cigarros, ficou apoiado no cotovelo ao calor forte da madeira que se consumia. Percebi então uma pequena cena sem palavras. A herdeira de Henry Allègre, que não conseguia obter nem a obscuridade nem outro alívio para aquela odiosa posição, parecia querer falar com Blunt a distância; mas durante um momento a confiante impetuosidade do seu semblante esvaiu-se como que vencida por uma idéia súbita. Eu ignorava nessa época a sua aversão por tudo quanto era hipocrisia e subterfúgio, o seu horror da insinceridade e pela falta de lealdade de qualquer espécie. Mas mesmo então senti que no último momento todo o seu ser recuara diante de alguma sombra de suspeita. E pus-me também a indagar de mim mesmo que espécie de negócio poderia Mr. Blunt ter tido a tratar com o nosso odioso visitante, de natureza tão urgente que o obrigasse a correr atrás dele até o vestíbulo? A menos que fosse para bater-lhe com algumas das bengalas que lá se encontravam. Uma cabeleira branca tão parecida com uma peruca dispendiosa não podia considerar-se proteção de valor. Mas não pode ter sido isso. A transação, qualquer que fosse, não fizera o menor ruído. Devo dizer que nenhum de nós tinha olhado pela janela e que eu não sabia quando o homem tinha saído nem mesmo se tinha saído. Na verdade, já estava longe, e cabe aqui dizer que jamais em minha vida tornei a vê-lo. Sua passagem pelo meu campo de visão foi semelhante à de outras figuras dessa época: inesquecível, um pouco fantástica, profundamente instrutiva para o meu desprezo, e atenuando-se numa memória que luta ainda com as luzes vivas e as sombras sinistras daqueles dias inolvidáveis.

IV

Passava das quatro horas quando saí da casa, em companhia de Mills. Mr. Blunt, ainda em traje de montaria, acompanhou-nos até a porta. Pediu-nos que lhe mandássemos o primeiro fiacre que encontrássemos pelo caminho. – É impossível caminhar pelas ruas com esta roupa – observou, com um sorriso brilhante.

Proponho-me neste ponto transcrever algumas notas que tomei nessa época em caderninhos negros que encontrei na confusão do passado, caderninhos baratos, vulgares, que, com o correr do tempo, adquiriram o aspecto baço e enternecedor, a dignidade fatigada e gasta de documentos.

A faculdade de exprimir-me no papel nunca foi o meu forte. Minha vida sempre se traduziu por manifestações externas. Nunca fui misterioso nem mesmo sistematicamente taciturno quanto a ocupações minhas, que bem podiam ter sido absurdas mas nunca exigiram precaução ou segredo. Mas naquelas quatro horas que decorreram depois do meio-dia, produziu-se em mim uma alteração completa. Para o bem ou para o mal, eu deixava aquela casa, ligado a uma empresa da qual não se devia falar, que teria parecido insensata e talvez ridícula a muita gente, mas que era decerto cheia de risco, e, além disso, exigia discrição, fosse apenas por lealdade. Isso devia não só tapar-me a boca, mas também, até certo ponto, fazer-me abandonar os lugares que costumava freqüentar e a companhia dos meus amigos, particularmente dos mais frívolos, dos mais jovens, dos mais imprudentes. Era inevitável. Foi porque me senti entregue às minhas próprias idéias e na impossibilidade de procurar auxílio junto a outros seres – foi talvez somente por tal motivo, a princípio, que me pus a gravar a recordação fragmentária dos meus dias.

Tomei essas notas não tanto para conservar recordações (não se podia cuidar então do dia de amanhã), mas para me ajudar a manter melhor o contato com a realidade. Rascunhei-as em terra e no mar, e em ambos os casos guardam relação não só com a natureza dos fatos, mas também com a intensidade de minhas sensações. Pode ser também que só nessa época eu aprendesse a gostar do mar por si mesmo. A mulher e o mar se me revelaram ao mesmo tempo: duas provas dos valores da vida. A grandeza ilimitada de uma, a insondável sedução do outro, exercendo os seus sortilégios imemoriais de geração em geração, agiam finalmente no meu coração; um destino comum, uma recordação inesquecível do poderio informe do mar e do encanto soberano dessa forma de mulher em que parecia bater não tanto o pulso do sangue quanto o da divindade.

Começo aqui com as notas escritas ao terminar esse mesmo dia.

Deixei Mills no cais. Caminháramos lado a lado em absoluto silêncio. O fato é que ele é demasiado idoso para que eu possa falar-lhe com toda a franqueza. A despeito de toda a sua simpatia e serenidade, não sei como portar-me e ignoro o que pensa de tudo isso. Ao apertar-nos a mão quando nos despedíamos, perguntei-lhe quanto tempo pensava ainda ficar. Respondeu-me que isso dependia de R. Ela estava trabalhando para que ele pudesse atravessar a fronteira. Ele precisava conhecer o terreno no qual o princípio do Legitimismo reivindica seus direitos de armas na mão. Isso pareceu, ao meu espírito positivo, a coisa mais fantástica do mundo, essa eliminação de personalidades no que dava a impressão de ser a mais política e dinástica das aventuras. Assim não se tratava de Doña Rita, não se tratava de Blunt, não se tratava do pretendente com o seu forte riso contagioso, não se tratava de todos esses políticos, esses arcebispos, generais, monges, guerrilheiros, contrabandistas de terra e mar, agentes suspeitos, especuladores tenebrosos, trapaceiros indubitáveis, que arriscavam a pele tentando fazer fortuna. Não. Tratava-se do princípio legitimista e dos seus direitos! Pois bem, eu aceitaria esse ponto de vista, mas com uma reserva. Todos os demais poderiam submergir nessa idéia, mas eu, o último recruta, não queria mergulhar no princípio legitimista. Quanto a mim, tratava-se de uma manifestação de atividade pessoal. Jamais tivera, até então, tanta consciência da minha personalidade. Mas nada disse a Mills. Observei-lhe apenas que achava melhor não sermos vistos com muita freqüência nas ruas. Concordou. Aperto de mão cordial. Olhei afetuosamente para as costas espadaúdas. Não lhe ocorreu voltar a cabeça. Que era eu em comparação com o princípio do Legitimismo?

Tarde da noite parti em busca de Dominic. Esse marinheiro do Mediterrâneo era exatamente a pessoa de quem eu precisava. Tinha grande experiência de tudo quanto ilegal se pode fazer no mar, trazendo forte contribuição pessoal de sagacidade e audácia. Não importava que eu ignorasse onde morava, visto que sabia onde amava. A proprietária de um pequeno e tranqüilo café do cais, uma certa Madame Léonore, mulher de trinta e cinco anos, de rosto romano e olhos negros, inteligentes, cativara-lhe o coração havia alguns anos. Naquele café, as nossas cabeças perto uma da outra, junto a uma mesa de mármore, Dominic e eu entramos em confabulações graves e intermináveis, enquanto Madame Léonore, arrastando uma saia de seda negra, de brincos de ouro, com os seus cabelos de azeviche laboriosamente penteados, e com qualquer coisa de negligente nos gestos, aproveitava todas as ocasiões, quando passava, para apoiar a mão nos ombros de Dominic. Mais tarde, quando o pequeno café se esvaziou dos seus fregueses habituais, na maioria gente em relação com o serviço de navios e cargas, ela veio calmamente sentar-se à nossa mesa, e, olhando para mim fixamente com seus cintilantes olhos negros, perguntou a Dominic o que havia acontecido ao seu Signorino. Era o nome que ela me dava. Eu era o Signorino de Dominic. Ela não me conhece por outro nome, e as minhas relações com Dominic sempre foram uma espécie de enigma para ela. Disse-me que me achava um pouco mudado desde a última vez que me havia visto. Com a sua voz generosa insistiu para que Dominic observasse os meus olhos. Com certeza eu tivera alguma sorte no amor ou no jogo, disse brincando. Mas Dominic respondeu quase com desprezo que eu não era dos que correm atrás dessa espécie de sorte. Declarou, de um modo geral, que há muitos rapazes que têm grande habilidade em inventar maneiras novas de esbanjar tempo e dinheiro. Entretanto, se precisavam de um homem de bom senso para os ajudar, não via objeção em prestar-lhes auxílio. O desprezo geral que Dominic professa pelas crenças, atividades e habilidades das classes de cima abrangia amplamente o princípio legitimista; mas ele não podia resistir à ocasião de exercer suas faculdades especiais num terreno que lhe é conhecido há muito. Foi na mocidade um contrabandista desenfreado. Decidimos comprar um veleiro pequeno e veloz. Concordamos que devia ser uma *balancelle,* e da melhor qualidade. Ele conhecia uma em condições, mas estava na Córsega. Propôs partir para Bastia, pelo navio-correio, de manhã. Durante esse tempo, a bela e opulenta Madame Léonore ficou sentada perto de nós, sorrindo vagamente, e achando graça ao ver o seu grande homem juntar-se assim a uma turma de crianças desmioladas.

Foi ela quem pronunciou as últimas palavras daquela noite:
– Vocês homens são sempre crianças, apoiando ligeiramente os cabelos brancos na têmpora de Dominic.

Quinze dias mais tarde.

... À tarde no Prado. Lindo dia. No momento de bater à porta, viva sensação de angústia. Por quê? No fundo da sala de jantar, na parte da rotunda que se inundava de luz vesperal, Doña R., sentada de pernas cruzadas no divã, na atitude de um ídolo muito antigo ou de uma criança muito jovem e cercada de uma quantidade de almofadas, agita a mão de longe com um ar de surpresa agradável, exclamando: – Quê? Já de volta? – Dou-lhe todos os detalhes e conversamos durante duas horas, por cima de uma grande taça de cobre com um pouco d'água, acendendo cigarros que fumamos sem sentir o gosto, absortos no interesse da conversa. Achei-a com uma viva compreensão das coisas e com grande sagacidade de argumentação. Todo formalismo logo se desvaneceu entre nós e não tardei a notar que também me sentava de pernas cruzadas, enquanto dissertava sobre as qualidades dos diversos veleiros do Mediterrâneo e sobre as capacidades românticas de que Dominic era dotado para a missão. Creio que lhe contei toda a história do homem, mencionando até a existência de Madame Léonore, visto que o pequeno café do cais deve tornar-se o quartel-general da parte marítima da trama.

Ela murmurou: – *Ah! Une belle Romaine,* pensativamente. Disse-me gostar de ouvir falar de gente dessa espécie em termos simplesmente humanos. Observou também que desejava ver Dominic algum dia, a fim de conhecer um homem com o qual se podia contar de modo absoluto. Quis saber se ele se metera nessa aventura unicamente por minha causa.

Disse-lhe que sem dúvida era em parte por isso. Estivéramos intimamente associados nas Antilhas, de onde voltáramos juntos, e ele tinha a convicção de que também podia contar comigo. Mas acho que é principalmente por gosto. Havia nele também uma notável displicência por tudo quanto fazia e uma grande inclinação pelas empresas aventurosas.

– E você? – disse ela. – Também é por displicência?
– De certo modo – disse eu. – Até um certo ponto.

– Não tardará a sentir-se cansado.

– Quando isso acontecer, eu lhe direi. Mas também pode acontecer que eu fique com medo. Suponho que não ignora haver muitos riscos, além do risco de vida.

– Por exemplo? – perguntou ela.

– Por exemplo, ser capturado, julgado e condenado ao que eles chamam "as galés" em Ceuta.

– E tudo isso por aquele amor pela...

– Não pelo Legitimismo – interrompi com certo enfado. – Mas por que fazer tais perguntas? É como se interrogasse a figura velada do destino. Ele não conhece nem o próprio espírito, nem o próprio coração. Ele não tem coração. Mas que aconteceria se me pusesse a interrogá-lo, já que tem coração e não tem nenhum véu diante dos meus olhos? – Ela baixou a cabeça encantadora de adolescente, de contornos tão firmes, de expressão tão meiga. O pescoço descoberto e redondo como o fuste de uma coluna. Usava o mesmo roupão espesso de seda azul. Parece que nessa época vivia ou de traje de caça ou com esse roupão apertado e aberto em ponta sobre o peito até muito embaixo. Dada a ausência de qualquer enfeite em volta do pescoço e da vista que se tinha sobre os braços nus pela abertura das mangas, o roupão parecia estar em cima da pele, e dava a impressão de se estar tão próximo do seu corpo, que podia tornar-se perturbador não fosse a perfeita inconsciência das suas maneiras. Naquele dia não trazia nenhuma flecha bárbara no cabelo. Estava partido do lado, severamente penteado para trás, e atado com uma fita negra, não se notando nenhum reflexo bronzeado em torno da testa e das têmporas. Essa fronte descoberta acrescentava uma inocência pueril às muitas virtudes da sua expressão.

Grande progresso na nossa intimidade, resultante, inconscientemente, do interesse entusiasta pelo assunto de nossa palestra e, nos momentos de silêncio, pela corrente de simpatia das nossas idéias. E essa familiaridade rapidamente crescente (de fato, ela tinha um dom terrível nesse sentido) possuía toda a gama da seriedade: grave, excitada, ardente, e até alegre. Ria em contralto; mas o seu riso jamais durava, e, quando cessava, o silêncio da sala, com o crepúsculo em todas as janelas, parecia envolver-me aquecido pela vibração de sua voz.

Quando me preparava para despedir-me, depois de uma pausa bastante demorada em que mergulháramos como num vago sonho, ela voltou a si com um estremecimento e um calmo suspiro. Disse: – Estava esquecida de mim. Tomei-lhe a mão e levantava-a naturalmente, sem premeditação, quando, súbito, senti o braço ao qual pertencia tornar-se insensível, passivo, como um membro postiço, enquanto toda ela se tornava inanimada! Larguei a mão bruscamente antes que atingisse meus lábios; estava tão inerte, tão sem vida, que caiu pesadamente no divã.

Permaneci de pé diante dela. R. ergueu para mim não os olhos, mas todo o rosto, interrogando – talvez numa súplica.

– Não! Não é isso que peço – disse eu.

O fim do dia brilhava nos seus longos olhos enigmáticos como se fossem feitos de precioso esmalte engastado naquela cabeça cheia de sombra, cuja imobilidade sugeria uma obra de arte antiga: arte imortal, e não vida efêmera. Sua voz manifestava profunda calma. Desculpou-se.

– É simplesmente hábito – ou instinto – ou o que quiser. Fui obrigada a exercitar-me nesta reserva por medo de ser tentada, certas vezes, a cortar o braço.

Lembrei-me do modo pelo qual havia abandonado esse mesmo braço e essa mesma mão àquele celerado de cabelos agitados, brancos, o que me fez ficar taciturno e estupidamente obstinado.

– Muito engenhoso. Mas essas coisas não vão comigo – declarei.

– Não fique zangado – sugeriu a sua voz misteriosa, enquanto a sua figura cercada de sombra permanecia imóvel, indiferente entre as almofadas.

Não fiz o menor movimento. Recusei no mesmo tom.

– Não. Não antes que me dê espontaneamente, algum dia.

– Sim, algum dia – repetiu num sussurro em que não havia ironia, antes hesitação, dúvida –, que sei eu.

Saí daquela casa num curioso estado de espírito, feroz e satisfeito comigo mesmo.

Agora, o último excerto. Um mês depois.

Hoje à tarde, ao subir para a Vila, senti-me pela primeira vez acompanhado de vagas apreensões. Embarco amanhã.

Primeira viagem e portanto com o caráter de prova; e não posso vencer certa emoção que me rói, pois é uma campanha que *não deve* fracassar. Nos empreendimentos desse gênero não há lugar para enganos. Todos aqueles que se acham comprometidos neste caso serão suficientemente inteligentes, fiéis, arrojados? Considerando-os como um todo, parece impossível; mas como cada um deles tem apenas uma parte limitada a representar, bem poderão ser suficientes para a missão de cada um. Serão todos pontuais? É o que me pergunto. Uma empresa que depende da pontualidade de tanta gente, por mais dispostos e mesmo heróicos que possam ser, está sempre por um fio. Percebi que esta é também a maior preocupação de Dominic. Também ele se inquieta. E, quando manifesta suas dúvidas, o sorriso que se dissimula sob a curva negra daqueles bigodes não é tranqüilizador.

Mas há também qualquer coisa de excitante em tais especulações, e o caminho que levava à vila pareceu-me mais curto que nunca.

Fui introduzido pela silenciosa e infatigável empregada morena, que tem como que o dom da ubiqüidade.

Ao entrar na grande sala percebo Mills instalado numa poltrona que arrastara para diante do divã. Faço o mesmo e ficamos sentados um ao lado do outro, em frente a R., que se mostra de uma ternura amável, embora um tanto distante entre os coxins, com uma gravidade imemorial nos olhos longos e sombreados, e um sorriso fugitivo que pairava em torno sem nunca se deter nos lábios. Mills, que acaba de voltar da fronteira, teria provavelmente perguntado a R. se ela fora de novo importunada pelo seu caro amigo de cabelos brancos. Pelo menos foi o que concluí, pois encontrei-os falando do desolado Azzolati. E, depois de responder às saudações, sentei-me, e pus-me a ouvir. Rita dirigia-se a Mills num tom grave:

– Não, asseguro-lhe que Azzolati nunca me fez nada. Conhecia-o. Era um freqüentador habitual do pavilhão, embora eu, pessoalmente, nunca falasse muito com ele em vida de Henry Allègre. Havia outros homens mais interessantes, e ele próprio era, de certo modo, reservado de maneiras para comigo. Era um político e financista internacional – um cidadão qualquer. Como muito outros, era admitido apenas para alimentar e divertir o desprezo que Henry Allègre sentia pelo mundo, desprezo que era insaciável, pode estar certo.

– Sim – disse Mills. – Imagino.

– Mas eu sei, não imagino. Muitas vezes, quando estávamos sós, Henry Allègre tinha o costume de instilar esse desprezo nos meus ouvidos. Se jamais alguém viu a humanidade despojada de roupas como a criança do conto de fadas alemão, fui eu! Nos meus ouvidos! Nos ouvidos de uma criança! Demasiado jovem para morrer de pavor. Decerto sem idade bastante para compreender – nem mesmo para crer. Mas então já o seu braço me envolvia. E eu ria, algumas vezes. Rir! Rir dessa destruição – dessas ruínas!

– Sim – disse Mills muito calmo diante daquele ardor. – Mas você tem ao seu serviço o imperecível encanto da vida; você é parte daquilo que não morre.

– Realmente?... Mas não há nenhum braço em volta de mim agora. O riso! Onde está meu riso? Restitua-me o meu riso...

E pôs-se a rir ligeiramente, em tom grave. Não sei qual foi a impressão de Mills, mas a vibração semivelada ressooume no peito que se sentiu por um momento vazio como se fosse um espaço de extensão vertiginosa.

– O riso desapareceu do meu coração, que costumava sentir-se constantemente protegido. Esse sentimento também desapareceu. Além disso, hei de morrer algum dia.

– Decerto – disse Mills num tom de voz impassível. – Quanto a esse corpo, você...

– Oh, sim! Obrigado. Pilhéria de mau gosto. Trocar de corpo como os viajantes trocam de cavalo em cada muda. Já ouvi contar isso...

– Não tenho a menor dúvida – declarou Mills com ar submisso. – Mas vamos ouvir alguma coisa mais sobre Azzolati?

– Sim. Escutem. Disseram-me que ele fora convidado para caçar no Rambouillet – convite íntimo, não se tratava de uma dessas grandes caçadas. Ouvi dizer uma série de coisas. Precisava obter certa informação, e ainda insinuar certas sugestões a um diplomata que também devia comparecer. Um personagem que jamais quis entrar em relações comigo, embora eu o tentasse várias vezes.

– Incrível! – disse Mills, num solene ar de mofa.

– O personagem desconfia da própria suscetibilidade. Nasceu cauteloso – explicou Doña Rita em tom esquivo, sem quase mover os lábios. – De repente, tive a inspiração de utilizar-me de Azzolati, que não cessava de escrever-me bilhetinhos lembrando-me que era um velho amigo. Jamais havia dado atenção a esses patéticos apelos. Mas, nessa emergência, escrevi-lhe pedindo que viesse jantar comigo no meu hotel. Creio que sabe, não moro no pavilhão. Não posso suportar o pavilhão agora. Quando sou obrigada a ir lá, tenho a impressão, no fim de uma hora, de que está mal-assombrado. Parece-me divisar alguém que conheço atrás das colunas, atravessando as portas, surgindo aqui e ali. Ouço passos leves atrás das portas fechadas... Os meus próprios passos!

Os seus olhos, os seus lábios semicerrados permaneciam imóveis até que Mills sugeriu suavemente: – Sim, mas Azzolati...

A sua rigidez desapareceu como um floco de neve se funde ao sol. – Oh! Azzolati. Foi solene. Tive a idéia de vestir-me com todo o esmero. O resultado foi magnífico. Azzolati ficou alguns segundos positivamente amedrontado como se tivesse se enganado de corredor. Compreende, ele nunca me havia visto *en toilette.* Nos velhos tempos, quando deixava o meu traje de montaria, nunca me vestia. Eu me enrolava, lembra-se Monsieur Mills? Satisfazia assim a minha indolência, o desejo de sentir o corpo livre, como no tempo em que costumava pastorear cabras... Não importa. Meu fim era impressionar Azzolati. Precisava falar-lhe seriamente.

Havia qualquer coisa de fantástico nos batimentos rápidos das suas pálpebras e no tremor sutil dos seus lábios. – E veja! a mesma idéia ocorreu a Azzolati. Imagine que, para esse jantar na intimidade a dois, vestiu-se como para uma recepção na corte. Ostentava uma agulheta na lapela da casaca onde havia tudo quanto é condecoração, e uma larga faixa duma ordem qualquer atravessada no peito da camisa. Faixa cor de laranja. Bávara, creio eu. Grande católico, esse Azzolati. Sempre foi sua ambição ser o banqueiro de todos os Bourbons do mundo. Os últimos remanescentes dos seus cabelos estavam tintos de azeviche, e as extremidades dos bigodes eram como agulhas de malha. Estava disposto a ser mole como cera nas minhas mãos. Infelizmente eu tivera algumas entrevistas irritantes durante o dia. Era-me preciso conter impulsos repentinos de quebrar um copo, atirar um prato no chão, fazer qualquer gesto violento para me acalmar. E a atitude submissa que ele mostrava tornava-me ainda mais nervosa. Estava pronto a fazer tudo no mundo por mim, contanto que lhe prometesse que jamais lhe fecharia a porta enquanto ele vivesse. Percebe a impudência, pois não? E o tom era positivamente abjeto. Respondi-lhe que não tinha portas, que era uma nômade. Inclinou-se ironicamente até quase encostar o nariz no prato, mas lembrou-se que, segundo as suas informações, eu tinha quatro casas espalhadas pelo mundo. E você sabe como isso ainda me dá mais a impressão de ser uma criatura sem lar – como um cachorro perdido na rua –, sem saber aonde ir. Estava prestes a chorar, e aquela criatura continuava sentada em frente a mim, com um sorriso imbecil que parecia dizer – "agora não tem escapatória..." Rangi os dentes de raiva. Mansamente, bem sabem... Suponho que vocês dois me acham estúpida.

Deteve-se numa pausa como que esperando respostas, mas nós não nos manifestamos, e ela continuou fazendo esta observação:

– Tenho dias assim. Muitas vezes temos a obrigação de ouvir falsos protestos, palavras vazias, rosários de mentiras, o dia inteiro, de modo que à noite não servimos mais para nada, nem mesmo para acolher a verdade se ela se apresenta em nosso caminho. Aquele idiota serviu-me um pedaço de descarada sinceridade que eu não podia suportar. Antes de mais nada começou fazendo-me confidências; gabou-se dos seus grandes negócios, depois pôs-se a lamentar-se de uma vida trabalhosa que não lhe deixava tempo para os prazeres da existência, para a beleza, o sentimento, ou qualquer alívio do coração. Coração! Queria que eu me condoesse das suas tristezas. Evidentemente fui obrigada a ouvir. Todo serviço deve ser pago. A questão é que me sentia nervosa e cansada. Ele me enervava. Disse-lhe que me surpreendia ao ver que um homem de tanta riqueza continuasse a juntar dinheiro e mais dinheiro. É provável que tivesse abusado um pouco do vinho enquanto conversávamos, e, de repente, deixou escapar uma perversidade que me ultrapassou. Não tinha cessado de gemer, de usar de recursos sentimentais, mas de súbito mostrou-me as unhas. "Não", exclama, "não pode imaginar a satisfação que é sentir toda essa gente sem vintém, esses mendigos, esses coitados tão honestos e merecedores, mas sem dinheiro, babando-se e contorcendo-se debaixo das nossas botas." Podem dizer-me que, de qualquer forma, não passa de um animal desprezível, mas era preciso ouvir em que tom isso foi dito! Senti gelo nos meus braços nus. Um momento antes tinha calor e quase desvanecia de tédio. Levantei-me da mesa, chamei Rosa, e disse-lhe que trouxesse o meu casaco de peles. Ele permaneceu sentado, olhando-me curioso, com o canto do olho. Depois de vestir o casaco e da empregada ter se retirado da sala, dei-lhe a maior surpresa da sua vida. Disse-lhe: "Retire-se imediatamente". "Vá humilhar os pobres, se quiser, mas nunca mais ouse falar comigo." Nisso, ele apoiou a cabeça no braço e continuou sentado à mesa, tapando os olhos com a mão, e eu fui obrigada a perguntar, com toda a calma, se era preciso chamar alguém que o pusesse para fora. Soltou um enorme suspiro: "Só quis ser honesto consigo, Rita". Mas assim que chegou na porta readquiriu parte do descaramento. Disse:

"Você também sabe como se humilha um pobre-diabo. Mas não me importaria ser pisado pelos seus pezinhos lindos, Rita. Eu a perdôo. Pensava que estivesse livre de todo sentimentalismo vulgar, e que tivesse um espírito mais independente. Enganei-me a seu respeito. Foi só". E com isso pretendeu enxugar uma lágrima no canto do olho – aquele crocodilo! – e saiu, deixando-me ali, de casaco nos ombros, diante das chamas impetuosas, e com os dentes rangendo como castanholas... Podem imaginar coisa mais estúpida que esta história? – concluiu num tom de extrema candura, e um olhar profundo, indecifrável, que se fixava muito além de nós. E a imobilidade dos seus lábios foi tão completa assim que acabou de falar, que me perguntei se tudo aquilo fora dito por eles, ou se se formara apenas na minha imaginação.

Depois continuou, como que falando a si mesma:

– É o mesmo que levantar a tampa de uma série de caixas e, em cada uma delas, sem exceção, encontrar sapos horrendos olhando para a gente. Eis o que se ganha quando, no trato com os homens, se vai além de um mero – Bom-dia, boa-tarde. E quando se evita mexer nas tampas, algumas se levantam sozinhas. E nem sabem, nem chegam a suspeitar aquilo que mostram. Certas confidências – eles não percebem – são como insultos da pior espécie. Acho que Azzolati se considera uma nobre ave de rapina. Da mesma forma que outros julgam ser os mais delicados, os mais nobres e requintados cavalheiros. E, no mesmo sentido, se aproveitam dos embaraços de uma mulher – para não tirar, no fim, o menor proveito. Idiotas.

A completa ausência de cólera nessa meditação em voz alta dava-lhe o caráter de comovente simplicidade. E, como se na verdade não passasse de uma meditação, nós nos conduzimos como se não tivéssemos ouvido. Mills começou a falar das suas experiências durante a visita que fizera ao exército do rei legitimista. E eu descobri, nas suas palavras, que esse homem livresco era capaz de ser preciso e pitoresco. Sua admiração pelo devotamento e bravura do exército aliava-se ao mais profundo desgosto pela inépcia com que se empregavam essas grandes qualidades. No desenvolvimento da alentada empresa, ele notara uma deplorável curteza de vistas, uma falta nefasta de decisão, a ausência de qualquer plano bem orientado.

Abanava a cabeça.

– Acho que você, mais que ninguém, Doña Rita, devia conhecer a verdade. Não sei exatamente o que arrisca nisto tudo.

Ela estava rósea como uma estátua impassível no deserto aos primeiros brilhos da aurora.

– Não é o meu coração – disse tranqüilamente. – Pode estar certo.

– Acredito. Talvez fosse melhor se você...

– Não, *Monsieur le Philosophe*. Não seria melhor. Não fique tão sério assim – continuou com ternura, numa entonação jovial, como se a ternura tivesse sido a sua herança de todos os tempos e a jovialidade a própria fibra do seu temperamento. – Pensa, provavelmente, que uma mulher que agiu como eu e que não pôs o coração em jogo é... Sabe acaso a que corresponde, de um dia a outro, um coração que bate?

– Longe de mim a pretensão de julgá-la. Que sou eu diante da sabedoria que você traz do berço? Você é tão velha quanto o mundo.

Ela aceitou a observação com um sorriso. Eu, que a observava inocentemente, fiquei estupefato ao descobrir quanta sedução pode conter um elemento furtivo como um sorriso, sem o menor auxílio de qualquer outro gesto e com aquele olhar imutável.

– Para mim é uma questão de honra, em consideração pelo meu primeiro amigo independente.

– Vocês logo se separaram – arriscou Mills –, enquanto eu me sentia a presa de certa opressão.

– Não pense nem um momento que tive medo – disse ela. – Eles é que tiveram receio. Provavelmente ouviu muitos mexericos no quartel-general, não?

– Oh, com efeito – disse Mills num tom significativo. – A loura e a morena sucedem-se como folhas levadas pelo vento. Com certeza você já notou a alegria que têm as folhas arrastadas pelo vento.

– Sim – disse ela –, essas folhas estão mortas. Por que então não haviam de parecer felizes? Portanto, acho que não há nenhum embaraço, nenhum motivo de apreensão entre os "responsáveis".

– De um modo geral, não. De quando em quando uma folha tenta ficar presa. Há por exemplo Madame...

– Oh, não desejo saber, eu compreendo tudo, sou tão velha quanto o mundo.

– Sim – disse Mills pensativo –, você não é uma folha, bem podia ter sido o próprio turbilhão.

– Com franqueza – disse ela – houve tempo em que eles pensavam que eu seria capaz de arrebatá-lo do meio deles. Na verdade não me orgulhava muito desses temores. Não havia lá nada digno de uma grande paixão. Lá não havia nenhuma tristeza que merecesse um pouco de amor.

– E é esta a palavra do enigma veneziano? – perguntou Mills, fixando-a com o olhar penetrante.

– Se lhe causa prazer acreditar, *señor* – disse ela com indiferença. O movimento dos seus olhos, cujo brilho era velado, tornou-se malicioso quando perguntou: – E Don Juan Blunt, teve ocasião de encontrá-lo por lá?

– Tenho a impressão de que me evitava. Além disso, está sempre com o seu regimento na vanguarda. É um capitão do mais alto valor. Era qualificado por alguns como temerário.

– Oh, ele não precisa procurar a morte – disse ela num tom indefinível. – Como refúgio, pelo menos. Não haverá na vida dele nada suficientemente grande para tanto.

– Está zangada. Parece-me que sente falta dele, Doña Rita.

– Zangada? Não! Cansada. Mas evidentemente isso é muito aborrecido. Não consigo cavalgar bem sozinha. Uma amazona solitária engolindo poeira e borrifos salgados pela estrada da Corniche chamaria demasiado a atenção. E depois não me importa que vocês dois saibam que tenho medo de sair sozinha.

– Medo? – exclamamos os dois.

– Vocês homens são extraordinários. Por que hão de querer que eu seja corajosa? Por que não havia de ter medo? Será porque não existe ninguém no mundo que se incomode com o que me possa acontecer?

Pela primeira vez houve na sua voz uma ressonância mais surda. Não encontrávamos nada a dizer. E ela acrescentou depois de demorado silêncio:

– Há um esplêndido motivo. Há um perigo.

Com uma intuição admirável, Mills afirmou imediatamente:

– Qualquer coisa de feio.

Ela balançou de leve a cabeça várias vezes. Depois Mills disse cheio de convicção:

– Ah! Então não pode ser nada dentro de você. E se é assim...

Senti-me impelido a dar um conselho extravagante.

– Então deveria vir comigo para o mar. Pode haver algum perigo por lá, mas não há nada de feio a temer.

Ela dirigiu-me um olhar comovido, que lhe era absolutamente estranho, e mais do que admirável para mim. De repente, como se me tivesse visto pela primeira vez, exclamou num tom de remorso:

– Oh! E há também este aqui! Por quê? Oh, por que há de arriscar a cabeça por coisas que não tardarão a desfazer-se em pó?

Eu disse: – A *senhora* não se há de desfazer em pó.

E Mills declarou:

– Para este jovem entusiasta haverá sempre o mar.

Já estávamos então todos de pé. Ela continuava a olhar-me, e repetia com uma espécie de anseio fantástico:

– O mar! O mar violeta, e ele está ansioso por tornar a encontrá-lo! À noite! Sob as estrelas!... Amantes que se encontram... – prosseguiu ela, fazendo-me estremecer da cabeça aos pés com estas últimas palavras, que se acompanhavam por um sorriso ardente sublinhado de uma suspeita de escárnio. E voltando-se: – E o senhor, *monsieur* Mills? – perguntou.

– Volto para os meus livros – declarou ele muito sério. – A minha aventura terminou.

– Cada um com os seus amores – disse ela escarnecendo-nos suavemente. – Também amei os livros, outrora! Pareciam-me conter toda a sabedoria e encerrar um poder mágico também. Diga-me, *monsieur* Mills, terá encontrado entre eles, em algum velho *in-folio,* o poder de predizer o destino de um pobre mortal, o poder de perscrutar o futuro? O futuro de quem quer que seja... – Mills abanou a cabeça... – Quê? nem mesmo o meu? – insinuou, como se de fato tivesse acreditado ser possível encontrar nos livros o segredo de algum poder mágico.

Mills abanou a cabeça de novo.

– Não, não tenho esse poder – declarou. – Nem sou grande mágico nem você é pobre mortal. Você tem os seus velhos sortilégios. Você é tão velha quanto o mundo. De nós dois, é você a mais capaz de predizer o futuro dos pobres mortais que porventura caiam sob o seu olhar.

A tais palavras ela baixou os olhos, e, nesse momento de profundo silêncio, observei que o seu peito arfava levemente. Então Mills pronunciou nitidamente:

– Adeus, velha Feiticeira.

Trocaram um cordial aperto de mão. – Adeus, pobre Mágico.

Mills fez menção de falar, mas pareceu refletir e julgar melhor calar-se. Doña Rita respondeu à minha saudação distante com uma leve inclinação do corpo, encantadora e cerimoniosa.

– *Bon voyage* e feliz regresso – disse-me um tanto protocolar.

Eu acompanhava Mills, já transpondo a porta, quando ouvi atrás de nós a voz de Doña Rita que chamava:

– Ah, um momento... esqueci...

Voltei-me. O chamado era para mim, e avancei lentamente, perguntando a mim mesmo que poderia ela ter esquecido. Mantinha-se no meio da sala, de cabeça baixa, com um reflexo imóvel nos olhos de um azul profundo. Quando cheguei bem perto, estendeu-me, sem uma palavra, o braço nu e de súbito impeliu as costas da mão de encontro aos meus lábios. Fiquei demasiado aturdido para que pudesse apanhá-la com transporte. A mão desprendeu-se dos meus lábios e caiu lentamente ao lado dela. Nós nos reconciliáramos e não havia nada a dizer. Voltou-se para a janela e eu saí precipitadamente da sala.

Terceira Parte

I

Foi ao voltarmos dessa primeira viagem que levei Dominic à Vila para o apresentar a Doña Rita. Se desejava contemplar a personificação da fidelidade, da iniciativa, e da coragem, podia vê-la completa naquele homem. Segundo parece, não ficou decepcionada. O mesmo se deu com Dominic. Durante a entrevista de meia hora em que estiveram em contato, um como outro mostraram-se tão extraordinariamente de acordo que se diria tivessem qualquer ponto de vista comum e secreto. Talvez fosse o mesmo desprezo pelas leis que ambos manifestavam, e o seu conhecimento de coisas velhas como a criação do mundo. A sedução de Doña Rita, a temeridade de Dominic eram igualmente simples, imperiosas e, de certo modo, dignas uma da outra.

Dominic ficou não direi amedrontado por essa entrevista. Mulher alguma poderia amedrontá-lo. Mas, em todo caso, mostrou-se comovido, não como se tivesse tido uma experiência extraordinária, mas antes como se houvesse recebido uma revelação. Mais tarde, quando no mar, costumava referir-se a La Señora num tom particular, percebi que daí por diante o seu devotamento não se limitaria a mim. E compreendi muito bem a inevitabilidade do fato. Quanto a Doña Rita, assim que Dominic saiu, voltou-se animadamente para mim e disse: – Mas é perfeito, este homem! – Depois disso, não raro perguntava por ele, e freqüentemente citava-lhe o nome nas nossas conversas. Mais de uma vez me disse: – A gente tem vontade de confiar a própria segurança pessoal nas mãos deste homem. Dá a impressão de que absolutamente não pode falhar. – Reconheci que era bem verdade, sobretudo no mar. Dominic não podia falhar. Mas ao mesmo tempo trocei um pouco com Rita pela sua preocupação com a segurança pessoal, que com tanta freqüência aparecia nas nossas conversas.

– Dir-se-ia que você é uma cabeça coroada num mundo revolucionário – costumava dizer-lhe.

– Não seria o mesmo. Haveria então a vantagem de representar uma idéia, que valeria ou não o sacrifício da vida. Nesse caso, poder-se-ia até fugir, e dar tudo por acabado. Mas não posso fugir, a menos que me dispa da minha pele e a abandone. Não compreende? Você é muito bobo... – Mas teve a graça de acrescentar: – De propósito.

Se é de propósito, não sei. Não estou certo da minha tolice. As palavras dela não raro arrebatavam, e o arrebatamento é uma espécie de tolice. Remediava a situação não dando sentido ao que ela dizia. Havia também o som da sua voz, bem como a sua presença cativante que se apoderava do meu coração e absorvia todas as minhas faculdades. Nesse poder de subjugar havia mistério bastante, e era mais absorvente que a simples obscuridade das suas palavras. Mas quero crer que ela não podia compreendê-lo.

Daí, certas vezes, as interessantes explosões de mau humor, em palavras e gestos, que ainda mais serviam para reforçar o poder natural, invencível, do encantamento. Certas vezes a taça de cobre virava ou a cigarreira voava, espalhando pelo chão os cigarros, que nós então apanhávamos, repondo tudo em ordem, para cair num longo silêncio, e tão íntimo que o som da primeira palavra dita magoava-me como se fosse uma separação.

Foi também nessa época que ela me sugeriu alojar-me na sua casa situada na rua dos Cônsules. Havia certas vantagens nessa mudança. Na minha moradia de então, aquelas escapadas súbitas poderiam, com o andar do tempo, despertar comentários. Por outro lado, a casa da rua dos Cônsules era um conhecido posto avançado do Legitimismo. Mas era protegida pela oculta influência daquela que, nas conversações confidenciais, nas comunicações secretas, e nos murmúrios discretos dos salões monarquistas, era designada pelo nome de "Madame de Lastaola".

Esse era o nome que a herdeira de Henry Allègre decidira adotar quando, segundo suas próprias palavras, se achou precipitada intempestivamente na turba humana. É estranho notar como a morte de Henry Allègre, que o coitado de certo não planejara, adquiria aos meus olhos o caráter de impiedosa deserção. Dava a impressão de incrível egoísmo num sentimento a que mal se podia dar nome, apropriação misteriosa de um ser humano por outro, como que em desafio a coisas inexpressas, e pela satisfação inédita de um orgulho inconcebível. Se ele a tivesse odiado não lhe arremessaria mais brutalmente aquela enorme fortuna. E a sua morte sem remorso parecia erguer por um momento o véu que ocultava qualquer coisa de pomposo e sinistro como um capricho olímpico.

Doña Rita, certa vez, me disse com uma resignação um tanto irônica: – Parece, você sabe, que a gente precisa ter um nome. Foi o que me disse o homem de negócios de Henry Allègre. Ele se mostrava muito impaciente comigo nesse ponto. Mas o meu nome foi-me arrebatado por Henry Allègre como tudo mais que eu fora antes. E tudo isso se acha sepultado com ele no túmulo. Hoje pareceria falso. Foi, pelo menos, a minha impressão. Foi por isso que adotei este. – E murmurou para si mesma: "Lastaola", não como quem experimenta a sonoridade, mas como num sonho.

Até hoje não tenho certeza se era o nome de alguma habitação humana, um *caserio* solitário com um brasão meio apagado esculpido na porta, ou de algum lugarejo perdido no fundo de um barranco, encostado a uma escarpa rochosa. Podia ter sido ainda uma colina ou talvez um rio. Um bosque, ou acaso uma combinação de tudo isso: apenas um pedaço da superfície terrestre. Certa vez perguntei-lhe em que ponto, exatamente, se situava essa região, e ela respondeu com um gesto altivo da mão, apontando para a parede da sala: – Oh, é lá! – Pensei que era tudo quanto me diria, mas ela acrescentou pensativa: – Costumava levar para lá as minhas cabras, uma dúzia mais ou menos, durante o dia. Desde que meu tio acabava de dizer a missa até o bater das ave-marias.

De súbito pude ver esse lugar solitário, que Mr. Blunt me esboçara, havia algum tempo, com poucas palavras, lugar povoado de caprinos ágeis e barbudos, de expressão cínica, e no meio uma figura confusa, enevoada ao sol, com um halo de cabelos desgrenhados, cor de ferrugem, em volta da cabeça.

O epíteto de cor de ferrugem é dela mesma. Na verdade eram leoninos. Mais de uma vez a ouvi fazer alusão aos "seus cabelos cor de ferrugem", num despeito sorridente. Eram, mesmo nessa época, intratáveis, rebeldes às restrições da civilização, e muitas vezes, no calor da disputa, caíam sobre os olhos de Madame de Lastaola, a detentora de ambicionados tesouros de arte, a herdeira de Henry Allègre.

Ela prosseguiu num estilo de reminiscência, com um leve reflexo de jovialidade no rosto todo, exceto nos olhos de um azul profundo, que só raramente abandonavam a fixidez habitual, como que perscrutando coisas invisíveis aos outros seres humanos.

– As cabras eram todas muito boazinhas. Saltávamos juntas por entre as pedras. Perdia para elas em habilidade, e costumava prender o cabelo nas moitas.

– O seu cabelo cor de ferrugem – murmurei.

– Sim, sempre foi dessa cor. E aqui e ali, nos espinhos, lá ficavam pedaços do meu vestido, que era muito fino, pode estar certo. Nesse tempo não havia muita coisa entre a minha pele e o azul do céu. Tinha as pernas tão queimadas de sol quanto o rosto, mas não era propriamente bronzeada. Estava coberta de sardas. Não havia espelhos no presbitério, mas meu tio possuía um pedaço que não era maior que as minhas mãos, para fazer a barba. Num domingo meti-me no quarto dele e mirei-me. Como fiquei amedrontada ao ver os meus olhos me contemplarem! Mas, também, era fascinante. Tinha então cerca de onze anos, era muito amiga das minhas cabras, fina como uma cigarra, delgada como um fósforo. Meu Deus! quando me ouço falar às vezes, eu olho para mim, isso não me parece possível. E no entanto sou a mesma. Lembro-me de todas as cabras. Eram muito inteligentes. As cabras não dão trabalho: nunca vão muito longe. As minhas nunca foram, mesmo quando tinha de esconder-me e ficar muito longe da vista.

Era naturalíssimo perguntar-lhe que necessidade tinha de esconder-se, e ela exprimiu-se vagamente, mais num comentário que numa resposta:

– Era uma espécie de fatalidade.

Resolvi tomar a coisa de outro modo, troçando, porque não raro éramos como duas crianças.

– Oh, francamente – disse eu –, você fala como se fosse uma pagã. Qual poderia ser a sua noção da fatalidade nessa época? Com que parecia? Teria descido do Céu?

– Não diga tolices. Costumava vir por um caminho que havia ali e vinha sob a forma de um menino. Talvez fosse um pequenino demônio. Compreende, eu não podia saber. Era um primo rico. Naquela região somos todos parentes, todos primos – como na Bretanha. Não era muito maior que eu, porém mais velho, um garoto de calças azuis e bem calçado, o que naturalmente me interessou, causando-me certa impressão. Ele gritou-me de baixo, eu gritei-lhe de cima. Ele subiu, sentou-se numa pedra junto de mim, não disse palavra, deixou que o contemplasse durante uma meia hora antes de condescender em perguntar-me quem eu era. E que ares se dava! Intimidava profundamente com aquele mutismo. Lembro-me que tentei esconder os pés nus debaixo da saia enquanto me sentava no chão, abaixo dele.

– *C'est comique, eh!* – exclamou, interrompendo-se num comentário melancólico. Olhei-a com simpatia e ela prosseguiu: Era filho único de um casal de proprietários ricos, que moravam a duas milhas do barranco. No inverno costumavam mandá-lo para o colégio em Tolouse. Tinha uma grandíssima opinião de si mesmo: iria dentro em breve tomar conta de uma loja na cidade, e era a criatura mais descontente que jamais vi. A boca era infeliz, os olhos eram infelizes, e estava sempre se queixando de qualquer coisa: da maneira com que o tratavam, porque estava preso no campo e por ser obrigado a trabalhar. Gemia, lamentava-se e ameaçava toda gente, inclusive pai e mãe. Costumava amaldiçoar Deus – sim senhor, aquele garoto que ali estava, sentado numa pedra como pequeno Prometeu miserável com um pardal beliscando-lhe o pobre fígado. E o cenário grandioso das montanhas em torno, ah, ah, ah!

Ria com voz de contralto: um som penetrante, com qualquer coisa de generoso. Esse riso não era contagioso, mas era de certo modo provocante.

– Naturalmente, eu, pobre animalzinho, não sabia o que fazer, e tinha mesmo um pouco de medo. Mas a princípio por causa dos seus olhos miseráveis, tive pena dele, quase como se fosse uma cabra doente. Mas, com medo ou com pena, não sei por que, sempre tive vontade de rir-me dele também, isto é, desde o primeiro dia em que me deixou admirá-lo durante meia hora. Sim, mesmo então fui obrigada a tapar a boca com a mão por mais de uma vez, em consideração às boas maneiras, compreende. E no entanto – sabe? – nunca fui menina de muito riso. Certo dia ele apareceu e sentou-se muito importante, um pouco afastado de mim, e disse-me que tinha apanhado por andar vagabundeando pelos montes.

– Por andar comigo? – perguntei. Respondeu: – Com você? Não. A minha família ignora o que eu faço. – Não posso explicar, mas fiquei aborrecida. Então, em vez de manifestar piedade, como ele provavelmente esperava, perguntei-lhe se as pancadas tinham doído muito. Levantou-se. Estava com uma chibata na mão, e encaminhando-se para mim, disse: – Vou já te mostrar. Fiquei dura de medo, mas em vez de bater-me deixou-se cair ao meu lado e beijou-me na face. Depois repetiu, enquanto eu ficava como morta: podia ter feito o que quisesse com o cadáver, mas deteve-se subitamente, e eu tornei de novo à vida, fugindo. Não fui muito longe, pois não podia abandonar as cabras. Ele perseguiu-me por entre as rochas, mas naturalmente a minha agilidade era maior que a dos seus pés elegantemente calçados. Quando se cansou, pôs-se a atirar-me pedras. Depois disso, passou a transmitir muita animação à minha vida. Às vezes surgia de improviso, e era preciso que eu ficasse muito quieta e ouvisse as suas miseráveis divagações, pois que me abraçava pela cintura e me apertava muito. E no entanto, não raro, senti vontade de rir. Mas, se o percebia de longe e tentava evitá-lo, punha-se a atirar-me pedras, perseguindo-me até um abrigo que eu conhecia e depois sentava-se do lado de fora junto a um monte de pedregulho, de modo que eu não ousava mostrar a ponta do nariz durante várias horas. Ficava lá sentado, divagando e injuriando-me até que eu explodia num riso louco no meu esconderijo. Podia então vê-lo através das folhas rolando por terra e mordendo os punhos de raiva. Como me odiava! Ao mesmo tempo, muitas vezes ficava apavorada. Estou convencida hoje de que se tivesse começado a chorar, ele se precipitaria sobre o meu abrigo e talvez me estrangulasse. Depois, ao cair do sol, fazia-me jurar que me casaria com ele quando crescesse. – Jura, sua mendiga maldita – urrava-me então. E eu jurava. Tinha fome, e não queria ficar toda marcada de manchas produzidas pelas pedradas. Oh, jurei tantas vezes casar-me com ele! Trinta vezes por mês durante dois meses. Não podia ser de outra forma. Era inútil queixar-me à minha irmã Teresa. Quando lhe mostrei as minhas contusões e tentei contar-lhe um pouco dos meus aborrecimentos, ela escandalizou-se. Chamou-me de pecadora, de sem-vergonha. Pode estar certo de que isso me atormentou de tal forma, que, entre minha irmã Teresa e o menino José, eu vivia num estado de quase idiotia. Mas, felizmente, no fim de dois meses ele teve que sair de casa. Curiosa história para uma pastora de cabras que vivia o dia inteiro ao ar livre, sob o olhar de Deus, como diria meu tio cura. Minha irmã Teresa tomava conta do presbitério. É uma criatura terrível.

– Já ouvi falar na sua irmã Teresa – disse eu.

– Ah, já ouviu! Da minha grande irmã Teresa, mais velha que eu seis, dez anos talvez? Ela bate um pouco acima do meu ombro, mas eu sempre fui muito comprida. Não conheci minha mãe. Nem mesmo como era. Não há quadros nem fotografias nas nossas herdades das colinas. Nem mesmo a descrição dos seus traços cheguei a ouvir. Creio que não me julgavam digna de ouvir essas coisas. Teresa resolveu que eu era um poço de malvadeza, e hoje acredita que minha alma está de todo perdida, a menos que me esforce por salvá-la, o que não é nada do meu gosto. Acho que seja aborrecido ter uma irmã que corre para a perdição eterna, mas há compensações. O mais interessante é que foi Teresa, suponho, quem tudo fez para me manter a distância do presbitério quando fiz um desvio para ir vê-los, ao voltar da minha visita ao *Cuartel Real* no ano passado. Não poderia ter ficado com eles mais que meia hora, em todo caso gostaria de atravessar de novo aqueles velhos umbrais. Estou certa de que Teresa persuadiu o meu velho tio a sair e vir encontrar-me na base da colina. Percebi o velho de longe e compreendi. Imediatamente me apeei e aproximei-me. Passamos uma meia hora juntos, andando para cima e para baixo pela estrada. É um padre da roça, não sabia como tratar-me. E, naturalmente, eu também não me sentia à vontade. Não havia por perto uma só cabra para vir em meu auxílio. Devia tê-lo abraçado. Sempre gostei daquele velho severo e simples. Mas ele empertigou-se quando me aproximei, e chegou ao ponto de me tirar o chapéu, tal era a sua simplicidade. Baixei a cabeça e pedi-lhe a bênção. E ele disse: – Jamais recusaria a bênção a uma boa legitimista. – Tal era a sua severidade! E quando penso que eu era a única moça da família ou do mundo em quem ele jamais, na sua vida de padre, deu pancadinhas na cabeça! Quando penso nisso!... Creio que naquele momento me sentia tão infeliz quanto ele. Estendi-lhe um envelope com um grande selo vermelho que o encheu de medo. Pedira ao Marquês de Villaroel que me desse algumas palavras para ele, pois que meu tio goza de grande influência no seu distrito; e o Marquês, do próprio punho, traçou algumas palavras amáveis e um questionário sobre o espírito da população. Meu tio leu a carta, olhou para mim com um ar de tristeza receosa, e pediu-me que dissesse a sua excelência que o povo era todo por Deus, pelo seu rei legítimo e pelos seus velhos privilégios. E depois que me perguntou, num tom terrivelmente lúgubre, sobre a saúde de Sua Majestade, eu disse-lhe: Agora só me resta uma coisa a fazer, meu tio, é dar-lhe duas libras do melhor rapé que eu lhe trouxe. – Que mais poderia eu encontrar para aquele santo homem? Não trazia bagagens comigo. Tive que deixar no hotel um par de sapatos sobressalentes para fazer lugar no meu saco onde botar o rapé. E, imagine! – o velho cura repeliu terminantemente o embrulho, que eu então tive vontade de lhe atirar na cabeça. Mas logo me pus a pensar naquela vida rude de orações, que não queria saber nada dos prazeres deste mundo, absolutamente nada, a não ser uma pitada de rapé de quando em quando. Lembrei-me de como se amargurava quando lhe faltava uma moeda de cobre para comprar um pouco de rapé. Estava vermelha de indignação, mas, antes que pudesse precipitar-me sobre ele, lembrei-me da sua simplicidade. Assim, disse com grande dignidade que o presente vinha do rei, e, como ele não queria recebê-lo, nada mais me restava senão atirá-lo no riacho; e esbocei o gesto.

Ele gritou: – Espera, tresloucada! Isto vem realmente de Sua Majestade, que Deus guarde? – Respondi com desdém: – É claro. – Ele me lançou um olhar cheio de piedade, soltou um profundo suspiro, e tomou-me a latinha das mãos. Imaginou, talvez, que eu, no meu abandono, tivesse arrancado dinheiro do rei para comprar aquele rapé. Não pode imaginar como ele é simples. Nada era mais fácil do que enganá-lo; mas não suponha que o enganei por vanglória de simples pecadora. Menti ao santo homem simplesmente porque não podia suportar a idéia de o saber privado da única satisfação que aquele grande corpo ascético e descarnado jamais conheceu na terra. Quando montei na minha mula para ir embora, murmurou friamente: "Que Deus a proteja, Señora!" Señora! Que gravidade! Já estávamos a certa distância quando o seu coração se enterneceu e gritou-me numa voz terrível: "O arrependimento é o caminho do Céu!" E depois, após um silêncio, mais uma vez o grito "arrependimento!" trovejou atrás de mim. Seria rigidez ou simplicidade, pergunto? Ou uma simples superstição sem significado, um hábito mecânico? Se há no mundo alguém perfeitamente honesto, com certeza é meu tio. E contudo – quem sabe?

Será capaz de imaginar que foi que eu fiz depois? Assim que atravessei a fronteira, escrevi de Baiona ao velho, pedindo-lhe que mandasse minha irmã para cá. Disse que era a serviço do rei. Compreende, de repente me veio à idéia aquela minha casa em que você passou a noite, uma vez conversando com Mr. Mills e Don Juan Blunt. Pensei que estava muito adequada para os oficiais carlistas que aparecem por cá, de licença ou em comissão. Nos hotéis poderiam incomodá-los, enquanto a minha casa podia ser perfeitamente protegida todas as vezes que eu quisesse. Bastava uma palavra do ministro em Paris ao chefe de polícia. Mas precisava de uma mulher para tomar conta. E onde poderia encontrar uma mulher de confiança? Como descobrir essa virtude à primeira vista? Não sei falar às mulheres. Naturalmente, a minha Rosa poderia fazer isso por mim e mais ainda; mas como passaria eu sem ela? Trata de mim desde o princípio. Foi Henry Allègre quem a arranjou para mim, já faz oito anos. Não sei se ele fez isso por amabilidade, mas o fato é que ela se tornou o único ser humano em quem posso apoiar-me. Ela sabe... Que é que ela não sabe a meu respeito? Nunca deixou de fazer o que era preciso, mesmo sem lhe pedir. Não me seria possível separar-me dela. E não via mais ninguém disponível a não ser minha irmã.

Era, afinal, alguém que me pertencia. Mas a idéia parecia de um arrojo incrível. No entanto, ela veio logo. É claro que tive o cuidado de mandar-lhe algum dinheiro. Ela gosta de dinheiro. Quanto a meu tio, não havia nada que ele não fizesse a serviço do rei. Rosa foi esperá-la na estação, e disse-me depois que os meus receios de que ela não reconhecesse Mademoiselle Thérèse eram injustificados, pois não havia mais ninguém no trem que pudesse prestar-se a confusões. Bem o creio! Veio com um vestido de fazenda parda, parecendo hábito de freira, trazia um cajado torto e carregava todas as suas coisas amarradas num lenço. Parecia um peregrino a caminho do santuário. Rosa levou-a para casa. Assim que chegou diante do prédio, perguntou: "Mas este casarão pertence mesmo à nossa Rita?" A minha empregada naturalmente disse que sim. "E há quanto tempo mora aqui?" – "Madame nunca viu esta casa, a não ser, talvez, o lado de fora, pelo que sei. Acho que Mr. Allègre morou aqui algum tempo quando era moço." – "O pecador que morreu?"

– "Exatamente", disse Rosa. Você sabe que Rosa não se impressiona com coisa alguma. – "Bem, os pecados foram-se com ele", disse minha irmã, e começou a instalar-se como se estivesse em casa.

Rosa ia ficar com ela durante uma semana, mas no fim do terceiro dia já estava de volta para a minha companhia observando que Mlle. Thérèse já estava senhora da situação e preferia ficar só. Pouco tempo depois, fui ver minha irmã. A primeira coisa que me disse foi: "Não era capaz de te reconhecer, Rita". E eu disse: "Que vestido engraçado é esse, Teresa; é mais próprio para uma porteira de convento do que para esta casa". – "Sim", disse ela, "e, a menos que me dês esta casa, Rita, eu volto para nossa terra. Não quero meter-me na tua vida, Rita. Tua vida não tem segredo para mim."

Ia andando, de sala em sala, e Teresa acompanhava-me. "Não creio que a minha vida tenha segredos para quem quer que seja", disse-lhe, "mas como sabes do que se passa comigo?" Então contou-me que fora por intermédio de um primo nosso, aquele terrível rapazola, lembra-se? Ao sair do colégio empregara-se numa casa de comércio qualquer, espanhola, em Paris, e parece que se incumbira de escrever para a terra tudo que conseguia saber de mim ou esmiuçar junto aos parentes, com quem eu vivera quando menina, coisas a meu respeito. Explodi de indignação, e comecei a andar de um lado para outro, furiosa (estávamos sozinhas no andar de cima), e Teresa fugiu para a porta. Ouvia-a, então, dizer a si mesma: "É o espírito mau que está fazendo isso nela". Estava absolutamente convencida disso. Fez o sinal-da-cruz no ar para se proteger. Eu estava atônita, e depois não pude conter-me, soltei uma gargalhada. Ria, ria a não poder parar até que Teresa foi-se embora. Desci ainda rindo e encontrei-a no vestíbulo de cara para a parede e os dedos nos ouvidos, ajoelhada num canto. Tive que puxá-la pelos ombros para a arrancar dali. Não creio que estivesse com medo; estava simplesmente escandalizada. Mas estou certa de que não tem mau coração, pois, quando me atirei numa cadeira, sentindo-me esgotada, ajoelhou-se diante de mim e, abraçando-me pela cintura, suplicou-me que saísse do mau caminho com a ajuda de santos e padres. Um verdadeiro programa para uma pecadora arrependida. Por fim levantei-me. Deixei-a de joelhos diante da cadeira vazia, olhando para mim. "Rezo por ti todas as noites e todas as manhãs, Rita", disse ela. "Pois sim, sei que és uma boa irmã", disse-lhe eu, e já ia saindo da sala quando ela me chamou: "E quanto a esta casa, Rita?" Respondi então: "Oh, podes conservá-la até o dia que resolva corrigir-me e entrar para um convento". Quando saí ela continuava de joelhos para mim e de boca aberta. Vi-a depois disso várias vezes, mas as nossas relações, do lado dela pelo menos, são as de uma freira rígida com alguma grande senhora. Mas creio que ela não ignora como tratar bem os homens. Bem que gosta dos homens. Não parecem ser tão grandes pecadores quanto as mulheres. Acho que você, instalando-se no número 10, há de estar menos mal que em muito outro lugar. Estou certa de que ela acabará tendo uma santa afeição por você.

Não sei se a perspectiva de tornar-me um favorito da irmã camponesa de Doña Rita me fascinava muito. Se fui de boa vontade morar no nº 10 foi porque tudo que se relacionava com Doña Rita representava para mim uma fascinação particular. Tanto quanto eu sabia, ela só estivera naquela casa, e de passagem uma só vez, mas era bastante; era um desses seres que deixam vestígios. (Espero que, pelo menos, aqueles que a conheceram não pensem que perdi o juízo.) Eis por que era, suponho, tão inesquecível. Lembremo-nos da tragédia do implacável Azzolati, o financista ridículo de alma criminosa (talvez fosse melhor dizer "coração"), e de lágrima fácil. Não admira pois que para mim, que posso gabar-me sem vaidade excessiva de ser muito mais fino que aquele grotesco intrigante internacional, a simples idéia de que Doña Rita passara pelos quartos onde eu ia morar, no intervalo de rudes expedições marítimas, era suficiente para encher o meu íntimo de grande contentamento. O olhar dela, aquele olhar azul profundo, havia percorrido as paredes entre as quais eu ia dormir. Atrás de mim, num lugar qualquer perto da porta, Teresa, a irmã camponesa, disse num tom singular de compaixão e com esse surpreendente espírito de falsa persuasão próprio a donas de pensão:

– Vai ficar muito bem aqui, *Señor*. A rua é tão quieta. Às vezes a gente chega a pensar que está numa aldeia. São só cento e vinte e cinco francos para os amigos do rei. E eu tomarei todo o cuidado para que mesmo o seu coração possa repousar.

II

Doña Rita estava curiosa por saber como me arranjara com a irmã e tudo que pude dizer-lhe foi que a camponesa era amável à sua maneira. Ao que ela soltou um estalido com a língua e repetiu a observação que já havia feito antes: "Ela gosta de rapazes moços. Quanto mais moços melhor". A simples idéia daquelas duas criaturas serem irmãs causava espanto. No físico eram inteiramente diferentes. Havia a diferença que se nota entre um tecido vivo animado de sopro divino e uma figura em terracota.

Na verdade, Teresa parecia de certo modo uma obra de argila sem polimento, que não deixava de ser admirável. O único brilho que se lhe podia notar era talvez o dos dentes, que de improviso se descobriam entre os lábios duros, inexplicavelmente, pois nunca se associavam a um sorriso. Sorria apertando os lábios. Era francamente difícil conceber que aqueles dois pássaros tivessem saído do mesmo ninho. E no entanto... Contrariamente ao que em geral acontece, era quando se via aquelas duas mulheres juntas que se perdia toda a crença em qualquer parentesco entre ambas, próximo ou remoto. Chegava-se mesmo a duvidar que fossem dotadas de uma humanidade comum. Se uma delas era representativa, a outra então era qualquer coisa de acima ou abaixo do humano. Dava vontade de perguntar se aquelas duas mulheres pertenciam ao mesmo plano de criação. Era de espantar vê-las juntas, falando-se, compreendendo-se. E no entanto!... O nosso senso psicológico é o mais informe de todos; não sabemos, não compreendemos o quanto somos superficiais. As mais simples sombras nos escapam, o segredos das mudanças, das relações. Não, tomando o conjunto, o único traço (e assim mesmo, com enormes diferenças) que Teresa tinha em comum com a irmã, como disse a Doña Rita, era a amabilidade.

– Pois, como sabe, você mesma é amabilíssima – continuei a dizer. – É uma das suas características, naturalmente muito mais preciosa que nos outros. Tem a arte de transubstanciar os traços mais comuns em ouro que lhe é próprio. Mas afinal de contas não há necessidade de novos nomes. Você é amável. Foi amabilíssima comigo logo da primeira vez que a vi.

– Realmente? Pois não notei. Não foi especialmente...

– Nunca tive a presunção de pensar que fosse especialmente. Além disso, eu estava com a cabeça num turbilhão. Antes de mais nada, estava aturdido com o que ouvira durante a noite inteira, a sua história, um conto maravilhoso com sabor de vinho, envolta em nuvens, com aquele manequim de mulher decapitado, mutilado, espiando num canto, e o riso de Blunt cintilando através da névoa, a névoa do cachimbo de Mills que me vinha nos olhos. Sentia o corpo inanimado e o espírito terrivelmente excitado o tempo todo. Nunca ouvira contar nada de parecido com essa sua história. Evidentemente, não estava com sono, mas contudo não tinha o hábito das prolongadas insônias, como Blunt...

– Ficar acordado a noite inteira ouvindo a minha história! – exclamou ela maravilhada.

– Sim. Mas com certeza não pensa que estou me lamentando, pois não? Eu não perderia aquilo por nada no mundo. Blunt no seu casaco velho e rasgado, a gravata branca, e aquela voz incisiva e polida, parecia estranho e solene. Dir-se-ia que inventava a história como que zangado. Eu tinha dúvidas sobre a sua existência, Rita.

– Mr. Blunt se interessa muito pela minha história.

– Quem seria capaz do contrário? – disse eu. – Não preguei olho um momento. Esperava poder vê-la breve, e mesmo então tinha as minhas dúvidas.

– Quanto à minha existência?

– Não era propriamente isso, embora, naturalmente, pudesse crer que você fosse um produto da insônia do capitão Blunt. Ele parecia recear muitíssimo que o deixássemos sozinho e a sua história podia bem ser um expediente para nos reter...

– Ele não tem imaginação suficiente para tanto – disse ela.

– Isso não me ocorreu. Mas lá estava Mills, que acreditava aparentemente na sua existência. Eu podia confiar nele. As minhas dúvidas eram sobre as conveniências. Não podia encontrar nenhum motivo plausível para lhe ser apresentado. É estranho que fosse a minha ligação com o mar que me trouxesse aqui à Vila.

– Inesperado, talvez.

– Não. Quero dizer particularmente estranho e significativo.

– Por quê?

– Porque os meus amigos têm o habito de dizer que o mar é o meu único amor. Sempre troçavam comigo porque não podiam ver ou imaginar mulher alguma na minha vida, abertamente ou em segredo...

– E é realmente assim? – perguntou ela com displicência.

– É. Não quero dizer que seja algum pastor inocente de uma dessas intermináveis narrativas do século XVIII. Mas nunca abuso da palavra amor. Talvez seja verdadeiro quanto ao mar. No entanto há pessoas que dizem que adoram salsichas.

– Você é horrível.

– Você me surpreende.

– Refiro-me à escolha das suas expressões.

– E você nunca pronunciou uma palavra que não se tivesse transformado em pérola ao cair dos seus lábios. Diante de mim, pelo menos.

Ela olhou para o chão intencionalmente e disse:

– Está melhor agora. Mas não vejo nenhuma no chão.

– Você é que é horrível com os subentendidos da sua linguagem. Não vê nenhuma no chão? Pois então não as apanhei e guardei todas no coração? Não sou o animal que serve para fazer salsichas.

Contemplou-me suavemente e depois, com o sorriso mais doce possível, sussurrou a palavra: "Não".

E ambos rimos com vontade. Ó dias de inocência! Nessa ocasião nos separamos jovialmente. Mas já adquirira a convicção de que no mundo não havia nada mais digno de ser amado do que aquela mulher; nada que transmitisse mais vida, mais inspiração, mais luz do que a emanação do seu encanto. Digo-o seriamente: nada, sem excetuar a luz do sol.

Só restava um passo a dar, o que levasse a um abandono consciente, à percepção livre de que esse encanto, ardente como uma chama, tinha também a faculdade de tudo revelar como uma grande luz, de dar nova profundeza às sombras, novo brilho às cores, uma espantosa vivacidade a todas as sensações e vitalidade a todas as idéias; de modo que tudo que fora vivido antes desse a impressão de ter sido num mundo cinzento e evanescente.

Era uma grande revelação. Não quero dizer que abalasse a alma. A alma estava já cativa antes que a dúvida, a angústia ou o espanto pudessem atingir esse abandono e essa exaltação. Mas, de qualquer modo, a revelação reduziu muitas coisas a pó, e, entre outras, o sentido de displicente liberdade da minha vida. Se essa vida jamais pudesse ter tido um desígnio ou qualquer intuito fora de si mesma, eu diria que projetava uma sombra no meu caminho. Mas não tinha. Não tinha havido caminho algum. No entanto havia uma sombra, a companheira inseparável de toda luz. Iluminação alguma é capaz de varrer todo o mistério do mundo. Uma vez vencida a treva, as sombras subsistem, tanto mais misteriosas quanto mais duráveis; e elas infundem um terror até então ignorado. Que aconteceria se devessem sair por fim vitoriosas? Elas, ou o que nelas se dissimula: temor, decepção, desejo, desilusão – tudo permaneceu a princípio em silêncio diante do canto de amor triunfante que vibrava na luz. Sim. Em silêncio. Até o próprio desejo! Tudo em silêncio. Mas não por muito tempo!

Foi, penso eu, antes da terceira expedição. Sim, deve ter sido a terceira, na luz. Sim. Até o próprio desejo! Tudo em silêncio. Mas não por muito tempo!

Foi, penso eu, antes da terceira expedição. Sim, deve ter sido a terceira, pois me lembro que foi audaciosamente preparada, e que se realizou sem estorvos. O perigo das tentativas passara; todas as nossas disposições tinham sido aperfeiçoadas. Havia sempre uma fumaça infalível na colina e uma lanterna infalível na praia. Os nossos amigos, na maioria comprados a dinheiro sonante e portanto precioso, haviam adquirido confiança em nós. Não se tratava, pareciam dizer, de algum expediente de aventureiros sem recurso. Não era senão a empresa temerária de gente de dinheiro e bom senso. Não havia motivo para inquietações. O jovem *caballero* trazia legítimas peças de ouro no cinturão que usava em cima da pele; e o homem de grandes bigodes e de olhos incrédulos tem verdadeiramente um aspecto de homem. Manifestavam a Dominic todo o respeito de que eram capazes, e a mim todas as provas de deferência, pois eu tinha todo o dinheiro, enquanto eles pensavam que Dominic tinha todo o bom senso. Essa opinião não era de todo exata. Tinha o meu quinhão de discernimento e audácia, que hoje me surpreende, já que os anos me esfriaram o sangue sem obscurecer-me a memória. Revejo-me naquela aventura com uma temeridade jovial e lúcida que, conforme a rapidez ou reflexão com que a mesma se decidia, fazia com que Dominic retivesse a respiração entre os dentes cerrados ou me olhasse fixamente antes de dar-me um gesto de assentimento ou um sarcástico "Oh, com certeza" – segundo o seu estado de espírito no momento.

Certa noite, quando estávamos deitados lado a lado numa língua de areia seca, ao abrigo de um rochedo, observando a luz do nosso barquinho que dançava ao longe no mar, aos ventos da distância, Dominic me disse de repente:

– Suponho que Afonso e Carlos, Carlos e Afonso pouco lhe importam, juntos ou separados, não?

Respondi: – Dominic, se eles desaparecerem deste mundo, juntos ou separados, isso não me afetaria de modo algum.

Ele observou: – É isso mesmo. O homem só deve chorar os amigos. Creio que aqueles dois são mais amigos seus do que meus. Esses carlistas fazem um grande consumo de cartuchos. Está bem. Mas por que devemos fazer todas essas coisas loucas a que você nos obriga, até os meus cabelos – prosseguiu num exagero grave e zombeteiro –, até os meus cabelos quererem ficar em pé na minha cabeça? e tudo por esse tal Carlos, que Deus e o diabo conservem, por essa Majestade como eles chamam, mas afinal um homem como outro qualquer, e não um amigo.

– Sim, por quê? – murmurei, sentindo o corpo aninhar-se confortavelmente na areia.

Estava muito escuro debaixo do rochedo que nos encimava, naquela noite encoberta e de vento que soprava e parava, vinha e desaparecia de novo. Ouviu-se a voz de Dominic falando baixo entre duas rajadas breves:

– Amigo da *Señora,* hein?

– É o que os outros dizem, Dominic.

– Metade do que os outros dizem é mentira – declarou dogmaticamente. – Apesar de toda a sua majestade, pode ser que ele seja uma boa criatura. No entanto só é rei nas montanhas, e amanhã talvez não seja mais do que nós. Seja como for, uma mulher assim – a gente não dá de boa vontade nem a um rei mais qualificado. Ela devia ser posta no alto de um pilar para que os que passam embaixo pudessem vê-la. Mas os senhores, que são gente fina, não têm a mesma opinião. O senhor, por exemplo, *monsieur,* não gostaria de vê-la no alto de um pilar.

– Isso, Dominic – disse eu –, isso, você compreende, devia ser feito logo.

Ficou um momento em silêncio. E depois a sua voz viril fez-se ouvir na sombra do rochedo.

– Percebo o que quer dizer. Eu falava da multidão, que só faz olhar. Mas para os reis e outros que tais, não basta. Ora, nenhum coração deve desesperar, pois não há mulher que, um dia ou outro, não possa descer do seu pilar, nem que seja por uma flor, que hoje tem viço e amanhã está morta. E então, qual é a vantagem de perguntar quanto tempo uma mulher ficou lá em cima? Há um provérbio muito certo que diz que os lábios que foram beijados não perdem a frescura.

Que resposta poderia ter dado? Imagino que Dominic se julgava irretorquível. Com efeito, antes que eu pudesse falar, ouvimos uma voz que do alto do rochedo nos chamava discretamente: – Olá, vocês aí! Tudo vai bem em terra.

Era o garoto que tinha o hábito de vagabundear pela cocheira de uma estalagem num pequeno vale onde corria um riacho superficial, e onde nos escondêramos a maior parte do dia antes de vir para a praia. Pusemo-nos ambos de pé e Dominic disse: – Um bom menino este. O senhor não o ouviu andar por cima das nossas cabeças. Não lhe recompense com mais de uma peseta, *Senõr,* por mais que faça. Se lhe der duas, vai ficar maluco diante de tanto dinheiro e acaba perdendo o emprego na Fonda, onde é tão útil para levar recados, com o jeito que tem de pular pelos caminhos sem tirar uma pedra do lugar.

Enquanto falava, ocupava-se em fazer fogo num monte de gravetos que havia preparado naquele lugar que, no circuito da baía, se achava perfeitamente abrigado de qualquer observação do lado da terra.

A chama clara se elevando relevou-o no seu casaco negro, com um capuz de marinheiro do Mediterrâneo. Vigiava com o olhar alerta, a luz oscilante do lado do mar. E falava:

– Seu único defeito, *Señor*, é ser muito generoso com o seu dinheiro. Neste mundo a gente deve dar com parcimônia. As únicas coisas que a gente pode dar sem contar, nesta vida que não passa de um pouco de luta e um pouco de amor, são pancadas no inimigo e beijos numa mulher... Ah! Lá vêm eles.

Notei que a luz vacilante na sombra do lado oeste estava então muito mais próxima da praia. Movia-se de modo diferente. Balançava-se lentamente na nossa direção, e de súbito surgiu a forma mais escura de uma grande asa pontiaguda, deslizando na noite. Por baixo dela uma voz humana gritou qualquer coisa com confiança.

"Bueno", murmurou Dominic. De um recipiente que não distingui, derramou água na fogueira como um mágico que, depois duma encantação, tivesse conseguido evocar uma sombra e uma voz na extensão imensa do mar. E a sua figura encapuzada desapareceu-me da vista num grande assobio e a sensação quente do vapor.

– Acabou-se – disse ele –, e agora precisamos de novo pôr mãos-à-obra, trabalhar mais, ter novas complicações, mais esforços com os pés e as mãos, durante horas e horas. E o tempo todo com a cabeça virada para trás.

Galgávamos um caminho escarpado, bastante perigoso na treva; Dominic, mais familiarizado, ia na frente, e eu caminhava junto a ele, de modo a poder agarrar-lhe o paletó se por acaso escorregasse ou perdesse o pé. Protestei contra o arranjo assim que paramos para descansar. Havia de segurar-lhe no paletó se me sentisse cair. Não poderia impedi-lo. Mas com isso não faria outra coisa senão arrastá-lo comigo.

Com uma das mãos segurando uma moita na sombra, bem em cima da cabeça, rosnou que era bem possível, mas que não havia remédio e obrigou-me a prosseguir.

Quando chegamos no plano, aquele homem, cuja respiração nem a fadiga, nem o perigo, nem o temor, nem mesmo a cólera conseguiam perturbar, observou, enquanto caminhávamos lado a lado:

– É preciso dizer que estamos levando esta aventura louca como se estivéssemos o tempo todo debaixo do olhar da Señora. Quanto aos riscos, acho que nos expomos mais do que ela aprovaria, me parece, se lhe ocorresse pensar um momento em nós. Agora, por exemplo, daqui a uma meia hora, podemos encontrar três carabineiros que nos despejem a sua carga sem fazer a menor pergunta. Nem mesmo o seu processo de espalhar dinheiro é capaz de proteger homens que estão dispostos a desafiar um grande país inteiro por causa... – por que mesmo? – dos olhos azuis, ou dos braços brancos da Señora.

Falava com voz uniforme e baixa. O lugar era solitário, e salvo a conformação vaga de uma árvore anã, aqui e ali, só tínhamos as nuvens fugidias por companhia. Muito longe uma luzinha cintilava um pouco acima da escarpa de uma invisível montanha. Dominic recomeçou:

– Imagine ficar aqui, estendido neste lugar selvagem, com uma perna despedaçada por um tiro ou então com uma bala no flanco. Pode acontecer. Pode cair uma estrela. Já vi estrelas caindo às dezenas nas noites claras sobre o Atlântico. E não era nada. O reflexo de uma pitada de pólvora na cara da gente pode ser mais importante. No cntanto, de certo modo, é agradável, enquanto a gente tropeça no escuro, pensar na Señora naquela sala comprida, de assoalho brilhante, e a quantidade de espelhos no fundo, sentada naquele divã (como dizem) coberto de tapetes como que à espera de um verdadeiro rei. E muito quieta...

Lembrava-se dela – cuja imagem não podia ser afastada.

Pus-lhe a mão no ombro.

– Aquela luz no flanco da montanha está cintilando muito, Dominic. Estaremos no caminho certo?

– *"Prenez mon bras, Monsieur."* Segure-se bem, do contrário escorrega e acaba caindo num desses infames buracos, onde é bem capaz de quebrar a cabeça. Mas, não se ofenda, por que diabo o senhor, e eu na sua companhia, havemos de estar aqui neste lugar solitário, esfolando as canelas no escuro, a caminho de uma miserável luz vacilante, onde não haverá outra ceia a não ser um pedaço de salsicha dura e um gole de vinho com gosto de couro, tirado de um odre fedorento?

Segurava-lhe bem o braço. De repente Dominic abandonou o francês protocolar em que vinha falando e pronunciando com a sua voz inflexível:

– Por um par de braços brancos, *Señor. Bueno.*
Ele era capaz de compreender.

III

De volta dessa expedição, chegamos tão tarde ao velho porto que Dominic e eu, seguindo para o café dirigido por Madame Léonore, lá não encontramos fregueses, a não ser dois indivíduos de aspecto sinistro, que jogavam cartas num canto de mesa perto da porta. A primeira coisa que a Madame Léonore fez foi pôr as mãos nos ombros de Dominic e, estendendo os braços, olhar para esse homem de feitos audaciosos e de estratagemas fantásticos, que lhe sorria por baixo do bigode abundante e, desta vez, despenteado.

Com efeito, a nossa aparência era descuidada, a barba por fazer, com vestígios secos de borrifos salgados na pele magoada e a insônia de vinte e quatro horas seguidas enevoando os olhos. Pelo menos era o que se dava comigo, que via Madame Léonore através de uma bruma, movimentando-se com a displicência de sua graça madura, pondo copos de vinho na nossa frente com um roçar das suas amplas saias negras. Sob a complexa arquitetura dos seus cabelos pretos, os seus olhos de ébano brilhavam como duas estrelas benévolas, e pude mesmo observar a animação que a dominava por ter ao seu alcance, e como que em seu poder, aquele vagabundo insubmisso. Depois veio sentar-se junto de nós, acariciou ligeiramente a cabeça cacheada de Dominic, que já se prateava nas têmporas, olhou-me um momento com ar de gracejo, observou que eu parecia muito cansado, e perguntou a Dominic se me achava capaz de dormir naquela noite.

– Não sei – disse Dominic. – É moço. E depois, há sempre o recurso de sonhar.

– Com que é que vocês homens sonham nesses barcos sacudidos pelo mar?

– Com coisa nenhuma, em geral – disse Dominic. – Mas já me aconteceu sonhar com lutas furiosas.

– E com amores furiosos também, com certeza – disse ela zombando.

– Não, isso é só para quando a gente está acordado – disse Dominic num tom arrastado, com a cabeça entre as mãos e sob o olhar ardente de Madame Léonore. – Quando a gente está acordado, as horas demoram mais.

– Deve ser, no mar – disse ela, sem desviar os olhos dele. – Mas quero crer que vocês algumas vezes falem dos seus amores.

– Pode estar certa, Madame Léonore – interferi, notando que estava um pouco rouco –, pode ter certeza que, de qualquer forma, falamos muito a seu respeito no mar.

– Não tenho muita certeza disso agora. Existe aquela estranha senhora do Prado, que ele foi visitar em sua companhia, *signorino*. Ela subiu-lhe à cabeça como se fosse vinho no corpo de um rapazola. Ele é tão criança! E acho que eu sou outra. É vergonha confessar, mas no outro dia de manhã arranjei uma amiga para tomar conta do café durante algumas horas, passei um xale na cabeça, e fui a pé até os confins da cidade... Vejam só estes dois, já bem acordados! E eu que os julgava com sono, tão cansados, coitadinhos!

E manteve a nossa curiosidade suspensa por algum tempo.

– Pois bem, vi a tua maravilha, Dominic – continuou com voz calma. – Ela ia saindo a cavalo, e eu não teria visto mais nada se – e isto agora é para o *signorino* – se ela não tivesse parado na alameda principal à espera de um cavaleiro de muito boa aparência, de bigodes, e que mostrava uns dentes muito brancos quando lhe sorria. Mas tinha os olhos muito encovados para ser do meu gosto. Não me agradou por isso. Fez-me lembrar um padre muito severo que vinha à nossa aldeia quando era moça, mais moça ainda que a tua maravilha, Dominic.

– Não era um padre disfarçado, Madame Léonore – disse eu, divertido com a sua expressão de repugnância. – É um americano.

– Ah! Um americano! Ora, pouco importa. Era ela que eu tinha ido ver.

– Quê? Ir a pé até o outro extremo da cidade para ver Doña Rita! – disse-lhe Dominic num leve tom de troça. – Então! E você que sempre me dizia que não seria capaz de ir além do fim do cais para salvar a vida – nem mesmo a minha...

– Sim, é verdade. Fui e voltei a pé, e enquanto isso tive tempo de olhar bem. E pode ter certeza – e isso vai fazer surpresa a todos dois – que ao voltar – oh, Santa Madre, como custou – eu não pensei em homem nenhum, nem na terra nem no mar.

– Não. Nem tampouco pensou em si mesma, suponho – disse eu, que precisava fazer grande esforço para falar, não sei se de cansaço ou de sono.

– Não. Não pensava nem em você. Pensava numa mulher.

– *Si.* Numa mulher como nunca se viu igual. Sim, pensava nela! Nela mesma. Querem saber? Nós mulheres não somos como vocês homens, indiferentes uns aos outros, a não ser alguma exceção. Os homens dizem que nós estamos sempre umas contra as outras, mas isso é só presunção dos homens. Que é que ela pode ser para mim? Não tenho medo desta criança grande – e deu uma pancadinha no braço de Dominic, no qual ele se apoiava com o olhar fascinado. – Entre nós dois é uma questão de vida e de morte, e ainda me sinto contente por sobrar nele qualquer coisa que se inflama, quando é ocasião. Ele perderia muito da minha estima se não fosse capaz de se entusiasmar um pouco, quando se trata de coisa fina de fato. Quanto ao *signorino* – disse-me numa saída inesperada e sarcástica –, ainda não lhe tenho amor. – E o tom sarcástico da sua voz tomou uma inflexão suave, sonhadora mesmo. – A cabeça é uma jóia – continuou aquela mulher, nascida em alguma rua excusa de Roma, e durante anos joguete de só Deus sabe que obscuros desígnios. – Sim, Dominic! *Antica.* Nunca fui perseguida pela assombração de um rosto assim desde... desde os meus dezesseis anos. Era o rosto de um cavaleiro moço que passava na rua. Também estava a cavalo. Nunca olhou para mim, nunca mais tornei a vê-lo, e fiquei apaixonada por ele durante dias, dias e dias. Foi por causa daquele rosto que ele tinha. E o rosto dela é da mesma espécie. Ela também estava com um chapéu de homem, assim, na cabeça, e tão alto!

– Um chapéu de homem na cabeça – observou Dominic num tom de profunda contrariedade. Para ele, entre todas as maravilhas desta terra, esta, pelo menos, era aparentemente desconhecida.

– *Si*. E o rosto dela me enfeitiçou. Não tanto quanto o outro, mas de um modo mais profundo, porque não tenho mais dezesseis anos e ela é mulher. Sim. Pensei nela. Também já tive aquela idade, já tive um rosto para mostrar aos outros, mas não tão admirável. E também, tanto quanto ela, não sabia porque é que tinha vindo ao mundo.

– E agora você sabe – resmungou Dominic, sempre com a cabeça entre as mãos.

Ela olhou para ele demoradamente, abriu os lábios e por fim limitou-se a soltar um leve suspiro.

– E que é que a senhora sabe dela, já que a olhou tanto que ficou enfeitiçada pelo seu rosto? – perguntei.

Não me surpreenderia se me respondesse com outro suspiro, pois parecia só estar pensando em si, sem olhar na minha direção. Mas de repente despertou:

– Ela? – exclamou em tom mais forte. – Por que havia de falar de outra mulher? Além disso, ela é uma senhora da alta.

Não pude reprimir um sorriso que ela percebeu logo.

– Não é? Pois bem, não. Talvez não seja. Mas podem ter certeza de uma coisa, que ela, em corpo e alma, é mais do que todas as outras que vi até hoje. Lembrem-se bem disto: ela não é para homem algum! Há de se escapar por entre os dedos como a água, que ninguém pode segurar.

Recuperei o fôlego:

– Inconstante – murmurei.

– Não digo isso. Talvez seja muito orgulhosa, muito teimosa, muito cheia de piedade. O *signorino* não conhece muito as mulheres. Pode ainda aprender muitas coisas, talvez, mas o que aprendeu dela jamais há de esquecer.

– Que ninguém pode segurar... – murmurei, e aquela que no cais se chamava Madame Léonore fechou a mão aberta estendida diante do meu rosto, e reabriu-a imediatamente para mostrar-me o vácuo que encerrava e tornar tangível a opinião que exprimia. Dominic não fez o menor movimento.

Desejei boa-noite aos dois e saí do café em busca de ar fresco e cheguei à vastidão obscura do cais, acrescida de toda a largura do velho porto onde, entre réstias de luz, apareciam as sombras de pesados navios, muito negras, misturando confusamente os contornos. Deixei atrás de mim a extremidade da Cannebière, vasta perspectiva de casas altas e de calçadas iluminadas que se perdiam na distância, onde se extinguiam tanto as sombras quanto as luzes. Afastei-me com um olhar de soslaio apenas e procurei a obscuridade das ruas tranqüilas, longe do centro das diversões noturnas da cidade. As vestes que usava eram exatamente as de um marinheiro que acabasse de desembarcar de algum navio costeiro, uma grossa camisa de lã azul ou antes uma espécie de blusa e um gorro de malha, como uma boina, caída sobre orelha, e com um pompom vermelho no centro. Esta era mesmo a razão pela qual me demorara tanto no café. Não queria ser reconhecido nas ruas naquele traje e ainda menos ser visto entrando na casa da rua dos Cônsules. Naquela hora, quando os espetáculos tinham terminado e todas as pessoas de bons costumes já estavam na cama, não hesitei em atravessar a praça da Ópera. Estava escuro e o público já se dispersara. Os raros transeuntes que encontrei iam com pressa e não prestaram nenhuma atenção em mim. Esperava encontrar a rua dos Cônsules vazia como sempre naquela hora da noite. Mas, ao virar a esquina, percebi três pessoas que deviam ser daquela zona. No entanto me pareceram estranhas. Duas moças de capote escuro caminhavam adiante de um homem alto de cartola. Diminuí a marcha, não querendo passar por eles, tanto mais que a porta da casa estava a alguns metros de distância. Mas, para grande surpresa minha, o grupo se deteve, e o homem de cartola, tomando de uma chave, deixou passar as duas companheiras, seguiu-as e, tornando a fechar a porta com violência, desapareceu do meu olhar estupefato e do resto da humanidade.

Fiquei ali, muito estupidamente, meditando sobre a aparição, antes de perceber que essa atitude era a mais inútil que eu poderia tomar. Depois de esperar um pouco, a fim de permitir que os outros deixassem o vestíbulo, acabei entrando. Parecia que não se tocara no fraco bico de luz desde a noite remota em que Mills e eu atravessamos o saguão preto e branco pela primeira vez, precedidos do capitão Blunt – o que vivia da espada. E na treva e solidão que não conservava mais vestígio dos três estrangeiros do que se tivessem sido simples fantasmas, pareceu-me ouvir o murmúrio espectral: *"Américain, catholique et gentilhomme. Amér..."* Invisível, galguei rapidamente a escadaria e no primeiro andar enfiei pela minha sala de espera cuja porta estava aberta. *"et gentilhomme"*. Puxei o cordão da campainha que ressoou lá embaixo, num lugar qualquer. Não sabia exatamente se Teresa poderia ouvir-me. Parecia lembrar-me que dormia em qualquer cama que não estivesse ocupada. Era capaz de estar dormindo na minha. Como não trazia fósforos comigo, esperei algum tempo na treva. A casa estava em absoluto silêncio. De repente, sem ser precedida do menor ruído, uma luz surgiu no quarto e Teresa apareceu na porta com um castiçal na mão.

Trajava a sua saia escura de camponesa. O resto estava escondido num chale negro que lhe cobria a cabeça, os ombros, braços e cotovelos completamente, até a cintura. A mão que segurava o castiçal saía desse envoltório que a outra mão, invisível, segurava por baixo do queixo. O rosto parecia sair de um quadro. Foi logo me dizendo:

– O senhor me assustou, meu jovem *monsieur*.

Dirigia-se a mim na maioria das vezes desse modo, como se gostasse especialmente da palavra "jovem". Tinha o aspecto de uma camponesa, com uma espécie de lamento na voz, enquanto o rosto parecia o de uma religiosa leiga de algum conventozinho rústico.

– Foi de propósito – disse eu. – Sou muito ruim.

– Os moços são sempre muito engraçados – disse ela como que saboreando essa idéia. – É muito agradável.

– Mas você foi muito corajosa – disse troçando –, pois não esperava esta chamada, e afinal de contas podia ser o diabo que estivesse puxando a campainha.

– Podia ser. Mas uma pobre criatura como eu não pode ter medo do diabo. Meu coração está puro. Confessei-me ontem à tarde. Não. Mas podia ter sido um assassino que puxasse a campainha, pronto a matar uma pobre mulher sem defesa. Esta rua é muito deserta. Quem poderia impedir que o senhor me matasse agora e fosse embora de novo, livre como o vento?

Enquanto falava acendeu o gás e, ao dizer as últimas palavras, transpôs a porta do quarto de dormir, deixando-me estupefato diante do inesperado caráter dos seus pensamentos.

Eu não podia saber que durante a minha ausência se dera um assassínio atroz que afetara a imaginação da cidade inteira; e embora Teresa não lesse os jornais (que imaginava cheios de impiedades e imoralidades inventadas por homens sem Deus) e ainda que provavelmente não falasse com ninguém, nem mesmo nas lojas, não podia deixar de ter ouvido falar no caso. Segundo parece, durante alguns dias não se falou noutra coisa. Voltou esgueirando-se do quarto de dormir, hermeticamente encerrada no xale negro, da mesma maneira como tinha entrado, a mão saliente segurando o castiçal, e dissipou a minha estupefação, contando-me um pouco da história do assassinato numa estranha indiferença, mesmo quando se referiu aos mais horrorosos pormenores. – Eis até onde leva o pecado carnal *(péché de chair)* – comentou severamente, passando a língua nos lábios finos. – E depois é o diabo que dá a ocasião.

– Não consigo imaginar o diabo me incitando a assassiná-la, Teresa – disse eu –, e não gostei nada dessa maneira de me tomar por exemplo. Concordo que quase todos os seus inquilinos possam ser assassinos em perspectiva, mas eu julgava ser uma exceção.

Com o castiçal um pouco abaixo do rosto, o semblante num único tom e sem relevo, ela parecia mais que nunca ter saído de um velho quadro, gretado e enfumaçado, cujo assunto estivesse totalmente além das concepções humanas. E não fazia outra coisa senão apertar os lábios.

– Muito bem – disse, instalando-me confortavelmente num sofá depois de tirar as botas. – Acho que qualquer pessoa está sujeita a cometer um assassinato sem mais preâmbulos. E então, você tem muitos assassinos aqui na casa?

– Sim – disse ela –, isto vai bem. Em cima e embaixo – suspirou. – Deus toma conta.

– A propósito, quem é esse assassino de cabelos grisalhos e cartola, que eu vi escoltando duas moças nesta casa?

Ela assumiu um ar cândido que deixava perceber um pouco de malícia camponesa.

– Ah, sim. São duas bailarinas da ópera, duas irmãs, tão diferentes uma da outra quanto eu e a nossa pobre Rita. Mas são ambas virtuosas e aquele cavalheiro é o pai, muito severo com elas. Muito severo, na verdade, pobres criaturas sem mãe. E esse emprego parece tão exposto aos pecados.

– Aposto que você cobra-lhes um bom aluguel, Teresa. Com um emprego assim...

Olhou-me com uma invencível inocência nos olhos e começou a esgueirar-se para o lado da porta, com tal suavidade que a chama da vela mal se agitou. – Boa-noite, murmurou.

– Boa-noite, *mademoiselle*.

Então, já do outro lado da porta, voltou-se bruscamente como o faria um títere.

– Ah! O senhor precisa saber, meu caro e jovem *monsieur*, que Mr. Blunt, o cavalheiro tão simpático, chegou de Navarra há três ou quatro dias. Oh – acrescentou num tom compungido, impagável –, ele é tão simpático.

E a porta se fechou sobre ela.

IV

Passei essa noite quase toda de olhos abertos, mas sempre no limite entre a vigília e o sonho. A única coisa que esteve totalmente ausente foi o repouso. Os sofrimentos habituais de um rapaz enamorado nada tinham a ver com isso. Poderia deixá-la, afastar-me dela sem sofrer essa sensação torturante da distância, tão aguda que acaba se gastando em poucos dias. O estar longe ou próximo era a mesma coisa para mim, como se jamais fosse possível estar mais longe ou mais perto do seu segredo: estado de espírito semelhante a essas crenças desvairadas que impõem aos homens o fardo místico de uma inatingível perfeição, despojando-os tanto da liberdade quanto da ventura terrena. A crença, no entanto, traz alguma esperança. Mas não tinha esperança, nem mesmo desejo como elemento exterior a mim mesmo, que pudesse ir e voltar, esgotar ou exaltar. Era dentro de mim como a própria vida, essa vida que um provérbio popular afirma "ser doce". Pois a sabedoria humana sempre se deterá no limite do formidável.

A única vantagem de um sofrimento uniforme e transbordante é que nos poupa o corroer das pequenas sensações. Tendo ultrapassado o ponto em que ainda se é sensível à esperança e ao desejo, eu escapava dos sofrimentos mesquinhos do embevecimento e da impaciência. As horas na companhia dela ou as que passavam sem ela eram todas idênticas, todas na sua posse! Mas contudo há sombras e devo reconhecer que as horas daquela manhã eram talvez um pouco mais difíceis de vencer que as outras. Evidentemente, eu anunciara a minha chegada. Tinha escrito um bilhete. Tocara a campainha. Teresa aparecera nas suas vestes pardas e mais monástica do que nunca. Dissera-lhe:

– Mande entregar isto imediatamente.

Ela olhara para o endereço no sobrescrito, sorrira (eu, da minha escrivaninha, olhava para ela), e por fim resolveu-se a apanhar a carta com um esforço de repugnância beata. Mas permaneceu ali, contemplando-me como se saboreasse piedosamente qualquer coisa que pudesse ler no meu semblante.

– Oh, aquela Rita, aquela Rita, murmurou. – E o senhor, também! Por que está tentando também, como os outros, meter-se entre ela e a misericórdia de Deus? Qual é o benefício que isto lhe traz? Um rapaz tão bom, tão simpático. Sem nenhuma vantagem nesta terra, só para irritar todos os santos no céu, e envergonhar a nossa mãe que lá está entre os bem-aventurados.

– *Mademoiselle Thérèse* – disse eu – *"vous êtes folle"*.

Acreditava que estava doida. Era esperta, também. Acrescentei um imperioso *"Allez"*, e, com uma estranha docilidade, sumiu-se sem dizer mais palavra. Tudo que me restava, então, era vestir-me e esperar até as onze.

A hora soou por fim. Se eu pudesse ter mergulhado numa onda luminosa e ser instantaneamente transportado até a porta de Doña Rita, escaparia sem dúvida a uma infinidade de sofrimentos demasiado complexos para serem analisados;

mas, como isso não era possível, tomei a decisão de fazer a longa caminhada a pé de ponta a ponta. As minhas emoções e sensações eram pueris e caóticas tanto quanto intensas e primitivas, de modo que me prostrava inerme sob o seu amplexo inflexível. Se se pudesse conservar o registro das sensações físicas, ter-se-ia uma bela coleção de absurdos e contradições. Mal tocando o solo e no entanto com a impressão de pés de chumbo, com o coração claudicante e o cérebro excitado, ardendo e com o tremor de um secreto desfalecimento, e contudo firme como uma rocha, e ao mesmo tempo como que indiferente a tudo, atingi por fim aquela porta, que era tremendamente semelhante a qualquer outra porta vulgar, e que contudo possuía um caráter fatal: algumas tábuas – e um símbolo terrível, do qual não era possível aproximar-se sem temor – e que no entanto se abriu como de costume quando a campainha soou.

Abriu-se. Ah, sim, como de costume, na verdade! Mas no decurso habitual das coisas, o que eu deveria ver primeiro no vestíbulo era o dorso daquela empregada ubíqua, atarefada, silenciosa, afastando-se e já distante. Mas nada disso! Ela realmente esperou para me deixar entrar. Fiquei profundamente aturdido e acho que lhe falei pela primeira vez na minha vida:

– *Bonjour,* Rosa.

Baixou as pálpebras sombrias sobre aqueles olhos que deveriam ser brilhantes, mas que não o eram, como se alguém logo de manhã lhes tivesse soprado em cima. Era uma moça que não sabia sorrir. Fechou a porta atrás de mim, e não foi só: na ociosidade incrível daquela manhã, ela, que jamais tinha um momento a perder, ajudou-me a tirar o sobretudo. A novidade do gesto deixou-me positivamente embaraçado. Enquanto se ocupava com essas ninharias, murmurou sem nenhuma intenção particular:

– O capitão Blunt está com a madame.

Não cheguei a ficar surpreendido. Sabia que ele estava de volta, mas sucedia apenas que esquecera da sua existência naquele momento. Olhei também para a rapariga sem nenhuma intenção. Mas ela deteve o meu movimento em direção à sala de jantar com um apelo em voz baixa, precipitado, mas perfeitamente sem emoção:

– Monsieur George!

Naturalmente não era esse o meu nome. Servia-me então como me servirá no decurso desta narrativa. Em tudo quanto era lugar estranho fazia-se referências a mim como "aquele jovem que chamam de monsieur George". De "monsieur George" vinham ordens para cavalheiros que balançavam a cabeça com ar de quem sabia. Acontecimentos giravam em torno de "monsieur George". Não tenho a menor dúvida de que nas sombrias e tortuosas ruas da cidade velha havia dedos que me apontavam: lá vai "monsieur George". Fora apresentado discretamente a vários personagens de consideração como "monsieur George". Aprendera a responder a esse nome com toda a naturalidade, e, para simplificar as coisas, era também "monsieur George" na rua dos Cônsules e na Vila do Prado. Estou convencido de que nessa época tinha a sensação do nome de George me pertencer realmente. Esperei pelo que a rapariga tinha a dizer-me. Tive que aguardar algum tempo, embora durante esse silêncio ela não desse sinais de aflição ou inquietude. Evidentemente, foi para ela um momento de reflexão. Apertava um pouco os lábios de um modo característico e sagaz. Olhei-a com uma simpatia que realmente sentia pela sua pessoa delgada, desinteressante e de toda a confiança.

– Então? – disse eu por fim, já distraído com aquela hesitação mental. Com efeito, nunca julguei que fosse outra coisa. Estava certo de que não era desconfiança. Ela só apreciava os homens e os acontecimentos em relação ao bem-estar e à segurança de Doña Rita. E, nesse ponto, eu me acreditava acima de qualquer suspeita. Por fim falou:

– A madame não é feliz.

Tal informação me foi dada sem emoção, mas como que oficialmente. Não tinha nem mesmo um tom de advertência. Uma simples exposição. Sem esperar o efeito, abriu a porta da sala de jantar, não para anunciar o meu nome como de costume, mas apenas para entrar. E fechou-a atrás de si. Naquele rápido instante não ouvi vozes do outro lado. Nenhum som me atingiu o ouvido enquanto a porta permaneceu fechada, mas dentro de poucos segundos se abriu de novo e Rosa afastou-se para me deixar passar.

Então ouvi alguma coisa: a voz de Doña Rita elevava-se um pouco numa entonação impaciente que lhe era muito rara, terminando alguma frase de protesto com as palavras:

– ...sem conseqüência.

Ouvi-as como teria ouvido outras palavras quaisquer, porque ela tinha essa espécie de voz que alcança grande distância. Mas a declaração da empregada me tomava as idéias. *"Madame n'est pas heureuse."* Era de uma precisão terrível... "Não é feliz..." Essa infelicidade tinha quase forma concreta – qualquer coisa que se parecesse a um horrendo morcego. Estava cansado, nervoso, e esgotado ao mesmo tempo. Sentia a cabeça vazia. Quais eram os sinais externos da infelicidade? Era ainda suficientemente ingênuo para associá-la às lágrimas, às lamentações, às atitudes extraordinárias do corpo e a alguma espécie de contorção fácil, todas de aspecto horrível. Não sabia o que ia ver; mas no que vi não se achava nada surpreendente, pelo menos sob aquele ponto de vista pueril do qual eu não me livraria ainda.

Com profundo alívio a criança apreensiva dentro de mim divisou o capitão Blunt aquecendo as costas junto à mais distante das duas chaminés. Quanto a Doña Rita, tampouco havia nada de extraordinário na sua atitude, exceto talvez o cabelo, que se jogava solto por sobre os ombros. Não tinha a menor dúvida que ambos haviam passeado juntos a cavalo naquela manhã, mas ela, com a sua impaciência com tudo quanto era vestido (embora soubesse vestir-se admiravelmente), despira o traje de montaria e ali estava de pernas cruzadas, envolvida naquele amplo manto azul, como um jovem chefe selvagem num lençol. O manto chegava-lhe até os pés. E, diante da fixidez normal dos seus olhos enigmáticos, o fumo do cigarro subia ritualmente, muito reto, numa delgada espiral.

– Como vai? – foi a saudação do capitão Blunt, com o sorriso habitual que poderia ter sido mais amável se, logo nessa ocasião, ele não estivesse com os dentes tão cerrados. Como conseguiu forçar a voz através daquela barreira reluzente foi o que jamais pude compreender. Doña Rita bateu na almofada que tinha ao lado, de modo convidativo, mas preferi sentar-me na poltrona em frente, que, segundo penso, Blunt acabava de deixar vaga. Ela indagou, com aquele brilho particular dos olhos em que havia qualquer coisa de imemorial e alegre:

– E então?
– Êxito absoluto.
– Tenho vontade de abraçá-lo.

Em geral os seus lábios pouco se moviam, mas naquela circunstância o murmúrio intenso dessas palavras pareceu formar-se bem no âmago do meu coração, não como um som que me fosse comunicado, mas como uma dádiva de emoção deliciosa, que vibrava numa terrível intimidade de prazer. No entanto, não me deixava o coração menos oprimido.

– Ah, sim, de alegria! – disse eu com amargura, mas em voz baixa – dessa sua alegria de monarquista e legitimista. – Depois, com aquela espécie de polidez precisa que eu devia ter tomado emprestado de Mr. Blunt, acrescentei:

– Não quero ser abraçado... por causa do rei.

Podia ter-me detido aí. Mas não. Com uma perversidade que se deve perdoar aos que sofrem noite e dia e que estão como que embriagados de exaltada infelicidade, continuei: – Por causa de uma velha luva abandonada, pois imagino que um amor desdenhado não seja mais que uma coisa velha e gasta que se encontra num monte de cisco, unicamente porque não houve a lembrança de atirá-la no fogo.

Ouvia-me de olhos semicerrados, ilegíveis, imóveis, lábios cerrados, o rosto levemente ruborizado, como que esculpido há seis mil anos a fim de fixar para sempre aquele "quê" de secreto e obscuro que existe em todas as mulheres. Não era a grosseira imobilidade da Esfinge propondo enigmas aos viandantes, mas a imobilidade mais requintada, quase sagrada, de uma figura do destino, sentada na própria fonte das paixões que comoveram os homens desde a aurora dos tempos.

O capitão Blunt, com o cotovelo apoiado na chaminé, desviara-se um pouco de nós e a sua atitude exprimia admiravelmente a esquivança de quem não quer ouvir. Com efeito, não creio que nos possa ter ouvido. Estava muito afastado, e nós reprimíamos muito a voz. Além disso, não queria ouvir. A respeito não podia haver a menor dúvida. Mas ela dirigiu-se a ele inesperadamente.

– Como lhe dizia, Don Juan, tive a maior dificuldade em ser, não direi compreendida, mas simplesmente acreditada.

Nenhuma esquivança podia prevalecer contra as ondas cálidas dessa voz. Era preciso que ele ouvisse. Depois de alguns momentos, mudou de posição a contragosto para lhe responder:

– É uma dificuldade que as mulheres em geral encontram.

– No entanto, sempre falei a verdade.

– Todas as mulheres falam a verdade – disse Blunt imperturbável, mas o comentário não a agradou.

– Onde estão os homens que enganei? – exclamou.

– Sim, onde estão? – disse Blunt num tom vivaz, como se estivesse pronto a sair e ir procurá-los lá fora.

– Não! Mas mostre-me um, pelo menos. Diga-me: onde está ele?

Ele abandonou uma vez por todas qualquer afetação de esquivança, sacudiu os ombros ligeiramente, de modo quase imperceptível, deu um passo na direção do divã, e olhou para ela numa expressão de cortesia bem-humorada.

– Oh, não sei. Em parte alguma, provavelmente. Mas se se pudesse encontrar esse homem, estou certo de que sairia uma criatura bastante estúpida. Você não pode fornecer espírito a todos os que se aproximam da sua pessoa. Seria demasiado esperar tanto, mesmo de você, que sabe fazer maravilhas que não lhe custam grande coisa.

– Que não me custam – repetiu ela em voz alta.

– Por que essa indignação? Não fiz mais que tomá-la ao pé da letra.

– Que não me custam grande coisa! – exclamou ela num sopro.

– Quero dizer, à sua pessoa.

– Ah, sim – murmurou ela baixando os olhos como que para se olhar, e acrescentou muito baixo: – Este corpo.

– Pois bem, é você mesma – disse Blunt com uma irritação visivelmente refreada. – Você não pretende que seja de outra pessoa. Não pode ser. Você não o tomou emprestado... E vai-lhe muito bem – terminou entre dentes.

– Sente prazer em atormentar-me – objetou ela, acalmando-se bruscamente. – E eu o lamentaria se não soubesse que se trata de uma simples revolta do seu orgulho. E você sabe que está satisfazendo esse orgulho à minha custa. Quanto ao resto, no que se refere à minha vida, às minhas ações, ao fazer maravilhas que pouco me custam... isso tudo como que me matou moralmente. Ouviu? Me matou.

– Oh, você ainda não está morta – murmurou ele.

– Não – disse ela num tom de paciência amável. – Ainda me resta algum sentimento; e, se tem alguma satisfação em sabê-lo, pode estar certo de que terei consciência da última punhalada.

Ele ficou em silêncio durante algum tempo e depois, com um sorriso polido e um movimento da cabeça na minha direção, advertiu-a:

– O nosso auditório acaba se aborrecendo.

– Estou perfeitamente ciente da presença de monsieur George, e que ele está habituado a respirar uma atmosfera bem diferente da que temos nesta sala. Não acha que esta sala está muito abafada? – perguntou-me.

A sala era muito grande, mas o fato é que, naquele momento, eu me sentia oprimido. Esse misterioso desentendimento entre aqueles dois, revelando qualquer coisa de mais íntimo nas suas relações do que eu jamais suspeitara, tornou-me tão profundamente infeliz que nem tentei responder. E ela continuou:

– Mais espaço. Mais ar. Quero mais ar, mais ar. – Apanhou as franjas bordadas do manto azul no ponto situado abaixo do queixo e fez o gesto de quem ia rasgá-lo, abri-lo até o peito, implacavelmente, diante de nós. Ficamos os dois perfeitamente imóveis. E as mãos dela tornaram a cair, sem força. – Invejo-o, monsieur George. Se tenho de perecer, prefiro que seja afogada no mar, com o vento no meu rosto. Que sorte, sentir o mundo inteiro se fechar em cima da gente!

Seguiu-se um breve silêncio antes que a voz mundana de Blunt se fizesse ouvir com uma familiaridade brincalhona:

– Sempre me perguntei se você não era talvez uma pessoa muito ambiciosa, Doña Rita.

– Eu me pergunto se você por acaso tem um pouco de coração. – Ela olhava-o fixamente e ele presenteou-a com o reluzir habitual dos dentes antes de responder:

– Você se pergunta? Isso significa realmente que você me pergunta. Mas por que fazê-lo em público? Quero dizer que uma simples presença é suficiente para constituir um público. Uma única. Por que não esperar até que ele volte para aquelas regiões mais espaçosas e arejadas donde veio?

Esse ardil particular de referir-se a um terceiro como se se tratasse de um manequim era exasperante. Contudo, naquela ocasião, eu não sabia como vingar-me, mas, fosse como fosse, Doña Rita não me teria dado tempo. Sem um momento de hesitação, exclamou:

– Só queria que ele me levasse para lá.

Durante alguns momentos o semblante de Mr. Blunt ficou imóvel como uma máscara, e depois, em vez de assumir uma expressão de cólera, tomou um ar de indulgência. Quanto a mim, tive a visão rápida da surpresa, do temor e do sarcasmo de Dominic, tão tolerante quanto possível quando se é sarcástico. Mas que companheira encantadora, amável, jovial e destemida não seria ela! Eu acreditava no seu destemor em qualquer aventura que pudesse interessá-la. Seria uma ocasião nova para mim, um novo marco para aquela faculdade de admiração que ela despertava em mim ao vê-la – logo à primeira vista – antes que abrisse a boca, antes mesmo de me dirigir um olhar. Seria obrigada a usar uma espécie de roupa de marinheiro, uma camisa de lã azul aberta na garganta... O manto de capuz de Dominic havia de envolvê-la amplamente, e o seu semblante debaixo do capuz negro teria um aspecto luminoso, um encanto adolescente, uma expressão enigmática. O espaço restrito da coberta da embarcação se prestaria às suas atitudes de perna cruzada, e o mar azul embalaria a sua característica imobilidade que parecia ocultar pensamentos tão velhos e profundos quanto ele próprio. E também tão inquietos, talvez.

Mas o quadro que eu tinha diante dos olhos, colorido e

simples como uma ilustração de livros de crianças, onde se conta a escapada aventurosa de dois garotos, era o que mais me fascinava. Na verdade, sentia que nós dois éramos como duas crianças sob o olhar de um homem do mundo – que vivia da espada. E eu disse muito animado:

– Sim, você devia vir fazer uma viagem conosco. Havia de ver por si muitas coisas.

A expressão de Mr. Blunt tornara-se ainda mais indulgente, se é que isso era possível. Contudo, havia certa ambigüidade indescritível naquele homem. Não me agradou o tom indefinível com que observou:

– Há uma grande temeridade no que diz, Doña Rita. Isto ultimamente já se tornou um hábito seu.

– Enquanto a sua reserva é uma segunda natureza, Don Juan.

A frase foi dita com a mais amável das ironias, quase com ternura. Mr. Blunt esperou um pouco antes de dizer:

– Decerto... Gostaria que eu fosse diferente?

Ela estendeu-lhe a mão num súbito impulso.

– Perdoe-me! Posso ter sido injusta, e você pode ter sido apenas leal. A falsidade não está em nós. A culpa é da própria vida, quero crer. Sempre fui franca para consigo.

– E eu, obediente – disse ele inclinando-se sobre a mão dela. Voltou-se, deteve-se para olhar para mim durante algum tempo, e finalmente fez-me uma saudação correta com a cabeça. Mas nada disse e saiu, ou antes, retirou-se com o perfeito desembaraço que o homem de sociedade manifesta em todas as circunstâncias. De cabeça baixa, Doña Rita observou-o até ele fechar a porta atrás de si. Eu contemplava-a e só ouvi o ruído da porta.

– Não me olhe assim – foram as primeiras palavras que ela disse.

Era difícil obedecer ao pedido. Não sabia exatamente para onde olhar, enquanto estava sentado diante dela. Por isso levantei-me, vagamente animado de boas intenções, preparei-me mesmo para ir até a janela, quando ela ordenou:

– Não me vire as costas.

Resolvi tomar a expressão simbolicamente.
– Sabe muito bem que isso me seria impossível, mesmo que o quisesse. E acrescentei: – É muito tarde já.
– Bem, então, sente-se. Sente-se neste divã.
Sentei-me no divã. A contragosto? Sim. Estava naquela fase em que todas as suas palavras, todos os seus gestos, todos os seus silêncios representavam uma prova áspera para mim, violentavam a minha resolução, aquela fidelidade a mim mesmo e a ela, que jazia como um peso de chumbo sobre o meu coração inexperimentado. Mas não me sentei muito longe dela, embora o divã macio e acolchoado fosse suficientemente grande. Não, não muito longe dela. O domínio de si mesmo, a dignidade, o próprio desespero têm os seus limites. O halo dos seus cabelos fulvos estremeceu quando eu me deixei cair sobre o divã. Nisso ela passou-me o braço em volta do pescoço e começou a soluçar; mas eu apenas podia adivinhar o gesto porque, na posição em que estávamos, só podia ver a massa daquela cabeleira ruiva atirada para trás, embora se escapasse um halo de cabelos que, quando me inclinei sobre ela, roçou nos meus lábios, no meu rosto, de modo enlouquecedor.

Estávamos ali sentados como duas crianças atrevidas numa gravura de livro de histórias, amedrontadas pela aventura em que se tinham metido. Mas não durante muito tempo. Como eu, tímida mas instintivamente, procurasse a outra mão dela, senti uma lágrima cair sobre a minha, grande e pesada como se houvesse caído de grande altura. Era demais para mim. Devo ter feito um gesto nervoso. Imediatamente ouvi um murmúrio: – É melhor ir-se embora, agora.

Afastei-me suavemente do leve peso daquela cabeça, daquela ventura indizível e daquela inconcebível miséria, e tive a absurda impressão de a deixar suspensa no ar. E retirei-me nas pontas dos pés.

Como um cego inspirado, conduzido pela Providência, achei o caminho para sair da sala, mas na verdade nada vi até que, no vestíbulo, a empregada apareceu por encanto diante de mim com o sobretudo nas mãos. Deixei que me ajudasse a vesti-lo. E depois (ainda como que por encanto) ela estendeu-me o chapéu.

– Não, a Madame não é feliz – sussurrei-lhe distraidamente.

Ela deixou que eu apanhasse o chapéu, e, enquanto me cobria, ouvi-a dizer num murmúrio austero:

– A Madame devia ouvir a voz do coração.

Austero não é bem a palavra: aquele inesperado sussurrar de palavras era imperturbável, quase glacial. Tive de conter um estremecimento, e com a mesma frieza murmurei:

– Já fez isso muitas vezes.

Rosa estava bem perto de mim, e pude apanhar distintamente o tom de escárnio naquela compaixão indulgente:

– Oh, isso!... A Madame é uma perfeita criança.

Era impossível apanhar o significado profundo da declaração numa moça que, como a própria Doña Rita me contara, era o mais taciturno dos seres humanos, e, ao mesmo tempo, dentre todos os seres, o que mais se aproximava dela. Segurei a cabeça da empregada nas minhas mãos e, levantando-lhe o rosto, olhei fixamente para aqueles olhos negros que deviam ter sido luminosos. Como um pedaço de espelho embaciado, não refletiam a luz, não revelavam profundeza, e, sob o meu olhar ardente, permaneceram sem lustre, enevoados, inconscientes.

– Monsieur quer ter a bondade de me deixar? Monsieur também não deve fazer papel de criança. – Soltei-a. – A Madame podia ter o mundo aos seus pés. Mas ela não se importa.

Como era tagarela com os seus lábios selados! Fosse qual fosse o motivo, esta última declaração me trouxe imenso conforto.

– Sim? – perguntei quase sem fôlego.

– Sim! Mas, nesse caso, qual é a vantagem de viver no meio de medo e de tormentos? – prosseguiu, revelando-se um pouco mais para grande surpresa minha. Abriu-me a porta e acrescentou:

– Os que não se importam em se abaixar deviam pelo menos saber ser felizes.

Voltei-me já no umbral da porta: – Há alguma coisa que o impeça?

– Decerto que há. *Bonjour, Monsieur.*

Quarta Parte

I

– Uma senhora tão encantadora, vestida de seda cinzenta, e de mãos brancas como neve. Olhou para mim através de uns óculos tão engraçados na ponta de um cabo comprido. Uma senhora de classe, mas de voz bondosa como a de uma santa. Nunca vi coisa parecida. Ela me fez ficar tão tímida!

A voz que pronunciava estas palavras vinha de Teresa, e eu olhava para ela do fundo de uma cama pesadamente guarnecida de cortinas de seda escura, cujos panejamentos fantásticos caíam do teto ao chão. O brilho do dia ensolarado atenuava-se pelas persianas fechadas, tornando-se uma simples transparência de penumbra. Nesse elemento fluido as formas de Teresa surgiam espalmadas, sem detalhe, como que recortadas em papel negro. Ela deslizou para a janela e, com um estalido e um ligeiro ranger, deixou uma torrente de luz vir ferir dolorosamente os meus olhos magoados.

A bem dizer, toda a noite fora para mim a abominação da desolação. Depois de debater-me com os meus pensamentos, se é que a noção aguda da existência de uma mulher possa chamar-se de pensamento, caíra aparentemente no sono apenas para continuar em luta com um pesadelo, um sonho insensato e aterrador de estar encadeado, numa sensação tão forte que, mesmo depois de acordado, tive a impressão de impotência. Ficava imóvel, sofrendo intensamente do sentido renovado da existência, incapaz de erguer um braço, e me perguntando por que não estava no mar, quanto tempo tinha dormido, desde quando Teresa estivera falando antes que a sua voz me alcançasse naquele purgatório de anseios desesperados e perguntas irrespondíveis ao qual me achava condenado.

Era hábito de Teresa conversar assim que entrava no quarto com a bandeja matutina do café. Era o seu método de despertar-me. Eu em geral readquiria consciência do mundo exterior com alguma frase piedosa exaltando o conforto espiritual das missas matinais, ou com lamentações zangadas sobre a rapacidade desregrada dos peixeiros e quitandeiros, pois, após a missa, Teresa costumava ir fazer compras para a casa. Na verdade, a necessidade de ter de pagar, dar de fato dinheiro a alguém enfurecia a piedosa Teresa. Mas o assunto do discurso daquela manhã era tão extraordinário que podia ter sido o prolongamento de um pesadelo: um homem encadeado tendo de ouvir singulares e incoerentes arengas contra as quais, sem saber por que, sua alma se revolta.

Para ser absolutamente franco, minha alma permanecia revoltada, embora estivesse convencido de não mais sonhar. Com o terror bem perdoável num homem de pés e mãos amarrados, observava Teresa afastar-se da janela. Pois, em tal situação, até o absurdo pode parecer sinistro. Ela aproximou-se do leito e, juntando as mãos docemente no peito, ergueu os olhos para o teto.

– Fosse eu sua filha, ela não me teria falado com mais doçura – disse toda sentimental.

Fiz um grande esforço para falar.

– *Mademoiselle Thérèse,* você está divagando.

– Ela também se dirigiu a mim chamando-me de *mademoiselle.* Tão amável. Fiquei cheia de veneração pelos seus cabelos brancos, mas o rosto, creia-me meu caro e jovem *monsieur,* o rosto dela tem menos rugas que o meu.

Comprimiu os lábios, lançando-me um olhar zangado como se dependesse de mim fazer desaparecer as suas rugas, e depois suspirou:

– É Deus quem nos manda as rugas, mas e o nosso rosto? – divagou num tom de profunda humildade. – Teremos um glorioso rosto no Paraíso. Enquanto isso Deus me permitiu conservar um coração puro.

– Vai continuar assim muito tempo? – perguntei-lhe gritando. – De que está falando?

– Estou falando da bondosa senhora que veio numa carruagem. Não era um fiacre. Sei o que é um fiacre. Numa pequena carruagem com um vidro na frente. Creio que ela é muito rica. A carruagem brilhava muito por fora, e era toda estofada de cinzento por dentro. Fui eu que lhe abriu a porta. Ela desceu devagar, como se fosse uma rainha. Eu estava espantada. Uma carruagem tão bonita e brilhante! Tinha borlas de seda azul por dentro, lindas borlas de seda.

Evidentemente, Teresa tinha ficado impressionada com um *brougham*, embora não soubesse dar-lhe o nome. De toda a cidade só conhecia as ruas que conduziam à igreja vizinha, só freqüentada pelas classes mais pobres, e o quarteirão humilde em torno, onde fazia suas compras. Além disso, estava acostumada a deslizar junto às paredes de olhos baixos: pois a sua audácia natural nunca se manifestava através daquele semblante de monja, salvo quando pechinchava, nem que fosse por três vinténs. Tal equipagem jamais lhe havia passado diante dos olhos. O tráfego da rua dos Cônsules compunha-se principalmente de pedestres, e estava longe de ser elegante. E, seja como for, Teresa nunca olhava pela janela. Escondia-se nas profundezas da casa como certas espécies de aranha que evitam mostrar-se. Costumava surgir diante da gente, vinda de recessos obscuros que jamais explorei.

Contudo, pareceu-me que, por qualquer motivo, exagerava aquele embevecimento. Nela era muito difícil distinguir a manha da inocência.

– Você está querendo dizer – perguntei desconfiado – que uma senhora de idade deseja alugar apartamento aqui? Espero que lhe tenha dito que não havia acomodações, porque, como sabe, esta casa não é exatamente o que mais convém a senhoras veneráveis.

– Não me faça ficar zangada, meu caro e jovem *monsieur*. Confessei-me hoje de manhã. O senhor não está bem instalado? Esta casa não está bastante bem arranjada para qualquer pessoa?

Aquela criatura, que parecia uma freira do campo, nunca tinha visto o interior de uma casa, a não ser algum *caserio* semi-arruinado das montanhas da sua terra natal.

Observei-lhe que não se tratava de esplendor nem de conforto, mas de "conveniências". Ela levantou a orelha diante desta palavra que provavelmente nunca ouvira, mas, com a sua estranha intuição feminina, creio que compreendeu perfeitamente o que eu queria dizer. O seu ar de santa paciência tornou-se tão pronunciado que, com a minha pobre intuição, percebi que estava interiormente furiosa comigo. A sua tez tostada pelo tempo, já afetada pela vida sedentária, adquiriu um aspecto extraordinariamente argiloso que me lembrou uma estranha cabeça pintada pelo Greco que o meu amigo Prax havia pendurado numa de suas paredes e que costumava ridicularizar, mas não sem um certo respeito.

Teresa, ainda com as mãos humildemente juntas na cintura, dominara uma cólera muito pouco adequada a uma pessoa cujos pecados foram absolvidos três horas antes, e perguntou-me, com uma doçura insinuante, se não a considerava bastante honesta para tomar conta de uma senhora pertencente a um mundo que, afinal de contas, estava cheio de pecados. Lembrou-me que tivera aos seus cuidados a casa do tio cura desde "pequenina assim", e que o seu tio era bem conhecido pela sua santidade num vasto distrito que se estendia até além de Pamplona. O caráter de uma casa depende da pessoa que a dirige. Ignorava quais os impenitentes pecadores que viveram entre aqueles muros no tempo daquele homem ateu e perverso, que semeara a perdição na alma desregrada da "nossa Rita". Mas ele estava morto e ela, Teresa, tinha como certo que a malvadeza perecia de todo, pela cólera de Deus (*là colère du bon Dieu*). Não hesitaria em receber um bispo, caso necessário, visto que a "nossa Rita", com o seu pobre coração, miserável e ímpio, nada mais tinha a ver com a casa.

Tudo isso saiu como um fluir untuoso de óleo cheirando a ranço. A elocução compassada, volúvel, era suficiente por si só para me atrair a atenção.

– Julga conhecer o coração de sua irmã? – perguntei.

Semicerrou os olhos para indagar se eu estava zangado. Parecia ter uma fé invencível nas disposições virtuosas dos moços. E, como eu tinha falado em tom comedido, sem enrubescer, ela continuou:

– É negro, meu caro e jovem *monsieur*. Negro. Sempre o conhecia assim. O meu tio, pobre e santo homem, era puro demais para notar tais coisas. Estava sempre muito ocupado com os seus pensamentos para ter tempo de ouvir o que eu tinha a dizer. Por exemplo, a falta de vergonha dela: estava sempre disposta a correr seminua pelos montes...

– Sim. Atrás das suas cabras. O dia inteiro. Por que é que você não lhe remendava a roupa?

– Ah, já sabe da história das cabras. Meu caro e jovem *monsieur*, nunca pude saber quando é que ela ia sair da sua pretensa meiguice e botar a língua de fora para mim. Não lhe falou de um menino, filho de pais piedosos e ricos, que ela tentou desviar para a vergonha de maus pensamentos como os dela, até que a pobre criança a repeliu porque se sentia ultrajada na sua modéstia? Muitas vezes o avistei em companhia dos pais na missa de domingo. A graça de Deus preservou-o e fez dele um verdadeiro cavalheiro em Paris. Talvez que tudo isso venha a enternecer o coração de Rita algum dia. Mas ela era terrível nessa época. Quando eu não queria dar ouvidos às suas queixas, ela dizia: "Está bem, minha irmã, dentro em breve só terei a chuva e o vento para me vestir". E era como um saco de ossos, como a imagem de um diabinho. Ah, meu caro e jovem *monsieur*, o senhor não sabe como é perverso o coração dela. O senhor mesmo não é bastante mau para compreender. Não creio que seja malvado no seu coraçãozinho inocente. Nunca o ouvi zombar de coisas santas. O senhor é apenas indiferente. Por exemplo, nunca o vi fazer o sinal-da-cruz pela manhã. Por que não se acostuma a persignar-se assim que abrir os olhos? É muito bom. Serve para afastar Satanás durante o resto do dia.

Deu esse conselho no tom mais trivial, como se fosse uma precaução contra resfriados. Comprimiu os lábios e depois voltou à idéia fixa: – Mas esta casa é minha – insistiu tranqüilamente, com uma entonação que me fez sentir que o próprio Satanás nunca daria jeito de arrancar-lhe das mãos. – E foi o que eu disse à ilustre senhora de cinzento. Disse-lhe que esta casa me fora dada de presente por minha irmã e que certamente Deus não permitiria que ela jamais tirasse de mim.

– E você contou isso à tal senhora de cabelos brancos, uma pessoa totalmente estranha! Está ficando cada dia mais doida. Não tem nem bom senso nem bons sentimentos, *mademoiselle Thérèse,* permita que lhe diga. Será que você também fala sobre sua irmã ao açougueiro e ao quitandeiro? Um verdadeiro selvagem seria mais discreto. Qual é a sua intenção? Que é que espera? Que prazer sente nisso? Pensa agradar a Deus injuriando sua irmã. Quem se julga você?

– Uma pobre criatura solitária no meio de muita gente ruim. Pensa que desejo continuar a viver entre essas abominações? Foi essa pobre Rita pecadora que não me deixou ficar onde estava, servindo um santo homem, bem perto da igreja, e certa do meu quinhão no Paraíso. Não fiz mais do que obedecer a meu tio. Foi ele que me mandou vir e que tentasse salvar a alma dela, trazê-la de volta para nós, para a vida virtuosa. Mas qual seria o benefício disso? Ela se entregou inteiramente aos pensamentos mundanos e carnais. É claro que nós somos uma boa família e meu tio é um grande homem lá na terra, mas onde está o lavrador de boa reputação ou o homem temente a Deus que se atreva a trazer uma moça assim para casa, para companhia da mãe e das irmãs? Não, o melhor seria que ela desse a sua fortuna mal adquirida aos que merecem e que devotasse o resto da vida ao arrependimento.

Pronunciou estas virtuosas reflexões e apresentou este programa para a salvação da alma da irmã num tom razoável e convencido que era de arrepiar.

– *Mademoiselle Thérèse* – disse eu –, você é nada menos que um monstro.

Acolheu esta expressão franca da minha opinião como se eu lhe tivesse presenteado com um doce dos mais deliciosos. Gostava de ser insultada. Sentia prazer em ouvir injúrias. Dei-lhe essa satisfação, para grande contentamento seu. Por fim cessei, porque não podia mais, a menos que saísse da cama para lhe dar pancada. Tenho uma vaga noção de que ela também gostaria disso, mas não experimentei. Depois que me detive, esperou um pouco antes de erguer os olhos.

– O senhor é um cavalheiro muito simpático, ignorante e caprichoso – disse. – Ninguém pode saber o calvário que minha irmã é para mim, a não ser o bom padre da igreja que freqüento todos os dias de manhã.

– E a misteriosa dama de cabelos brancos – sugeri sarcástico.

– Uma pessoa de tal categoria bem poderia ter adivinhado – respondeu Teresa muito séria –, mas eu não lhe disse nada, salvo que esta casa me foi dada de uma vez por todas pela nossa Rita. E não teria dito isso se ela não fosse a primeira a falar de minha irmã. Não posso contar isso a muita gente. Não se pode ter confiança em Rita. Sei que ela não teme a Deus, mas talvez o respeito humano a impeça de me retomar esta casa. Se minha irmã não quer que eu fale dela aos outros, por que então não me dá um pedaço de papel estampilhado, preto sobre o branco?

Disse tudo isso rapidamente, num fôlego, e no fim teve uma espécie de suspiro convulsivo que me deu a oportunidade de exprimir a minha surpresa, que era imensa.

– Essa senhora, essa estranha senhora, foi a primeira a falar de sua irmã! – exclamei.

– Essa senhora, no fim de alguns momentos, me perguntou se esta casa de fato pertencia a Madame de Lastaola. Tinha sido tão bondosa, amável e condescendente que não me importei humilhar-me diante de tão boa cristã. Respondi-lhe que não sabia qual era o nome que a pobre pecadora, na loucura da sua cegueira, dava a si mesma, mas que esta casa me fora dada realmente por minha irmã. Notei que ela então levantou o sobrolho, mas ao mesmo tempo olhou para mim com muita doçura, como que dizendo: "Não confie muito nisso, minha filha", que não pude deixar de tomar-lhe a mão e beijá-la. Ela puxou logo a mão, mas não se ofendeu. E disse apenas: "É muita generosidade da parte de sua irmã", mas de um modo que me fez ficar toda fria. Acho que toda gente sabe que a Rita é uma moça despudorada. Foi então que a senhora tirou as lentes de cabo comprido e me olhou através delas até que me senti profundamente embaraçada. Ela me disse: "Não há motivo para se preocupar. Madame de Lastaola é uma pessoa absolutamente notável, que já fez muitas coisas surpreendentes. Não deve ser julgada como os outros, e, pelo que sei, nunca fez mal a ninguém..." Foi aí que eu retomei a coragem, pode estar certo, e a velha senhora me disse então que não incomodasse o filho. Ia esperar até que ele acordasse. Sabia que ele dormia mal. E eu disse-lhe: "Ora, mas estou ouvindo o nosso caro patrãozinho tomar banho neste momento na sala de esgrima", e levei-a para o estúdio. Estão lá agora, e vão almoçar juntos ao meio-dia.

– Por que diabo não me disse logo que a tal dama era a Sra. Blunt?

– Não disse? Pois pensei – disse ela, inocente. Senti um desejo súbito de sair daquela casa, de fugir do elemento Blunt, agora reforçado, e que me oprimia tanto.

– Preciso levantar-me e vestir-me, *Mademoiselle Thérèse.*

Ela pôs-se em movimento e, sem tornar a olhar para mim, deslizou para fora do quarto, sem desmanchar as múltiplas pregas da saia parda.

Olhei para o relógio: dez horas. Teresa tinha demorado com o café. O atraso fora causado sem dúvida pela chegada inesperada da mãe de Mr. Blunt, o qual talvez não contasse com ela. A existência desses Blunt causava-me certo mal-estar, como se fossem habitantes de outro planeta, com um ponto de vista diferente, e qualquer coisa na inteligência que devia permanecer estranho a mim para sempre, o que me causava uma sensação de inferioridade que me desagradava intensamente, e que não provinha do fato de se originarem realmente em outro continente. Eu havia conhecido americanos antes disso. E os Blunt eram americanos. Mas tão pouco! Aí é que estava a complicação. O capitão Blunt podia ter passado por francês no que dizia respeito à língua, ao tom, às maneiras, e no entanto ninguém se enganaria... Por quê? Não se podia dizer. Qualquer coisa de indefinido. Ocorreu-me, enquanto esfregava fortemente os cabelos, o rosto e a nuca com a toalha, que não poderia encontrar-me com J. K. Blunt em pé de igualdade sob hipótese alguma, a não ser talvez de armas na mão, pistola de preferência, que dão menos intimidade, agem a distância – mas armas de qualquer espécie. Pois que, fisicamente, a vida dele, a que se lhe podia tirar, era exatamente igual à minha, tão efêmera quanto a minha.

Teria sorrido do meu absurdo, se o peso intolerável do amor que Rita me inspirava não houvesse sufocado em meu coração os mais íntimos vestígios de jovialidade. Esse peso esmagava-o, ofuscava-o também: era imenso. Se havia ainda sorrisos no mundo (o que eu não acreditava), sentia-me incapaz de os perceber. O meu amor por ela... seria mesmo amor? perguntava a mim mesmo desesperadamente enquanto penteava o cabelo diante do espelho. Parecia que não tinha tido começo, pelo menos era a minha impressão, e não é possível tomar em consideração uma coisa cuja origem não se pode descobrir. Não passa de uma ilusão. Ou talvez esse meu amor fosse apenas um estado físico, uma espécie de doença aparentada à melancolia, que é uma forma de insânia. Os únicos momentos de alívio que me lembrava eram aqueles em que eu e ela tagarelávamos como duas crianças, a propósito de tudo, de uma frase, de uma palavra às vezes, sob a luz forte da rotunda envidraçada, sem cuidar das silenciosas entradas e saídas da incansável Rosa – numa grande confusão de vozes e de risadas.

Senti que as lágrimas me vinham aos olhos ao lembrar-me do seu riso, recordação exata dos sentidos quase que mais penetrante que a própria realidade. Era uma assombração: tudo que lhe dizia respeito me perseguia com a mesma terrível intimidade, as suas atitudes familiares, a sua própria substância em cor e consistência, os seus olhos, os lábios, o brilho dos seus dentes, o reflexo fulvo dos seus cabelos, a suavidade daquela fronte, o perfume discreto que ela usava, a própria forma, a sensação e o calor das suas chinelas de salto alto que, no ardor da discussão, caíam no chão com estrépito e que eu (sempre no ardor da discussão) apanhava e repunha no divã sem cessar de discutir. E, além disso, sendo obcecado pelo que Rita era neste mundo, obcecava-me também pelas suas teimas, a sua delicadeza e a sua flama, por tudo aquilo que servia aos deuses para a designar quando, entre si, se referiam a ela. Ah, sim, não nego que estivesse obcecado por ela, mas o mesmo se dava com Teresa – que estava louca. Não era uma prova. Quanto às suas lágrimas, desde que não foram provocadas por mim, só serviam para despertar a minha indignação. Apoiar a cabeça no meu ombro, chorar aquelas lágrimas estranhas, não passava de uma liberdade ultrajante. Era apenas um estratagema emocional. Com a mesma naturalidade apoiaria a cabeça de encontro à escarpa de uma daquelas chaminés altas, de granito vermelho, a fim de poder chorar confortavelmente. E depois, quando não mais precisou de apoio, dispensou-me simplesmente, pedindo-me que a deixasse. Que facilidade! O pedido teve uma entonação patética, com um quê de sagrado, mas podia não ter sido senão o testemunho da mais fria impudência. Partindo dela, nunca se poderia saber. Tristeza, indiferença, lágrimas, sorrisos, tudo nela parecia ter um significado oculto. Não se podia confiar em nada... "Deus do Céu! estarei tão doido quanto a Teresa?", perguntava a mim mesmo com um calafrio enquanto ajustava as pontas da gravata.

Senti de repente que "aquilo" acabaria matando-me. A definição da causa era vaga, mas a idéia em si nada tinha de artificial nem de mórbido, e brotava de uma convicção legítima. Era "daquilo" que eu havia de morrer... Não seria das minhas dúvidas inumeráveis. Qualquer espécie de certeza seria também mortal. Não seria de uma punhalada – um beijo também me mataria. Não seria de um franzir de sobrancelhas e de qualquer palavra ou ato particular, mas de ter de suportar tudo aquilo junto e sucessivamente, de ter de viver com "aquilo". Quando terminei de dar o laço na gravata, tinha acabado também com a vida. Não me importei absolutamente porque não sabia dizer se, mental ou fisicamente, da raiz dos cabelos à sola dos pés, se sentia mais fastio do que desventura.

E agora que acabara de vestir-me, não tinha mais ocupação. Fui invadido por uma profunda aflição. Já se observou que a rotina da vida quotidiana, esse sistema arbitrário de ninharias, constitui um grande apoio moral. Mas acabara de vestir-me, não me restava fazer mais nada dessas coisas consagradas pelo uso e que não oferecem alternativa. O exercício de qualquer espécie de vontade por um homem cuja consciência se acha reduzida à sensação de que está sendo morto por "aquilo" não pode deixar de ser insignificante em relação à morte, uma atitude sem sinceridade para consigo mesmo. Não me sentia capaz disso. Foi então que adquiri a convicção de que ser morto por "aquilo", quero dizer, a absoluta convicção, não era, por assim dizer, nada em si. O horrível era esperar. Aí residia a crueldade, a tragédia, a amargura da situação. "Por que diabo não caio morto agora mesmo?", perguntei-me de mau humor, tirando um lenço limpo da gaveta e enfiando-o no bolso.

Era positivamente a última fase, a última cerimônia de um rito imperioso. Ficava então abandonado a mim mesmo, o que era terrível. Em geral saía, chegava até o porto, dava uma olhada ao navio que eu amava com um sentimento extremamente complexo, pois que se misturava com a imagem de uma mulher; às vezes ia a bordo, não porque tivesse qualquer coisa a fazer por lá, mas por nada, por prazer, apenas como uma pessoa que fica contente na companhia de um objeto querido. Para o almoço, tinha a escolher entre dois lugares, um bastante boêmio, ou outro seleto, até aristocrático, onde ainda tinha a minha mesa reservada no *petit salon,* por cima da escadaria branca. Em ambos tinha amigos que recebiam as minhas aparições erráticas com discrição, num dos casos com uma tintura de respeito, e no outro com uma certa tolerância bonacheirona. Eu devia essa tolerância ao mais displicente, ao mais renitente desses boêmios (que já tinha várias mechas brancas na barba), o qual, apoiando certa vez a mão pesada no meu ombro, tomou a minha defesa contra a acusação de ser desleal e mesmo estranho àquele meio de visões audazes que assumiam formas lindas e revolucionárias por entre o fumo dos cachimbos.

– Aquele sujeito *(ce garçon)* é uma natureza primitiva, mas pode ser um artista ao seu modo. Rompeu com as convenção do seu ambiente. Está tentando dar um pouco de vibração especial e uma concepção pessoal de cor à sua vida, talvez até a esteja modelando de acordo com as suas próprias idéias. E é bem capaz de estar na pista de alguma obra-prima; mas observem: se isso acontecer, ninguém verá. Será só para ele. E ele mesmo não será capaz de vê-la em pleno acabamento, a não ser no leito de morte. Há uma certa beleza nisso tudo.

Enrubescera de prazer: idéias tão belas nunca me tinham vindo à cabeça. Mas havia uma certa beleza... Como tudo aquilo parecia distante! Que mudez, que imobilidade nessas imagens! Que fantasma era aquele homem, com uma barba que tinha pelo menos sete tonalidades diferentes. E os outros, sombras também, como o Batista, de rosto escanhoado e diplomático, o *maître d'hôtel* encarregado do *petit salon,* que me tomava o chapéu e a bengala observando com deferência: *"Monsieur* agora não aparece muito". E aquelas outras cabeças, que se erguiam cumprimentando à minha passagem – *"Bonjour", "Bonjour",* seguindo-me com o olhar cheio de interesse; aqueles jovens X e Z, que passavam discretamente pela minha mesa e murmuravam: "Vai bem?" – "Poderemos vê-lo hoje à noite em algum lugar?" – não por curiosidade, mas por pura amizade; e passavam quase que sem esperar resposta. Que tinha eu a ver com eles, com aquela poeira frívola, com aqueles modelos de elegância provinciana?

Também almocei várias vezes com Doña Rita sem ser convidado. Mas agora nem se podia pensar nisso. Que tinha eu a ver com uma mulher que permitia que um outro a fizesse chorar, e depois, com uma falta espantosa de sentimentos, punha-se a chorar apoiada no meu ombro? Evidentemente, eu não podia ter nada a ver com ela. Os meus cinco minutos de meditação no meio do quarto terminaram sem um simples suspiro. Os mortos não suspiram, e para todos os efeitos de ordem prática eu estava morto, salvo para a consumação final, o frio progressivo, o *rigor mortis* – a condição abençoada! Compassadamente atravessei o patamar que dava para a sala de espera.

II

As janelas dessa peça davam para a rua dos Cônsules, que, como de costume, estava em silêncio. E a própria casa, por cima e por baixo de mim, estava quieta, numa calma perfeita. Em geral a casa era tranqüila, duma tranqüilidade surda, sem ressonâncias de qualquer espécie, como se pode imaginar o interior de um convento. Creio que era de construção muito sólida. Todavia, naquela manhã, naquela calma, senti falta da sensação de segurança e de paz que devia estar associada a ela. Acredita-se geralmente, creio eu, que os mortos se sentem felizes no repouso. Mas eu não sentia repouso. Que havia de extraordinário naquele silêncio? Notava-se qualquer coisa de insólito naquela paz. Qual seria o intruso que viera perturbar aquela tranqüilidade? De repente me lembrei: a mãe do capitão Blunt.

Por que teria vindo de Paris? E por que haveria eu de me incomodar com isso? Hum – a atmosfera dos Blunt, a vibração reforçada dos Blunt insinuava-se através das paredes, através das grossas paredes e da calma ainda mais sólida. Os movimentos de *Madame* Blunt evidentemente não podiam interessar-me. Fora o afeto maternal que a trouxera ao sul pelo rápido da manhã ou da tarde, para se informar das devastações daquela insônia. Belíssima coisa a insônia, para um oficial de cavalaria sempre nos postos avançados, verdadeira pechincha, por assim dizer; mas, quando de licença, era positivamente um estado diabólico.

Tal seqüência de idéias não exprimia, de minha parte, nenhuma simpatia, e tive mesmo um sentimento de satisfação pensando que eu, pelo menos, não sofria de insônia. No fim, acabava sempre dormindo. No fim, mergulhava num pesadelo. Não se sentiria ele entusiasmado se pudesse fazer o mesmo? Mas não conseguia. Era obrigado a sacudir-se a noite inteira e levantar-se cansadíssimo. Mas oh, também eu não me sentia cansado de esperar por um sono sem sonhos?

Ouvi a porta abrir-se atrás de mim. Tinha ficado encostado à janela, sem saber ao certo o que estava olhando na rua – o deserto do Saara ou um muro de tijolos, uma paisagem de rios e florestas ou o Consulado do Paraguai. Mas provavelmente pensava em Mr. Blunt com tal intensidade que, quando o vi entrar no quarto, quase que não me fez diferença. Quando me voltei, a porta atrás dele já estava fechada. Avançou para mim, correto, esbelto, de olhos encovados e sorridentes; quanto à roupa, estava pronto para sair, se se excetuasse a velha jaqueta de caça, pela qual devia ter uma afeição especial, pois que a vestia assim que encontrava a menor oportunidade. Era uma mescla de "tweed", e já estava incrivelmente gasta, encolhida pela idade, esfarrapada nos cotovelos, mas bastava olhar para ela para que se visse que tinha sido feita em Londres, por algum alfaiate célebre, por um especialista notável.

Blunt aproximou-se de mim com todo o brilho da sua esbelta elegância e afirmando, em todas as linhas do semblante e do corpo, no contorno perfeito dos ombros, na naturalidade negligente dos movimentos, a superioridade, a inexprimível superioridade, a inconsciente, indescritível e infalível superioridade de um homem do mundo nato e perfeitamente acabado, sobre um simples rapaz. Sorria com desembaraço, correto, absolutamente encantador, impecável.

Viera convidar-me, caso não tivesse outro compromisso, para almoçar em companhia dele e de sua mãe dentro de uma hora. O convite foi feito no tom mais desembaraçado. Mme. Blunt fizera-lhe uma surpresa, uma completa surpresa... A base da psicologia de Mme. Blunt residia no seu delicioso imprevisto. Ela não conseguia dar-lhe descanso (disse num tom peculiar que ele logo reprimiu), e seria muito amável da minha parte vir quebrar esse *tête-à-tête* por algum tempo (com a condição de que eu não tivesse outro compromisso. E os dentes rebrilharam). Ela era deliciosamente, suavemente absurda. Metera na cabeça a idéia de que estava com a saúde em perigo. E quando metia qualquer coisa na cabeça... Talvez eu pudesse encontrar alguma coisa que lhe restituísse a tranqüilidade. Ela tivera duas longas entrevistas com Mills quando de passagem por Paris, e ouvira falar em mim. "Eu bem sabia como é que aquele homenzarrão era capaz de falar dos outros", interrompeu ele ambíguo, e Mme. Blunt, com uma curiosidade insaciável por tudo quanto era raro (aqui uma entonação filialmente irônica e um ligeiro rebrilhar dos dentes), estava ansiosa para me ser apresentada (entonação cortês, mas sem dentes). Esperava que eu não me importasse se ela me tratasse um pouco como um "rapaz interessante". Ela nunca saíra dos seus dezessete anos, e jamais perdera as maneiras de uma beleza que fora muito mimada em três distritos, pelo menos, das Carolinas. Tudo isso acrescido da *sans-façon* de uma *grande dame* do Segundo Império.

Aceitei o convite com um sorriso mundano e perfeita entonação, porque na verdade pouco me importava o que fazia. Apenas me perguntava vagamente por que é que aquele homem açambarcava todo o ar disponível do quarto: parecia

que não me sobrava o suficiente para respirar. Não disse que compareceria com prazer ou que estava encantado. Disse apenas que iria. Ele parecia ter esquecido a língua, pôs as mãos nos bolsos e começou a andar em torno. "Estou um pouco nervoso esta manhã", disse em francês, detendo-se bruscamente e fixando os meus olhos. Os dele estavam bastante encovados, sombrios, fatais. Perguntei-lhe com certa malícia, que ninguém poderia ter percebido na minha entonação:
– Como vai essa insônia?

Ele murmurou entre os dentes: *"Mal. Je ne dors plus"*. Afastou-se, dirigindo-se para a janela onde se postou de costas para o quarto. Sentei-me no sofá que ali se achava, os pés para cima, e o silêncio tomou posse do ambiente.

– Esta rua não é ridícula? – perguntou Blunt de súbito e, atravessando rapidamente o quarto, acenou-me com a mão: "*À bientôt donc*", e sumiu-se.

Crestava-me o espírito. Não os compreendia então, nem a ele nem a Mme. Blunt, o que os fazia ainda mais impressionantes, porém descobri mais tarde que essas duas figuras não precisavam de mistério algum para se tornarem memoráveis. Naturalmente, não é todo dia que se encontra uma mãe que vive de expedientes, e um filho que vive da espada, mas havia um acabamento perfeito nas suas personalidades ambíguas que não se costuma encontrar duas vezes na vida. Nunca me esquecerei daquele vestido cinzento de saia ampla e blusa longa de estilo perfeito, a beleza antiga e quase fantasmal dos traços, a renda negra, os cabelos argênteos, os gestos harmoniosos e comedidos daquelas mãos brancas e suaves como as de uma rainha, ou de uma abadessa; e no meio do efeito geral de frescura que se desprendia de toda a sua pessoa, os olhos brilhantes como duas estrelas e que se moviam com calma, como se nada no mundo tivesse o direito de dissimular-se diante da sua beleza outrora soberana. O capitão Blunt, com um sorriso cerimonioso, apresentou-me pelo meu nome, acrescentando num tom menos formal este comentário – O *"monsieur* George" cuja fama você me disse que chegou até Paris. – O acolhimento que Mme. Blunt me fez, o seu olhar, as suas entonações e toda a atitude da sua pessoa admiravelmente encoletada foram os mais cordiais, aproximando-se do limite de uma semifamiliaridade. Tive a sensação de ver diante de mim uma espécie de ideal realizado. Aventura nada vulgar! Mas não me importei.

Era provavelmente muita sorte para mim achar-me então no estado de um doente que tivesse conservado a lucidez. Chegava mesmo a perguntar-me que diabo fazia eu ali. Ela exclamou: *"Comme c'est romantique",* contemplando o estúdio empoeirado: depois, indicando-me uma cadeira à sua direita e inclinando-se ligeiramente para o meu lado, disse-me:

– Já ouvi murmurar esse nome por lindos lábios em mais de um salão monarquista.

Nada respondi a essa declaração lisonjeira. Fui apenas tomado pela estranha idéia de que ela não podia ter tido aquela aparência aos dezessete anos e usava vestidos de musselina branca nas plantações da família, na Carolina do Sul, antes da abolição.

– Decerto não se importará – acrescentou – que uma velha, cujo coração ainda está moço, prefira chamá-lo por esse nome.

– Certamente, *madame*. Será mais romântico – assegurei-lhe, inclinando-me respeitosamente.

Ela pronunciou com calma: – Sim, não há nada como o que é romântico quando se é jovem. Por isso o chamarei de *monsieur* George. – Fez uma pausa e depois acrescentou: – Nunca consegui envelhecer – com o mesmo tom banal com que se diria: – Nunca pude aprender a nadar e tive a presença de espírito de responder-lhe num tom equivalente: – *C'est évident, madame.* – Era evidente. Ela não conseguia envelhecer; e, do outro lado da mesa, o filho de trinta anos que não podia dormir ouvia tudo aquilo com uma reserva cortês, e mostrando, sob o sedoso bigode negro, um traço branco quase imperceptível.

– Os seus serviços são imensamente apreciados – disse ela com um curioso toque de importância adequado a uma grande dama do mundo oficial. – Imensamente apreciado por pessoas que se acham em condições de compreender a grande significação do movimento carlista no Sul. Lá também é preciso combater o anarquismo. Eu, que conheci a Comuna...

Teresa apareceu com um prato, e, durante o resto do almoço, a conversa, que começara tão bem, orientou-se para as mais obstrusas inanidades de ordem religioso-monarquístico-legitimista. As orelhas de todos os Bourbons do mundo deviam estar ardendo. A sra. Blunt parecia ter estado em contato direto com muitos deles e a maravilhosa insipidez das suas recordações deixava-me estupefato na minha inexperiência. Olhava para ela de quando em quando, e pensando: viu a escravidão, viu a Comuna, conhece dois continentes, viu a guerra civil, a glória do Segundo Império, os horrores de dois cercos; esteve em contato com figuras de realce, com grandes acontecimentos, viveu da sua fortuna, da sua personalidade, e aí está com a sua plumagem lisa, reluzente como nunca, incapaz de envelhecer: uma espécie de fênix livre dos mais leves sinais de cinza e areia, toda a complacência no meio daquelas inanidades, como se não houvesse mais nada no mundo. No meu açodamento juvenil me perguntava que espécie de alma aérea podia ela ter.

Por fim Teresa pôs um prato de frutas na mesa, pequena coleção de laranjas, uvas e nozes. Havia comprado, sem dúvida, aquilo tudo muito barato, pois que não estava nada convidativo. O capitão Blunt levantou-se bruscamente: – Minha mãe não suporta o fumo de tabaco. Queira fazer-lhe companhia, *mon cher,* enquanto dou uma volta com o meu charuto neste ridículo jardim. O *brougham* do hotel não tardará.

Deixou-nos com o brilho de um sorriso de desculpas. Reapareceu logo depois, visível da cabeça aos pés, através da parede de vidro do estúdio, passeando pelo caminho central do "ridículo" jardim: a sua elegância e o seu ar de boa educação faziam dele a figura mais notável que me foi dado encontrar antes ou depois. Mme. Blunt deixou cair as lunetas através das quais o contemplara com uma expressão absorta de quem avaliava, e que nada tinha de maternal. Mas o que me disse foi o seguinte:

– Bem pode compreender os meus transes quando ele está em campanha com o rei.

Falou em francês e empregou a expressão *"mes transes";* mas quanto ao resto, pela entonação, atitude e solenidade, poderia dar a impressão de referir-se a um dos Bourbons. Estou certo de que nenhum deles chegava a ter metade do aspecto aristocrático do seu filho.

– Compreendo perfeitamente, *madame*. Mas é que a vida não é tão romântica.

– Centenas de moços pertencentes a uma certa esfera fazem o mesmo – disse ela bem distintamente –, mas acontece que o caso deles é diferente. Têm as suas posições, as suas famílias para onde voltar; mas nós somos diferentes. Somos exilados, salvo, evidentemente, quanto aos ideais, os parentescos espirituais e as amizades de velha estirpe que temos na França. Se o meu filho voltar são e salvo, só me terá a mim e eu a ele. Tenho que pensar na sua vida. Mr. Mills (que espírito tão distinto!) tranqüilizou-me quanto à saúde de meu filho. Mas dorme muito mal, não é verdade?

Murmurei uma afirmativa qualquer em tom vago e ela observou de modo extravagante, e um tanto brusco: – É tão desnecessário este aborrecimento! A posição desagradável do exilado tem suas vantagens. A uma certa altura de categoria social (a fortuna nada tem a ver com isso, fomos arruinados pela mais justa das causas), a uma certa altura bem definida, podem desprezar-se certos preconceitos mesquinhos. Encontram-se exemplos nas aristocracias de todos os países. Um americano jovem e cavalheiresco pode arriscar a vida por um ideal remoto que, no entanto, pode pertencer a sua tradição familiar. Nós, no nosso grande país, temos todas as espécies de tradição. Mas um jovem de boa família e de relações distintas precisa estabelecer-se um dia, organizar a vida.

– Sem dúvida, *madame* – disse eu, erguendo os olhos para a figura do outro lado – *"Américain, catholique et gentilhomme"* – andando para cima e para baixo pela alameda, com um charuto que não estava fumando. – Quanto a mim, nada sei dessas necessidades. Rompi para sempre com essas coisas.

– Sim, Mr. Mills falou-me a seu respeito. Que coração de ouro ele tem! Que simpatia infinita!

Pensei de repente em Mills me declarando a propósito de Mme. Blunt: "Ela vive de expedientes". Estaria ela experimentando esses expedientes comigo? E observei friamente:

– Na verdade conheço muito pouco o seu filho.

– Oh, *voyons* – protestou. – Sei que você é muito mais moço, mas a similitude de opiniões, de origem, e talvez, no fundo, de caráter, de devotamento cavalheiresco... não, você deve ser capaz de o compreender, numa certa medida. Ele é extremamente escrupuloso e de uma bravura temerária.

Ouvi com deferência até o fim, embora tivesse todos os nervos do corpo estremecendo de hostilidade contra a vibração dos Blunt, que parecia penetrar-me até a raiz dos cabelos.

– Estou convencido disso, madame. Já ouvi falar da bravura do seu filho. É profundamente natural num homem que, segundo as suas próprias palavras, "vive da espada".

Ela abandonou subitamente a sua perfeição quase inumana, traiu "nervos" como qualquer mortal, muito superficialmente, é claro, mas nela isso significava mais que um acesso de fúria em um envoltório de argila inferior. Com o seu pezinho admirável, maravilhosamente calçado de negro, bateu no chão, irritada. Mas mesmo nesse gesto havia qualquer coisa de requintadamente delicada. A própria cólera na sua voz possuía certa ressonância de prata, e parecia mais a petulância de uma beldade de dezessete anos.

– Que absurdo! Um Blunt não se aluga.

– Certas famílias principescas – disse eu – foram fundadas por homens que não fizeram outra coisa. Os grandes *Condottieri* por exemplo.

Foi quase num tom tempestuoso que ela me fez observar que não estávamos mais vivendo no século XV. Deu-me também a entender, com certa vivacidade, que não se tratava no caso de fundar uma família. Seu filho estava muito longe de ser o primeiro desse nome. A sua importância consistia mais em ser o último de uma estirpe que perecera de todo, acrescentou num tom perfeitamente de salão, "na nossa Guerra Civil".

Havia dominado a sua irritação e através da parede envidraçada da sala enviou ao filho um sorriso ardente, mas percebi que sob as lindas sobrancelhas brancas os seus olhos brilhavam ainda de cólera inexausta. Pois ela envelhecia! Oh, sim, ela envelhecia, num desencanto secreto, e estava talvez desesperada.

III

Tive, quase sem o perceber, uma súbita iluminação. Compreendi que aqueles dois seres deviam ter tido uma discussão durante a manhã inteira, e descobri o motivo do convite para almoçar. Temiam uma discussão sem saída e que estava arriscada a terminar num sério desentendimento. E por isso concordaram em ir buscar-me a fim de criar uma diversão. Não posso dizer que me senti aborrecido. Não me importei. A minha perspicácia tampouco me agradou. Preferia que tivessem me deixado em paz – mas nada disso tinha importância. Na sua superioridade, eles deviam ter o hábito de fazer uso das pessoas sem o menor escrúpulo. E por necessidade também. Ela especialmente. Vivia de expedientes. O silêncio acentuara-se de tal forma que acabei levantando os olhos, e a primeira coisa que observei foi que o capitão Blunt não estava mais no jardim. Devia ter entrado. Não tardaria a vir ao nosso encontro. Eu então deixaria a mãe e o filho entregues um ao outro.

O que observei em seguida foi que uma espécie de doçura invadira a mãe do último de sua estirpe. Mas os termos irritação, doçura, pareciam grosseiros quando aplicados a Mme. Blunt. É impossível dar uma idéia do requinte e da sutileza de todas as suas transformações. Ela dirigiu-me um leve sorriso.

– Mas tudo isso está fora de discussão. O essencial é que meu filho, como todas as naturezas finas, é um ser dotado de estranhas contradições que as provações da vida não conseguiram conciliar. O que se dá comigo é um tanto diferente. Passei por muitas provações e, naturalmente, vivi mais. Acontece ainda que os homens são muito mais complexos que as mulheres, muito mais difíceis também. E você, *monsieur* George? também é complexo, com resistências e dificuldades inesperadas, no seu *être intime* – o seu ser interior? Gostaria de saber agora...

A atmosfera dos Blunt parecia vibrar em toda a minha pele. Não dei importância a esse sintoma.

– *Madame* – disse eu –, nunca experimentei descobrir que espécie de ser sou eu.

– Ah, isto é muito mau. Devemos refletir sobre aquilo que somos. Evidentemente somos pecadores. O meu John é um pecador como os outros – declarou com uma espécie de ternura orgulhosa, como se a pobre humanidade devesse sentir-se honrada e até certo ponto purificada, com esta condescendente confissão. – Você talvez seja ainda muito moço... Mas quanto ao meu John – continuou pondo o cotovelo na mesa, e apoiando a cabeça naquele braço idoso, de formas impecáveis, branco, que emergia de rendas preciosas, ainda mais velhas, que lhe guarneciam a manga curta. – O transtorno vem dele sofrer de um profundo desacordo entre as relações necessárias à vida e os impulsos da natureza de um lado, e o idealismo elevado dos seus sentimentos, de outro; posso mesmo dizer, dos seus princípios. Esteja certo de que ele não daria ouvidos nem mesmo ao próprio coração.

Não sei que poder diabólico preside as associações da memória, e não consigo imaginar o choque que *madame* Blunt sentiria ao descobrir que as palavras que acabava de pronunciar fizeram surgir em mim a visão de uma empregada atarefada, de pele morena, de olhos embaçados: da incansável Rosa, me estendendo o chapéu e pronunciando estas palavras enigmáticas: "A *madame* devia escutar a voz do coração". Uma onda da atmosfera de outra casa me invadiu, arrebatadora e fogosa, sedutora e cruel, através da vibração dos Blunt, explodindo como se rompesse uma folha de papel, e enchendo-me o coração de doces murmúrios e imagens embriagadoras, até que por fim se dissipou, deixando-me uma calmaria oca dentro do peito.

Depois disso, durante muito tempo, ouvi Mme. Blunt falar interminavelmente, e cheguei a apanhar as palavras em separado, mas não podia, na confusão das minhas sensações, perceber-lhes o sentido. Falava provavelmente da vida em geral, das suas dificuldades, morais e físicas, das suas mudanças surpreendentes, dos seus contatos inesperados, das personalidades de exceção que por ela vagueiam à mercê do vento, como no mar; da distinção que as artes e as letras lhe dão, da nobreza e do consolo que se encontra na estética, dos privilégios que esta confere aos indivíduos e (foi a primeira declaração que consegui perceber) que Mills estava de acordo com ela sobre o valor íntimo das personalidades e sobre o caso particular a propósito da qual lhe abrira o coração. Mills tinha um espírito universal. Era dotado daquela vasta compreensão – oh, nada cínico, absolutamente, era pelo contrário dono de uma certa ternura – e que se encontrava perfeita em alguns raros, muito raros ingleses. Também ele era romântico, o caro Mr. Mills. Era naturalmente muito reservado, mas ela compreendia-o perfeitamente. E Mills parecia estimar-me muito.

Era tempo de dizer alguma coisa, por meu turno. Havia um certo desafio nos calmos olhos negros que me olhavam fixamente. Murmurei que sentia muito prazer em saber disso. Ela agradou um pouco, e depois murmurou significativamente:

– Mr. Mills está um pouco apreensivo a seu respeito.

– É muita bondade da parte dele – disse-lhe. E na verdade, assim o julgava, embora me perguntasse vagamente, no meu entorpecimento, por que havia ele de estar apreensivo. Fosse como fosse, não me ocorreu perguntar à Sra. Blunt. Não sei se ela contava que eu o fizesse, mas depois de alguns momentos mudou a posição em que estivera durante tanto tempo, e cruzou os alvos braços tão admiravelmente conservados. Parecia um perfeito quadro, cinza e prata, com alguns toques de negro aqui e ali. Eu continuava a não dizer nada, na minha profunda miséria. Ela esperou um pouco mais, depois despertou-me com um estrondo. Era como se a casa houvesse desabado, mas era ela apenas que me perguntava:

– Creio que Mme. de Lastaola o recebe com bastante intimidade, em vista dos seus esforços comuns em favor da causa. São bons amigos, não é verdade?

– A senhora refere-se à Rita – disse eu estupidamente, pois que me sentia estúpido, como quem desperta só para levar uma pancada na cabeça.

– Oh, Rita – repetiu ela com inesperada acrimônia, o que, de certo modo, me fez sentir culpado de uma incrível falta de tato. – Hum, Rita... Oh, pois bem, digamos Rita – por agora. Embora eu realmente não compreenda por que se deva privá-la do seu nome numa conversa a seu respeito. A menos que uma intimidade muito especial...

Estava visivelmente aborrecida... Eu disse de mau-humor: – Mas esse nome não é dela.

– É o que ela escolheu, pelo que me foi dado entender, o que parece quase um melhor título aos olhos do mundo. Já não teve essa impressão? Pois bem, a mim me parece que o que se escolhe tem mais direito a ser respeitado do que a herança ou a lei. Além disso, Mme. de Lastaola – continuou ela num tom insinuante –, essa jovem rara e sedutora, se acha (e um amigo como você não poderá negá-lo) completamente fora da legalidade. Mesmo assim, é uma criatura excepcional. Pois ela é excepcional, não acha?

Eu caíra num estado de mutismo, e o máximo que podia fazer era olhar para ela.

– Muito bem, vejo que concorda. Nenhum amigo dela poderia negá-lo.

– Madame – explodi –, não sei o que tem a ver aqui a questão de amizade com uma pessoa que a senhora mesma chama de excepcional. A bem dizer, não sei como é que ela me considera. As nossas relações são, naturalmente, muito íntimas e confidenciais. Também se fala deste ponto em Paris?

– Oh, não, absolutamente, de modo algum – disse Mme. Blunt com desembaraço, mas sem cessar de fixar-me os olhos calmos e brilhantes. – Ninguém toca nesse assunto. As referências a Mme. de Lastaola são feitas em tom muito diverso, pode estar certo, graças à sua discrição de permanecer aqui. E, devo acrescentar, graças aos esforços discretos dos seus amigos. Também sou amiga de Mme. de Lastaola, como deve saber. Oh, não, nunca tive ocasião de falar e acho que só a vi duas vezes. Mas já lhe escrevi, confesso. Ela, ou antes, a imagem dela, penetrou na minha vida, na parte da minha vida em que a arte e as letras reinam sem discussão como uma espécie de religião da beleza à qual tenho sido fiel através de todas as vicissitudes da existência. Sim, escrevi-lhe e me preocupei com ela durante muito tempo por causa de um quadro, de dois quadros e também de certa frase pronunciada por um homem que, na ciência da vida e na percepção da verdade estética, não tinha paralelo no mundo cultural. Disse que havia nela qualquer coisa das mulheres de todos os tempos. Creio que se referia à herança de todos os dons que constituem uma fascinação irresistível – uma grande personalidade. Mulheres assim não costumam nascer com freqüência. Faltam oportunidades à maioria delas. Nunca se desenvolvem. Acabam obscuramente. Aqui e ali uma delas sobrevive para assinalar a sua passagem – mesmo na história... E ainda assim não é destino muito invejável. Acham-se no outro pólo das chamadas mulheres perigosas, que são meramente vaidosas. A mulher vaidosa precisa trabalhar para o êxito. Às outras basta existir. Percebe a diferença?

Percebia. Disse a mim mesmo que nada no mundo podia ser mais aristocrático. Esta era a escravocrata, que jamais trabalhara, mesmo quando obrigada a viver de expedientes. Era uma anciã extraordinária. Estava boquiaberto. Fascinava-me por sua atitude bem-educada, por uma excelsa reserva no seu ar de sabedoria.

Limitei-me a admirá-la como se fora um mero escravo da estética: a graça perfeita, o pasmoso equilíbrio daquela cabeça venerável, o desembaraço verdadeiramente soberano da voz...

Mas de que estaria falando agora? Não fazia mais considerações sobre mulheres fatais. Tornara a falar no filho. O meu interesse transformou-se na simples amargura de uma atenção desdenhosa. Era impossível impedi-lo, embora tentasse a torrente passar. Fora educado no colégio mais aristocrático de Paris... aos dezoito anos... chamado pelo dever... com o general Lee até o derradeiro e cruel minuto... depois da catástrofe – o fim do mundo – regresso à França, às velhas amizades, amabilidade extrema – mas uma existência vazia, sem ocupação... Então, 1870 – resposta cavalheiresca ao chamado do país de adoção, e outra vez o vácuo, a irritação de um espírito orgulhoso sem destino e com a desvantagem, não propriamente da pobreza, mas da falta de fortuna. E ela, a mãe, ser obrigada a contemplar esse desperdício de uma criatura tão prendada, de uma natureza tão cavalheiresca que praticamente não tinha futuro diante de si.

– Compreenda-me bem, *monsieur* George. Uma natureza assim! É realmente uma requintada crueldade do destino. Não sei se sofri mais em tempo de guerra do que em épocas de paz. Percebe?

Abaixei a cabeça em silêncio. O que eu não podia compreender era o motivo dele demorar tanto a vir encontrar-nos. A menos que estivesse farto de Mme. Blunt. Tive a sensação, sem grande ressentimento, aliás, de estar sendo vítima de ambos; mas então ocorreu-me que a causa da ausência de Blunt era muito simples. Nessa época eu me achava bastante familiarizado com os seus hábitos para saber que ele sempre se arranjava para tirar uma sesta de uma hora por dia, mais ou menos. Com certeza tinha ido se meter na cama.

– Eu o admiro profundamente – dizia Mme. Blunt num tom que não era nada maternal. – Admiro a sua distinção, os seus requintes, a compostura ardente do seu coração. Conheço-o bem. Afianço-lhe que jamais ousaria sugerir – continuou ela com uma altivez extraordinária de atitude e de entonação que me fez ficar atento –, nunca ousaria sugerir submeter-lhe as minhas opiniões sobre os méritos extraordinários e o destino incerto da mulher excepcional a quem nos referimos, se não estivesse certa de que, em parte por culpa minha, confesso, a atenção dele fora atraída por ela e o seu... o seu... coração comprometido.

Foi como se alguém me houvesse despejado um balde d'água fria na cabeça. Despertei, com um grande estremecimento, para a percepção aguda dos meus próprios sentimentos e do desígnio incrível daquela aristocrata. Como aquilo podia ter germinado, crescido e amadurecido num terreno tão exclusivo é o que era inconcebível. Ela não cessara de incitar o filho a empreender uma admirável apropriação de salvados de incêndio, anexando a herdeira de Henry Allègre – a mulher e os haveres.

Os meus olhos deviam refletir uma incredulidade pasmada, aos que os olhos de Mme. Blunt responderam com um brilho negro de resolução, que pareceu de súbito adquirir virtudes causticantes, pois que comecei a sentir uma sede terrível. Houve um momento em que fiquei com a língua literalmente colada ao céu da boca. Não sei se foi ilusão, mas pareceu-me que Mme. Blunt inclinou a cabeça duas vezes como que dizendo: "Tem razão, é isso mesmo". Fiz um esforço para falar, mas quase sem resultado. E, se ela me ouviu, é que devia estar à espreita da menor manifestação da minha voz.

– O coração comprometido... Como duas centenas de outros, ou dois milhares, em volta dela – mastiguei.

– É completamente diferente. Aliás, isso não tem nada absolutamente de injurioso para uma mulher. É claro que a sua grande fortuna a protege de certo modo.

– Acha? – gaguejei. E dessa vez tenho as minhas dúvidas sobre se ela me ouviu. Aos meus olhos, mudara de aspecto. Tendo sido descoberto o seu desígnio, o seu desembaraço parecia-me sinistro, a sua calma aristocrática um artifício traiçoeiro, a sua graça venerável a máscara de um ilimitado desprezo por todos os seres humanos quaisquer que fossem. Era uma velha terrível, com aquelas sobrancelhas retas, brancas como as de um lobo. Como eu fora cego! Só aquelas sobrancelhas deviam ter bastado para me pôr de sobreaviso. No entanto eram tão lindas e suaves quanto aquela voz que confessava:

– Essa proteção naturalmente é apenas parcial. É nela mesma que está o perigo. A coitada precisa de um guia.

Fiquei admirado da perversidade da minha entonação quando comecei a falar, mas era pura afetação:

– Não acho que ela se tenha saído tão mal, afinal de contas – disse eu com esforço. – A senhora não ignora, suponho, que ela começou a vida pastoreando cabras.

Enquanto dizia isso, notei que ela estremecia imperceptivelmente, mas no fim já sorria com desembaraço.

– Não, não sabia. Então ela lhe contou a sua história! Muito bem, então parece que são bons amigos. Uma pastora de cabras – não é verdade? Acho que no conto de fadas a moça que se casa com o príncipe era – que era mesmo? – uma *gardeuse d'oies.* Pode-se censurar uma mulher por isso? Seria o mesmo que criticar qualquer outra por ter nascido nua. Isso acontece a todas, bem sabe. E depois tornam-se – o que você há de descobrir quando tiver vivido mais, *monsieur* George –, tornam-se em geral criaturas fúteis, sem nenhuma noção da verdade e da beleza, escravas do trabalho ou então bonecas de luxo. Numa palavra – vulgares.

A sugestão de escárnio que se sentia naquela atitude tranqüila era imensa. Parecia condenar todos os que não tinham nascido na parentela dos Blunt. Era o perfeito orgulho da aristocracia republicana, que não tem gradações e não conhece limites, como se fosse criada pela graça de Deus, e julga enobrecer tudo que sofre o seu contato: pessoas, idéias e até gostos passageiros!

– Quantas delas – prosseguiu Mme. Blunt – tiveram a fortuna, o lazer de aperfeiçoar a inteligência e a beleza em condições estéticas que teve essa encantadora criatura? Nem uma num milhão. Talvez nem uma num século.

– A herdeira de Henry Allègre – murmurei.

– Precisamente. Mas John não desposaria a herdeira de Henry Allègre.

Era a primeira vez que a palavra franca, o pensamento claro, aparecia na conversa, o que me causou a sensação de estar doente, de desfalecer de raiva.

– Não – disse eu. – Seria então com Mme. de Lastaola.

– *Mme. la Comtesse* de Lastaola quando o desejar, depois do triunfo da causa.

– Acredita no triunfo?

– E você?

– De modo algum – declarei, e fiquei surpreso ao ver que ela se mostrava satisfeita.

Era aristocrata até a ponta dos dedos; na verdade não se importava com pessoa alguma. Passara pela época do Império, vivera o período de um cerco, sentira o contato da Comuna, vira, sem dúvida, tudo aquilo de que os homens são capazes no encalço do desejo ou nos extremos da miséria, por amor, por dinheiro, e até pela honra; e, nas suas precárias relações com os meios mais elevados, conservara a própria honorabilidade incólume enquanto se despojava de todos os preconceitos. Pairava acima de tudo aquilo. Talvez que a sociedade fosse a única coisa com alguma influência frenadora ainda; mas, quando me aventurei a referir-me ao que a sociedade poderia dizer de tal aliança, olhou-me durante algum tempo com visível surpresa.

— Meu caro *monsieur* George, vivi na alta sociedade durante toda a minha vida. É o que existe de melhor, mas simplesmente porque fora dela não se encontra nada que seja apenas decente. A sociedade aceita tudo, perdoa tudo, esquece tudo no fim de alguns dias. E, afinal, com quem se casará ele? Com uma mulher encantadora, inteligente, rica e absolutamente fora do comum. Que é que a sociedade ouviu dizer dela? Nada. O pouco que viu foi no Bois, umas poucas horas por ano, cavalgando ao lado de um homem de uma distinção única e de gostos exclusivos, devotado ao culto das impressões estéticas, um homem de quem poderia ter sido filha, no que diz respeito ao todo, às maneiras e ao procedimento. Eu mesma a vi. Fui de propósito. Fiquei extremamente impressionada. Cheguei a comover-me. Sim. Ela bem poderia ter sido — salvo por aquele que de radioso que a distinguia de todas as outras filhas dos homens. As poucas personalidades notáveis que contam na sociedade, e que eram admitidas no pavilhão de Henry Allègre, tratavam-na com escrupulosa reserva. Sei disso, pois que fiz indagações. Sei que ela se achava lá entre eles como uma criança maravilhosa, e, quanto ao mais, que se pode dizer dela? Que, quando abandonada a si mesma em virtude da morte de Henry Allègre, cometeu um erro? Acho que toda a mulher devia ter a permissão de errar uma vez na vida. O pior que podem dizer é que percebeu a falta, que despediu um apaixonado assim que compreendeu que esse amor não valia a pena; que lhe disse para partir e ir cuidar da coroa, e que, depois de o despedir, na sua pessoa e na sua fortuna, permaneceu generosamente fiel à causa desse homem. E tudo isso, há de reconhecer, é coisa bem fora do vulgar.

— A senhora faz dela uma criatura verdadeiramente magnífica — murmurei, olhando para o chão.

— E não é? — exclamou a aristocrática Sra. Blunt com uma ingenuidade quase juvenil, enquanto nos olhos negros que me olhavam tão calmos, surgiu um reflexo de beleza meridional, ainda inocente e romântica, como que sem sinal algum da experiência. – Não creio que haja um átomo de vulgaridade em toda a sua sedutora personalidade. Nem tampouco em meu filho. Você não negará que ele nada tenha de comum.

– Absolutamente – disse eu num tom perfeitamente convencional. Eu empreendia todos os esforços para que ela não descobrisse o que havia de humanamente comum na minha natureza. Ela recebeu a minha resposta como dinheiro sonante e mostrou-se satisfeita.

– Eles não podem deixar de compreender-se um ao outro no mais alto nível do ideal. Pode-se imaginar o meu John atirado a alguma dessas marrequinhas brancas apaixonadas, que se encontram nos velhos salões cheirando a mofo? Ora, ela nem chegaria a compreender o que ele sente nem o que ele deseja.

– Sim – disse eu impenetrável –, ele não é fácil de compreender-se.

– Tenho motivos para pensar – disse ela com um sorriso reprimido – que ele dispõe de certo ascendente sobre as mulheres. Naturalmente, nada sei sobre a vida íntima de meu filho, mas alguns mexericos já me chegaram ao ouvido, assim no ar, e não creio que ele encontrasse resistência excepcional nesse terreno. Mas gostaria de saber até que ponto.

Contive uma tendência importuna à vertigem que me ameaçava, e tomei o maior cuidado ao emitir as palavras.

– Permite perguntar-lhe, minha senhora, por que me conta tudo isto?

– Por dois motivos – respondeu-me com graciosa condescendência. – Antes de mais nada porque Mr. Mills disse-me que você tinha o espírito muito mais amadurecido do que era de crer. Com efeito, você parece muito mais jovem do que eu esperava.

– Minha senhora – disse interrompendo-a –, posso ter alguma capacidade para a ação e as responsabilidades, mas, no que diz respeito às regiões aonde esta inesperada conversa me levou, sou um perfeito novato. Estão fora dos meus interesses. Não tive ainda experiência nesse ponto.

– Não queira passar por tão simplório – disse ela num tom de mocinha mimada. – Você tem as suas intuições. De qualquer forma, tem um bom par de olhos. Está sempre lá, segundo me disseram. Com toda a certeza terá visto até que ponto eles...

Interrompi de novo e desta vez com amargura, mas sempre num tom de polidez, perguntei:

– A senhora julga-a fácil?

Ela mostrou-se ofendida. – Julgo-a extremamente difícil. É do meu filho que se trata aqui.

E compreendi então que ela considerava o filho irresistível. Quanto a mim, começava a pensar que me seria impossível esperar pela volta dele. Imaginava-o todo vestido, deitado na cama e dormindo como uma pedra. Mas não se podia negar que Mme. Blunt me retinha com um interesse terrível, torturado. Por duas vezes Teresa abrira a porta, avançando e retirando a cabeça como uma tartaruga. Mas durante algum tempo perdi a sensação de nós dois estarmos sozinhos no estúdio: percebera o manequim familiar no seu canto, mas estava então caído, como se Teresa, com uma vassourada colérica, o tivesse derrubado como a um ídolo pagão. Ali estava prostrado, sem mãos, sem cabeça, patético, como a vítima mutilada de um crime.

– John também é difícil – recomeçou Mme. Blunt. Não irá supor, naturalmente, que possa haver qualquer coisa de vulgar na sua resistência a um sentimento muito real. É preciso compreender a sua psicologia. Ele não pode ficar em paz. É requintadamente absurdo.

Reconheci a frase. Mãe e filho referiam-se um ao outro em termos idênticos. Mas quem sabe se "requintadamente absurdo" era a máxima da família Blunt? Existem máximas assim nas famílias, e em geral, há certa verdade nelas. Talvez que essa anciã fosse simplesmente absurda.

Continuou:

– Tivemos hoje de manhã uma discussão das mais desagradáveis. Ele está zangado comigo porque lhe sugeri exatamente o que todo o seu ser deseja. Não me arrependo. É ele que se atormenta com os seus escrúpulos infinitos.

– Ah! – exclamei, olhando para o manequim mutilado, que parecia o modelo de algum crime atroz. – Ah, sim, a fortuna. Mas isso pode-se deixar de parte.

– Que disparate! Como é possível? Ela não está guardada num saco que se possa atirar no mar. E, além disso, não é culpa dela. Muito me surpreende que você tenha podido pensar nessa vulgar hipocrisia. Não, não é a fortuna o que retém meu filho: é qualquer coisa de muito mais sutil. Não tanto a história quanto a posição dela. Ele é absurdo. Não é o que aconteceu na vida dela. É a própria liberdade dela que o atormenta, e a ela também – pelo que pude perceber.

Reprimi um gemido e disse a mim mesmo que positivamente era preciso acabar com aquilo.

Mas Mme. Blunt estava com toda a loquacidade.

– A despeito de toda a sua superioridade, ele não deixa de ser um homem de sociedade, e compartilha, até certo ponto, das opiniões correntes. Não tem ascendentes sobre ela. Ela o intimida. Ele preferiria nunca a ter visto. Mais de uma vez hoje de manhã olhou-me como se pudesse achar no coração um motivo para odiar a velha mãe. Não há dúvida nenhuma – ele a ama, *monsieur* George. Ele ama, o pobre, o infeliz, o perfeito *homme du monde*.

O silêncio demorou algum tempo, e depois ouvi um murmúrio: – É uma questão extremamente delicada entre dois seres tão sensíveis, tão altivos. Precisa ser resolvida.

Pus-me subitamente de pé e disse com a maior polidez que era obrigado a pedir-lhe permissão para a deixar, pois tinha um compromisso: mas ela limitou-se a mandar-me sentar – e eu obedeci.

– Disse-lhe que tenho um pedido a fazer-lhe – declarou. – Ouvi Mr. Mills dizer que você esteve nas Antilhas, que tem interesses por lá.

Fiquei aturdido. – Interesses! Estive realmente lá, mas...

Ela deteve-me. – Então por que não voltar para lá de novo? Estou lhe falando francamente porque...

– Mas, minha senhora, eu estou comprometido nesta questão com Doña Rita, por mais interesses que tenha em qualquer outro lugar. Não lhe direi da importância do que posso fazer. Não o suspeitava, mas foi a senhora quem me trouxe informações a respeito, e portanto não preciso chamar a sua atenção sobre esse ponto.

Já discutíamos então francamente.

– Mas, no fim, aonde é que isso o levará? Você tem toda a vida diante de si, todos os seus planos, projetos, sonhos talvez, de qualquer modo os seus próprios gostos, a vida inteira diante de si. E sacrifica tudo isso por... pelo pretendente? Uma simples figura para a primeira página dos jornais ilustrados.

– Nunca penso nele – disse bruscamente –, só me preocupam os sentimentos, os instintos, ou o que quiser, de Doña Rita – a sua fidelidade cavalheiresca aos seus erros...

– A presença de Doña Rita aqui nesta cidade, o seu afastamento das possíveis complicações da sua vida de Paris produziram excelente efeito em meu filho. Isso simplifica infinitas dificuldades, tanto morais quanto materiais. É grandemente vantajoso para a dignidade, a fortuna e a paz de espírito de Doña Rita. Mas penso, naturalmente, em meu filho sobretudo. Ele é exigentíssimo.

Senti uma dor profunda no coração. – E assim só me cabe abandonar tudo e desaparecer – disse eu, levantando-me de novo. E desta vez Mme. Blunt também se ergueu com um tom altivo e inflexível, mas não me despediu ainda.

– Sim – disse ela distintamente. – Tudo isto, meu caro *monsieur* George, é um acidente desagradável. Que veio fazer aqui? Você me dá a impressão de quem é capaz de encontrar em toda parte em que se achar aventuras interessantes e talvez menos perigosas.

Ela deslizou sobre a palavra "perigosas", mas eu apanhei-a.

– Que sabe a senhora desses perigos, se me permite perguntar? – Mas ela não condescendeu em ouvir.

– E além disso também você tem os seus sentimentos cavalheirescos – continuou ela, inabalável, precisa e calma. – Você não é absurdo. Mas meu filho é. Ele a trancaria num convento por algum tempo, se pudesse.

– Não é o único – murmurei.

– Realmente? – exclamou pasmada, e depois, em voz mais baixa: – Sim. Essa mulher deve ser o centro de todas as espécies de paixões – declarou como num sonho. – Mas que é que você tem a ver com tudo isso? Nada disso lhe diz respeito.

E esperou a minha resposta.

– Exatamente, minha senhora – disse –, e portanto não vejo por que haveria de preocupar-me deste ou daquele modo.

– Não – concordou ela com um ar de muito enfado –, a não ser que você se pergunte a si mesmo qual a vantagem de atormentar um homem de nobres sentimentos, por absurdo que seja, e cujo sangue meridional lhe confere, às vezes, muita violência. Receio...

E então, pela primeira vez durante essa conversa, pela primeira vez depois de ter deixado Doña Rita no dia anterior, pela primeira vez eu ri.

– A senhora quer insinuar que os "gentlemen" do Sul são bons atiradores? Já tive notícia disso... pelos romances.

Falei olhando-a fixamente nos olhos, e com esse olhar direto fiz a requintada e aristocrática anciã pestanejar. Notei-lhe um ligeiro rubor na face venerável e delicada, mas não estremeceu sequer um músculo do rosto. Saudei-a com o maior respeito e saí do estúdio.

IV

Através da grande janela arqueada do vestíbulo vi o *brougham* do hotel, parado na porta. Ao passar pela porta da sala da frente (que era destinada à sala de visitas, mas havia nela uma cama para Blunt), bati com o punho na almofada e gritei: – Sou obrigado a sair. O carro para a senhora sua mãe está na porta. – Não acreditei que ele estivesse dormindo. A minha opinião então é que estava previamente ciente do assunto da conversa, e assim sendo eu não desejava dar-lhe a impressão de esquivar-me depois da entrevista. Mas não me detive, pois não queria vê-lo, e antes que ele pudesse responder já estava no meio da escada, subindo sem ruído, pois um espesso tapete cobria também o chão do patamar. Ao abrir rapidamente a porta da minha saleta, apanhei pois de surpresa a pessoa que lá se achava observando a rua e semi-oculta pela cortina da janela. Era uma mulher. Uma mulher absolutamente inesperada, que me era estranha. Veio rapidamente ao meu encontro. Estava com o rosto velado, trajava um vestido de passeio e usava um chapéu muito simples. Murmurou: – Tive a impressão de que *monsieur* estava em casa – e ergueu uma mão enluvada para levantar o véu. Era Rosa e causou-me um choque. Nunca a tinha visto sem o aventalzinho de seda negra, com uma touca de rendas na cabeça. O vestido de rua parecia um disfarce. Perguntei-lhe ansioso:

– Que foi que aconteceu a Madame?

– Nada. Trago uma carta – murmurou. E eu vi a carta aparecer entre os dedos daquela mão estendida, num envelope muito branco que rasguei com impaciência. Continha apenas algumas linhas. Começava abruptamente:

"Se você foi para o mar, não posso perdoá-lo por não ter enviado as palavras de costume no último momento. Se não foi, por que não veio? Por que me deixou ontem? Deixou-me chorando – eu, que há anos e anos não chorava –, e não teve o bom senso de voltar dentro de uma hora, dentro de vinte e quatro horas! Esse procedimento é absurdo". – E no fim a assinatura esparramada das quatro letras mágicas.

Enquanto punha a carta no bolso, a rapariga disse num tom grave a meia voz: – Não gosto de deixar a Madame sozinha, nem que seja um minuto.

– Há quanto tempo está no meu quarto? – perguntei.

– Tive a impressão de muito tempo. Espero que *monsieur* não tomará a mal a liberdade. Fiquei sentada um pouco no vestíbulo, mas depois me lembrei que podiam me ver. Com efeito, a Madame me recomendou que eu fizesse o possível para não ser vista.

– Por que lhe disse isso?

– Tomei a liberdade de chamar a atenção de Madame sobre esse ponto. Poderia causar uma falsa impressão. A Madame é clara e franca como a luz do dia, mas isso nem sempre dá certo. Há pessoas que julgam mal de tudo. A irmã da Madame me disse que o senhor não estava em casa.

– E você acreditou nela?

– *Non, monsieur.* Vivi quase uma semana com a irmã da Madame assim que ela veio para esta casa. Ela queria que eu deixasse a carta, mas eu disse que queria esperar um pouco. Então me sentei na banqueta da entrada e depois de algum tempo, como estivesse tudo muito quieto, fugi para cá. Conheço a disposição dos apartamentos. Pensei que a irmã da Madame acreditaria que, cansada de esperar, eu acabasse saindo.

– E distraiu-se olhando para a rua desde esse tempo?

– O tempo custava a passar – respondeu ela evasivamente. – Um *coupé* vazio parou aí na porta há uma hora mais ou menos, e ainda está esperando – acrescentou, olhando-me com ar de interrogação. – Parece esquisito.

– Há algumas bailarinas hospedadas aqui – disse eu com indiferença. – Você deixou Madame sozinha?

– O jardineiro e a mulher estão em casa.

– Eles vivem nos fundos da casa. Madame está sozinha? É isso que desejo saber.

– *Monsieur* se esquece que estou fora de casa há três horas; mas pode estar certo que nesta cidade não há nada a temer para a Madame.

– E não se dá o mesmo em qualquer outra parte? É a primeira vez que ouço dizer semelhante coisa.

– Em Paris, no nosso apartamento do hotel, também se está muito bem; mas no pavilhão, por exemplo, não deixaria a Madame sozinha, nem que fosse meia hora.

– Que há no pavilhão? – perguntei.

– É um sentimento que eu tenho – murmurou a custo. – ... Oh! lá se vai embora o *coupé.*

Fez o gesto de se encaminhar para a janela, mas deteve-se. Eu não me mexera. O ruído das rodas nas pedras da rua desvaneceu-se logo em seguida.

– *Monsieur* vai escrever a resposta? – sugeriu Rosa depois de curta pausa.

– Mal vale a pena – disse eu. – Estarei lá logo depois de você. Enquanto isso, é favor dizer a Madame, de minha parte, que não estou com vontade de ver mais lágrimas. Diga-lhe assim mesmo, compreende? Vou correr o risco de não ser recebido.

Ela baixou os olhos e disse: – *Oui, monsieur* – e a conselho meu, esperou, com a porta entreaberta, até que eu fosse ver se a passagem estava livre.

A casa estava, por assim dizer, surda-muda. O vestíbulo branco e preto estava vazio e a calma era absoluta. O próprio Blunt havia provavelmente saído em companhia da mãe no *brougham*; mas quanto aos outros, as bailarinas, Teresa ou qualquer outra pessoa que aquelas paredes podiam encerrar, se quisessem se entredevorar com toda a tranquilidade, a casa não as trairia por nenhum murmúrio inverossímil. Soltei um assobio fraco que não pareceu ir além de um metro naquela atmosfera estranha, mas apesar disso Rosa apareceu descendo rapidamente as escadas. Com um leve movimento de cabeça respondeu ao meu sussurro que lhe aconselhava tomar um fiacre, sumiu-se na rua e eu fechei a porta sem ruído atrás dela.

Quando tornei a vê-la, estava de touca e avental preto, abrindo-me a porta da casa do Prado. Encontrei de novo a sua personalidade bem definida, que estivera tão bem dissimulada sob aquela roupa de passeio.

– Dei o recado à Madame – disse ela, contendo a voz e escancarando a porta. Então, depois de me tomar o chapéu e o sobretudo, anunciou-me com estas simples palavras: *"Voilà, monsieur"*, e desapareceu. Assim que me viu, Doña Rita, estendida no divã ao fundo, passou a ponta dos dedos nos olhos, e apoiando as mãos nas faces, com as palmas voltadas para fora, disse-me alto através de toda a extensão da peça: – A estação das secas já chegou.

Olhei superficialmente para as extremidades róseas dos seus dedos. Ela deixou cair de novo as mãos, negligentemente, como se não precisasse mais delas e assumiu uma expressão grave.

– Assim parece – disse eu, sentando-me em frente dela. – Por quanto tempo, é o que eu gostaria de saber.

– Por muitos anos. A gente encontra tão pouco estímulo. Primeiro você se aferrolhou todo para fugir das minhas lágrimas, depois manda-me um recado impertinente, e, quando finalmente se apresenta, pretende assumir uma atitude respeitosa, embora não seja capaz. Devia sentar-se um pouco mais para a beira da poltrona, ficar bem empertigado, e demonstrar bem claramente que não sabe o que fazer das mãos.

Tudo isso com uma voz fascinante, com certo matiz de brincadeira que parecia correr por sobre a superfície mais grave dos seus pensamentos. Depois, vendo que eu não respondia, mudou um pouquinho de tom.

– Amigo George – disse ela –, eu dou-me ao trabalho de mandar buscá-lo, e eis-me aqui diante de você, falando com você, e você nada diz.

– Que posso dizer?

– Que sei eu? Mil coisas. Por exemplo, que estava desolado com as minhas lágrimas.

– Eu podia dizer também centenas de mentiras. Que sei eu das lágrimas? Não sou nenhum idiota suscetível. Tudo depende da causa. Há lágrimas de tranqüila satisfação. Descascar cebolas também faz lágrimas.

– Oh, você não é suscetível – atirou-me ela em face. – Mas é de qualquer forma um idiota.

– Foi para me dizer isso que me escreveu para vir? – perguntei com certa impaciência.

– Sim. E, se você tivesse bom senso igual ao do papagaio que eu tinha antigamente, teria lido nas entrelinhas que só lhe pedi para vir cá para lhe dizer o que penso a seu respeito.

– Bem, então diga o que pensa de mim.

– Diria logo se tivesse a metade da sua impertinência.

– Que modéstia inesperada – disse eu.

– São estas as maneiras que você aprendeu no mar, não é?

– No mar eu não suportaria de ninguém a metade desses absurdos. Não se lembra que você mesma me disse para ir embora? Que devia eu fazer?

– Como é tolo! Não quero dizer que seja de propósito: é de fato. Compreende o que estou dizendo? Vou soletrar: t-o-l-o. Ah, agora me sinto melhor. Oh, amigo George, meu caro companheiro de conspiração pelo rei – o rei. E que rei! *Vive le Roi!* Vamos, por que não grita *Vive le Roi* também?

– Não sou o seu papagaio, respondi.

– Não, ele nunca resmungava. Era um pássaro encantador, bem-educado, habituado à melhor sociedade, enquanto você, imagino, não passa de um vagabundo sem coração como eu.

– Atrevo-me a dizer que sim, mas creio que ninguém teve a insolência de lhe dizer isso de cara.

– Bem... quase! Dava no mesmo. Não sou tola. Não há necessidade de me soletrar as palavras. Foi espontâneo. Don Juan lutava desesperadamente para esconder a verdade. Era realmente patético. E no entanto ele não conseguia impedi-lo. Falava exatamente como um papagaio.

– Da melhor sociedade – sugeri.

– Sim, o mais respeitável dos papagaios. Não gosto de conversa de papagaio. É uma conversa estranha. Se eu tivesse vivido na Idade Média estou certa de que teria acreditado na influência do diabo sobre as aves que falam. Tenho certeza de que Teresa é capaz de acreditar nisso ainda hoje. Minha irmã! Ela faria o sinal-da-cruz uma porção de vezes e havia de tremer de medo.

– Mas você não teve medo – disse eu. – Permite-me perguntar quando foi que lhe foi feita essa interessante comunicação?

– Ontem, um pouquinho antes de você fazer a tolice de aparecer. Fiquei desolada por ele.

– Por que me contar isso? Eu não podia deixar de vir a saber. Lamentei não estar com o meu guarda-chuva.

– Oh, as lágrimas que você não perdoa! Meu pobre amigo! Não sabe que a gente nunca chora pelos outros?... Amigo George, diga-me: que fazemos nós neste mundo?

– Refere-se a todos, em geral?

– Não, só às pessoas como você e eu. Criaturas simples, neste mundo tão corroído de charlatanismo de toda espécie, que até nós, os simples, não sabemos mais como confiar um no outro.

– Acha? Então por que não confia nele? Está louca por isso, não sabe?

Ela inclinou a cabeça, quase tocando o queixo no peito, e, sob as sobrancelhas retas, os seus olhos azuis e profundos permaneceram fixos em mim, como que privados de qualquer idéia.

– Que esteve fazendo desde que me deixou ontem? – perguntou.

– A primeira coisa de que me lembro é de ter injuriado terrivelmente sua irmã hoje de manhã.

– E como foi que ela recebeu esse assalto?

– Como quem recebe um aguaceiro quente no verão: engoliu e abriu as pétalas.

– Que expressões poéticas ele usa! Ela está mais pervertida do que se poderia esperar, considerando quem é e de onde veio. É verdade que eu também vim do mesmo lugar.

– Ela é um pouquinho doida. Tem um fraco por mim. Não o digo para me gabar.

– Deve ser um grande consolo.

– Sim, isso me animou imenso. Depois, tendo passado a manhã inteira cismando deliciosamente numa porção de coisas, fui almoçar com uma dama encantadora e estive quase toda a tarde de conversa com ela.

Doña Rita levantou a cabeça.

– Uma dama! As mulheres parecem-me criaturas tão misteriosas. Não as conheço. Você injuriou-a? Será que ela – como é que você diz? – abriu as pétalas também? Ela era realmente e positivamente...?

– É uma legítima perfeição no gênero, e a conversa não foi de forma alguma banal. Imagino que se o seu falecido papagaio a tivesse ouvido, cairia do poleiro. Pois, afinal de contas, naquele pavilhão de Allègre, minha cara Rita, vocês não passavam de uma chusma de enfatuados burgueses.

Ela estava então numa animação deliciosa. Naqueles olhos azuis imóveis, que eram como safiras derretidas, em torno dos lábios rubros que quase sem se mexerem podiam emitir sons encantadores, havia um jogo de luz, aquela misteriosa ondulação de alegria que parecia estar sempre em movimento a estremecer ligeiramente sob a pele, mesmo nos momentos mais graves; da mesma forma nos seus raros momentos de jovialidade, o seu calor e a sua irradiação pareciam chegar-nos através de infinita tristeza, assim como a luz ensolarada da nossa vida dissimula as trevas invencíveis onde o universo deve trabalhar o seu impenetrável destino.

– Agora reflito!... Talvez seja essa a razão pela qual eu nunca podia sentir-me absolutamente séria enquanto eles demoliam o mundo em volta de mim. Imagino agora que teria sido capaz de antecipar o que cada um deles ia dizer. Repetiam sem cessar as mesmas palavras, aqueles figurões tão inteligentes, tão semelhantes aos papagaios que também parecem saber o que dizem. Isso não se aplica ao dono da casa, que nunca falava muito. Ficava geralmente em silêncio e parecia três vezes maior que eles todos.

– O guarda do viveiro – murmurei maldoso.

– Fica aborrecido por eu falar desse tempo? – perguntou com ternura na voz. – Pois bem, não o farei mais, a não ser para dizer-lhe que não se engane: naquele viveiro ele era o homem. Posso dizê-lo porque, depois, algumas vezes, ele punha-se a conversar comigo. Estranho! Durante seis anos deu-me a impressão de carregar o mundo e a mim nas suas mãos...

– Ele ainda a domina – exclamei.

Ela abanou a cabeça inocentemente como uma criança o faria.

– Não, não. Foi você mesmo que o trouxe para a conversa. Você pensa nele muito mais do que eu. (A sua voz adquiriu uma expressão desesperadamente triste.) Mal penso nele. Não era dessas criaturas nas quais se possa pensar de passagem, e eu não tenho tempo. Veja: recebi esta manhã, antes do meio-dia, onze cartas, e chegaram cinco telegramas que atrapalharam tudo. Estou com muito medo.

E explicou-me que um deles, o mais longo, parecia conter insinuações maldosas dirigidas a ela em tom ameaçador. Pediu-me que o lesse e visse o que me era possível fazer.

Eu conhecia suficientemente a situação geral para perceber logo que ela se enganara de todo, de maneira mesmo surpreendente. Foi o que lhe provei em poucas palavras. Mas o seu engano era tão engenhoso e provinha tão evidentemente da distração de um espírito penetrante, que não pude conter-me, e, contemplando-a com admiração, disse-lhe:

– Rita, você é uma admirável idiota.

– Eu? Imbecil! – retorquiu com delicioso sorriso de amiga.
– Mas talvez você só tenha essa impressão em contraste com a dama tão perfeita no seu gênero. Qual é o seu gênero?

– O seu gênero, se assim posso dizer, está situado mais ou menos entre os sessenta e os setenta anos, e eu caminhei com ela *téte-à-tête* durante um curto espaço hoje à tarde.

– Meu Deus! – murmurou ela atordoada. – E enquanto isto eu tinha o filho aqui. Ele chegou uns cinco minutos depois da Rosa ter saído com aquele bilhete para você – continuou ela num tom apreensivo. – A bem dizer, Rosa viu-o do outro lado da rua, mas achou melhor ir até a sua casa.

– Estou furioso comigo mesmo por não ter adivinhado isso – disse eu com amargura. – Suponho que você o despediu cinco minutos depois de saber que eu viria cá. Rosa deve ter voltado quando o viu dirigir-se para aqui a fim de distrair a sua solidão, Doña Rita. Esta rapariga é estúpida, afinal de contas, embora seja dotada de uma certa finura que é sem dúvida muito útil às vezes.

– Proíbo-o de falar de Rosa desta maneira. Não o tolero. Não permito que se insulte Rosa na minha presença.

– Queria dizer apenas que nesta ocasião ela não soube ler o que você pensa. Foi só.

– É, sem contestação, a coisa mais ininteligente que você jamais disse desde que o conheço. Você pode entender muitíssimo da arte de passar contrabando e conhecer o espírito de certa classe de gente; mas, quanto ao espírito de Rosa, deixe que lhe diga, em comparação ao dela o seu é absolutamente infantil, meu aventuroso amigo. Seria desprezível se não fosse tão... como deverei chamá-lo? – tão pueril. Você merecia levar umas palmadas e ir para a cama.

Havia uma extraordinária seriedade na sua entonação, e quando ela cessou de falar eu ainda ouvia as inflexões da sua voz que, independentemente do que dizia, parecia feita só para a ternura e o amor. E de repente pus-me a pensar em Azzolati ao receber ordem de sumir-se da presença dela de uma vez por todas, com aquela voz na qual a própria cólera parecia enlaçar-se meigamente no coração de quem a ouvia. Não admira que o pobre miserável não pudesse esquecer a cena e fosse incapaz de reprimir as lágrimas na planície do Rambouillet. As minhas intenções de ressentimento contra Rita, por mais ardentes que fossem, não duravam mais que fogo de palha. Por isso limitei-me a dizer-lhe:

– Você está muito entendida na arte de lidar com crianças.

O canto dos seus lábios estremeceu de modo estranho: a sua animosidade, sobretudo quando um ataque pessoal a provocava, sempre se matizava de uma espécie de malícia desconcertante.

– Vamos, amigo George, deixemos a pobre Rosa em paz. Você faria melhor em me dizer o que ouviu dos lábios da encantadora senhora. Uma perfeição, não é? Nunca tive oportunidade de vê-la, embora ela diga que já me viu várias vezes. Mas escreveu-me em três ocasiões distintas, e de cada vez respondi como se me dirigisse a uma rainha. Amigo George, como é que se escreve a uma rainha? Como é que uma guardadora de cabras, que podia ter sido amante de um rei, como é que ela havia de escrever a uma velha rainha de muito longe, de além-mar?

– Faço-lhe a pergunta que fiz à velha rainha: por que me conta tudo isto, Doña Rita?

– Para descobrir o que você pensa no íntimo – disse ela um pouco impaciente.

– Como se você não soubesse! – exclamei quase sem fôlego.

– Não, no seu íntimo não. Poderá alguém dizer o que há no íntimo de um homem? Mas vejo que você não quer dizer.

– Para que serviria? Você já escreveu a ela. Tem intenção de continuar com a correspondência?

– Quem sabe? – disse ela num tom profundo. – É a única mulher que jamais me escreveu. Restituí-lhe as três cartas com a minha última resposta, explicando-lhe preferir que ela mesma as queimasse. E pensei que seria o ponto final. Mas pode surgir ainda uma ocasião.

– Oh, se aparecer uma ocasião – disse eu tentando dominar a cólera –, você poderá talvez começar a carta pelas palavras: *"chère maman"*.

A cigarreira, que ela apanhara sem cessar de olhar-me, voou-lhe da mão e, abrindo-se no ar, espalhou os cigarros pela sala a uma distância surpreendente. Levantei-me imediatamente e pus-me a catar os cigarros com todo o cuidado. Nisso ouvi a voz de Doña Rita atrás de mim, dizendo com indiferença:

– Não se incomode, eu chamo a Rosa.

– Não é preciso – resmunguei sem voltar a cabeça –, eu mesmo posso encontrar o meu chapéu no vestíbulo, assim que acabe de apanhar...

– Seu urso!

Voltei-me com a cigarreira e coloquei-a no divã perto dela. Doña Rita estava sentada, de pernas cruzadas, reclinando-se para trás apoiada nos braços no azulado tremeluzir do seu manto bordado e com o reflexo fulvo da cabeleira em desordem em torno do rosto que ela ergueu para mim com um ar de resignação.

– George, meu amigo – disse ela –, as nossas maneiras são positivamente deploráveis.

– Você jamais faria carreira na corte, Doña Rita – observei. – É muito impulsiva.

– Isto já não é mais falta de boas maneiras, já é pura insolência. Não é a primeira vez que lhe acontece. Se se repetir, como não posso lutar com um selvagem contrabandista, vou lá para cima e tranco-me no quarto até que você saia desta casa. Por que me disse isso?

– Oh, por nada, foi apenas o coração que transbordou.

– Se o seu coração está transbordante de coisas semelhantes, então, meu caro amigo, é melhor arrancá-lo para dar de presente aos corvos. Não! Você só disse isso pelo prazer de parecer terrível. E, como vê, não é nada terrível, é apenas divertido. Vamos, continue a ser divertido. Diga-me alguma coisa do que ouviu dos lábios daquela senhora aristocrática, que pensa que todos os homens são iguais e têm o mesmo direito de perseguir a felicidade.

– Mal consigo lembrar-me agora. Ouvi qualquer coisa sobre a falta de mérito de certas marrequinhas brancas dos salões que cheiram a mofo. Parece um disparate, mas a tal senhora sabe muito bem o que deseja. Também ouvi cantar louvores a você. Fiquei lá como um imbecil sem saber o que dizer.

– Por quê? Podia ter acompanhado o coro.

– Não me sentia com disposição, porque, compreende, deram-me a entender que eu era uma criatura insignificante e supérflua que faria melhor se me sumisse do caminho das pessoas sérias.

– Ah, par exemple!

– Era lisonjeiro sob certos pontos de vista, mas na ocasião senti como se me oferecessem um pote de mostarda para cheirar.

Ela balançou a cabeça com um ar curioso de quem entendia e percebi que se interessava.

– Mais alguma coisa? – perguntou, com um reflexo de radiante ansiedade em toda a sua pessoa e inclinando-se levemente na minha direção.

– Oh, nem vale a pena contar. Era uma espécie de ameaça, envolvida, creio eu, na inquietude do que poderia acontecer à minha insignificância juvenil. Se eu não tivesse estado alerta até então, não poderia ter percebido o sentido. Mas uma alusão ao "sangue quente do Sul" só podia ter um sentido. Naturalmente me ri, mas tão-só *"pour l'honneur"* e para demonstrar que compreendia perfeitamente. Na realidade, deixou-me de todo indiferente.

Doña Rita ficou muito séria por um instante.

– Indiferente a toda a conversa?

Olhei para ela, zangado.

– A toda... Você quer saber, eu hoje de manhã me levantei de muito mau-humor. O sono não me trouxe repouso. Como que cansado da vida.

O azul líquido dos seus olhos permaneceu voltado para mim sem outra expressão a não ser a da sua imobilidade misteriosa de sempre, mas todo o seu rosto assumiu um ar triste e pensativo. Então, como se tivesse se decidido sob a pressão da necessidade, disse:

– Escute, amigo: sofri o domínio e não fui esmagada porque tive a força bastante para viver com ele; conheci o capricho, chame-o de loucura se quiser, e ele deixou-me incólume, porque tive a grandeza suficiente para só ser capturada por aquilo que fosse verdadeiramente digno de mim. Meu caro, com um sopro fiz desmoronar tudo isso, como se fosse um castelo de cartas. Há qualquer coisa em mim que não se deixará deslumbrar por nenhum prestígio neste mundo, digno ou indigno. Se lhe conto isto, é porque você é mais moço do que eu.

– Sei que em você não há nada de mesquinho, Doña Rita.

Ela fez um sinal com a cabeça, como que para reconhecer a justiça que eu lhe fazia, e prosseguiu com a mais profunda simplicidade:

– E que é isso que me vem agora com todos os ares da virtude? Todas as convenções legais, todos os esplendores da respeitabilidade! E ninguém poderá dizer que lhes fiz o mais leve aceno. Nem mesmo levantar um dedo. Acho que você não o ignora, pois não?

– Não sei. Não duvido da sua sinceridade em tudo quanto diz. Estou pronto a acreditar. Você não é daquelas que precisam esforçar-se.

– Esforçar-se? Que quer dizer com isso?

– É uma frase que ouvi. Quis dizer que, para você, não é necessário fazer sinal nenhum.

Pareceu refletir um momento.

– Não esteja muito certo disso – disse, com um reflexo de malícia que deu à sua voz um tom ainda mais melancólico. – Eu mesma não estou certa – continuou com uma curiosa e fugaz entonação de desespero. – Não me conheço perfeitamente porque nunca tive oportunidade de comparar-me com coisa alguma do mundo. Recebi adulações falsas, trataram-me com falsa reserva ou falsa devoção; lisonjearam-me com uma pasmosa seriedade de intenções, pode estar certo. Mas estas últimas homenagens, meu caro, vieram-me encarnadas num *gentleman* dos mais leais e escrupulosos. Pois ele é tudo. E na verdade eu fiquei sensibilizada.

– Bem sei. Até as lágrimas – disse eu provocante. Mas ela não se alterou, limitando-se a abanar a cabeça negativamente (o que era absurdo) e prosseguiu no curso das suas idéias em voz alta.

– Foi ontem. E ontem ele esteve extremamente correto e cheio de elevada consideração por si mesmo, que se exprimia pela exagerada delicadeza com que falava. Mas eu o conheço em todas as suas variedades. Já tive ocasião de vê-lo até jovial. Não lhe dei ouvidos; pensava em outras coisas. Em coisas que não eram nem corretas nem joviais, e que tinham de ser encaradas com firmeza da melhor maneira que me fosse possível. E foi por isso que, no fim... acabei chorando... ontem.

– Notei isso ontem e tive a fraqueza de ficar momentaneamente sensibilizado por essas lágrimas.

– Se está com vontade de me fazer chorar de novo, previno-o de que não o conseguirá.

– Não, bem sei. Ele já esteve hoje aqui e a estação das secas já chegou.

– Sim, ele esteve aqui. Pode ter certeza de que foi absolutamente inesperado. Ontem ele injuriava o mundo inteiro, a mim, que positivamente não sou a autora, e ele mesmo, e até a própria mãe. Tudo isto numa linguagem um tanto de papagaio, em nome da tradição e da moralidade, tais como são compreendidas pelos membros daquele grêmio exclusivo ao qual pertence. E, no entanto, quando pensei que tudo aquilo, aquelas pobres palavras mercenárias exprimiam uma paixão sincera, cheguei quase a achar no meu coração uma vontade de lastimá-lo. Mas terminou declarando-me que não se podia crer numa única palavra do que eu dizia, ou qualquer coisa parecida. Você estava aqui então, e teve ocasião de ouvir.

– E você ficou em brasa – disse eu. – Você assim desceu da sua dignidade ao ponto de chorar sobre o primeiro ombro que lhe apareceu. E considerando que isso afinal também era conversa de papagaio (os homens têm falado nesse estilo às mulheres desde o princípio do mundo), essa sensibilidade me parece pueril.

– Que perspicácia – observou ela, num sorriso indulgente e zombeteiro, e depois mudou de tom: – Portanto eu não o esperava hoje quando ele apareceu, enquanto você, que era esperado, ficou preso aos encantos da conversa no estúdio. Não pensou nisso... não é? Não! Que é feito da sua perspicácia?

– Confesso-lhe que estava entediado da vida – disse arrebatado.

Ela teve outro sorriso vago e furtivo, como se estivesse pensando em coisas distantes, e depois tornou a animar-se.

– Ele chegou numa expansão de jovialidade sorridente. Como conheço bem essa disposição de espírito! Um tal domínio de si mesmo não deixa de ter a sua beleza, mas não representa grande vantagem para um homem de olhos tão fatais. Pude perceber que ele estava comovido ao seu modo, que é correto e reservado, e, também ao seu modo, tentou comover-me com qualquer coisa que devia ser muito simples. Disse-me que, desde que nos tornáramos amigos, nós dois, não tivera uma hora de sono seguido, salvo talvez quando regressava cansadíssimo dos postos avançados, e que estava ansioso por voltar para lá, e no entanto faltava-lhe a coragem para se arrancar daqui. Falou assim, com esta simplicidade. É um *très galant homme* de absoluta probidade, mesmo comigo. Eu disse-lhe: "A questão, Don Juan, é que não é amor e sim desconfiança o que o atormenta". Podia ter dito ciúme, mas não quis empregar a palavra. Um papagaio teria acrescentado que eu não lhe dera o direito de sentir ciúme. Mas eu não sou papagaio. Reconheci os direitos da paixão dele, que percebo muito bem. Ele tem ciúme. Não do meu passado ou do meu futuro; mas ele tem uma desconfiança ciumenta de mim, do que sou, da minha própria alma. Ele acredita na alma do mesmo modo que Teresa, como um elemento que pode ser tocado pela graça ou então perder-se; e ele não pretende ser condenado comigo antes que lhe toque a vez de ser julgado. É um cavalheiro dos mais nobres e leais, mas eu tenho a minha alma de camponesa basca, e não quero pensar que cada vez que ele sai daqui dos meus pés – sim, *mon cher,* neste tapete, veja bem as marcas – parta com a tentação de escovar a poeira da sua moralidade. Isso, nunca!

Com alguns movimentos bruscos ela apanhou um cigarro no estojo, segurou-o nos dedos um momento, depois deixou-o cair inconscientemente.

– E depois, eu não o amo – murmurou lentamente como que falando a si mesma, e, ao mesmo tempo, examinando o valor dessa reflexão. – Nunca o amei. A princípio fascinou-me com as suas maneiras fatais e o seu sorriso frio de sociedade. Mas eu analisei muitas vezes aqueles olhos. Existe um exagerado desdém nesse republicano aristocrático sem lar. O seu destino pode ser cruel, mas será sempre vulgar. Enquanto se achava aqui, tentando explicar-me num tom mundano os problemas, os escrúpulos da sua honra ferida, pude analisar-lhe o coração e lamentá-lo. Lamentei-o bastante para sentir que, se ele de repente me agarrasse pela garganta e me estrangulasse devagar, *avec délices,* seria capaz de o perdoar enquanto sufocava. Como era correto! Mas a amargura contra mim se manifestava uma frase sim, uma frase não. Por fim levantei a mão e disse-lhe: "Basta". Creio que se escandalizou com o meu rompante plebeu, mas foi bastante educado para não o demonstrar. As suas convenções hão de barrar sempre o caminho do seu temperamento. Disse-lhe que tudo que fora dito e feito durante os últimos sete ou oito meses era inexplicável, a menos que se admitisse que ele estava apaixonado por mim – e que no entanto de tudo se inferia que não lhe era possível perdoar a minha própria existência. Perguntei-lhe se não pensava ser absurdo da parte dele...

– Você não disse que era requintadamente absurdo? – perguntei.

– Requintadamente!... – Doña Rita ficou surpresa com a minha pergunta. – Não. Por que havia de dizer isso?

– Ficaria reconciliado com o seu rompante. É a expressão familiar deles. Teria um som familiar e seria menos ofensivo.

– Ofensivo – repetiu gravemente Doña Rita. – Não creio que ficasse ofendido; sofreu de outro modo, mas não me importei. Eu é que fiquei ofendida no fim, sem rancor, compreende? – mas de modo intolerável. Não o poupei. Disse-lhe abertamente que querer uma mulher formada em corpo e espírito, senhora de si, livre na sua escolha, independente nas idéias; amá-la aparentemente pelo que ela é e ao mesmo tempo exigir-lhe a candura e a inocência que só poderiam ser uma hipocrisia deplorável; conhecê-la tal como a fez a vida, e, ao mesmo tempo, desprezá-la secretamente pela maneira com que a vida a construíra – isso não era generoso nem elevado; era positivamente de um doido. Ele levantou-se e foi apoiar-se na chaminé, ali, com o cotovelo no ressalto e a mão na cabeça. Não pode ter idéia do encanto e da distinção da sua atitude. Eu não podia conter a minha admiração: a expressão, a graça, a sugestão fatal da sua imobilidade. Oh, sim, eu sou sensível às impressões estéticas. Fui educada na crença de que elas têm alma.

Sem deixar de fixar-me com o olhar enigmático, pôs-se a rir com a sua voz profunda de contralto, sem jovialidade mas também sem ironia, e altamente comovente pela simples pureza do som.

– Tenho as minhas suspeitas de que ele jamais se sentiu tão surpreendido e consternado. O domínio que ele tem sobre si mesmo é a coisa mais admiravelmente mundana que me foi dado ver. O que lhe dava beleza era o seu poder de sugestão trágica, como numa grande obra de arte.

Deteve-se numa pausa, com um sorriso imperscrutável que um grande pintor teria podido propor, na face de alguma figura simbólica, às conjecturas de muitas gerações.

– Sempre pensei que o amor por você era capaz de realizar grandes maravilhas. E agora tenho certeza.

– Está tentando ser irônico? – disse ela triste, no tom que uma criança teria empregado.

– Não sei – respondi com simplicidade igual. – Acho muito difícil ser generoso.

– Eu também – disse ela com certa impetuosidade singular. – Não o tratei com muita generosidade. Mas não lhe disse muito mais. Não me incomodava com o que ia dizendo – e aliás seria como atirar insultos a uma bela composição. Ele teve a boa inspiração de não se mexer, o que lhe poupou algumas verdades desagradáveis, e talvez eu chegasse mesmo a dizer mais que a verdade. Não sou justa. Não sou mais justa que os outros. Eu teria sido áspera, talvez. A minha própria admiração exasperava-me cada vez mais. É ridículo dizê-lo de um homem de trajes impecáveis, mas havia uma graça funerária na sua atitude, tanto que bem podia ter sido reproduzido em mármore num monumento a alguma mulher, num daqueles atrozes Campos Santos: a concepção burguesa de um amante aristocrático de luto. Quando cheguei a essa conclusão, regozijei-me de estar triste, pois do contrário teria rido nas barbas dele.

– Ouvi certa vez uma mulher dizer, uma mulher do povo – está me ouvindo, Doña Rita? –, e que merece portanto a sua atenção, que nunca se deve rir do amor.

– Meu caro – disse ela com ternura –, ensinou-me a rir da maioria das coisas um homem que nunca ria; é verdade, porém, que ele nunca me falou de amor, do amor em si. Assim talvez... Mas por quê?

– Porque (mas talvez aquela mulher estivesse maluca), porque – disse ela – existe morte na zombaria do amor.

Doña Rita sacudiu de leve os ombros e continuou:

– Felicito-me pois por não ter rido. Também me felicito por nada mais ter dito. Sentia-me tão pouco generosa que, se soubesse então qualquer coisa da alusão de sua mãe às "marrequinhas", tê-lo-ia aconselhado a arranjar uma delas e conduzi-la com uma bela fita azul. A Sra. Blunt fez mal, como vê, em mostrar-se tão desdenhosa. Uma marrequinha branca é exatamente o que convém ao seu filho. Mas veja como o mundo está mal arranjado. Essas avezinhas brancas não se conseguem sem nada e ele não tem o dinheiro bastante nem mesmo para comprar uma fita. Quem sabe! Talvez fosse isso que dava aquela qualidade trágica à sua atitude junto à chaminé ali. Sim, era isso. Embora eu não percebesse então. Como ele não se dispunha a mexer-se depois que me calei, fiquei verdadeiramente desolada e aconselhei-o, com toda a amabilidade, que me afastasse em definitivo do seu espírito. Ele deu então um passo adiante e disse-me, na sua voz habitual, e com seu sorriso habitual, que seria um excelente conselho, mas infelizmente eu era uma dessas mulheres que não podem ser afastadas à vontade. E, como eu abanasse a cabeça, ele insistiu de modo um tanto sombrio: "Oh, sim, Doña Rita, é assim. Não tenha a menor ilusão a respeito". Era tão ameaçador que na minha surpresa nem notei a sua saudação de despedida. Saiu daquela situação falsa como um ferido se retira depois da luta. Não, nada tenho a censurar-lhe. Não fiz nada. Não o fiz crer coisa alguma. Qualquer ilusão que tenha passado pela minha cabeça, sempre guardei as minhas distâncias, e ele foi tão leal ao que parece considerar como propriedades redentoras da situação, que me deixou espontaneamente sem mesmo beijar-me a ponta dos dedos. Deve ter tido a sensação de um homem que se traísse sem proveito. É horrível. É por culpa desta minha enorme fortuna, e eu desejaria de todo o coração poder dar-lhe de presente; pois ele não pode deixar de odiar a situação atual e, quanto ao seu amor, que tem a mesma realidade, pois bem – poderia eu fugir dele para encerrar-me num convento? Poderia? Tenho, afinal, direito ao meu lugar ao sol.

V

Desprendi os meus olhos do rosto dela e percebi que o crepúsculo começava a insinuar-se na sala. E como parecia esquisita aquela sala! Excetuando a rotunda de vidro, as suas vastas paredes, divididas em estreitos painéis separados por pilastras, eram decoradas por mulheres esbeltas, alongadas e com asas de borboletas, tudo pintado em cores vivas sobre um fundo negro. O efeito era supostamente pompeiano, e Rita e eu muitas vezes nos ríramos dessa fantasia delirante de algum comerciante enriquecido. Havia contudo uma nota de fantasia, um sinal de graça; mas naquele momento as figuras pareciam-me fantásticas e importunas, e estranhamente vivas na sua graça atenuada de seres sobrenaturais que possuíssem o poder de ver e ouvir.

Sem palavras, sem gestos, Doña Rita fez-se ouvir de novo.

– Talvez tenha estado por um fio, por uma coisa de nada, assim – disse mostrando a ponta da unha do dedo mínimo. – Sim, por essa diferença. Por quê? Como? Assim, por nada. Porque veio sem mais nem menos. Porque uma idéia insensata penetrou na cabeça de uma senhora de idade. Sim. E o melhor é que não tenha nada de que me queixar. Se eu tivesse cedido, teria ficado perfeitamente garantida com os dois. São eles, ou antes, ele que não pode ter confiança em mim, ou pelo menos nessa qualquer coisa que eu exprimo, que eu represento. Mills nunca me quis dizer o que era. Talvez ele mesmo não soubesse exatamente. Disse que era qualquer coisa como o gênio. O meu gênio! Oh, não tenho consciência dele, pode crer-me. Mas se tivesse, havia de arrancá-lo de mim para o atirar fora. Não tenho vergonha de coisa alguma, de coisa alguma! Não seja bastante estúpido para acreditar que eu tenha o menor pesar. Não há nenhum pesar. Antes de mais nada porque eu sou eu – e depois, porque... Meu caro, acredite-me, eu tenho passado ultimamente momentos terríveis.

Parecia-me que era a última palavra. Exteriormente calma, o tempo todo, foi só então que ela se recompôs o bastante para acender um enorme cigarro do mesmo modelo dos que eram fabricados para o rei – *para el Rey!* Depois de algum tempo, deixando cair a cinza na taça que tinha à mão esquerda, perguntou-me num tom cordial, quase terno:

– Em que está pensando, amigo?

– Estava pensando na sua imensa generosidade. Você quer dar a coroa a um homem, a fortuna a outro. É belíssimo. Mas suponho que haja limite para a sua generosidade.

– Não vejo por que deve existir algum limite – para as boas intenções! Sim, seria bom pagar o resgate e ficar quite com tudo.

– Sentimento de prisioneira; e no entanto, de certo modo, não posso imaginá-la como tenho sido jamais prisioneira de ninguém.

– Você às vezes demonstra uma perspicácia extraordinária. Meu caro, começo a suspeitar que os homens são muito presunçosos quanto ao poder que têm. Pensam que nos dominam. Até os homens excepcionais pensam assim, homens demasiado grandes para a simples vaidade, homens como Henry Allègre, por exemplo, que, pela sua reserva constante e serena, se achava decerto indicado para dominar tudo quanto é espécie de gente. Contudo, na maioria dos casos, eles só o conseguem porque as mulheres, mais ou menos conscientemente, permitem que o façam. Henry Allègre, entre todos, teria podido estar certo da sua força; e, no entanto, veja; eu era uma menina insignificante, estava sentada com um livro num lugar onde nada tinha a fazer, no jardim dele, quando ele de repente me apareceu, a mim, uma ignorante de dezessete anos, a criatura menos atraente do mundo, com os cabelos desgrenhados, num vestido preto e velho, e sapatos rotos. Poderia ter corrido, era perfeitamente capaz. Mas fiquei olhando para ele – e no fim foi ELE que foi embora e eu que fiquei.

– Conscientemente? – perguntei.

– Conscientemente? Tanto fazia perguntar à minha sombra que ali estava quieta, junto de mim, sobre a grama nova, naquele sol matutino. Até então não sabia que era capaz de ficar tão quieta. Não era a imobilidade do terror. Fiquei ali, sabendo perfeitamente que, se tivesse fugido, ele não era homem para correr atrás de mim. Lembro-me muito bem do tom grave, de amabilidade indiferente com que me disse *"Restez donc"*. Estava enganado. Eu já não tinha, então, a menor intenção de sair. E, se me perguntar de novo até que ponto tive consciência de tudo aquilo, a resposta mais aproximada que posso dar é a seguinte: que fiquei de propósito, mas não sabia qual o propósito com que ficava. Realmente, como poderia saber?... Por que suspira assim? Teria preferido que eu fosse estupidamente inocente ou de uma prudência abominável?

– Não são estas as perguntas que me embaraçam – disse eu. – Se suspirei é porque estou cansado.

– E entorpecido também aí nessa poltrona pompeiana. Faria melhor se levantasse daí e viesse sentar-se aqui no divã, como sempre foi seu costume. Este, pelo menos, não é pompeiano. Você ultimamente tem andado muito protocolar, não sei por quê. Se é por afetação, é favor mudar. Estará você tomando o capitão Blunt por modelo? Não lhe seria possível, bem sabe. Você é ainda muito moço.

– Não quero tomar ninguém por modelo – disse eu. – E, seja como for, Blunt é demasiado romântico; e, além disso, ele esteve e ainda está apaixonado por você – coisa que requer algum estilo, uma atitude, qualquer coisa de que sou absolutamente incapaz.

– Sabe que o que você acaba de dizer não é lá muito estúpido? Sim, tem até muito de verdade.

– Eu não sou estúpido – protestei sem muita ênfase.

– Oh, bem que é. Não conhece bastante o mundo para poder julgar. Não sabe o quanto de esperteza os homens podem ter. O mocho não é nada comparado a eles. Por que é que você tenta parecer mocho? Há milhares e milhares deles à minha espera do outro lado da porta, esses animais de olhar fixo e de assobio fino. Não pode calcular o alívio moral e íntimo que você tem representado para mim pela franqueza dos gestos, das frases e das idéias, ajuizadas ou absurdas, que temos lançado um ao outro. Sempre houve um temor, certo constrangimento escondido no íntimo de todos – exceto você, meu amigo.

– Relações rudes, um tanto arcadianas. Felicito-me por você gostar disso. Talvez fosse porque a sua inteligência foi suficiente para perceber que eu não estava apaixonado por você de maneira alguma.

– Não, sempre foi você mesmo, imprudente e desmedido, com qualquer coisa de semelhante a mim, se me permite dizê-lo sem o ofender.

– Você pode dizer tudo sem ofender. Mas nunca ocorreu à sua sagacidade que eu justamente, simplesmente, a amava?

– Justamente – simplesmente – repetiu ela num tom singular.

– Não quis quebrar a cabeça por isso, não é?

– A minha pobre cabeça! Pelo seu tom de voz era de crer que você está ansioso por cortá-la fora. Não, meu caro, resolvi não perder a cabeça.

– Você ficaria surpresa se soubesse como a sua resolução me importa pouco.

– Sim? Mas venha, assim mesmo, sentar-se aqui no divã – disse depois de um momento de hesitação. Depois, como eu não me movimentasse logo, acrescentou com indiferença: – Pode sentar-se tão longe quanto quiser, ele é bem grande, graças a Deus.

A luz acentuava-se lentamente na rotunda e eu começava a só distinguir Doña Rita de modo confuso. Sentei-me no divã e durante muito tempo ficamos sem trocar palavra. Não fizemos o menor movimento. Nem mesmo nos voltamos um para o outro. Eu só tinha consciência de que o sofá era macio, o que de certo modo causava um relaxamento da minha rigidez, não direi contra a minha vontade, mas sem que a minha vontade interferisse. Outra coisa de que eu tinha consciência, de modo bastante estranho aliás, era a enorme taça de cobre onde se punham as pontas de cigarro. Mansamente, com o mínimo de ação possível, Doña Rita colocou-a do outro lado da sua imóvel pessoa. Lentamente, as mulheres fantásticas com asas de borboleta iam se desvanecendo no fundo negro com um efeito de discrição silenciosa deixando-nos entregues a nós mesmos.

Senti-me de súbito profundamente esgotado, absolutamente vencido pela fadiga desde que mudara de lugar, como se o fato de sentar-me naquela poltrona pompeiana tivesse sido uma tarefa quase acima das forças humanas, uma espécie de trabalho inumano que devia terminar fazendo-me sucumbir. Lutei contra essa sensação algum tempo, mas depois a minha resistência fraquejou. Não de repente, mas como que cedendo a uma pressão irresistível (pois eu não tinha consciência de nenhuma atração irresistível), percebi que estava com a cabeça apoiada, com um peso que me parecia esmagador, no ombro de Doña Rita, que contudo não esmorecia. Um leve perfume de violetas enchia o vazio trágico da minha cabeça e parecia-me impossível não chorar de pura fraqueza. Mas os meus olhos permaneceram secos. Apenas senti que escorregava cada vez mais, e agarrei-a pela cintura, segurando-me a ela sem nenhuma intenção, mas apenas por instinto. Durante todo esse tempo ela não se mexeu. Notava-se apenas o leve arfar da sua respiração, denotando que estava viva; e, de pálpebras cerradas, imaginei-a perdida em divagações, levada a uma imensa distância deste mundo por uma incrível meditação enquanto me agarrava a ela. A distância deve ter sido imensa porque o silêncio era perfeito, dando a sensação de quietude eterna. Tive a impressão nítida de estar em contato com um infinito destituído de qualquer movimento, invadido por um perfume cálido e suave de violetas, e através do qual surgiu, de um ponto qualquer, uma mão que se apoiou de leve na minha cabeça. O meu ouvido percebeu então as pulsações fracas e regulares do seu coração, firmes e rápidas, infinitamente comoventes no seu mistério tenaz, que ali se revelavam ao meu ouvido – e então a minha felicidade tornou-se completa.

Era um estado de sonho combinado a uma sensação onírica de insegurança. Então, naquele infinito cálido e perfumado, ou naquela eternidade, na qual eu repousava mergulhado em beatitude, mas pronto para qualquer catástrofe, ouvi a distância, quase imperceptível, mas suficiente para produzir o terror no coração, o toque de uma campainha. A este simples ruído, a imensidade dos espaços desapareceu. Senti de novo o mundo junto a mim, o mundo das paredes sombrias, do crepúsculo muito cinzento de encontro às vidraças, e perguntei numa voz dolorida:

– Por que tocou, Rita?

Havia o cordão de uma campainha ao alcance da mão dela. Não senti o seu gesto, mas ela respondeu muito baixo:

– Toquei para mandar acender a luz.
– Você não precisava de luz.
– Era tempo – murmurou ela secretamente.

Uma porta bateu no interior da casa. Afastei-me de Rita sentindo-me pequeno e fraco, como se o melhor de mim mesmo tivesse sido arrancado e ficasse irremediavelmente perdido. Rosa devia estar perto da porta.

– É abominável – murmurei dirigindo-me à sombra imóvel como um ídolo que estava no divã.

A resposta foi um sussurro precipitado, nervoso:

– Repito-lhe que era tempo. Toquei a campainha porque não tinha forças para o repelir.

Passei por um momento de vertigem. A porta abriu-se, a luz apareceu e Rosa entrou, precedendo um homem de avental de sarja verde que eu jamais vira, e que trazia numa enorme bandeja três lâmpadas montadas em vasos de forma pompeiana. Rosa distribuiu-as pela sala. Nesse fluido de luz suave os jovens alados e as mulheres borboletas ressurgiram nos painéis com as suas cores vivas e a sua completa inconsciência do que se tinha passado. Rosa colocou uma das lâmpadas na chaminé mais próxima, voltou-se e perguntou num meio tom confidencial:

– *Monsieur dîne?*

Eu estava absorto, com os cotovelos fincados nos joelhos e a cabeça entre as mãos, mas ouvi as palavras distintamente. Ouvi também o silêncio que se seguiu. Levantei-me e tomei a responsabilidade de responder:

– Impossível. Embarco esta noite.

Era absolutamente verdade, acontecendo apenas que eu me esquecera de todo dessa obrigação até aquele momento. Durante os dois últimos dias, o meu ser não era mais composto de recordações, mas exclusivamente de sensações do tipo mais absorvente, perturbador e exaustivo. Estava como um homem que tivesse sido batido pelo mar ou por uma multidão ao ponto de perder, na miséria da sua impotência, todo o contato com o mundo. Mas já me refazia. E naturalmente a primeira coisa de que me lembrei foi o fato de ter de embarcar.

– Ouviu, Rosa? – disse Doña Rita por fim com alguma impaciência.

A rapariga aguardou ainda um pouco antes de dizer:

– Ah, sim! Há um homem à espera de *monsieur* no vestíbulo. Um marinheiro.

Só podia ser Dominic. Lembrei-me que, desde a noite do nosso regresso, eu não tinha ido vê-lo, nem a ele nem ao navio, o que era completamente fora do costume, e suficiente para surpreender Dominic.

– Como ele me disse que tinha procurado *monsieur* a tarde inteira – continuou Rosa – e que não queria partir sem ver *monsieur* um momento, propus que ficasse esperando no vestíbulo até que *monsieur* estivesse disponível.

– Muito bem – disse eu, enquanto Rosa, readquirindo a sua maneira de pessoa ocupadíssima, retirou-se da sala. Eu demorava-me num mundo imaginário cheio de luz suave, de cores inexprimíveis, com uma profusão louca de flores e uma inconcebível ventura sob um céu cuja abóbada cobria precipícios hiantes, enquanto uma sensação de terror me envolvia na sua atmosfera. Mas tudo se desvaneceu ao som do murmúrio forte de Doña Rita, cheio de infinito desespero

– *Mon Dieu!* E que vai acontecer agora?

Levantou-se do divã e dirigiu-se para uma janela. Depois de terem trazido as luzes para a sala, todas as vidraças ficaram negras como tinta, pois a noite tinha caído e o jardim estava cheio de moitas e árvores que dissimulavam os lampiões a gás da alameda principal do Prado. Qualquer que fosse o sentido dessa pergunta, ela não poderia encontrar resposta

do lado de fora da janela. Mas o seu murmúrio ofendera-me, ferira em mim qualquer coisa de infinitamente profundo, de infinitamente sutil. E do divã onde eu permanecera disse-lhe:
– Não perca a compostura. Você sempre há de ter alguma campainha ao alcance da mão.

Notei que ela sacudiu impacientemente os ombros descobertos. Apoiava a testa de encontro ao negrume da vidraça; por sobre a linda e forte nuca, a massa dos cabelos fulvos estava presa pela flecha de ouro.

– Está disposto a ser implacável – disse ela sem cólera.

Pus-me de pé enquanto ela se voltava, postando-se resolutamente diante de mim com um sorriso ardente no semblante jovem e audacioso.

– Parece-me – continuou ela com uma voz semelhante a uma onda de amor – que se deve tentar compreender antes de assumir uma atitude implacável. Perdão é uma palavra linda. É uma bela invocação.

– Há outras palavras lindas tais como fascinação, fidelidade, e também frivolidade; quanto às invocações, há também quantidades, como por exemplo: ai de mim, que Deus me ajude!

Estávamos bem juntos um do outro, os seus olhos estreitos mostravam-se enigmáticos como nunca, mas aquele semblante, que, como alguma concepção ideal de arte, era incapaz de qualquer mentira e de qualquer contorção, exprimia com recursos misteriosos tal profundeza de infinita paciência que me senti profundamente envergonhado de mim mesmo.

– Tudo isso está situado muito além das palavras – disse eu. – Além do perdão, além do esquecimento, além da cólera ou do ciúme... Entre nós dois não há nada que nos faça agir de comum acordo...

– Então precisamos talvez voltar a qualquer coisa dentro de nós que – não o reconhece? – possuímos em comum.

– Não seja pueril – disse eu. – Você proporciona, com um frescor perene e intenso, sentimentos e sensações tão velhos quanto o próprio mundo, e imagina que o seu encantamento pode ser partido em qualquer lugar, em qualquer tempo! Mas não pode ser partido. E o esquecimento, como tudo mais, só pode vir de você. É uma situação impossível de suportar.

Ela ouvia com os lábios levemente entreabertos como que para apanhar mais remotas ressonâncias.

– Há em você uma espécie de ardor generoso que eu realmente não consigo compreender – disse ela. – Não, não sei. Creia-me, não é em mim que estou pensando. E você... você parte esta noite, para outro desembarque.

– Sim, o fato é que, dentro de algumas horas, estarei navegando longe de você para tentar a sorte mais uma vez.

– A sua sorte maravilhosa – suspirou ela.

– Oh, sim, eu tenho uma sorte espantosa. A menos que a sorte seja realmente sua – de ter encontrado alguém como eu, que se importa tanto e tão pouco com o que você me oculta.

– A que horas você deixará o porto? – perguntou ela.

– Entre meia-noite e o romper do dia. É possível que os nossos homens cheguem um pouco atrasados, mas com toda a certeza antes de amanhecer já teremos partido.

– Que liberdade! – exclamou ela com inveja. – Eis uma coisa que não conhecerei jamais...

– Que liberdade! – protestei. – Sou um escravo da minha palavra. Deve haver, num certo ponto da costa, uma fila de carretas e de mulas, e um bando de homens dos mais desalmados, homens, você compreende, homens que têm mulher, filhos e namoradas, que desde o momento em que se põem em marcha se arriscam a receber uma bala na cabeça a qualquer momento, mas que têm a perfeita convicção de que eu não poderei desampará-los. Esta é a minha liberdade. E me pergunto o que pensariam eles se soubessem da sua existência, Doña Rita.

– Eu não existo – disse ela.

– Isso é fácil de dizer. Mas eu partirei como se você não existisse; no entanto, somente porque você existe. Você existe em mim. Não sei onde acabo e onde você começa. Você penetrou no meu coração, nas minhas veias, no meu cérebro.

– Desfaça-se dessa fantasia e esmague tudo isso no pó do chão – disse ela num tom tímido de súplica.

– Heroicamente – sugeri com o sarcasmo do desespero.

– Pois bem, sim, heroicamente – disse ela, e trocamos um frágil sorriso, o mais estupidamente tocante do mundo.

Estávamos então no meio da sala, cujas cores vivas brilhavam sobre um fundo escuro, onde as figuras aladas de pálidos membros, de cabeleiras que eram como halos ou flamas, pareciam estranhamente tensas nas suas atitudes decorativas. Doña Rita deu um passo na minha direção e, como eu tentasse apanhar-lhe a mão, ela passou-me os braços em torno do pescoço. Senti o esforço desses braços em me atrair a ela, e, numa espécie de ímpeto cego e desesperado, resisti. E enquanto isso ela repetia com insistência nervosa:

– Mas é verdade que você há de partir, não é? Decerto que sim. Não por causa daquela gente, mas por minha causa. Você vai partir porque sente que deve.

Cada uma das suas palavras me impelia a partir, mas o amplexo se tornava mais forte, e ela me apertava a cabeça mais fortemente de encontro ao peito. Eu abandonava-me, sabendo muito bem que um esforço maior poderia libertar-me e que estava ao meu alcance fazê-lo. Mas, antes disso, num desespero, dei-lhe um demorado beijo no côncavo do pescoço. E então não houve necessidade de esforço algum. Com um grito de surpresa reprimida, ela deixou cair de novo os braços, como se tivesse levado um tiro. Fiquei provavelmente atordoado; é possível que ambos estivéssemos atordoados, mas o que pude perceber em seguida é que um espaço bastante grande nos separava, sob a luz tranqüila dos globos, na imobilidade perene das figuras aladas. Qualquer coisa de inesperado e inaudito na qualidade da sua exclamação, e também a atenção concentrada e incrédula com que ela me contemplava, desconcertou-me profundamente. Sabia muitíssimo bem o que tinha feito, e no entanto não compreendia o que acontecera. Fiquei subitamente envergonhado e murmurei que precisava partir e despachar o pobre Dominic. Ela não deu resposta, não fez o menor sinal. Permanecia ali perdida numa visão ou sensação talvez, que parecia ser das mais absorventes. Precipitei-me para o vestíbulo, acabrunhado, como se estivesse fugindo enquanto ela não me olhava. Todavia senti que ela olhava fixamente para mim, com uma espécie de estupefação no seu todo, como se jamais na vida tivesse sido beijada.

Uma lâmpada mortiça (de forma pompeiana) pendia de uma longa corrente e deixava o vestíbulo praticamente às escuras. Dominic, saindo de um canto afastado e encaminhando-se para mim, era apenas uma sombra mais opaca do que as outras. Esperou a minha chegada a bordo a qualquer momento até as três horas, mas, como eu não aparecesse nem desse qualquer outro sinal de vida, partira à minha procura. Pediu notícias minhas aos garçons de vários cafés, aos cocheiros de fiacre em frente à bolsa, à vendedora de cigarros no balcão do elegante *Débit de Tabac,* ao velho que vendia jornais na porta do *cercle,* e à florista da entrada do restaurante onde eu tinha mesa reservada. Esta, que comercialmente se chamava Irma, começara a trabalhar ao meio-dia, e disse a Dominic:
– Creio que vi todos os seus amigos hoje de manhã mas a ele, faz uma semana que não vejo. Que é feito dele?
– É exatamente o que desejo saber – respondeu Dominic furioso, e voltou para o porto contando que eu estivesse já a bordo ou então no café de Madame Léonore.

Manifestei-lhe a minha surpresa pelo fato dele andar à minha procura como uma galinha que anda atrás dos pintos. Ninguém diria que ele fosse capaz disso. Respondeu que, *en effet,* era Madame Léonore que não o deixava quieto. Esperava que não me aborrecesse, mas o melhor é satisfazer as mulheres quando se trata de ninharia; e assim pusera-se de novo a caminho, dirigindo-se para a rua dos Cônsules, onde lhe disseram que eu não estava em casa, mas a encarregada pareceu-lhe tão estranha que ele não soube o que pensar. Por conseguinte, depois de alguma hesitação, tomou a liberdade de vir indagar aqui também, e, como lhe dissessem que eu não podia ser incomodado, resolvera não voltar para bordo sem me ver e ouvir dos meus lábios que não havia alteração quanto à nossa partida.

– Não há alteração nenhuma, Dominic – disse eu.
– Nenhuma, nenhuma? – insistiu ele, com aspecto taciturno e falando com tristeza sob o bigode negro na claridade baça da lâmpada de alabastro, suspensa acima da sua cabeça. Olhou-me fixamente, de modo extraordinário, como se quisesse ter a certeza de que eu estava de posse de todos os meus

membros. Pedi-lhe, ao dirigir-se para o porto, que fosse buscar o meu saco de viagem na outra casa, e ele partiu tranqüilizado, mas não sem observar com ironia que, a partir do dia em que vira aquele cavalheiro americano, Madame Léonore estava um tanto inquieta a meu respeito.

Permaneci ainda no vestíbulo quando, sem o menor ruído, Rosa surgiu diante de mim.

– *Monsieur* fica para jantar assim mesmo – murmurou calmamente.

– Mas, criatura, eu embarco hoje à noite.

– E que é que eu faço da Madame? – disse como que consigo mesma. – Ela vai insistir para regressar a Paris.

– Oh, você ouviu falar nisso?

– Nunca recebo essa ordem com mais de duas horas de antecedência – disse ela. – Mas sei como vai ser (e já aí não tinha mais calma na voz). Posso cuidar da Madame até certo ponto, mas não posso tomar toda a responsabilidade. Há uma pessoa perigosa que procura sempre ver a Madame sozinha. Já consegui afastá-la daqui várias vezes, mas existe um diabo de jornalista velho que sempre o anima nas suas tentativas, e eu não tenho coragem nem de contar à Madame.

– A que espécie de pessoa você se refere?

– A um homem, ora essa – disse ela com desprezo.

Apanhei o sobretudo e o chapéu.

– Mas não há dúzias deles?

– Oh! Mas esse é perigoso. Acho que a Madame deve lhe ter dado alguma confiança. Eu não devia falar assim da Madame, mas só faço isso com *monsieur*. Estou sempre vigiando, mas que é que uma pobre rapariga como eu pode fazer?... *Monsieur* não vai voltar para a companhia da Madame?

– Não. Desta vez não. – Pareceu-me que uma névoa me embaçava os olhos. Mal podia ver a rapariga diante da porta fechada da sala pompeiana, com a mão estendida, como que petrificada. Mas a minha voz tinha firmeza bastante: – Desta vez, não – repeti, percebendo de repente o rumor forte do vento entre as árvores, enquanto a chuva fustigava a porta. – Outra vez, é possível – acrescentei.

Ouvi-a dizer duas vezes a si mesma: *"Mon Dieu, Mon Dieu!"*, e depois, num tom desalentado: – Que é que *monsieur* espera que eu faça? – Mas eu era obrigado a mostrar-me insensível ao seu desespero, e não só porque não me restava outro partido a tomar senão ir-me embora. Lembro-me claramente da minha atitude obstinada e qualquer coisa de desdenhoso nas minhas palavras quando pus a mão na maçaneta da porta de entrada.

– Diga a Madame que eu me fui embora. Ela ficará satisfeita. Diga-lhe que me fui embora... heroicamente.

Rosa aproximara-se de mim. Fez com as mãos um gesto de desespero, como se abandonasse tudo.

– Percebo agora claramente que a Madame não tem amigos – declarou com tal força de amargura reprimida que quase me deteve. Mas, sentindo-me impelido pela própria obscuridade daquelas palavras, transpus o limiar da porta murmurando: – Está tudo de acordo com o desejo de Madame.

Ela, com uma intensidade extraordinária na voz, disse-me: – O senhor devia resistir – mas eu já dava os primeiros passos na alameda. Então o temperamento bem-educado de Rosa acabou cedendo, e pude ouvir a sua voz zangada que gritava furiosamente atrás de mim, através do vento e da chuva: – Não! A Madame não tem amigos. Nem um!

Quinta Parte

I

Naquela noite só cheguei a bordo pouco antes da meia-noite, e Dominic não pôde ocultar o seu alívio ao ver-me são e salvo. O motivo pelo qual se mostrava tão inquieto era impossível de esclarecer, mas nessa época tive uma vaga impressão de que o meu aniquilamento interior (pois não era menos que isso) afetara minha aparência, que a minha condenação estava como que escrita no meu rosto. Eu era um simples receptáculo de cinza e poeira, um testemunho vivo da vaidade de todas as coisas. Os meus pensamentos não passavam de um farfalhar soturno de folhas mortas. Todavia a nossa expedição foi particularmente feliz, e Dominic não cessou de manifestar um bom humor desacostumado, passavelmente frio e mordaz, o qual, sustentava ele, lhe fora comunicado por mim. A força do seu caráter não o tornava insensível ao humor daqueles que estimava, e creio que falava a verdade, mas não posso afirmar. O espírito de observação, mais ou menos penetrante, que cada um traz em si, faltava-me de todo. E assim eu vivia só, sem ser observado por ninguém, nem mesmo por mim.

Mas a viagem fora bem-sucedida. Entramos de novo no porto com a calma de costume, e quando a nossa embarcação foi amarrada no meio plebeu das barcaças de pedra, Dominic, cujo bom humor sardônico se acalmara durante as vinte e quatro horas da viagem de regresso, deixou-me abandonado a mim mesmo como se eu na verdade fosse um homem condenado. Limitou-se a enfiar a cabeça um momento no camarote onde eu mudava de roupa, e, quando lhe informei que não tinha instruções particulares a dar-lhe, desembarcou sem esperar por mim.

Em geral vínhamos para a terra juntos e eu nunca deixava de entrar um momento no café de Madame Léonore. Mas dessa vez, quando cheguei ao cais, foi-me impossível descobrir Dominic. Que significava aquilo? Abandono, discrição? Teria brigado com a sua Léonore antes de partir para aquela viagem?

Precisava passar diante do café, e, ao olhar através da vidraça, notei que ele já estava lá. Do outro lado da mesinha de mármore, Madame Léonore, apoiando-se num cotovelo com a graça da sua maturidade, ouvia-o embevecida. Continuei o meu caminho – e que faríeis no meu lugar? – Acabei dirigindo-me para a rua dos Cônsules. Não tinha outro lugar aonde ir. Tinha as minhas coisas no apartamento do primeiro andar, e não podia suportar a idéia de encontrar qualquer conhecido.

A chama frágil do gás brilhava ainda no vestíbulo, firme no seu posto, como se não a tivessem apagado desde a última vez em que eu atravessara o saguão, às onze e meia da noite, para me dirigir ao porto. A chama frágil observara a minha partida; agora, exatamente com a mesma intensidade, a pobre e mesquinha réstia de luz (havia qualquer coisa escangalhada no bico de gás), observava a minha chegada, como já acontecera tantas vezes. Em geral, sentia-se a impressão de entrar numa casa desocupada, mas desta vez, antes que eu pudesse atingir o pé da escada, Teresa surgiu, esgueirando-se pela passagem que dava para o estúdio. Depois das exclamações usuais, afiançou-me que tudo estava preparado para mim lá em cima, havia dias, e ofereceu-se para me arranjar qualquer coisa de comer imediatamente. Aceitei e disse que estaria no estúdio dentro de meia hora. Lá a encontrei junto à mesa posta e pronta para conversar. Começou dizendo-me – o caro, o coitado do jovem *monsieur* – numa espécie de canto plangente, que não havia cartas para mim, cartas de espécie alguma, cartas de ninguém. Olhares de ternura absolutamente aterradora, de mistura com centelhas de astúcia, varriam-me da cabeça aos pés enquanto eu me esforçava por comer.

– Este vinho que você me dá é do capitão Blunt? – perguntei, observando o líquido cor de palha do meu copo.

Ela mordeu os lábios como se tivesse sentido uma agulhada nos dentes e assegurou-me que o vinho pertencia à casa, e que me seria descontado. No que dizia respeito a simpatias pessoais, Blunt, que lhe falava sempre com amabilidade muito grave, não estava nas suas graças. O "encantador e bravo *monsieur*" estava agora lutando pelo rei e a religião contra os ímpios liberais. Partira na manhã do dia seguinte ao da minha partida e, oh! ela lembrava-se bem, perguntara-lhe antes de sair se eu ainda estava na casa. Desejava provavelmente despedir-se de mim, apertar-me a mão, o caro e amável *monsieur*.

Deixei-a continuar na inquietude do que ia seguir-se, mas ela prosseguiu no capítulo de Blunt durante bastante tempo. Ele escrevera-lhe uma vez a respeito de algumas coisas suas que desejava fossem mandadas a Paris, para o endereço de sua mãe; mas ela, Teresa, não faria nada disso, afirmou-me com um piedoso sorriso; e, em resposta às minhas perguntas, descobri que se tratava de um estratagema para obrigar o capitão Blunt a voltar para casa.

– Você acaba tendo complicações com a polícia, Thérèse, se continuar assim – disse eu. Mas ela era de uma teimosia obtusa e assegurou-me com a maior confiança que muita gente estaria pronta a defender uma pobre moça honesta. Atrás dessa atitude havia qualquer coisa que não consegui penetrar. De repente soltou um profundo suspiro.

– A nossa Rita, também, acabará voltando para a companhia da irmã.

O nome pelo qual eu estava à espera privou-me da palavra por algum tempo. A pobre da pecadora desmiolada partira para alguns dos seus pecados em Paris. Não sabia? Não? Pois bem! Eu mal tinha saído de casa, por assim dizer, quando Rita apareceu com a empregada, portando-se como se a casa de fato ainda lhe pertencesse...

– Que horas eram? – consegui perguntar. E parecia que, com estas palavras, a minha própria vida se me escapava através dos lábios. Mas Teresa, sem perceber nada de estranho em mim, disse que devia ter sido mais ou menos às sete e meia da manhã. A "pobre pecadora" estava toda de preto como se fosse à igreja (salvo quanto à expressão, que era capaz de escandalizar qualquer pessoa honesta), e depois de ordenar-lhe, com ameaças terríveis, que não deixasse ninguém saber que ela estava em casa, precipitou-se escadas acima e trancou-se no meu quarto, enquanto "aquela francesa" (por quem parecia ter mais estima do que pela própria irmã) introduzia-se na minha sala de espera, escondendo-se atrás da cortina da janela.

Eu me restabelecera o suficiente para perguntar numa voz calma e natural se Doña Rita e o capitão Blunt se haviam encontrado. Provavelmente não se encontraram. O polido capitão estava com um ar tão grave ao fazer as bagagens que Teresa não ousou falar-lhe. E tinha pressa também. Antes de partir devia acompanhar a mãe querida até a estação, onde embarcaria para Paris. Estava muito circunspecto. Mas apertou-lhe a mão, saudando-a com muita amabilidade.

Teresa ergueu a mão direita para me mostrar, a mão larga e curta, com os dedos rombos, como de costume. O aperto de mão do capitão Blunt não lhe alterara a forma desgraciosa.

– De que servia dizer a ele que a nossa Rita estava aqui? – continuou Teresa. – Eu ficaria envergonhada ao dizer que ela estava aqui e portava-se como se a casa lhe pertencesse! Eu já tinha rezado algumas orações, na missa das seis e meia, em intenção do bravo mancebo. A tal empregada da minha irmã Rita estava lá em cima vigiando a saída dele com os seus olhos malvados, mas eu fiz um sinal-da-cruz quando o fiacre se pôs em movimento, e depois subi as escadas e bati na sua porta, meu caro e jovem *monsieur*, e gritei para Rita que ela não tinha nenhum direito de se trancar em quarto algum dos meus inquilinos. Finalmente ela abriu a porta e – que está pensando? – apareceu com o cabelo todo solto em cima dos ombros. Acho que o cabelo se desprendeu quando ela atirou o chapéu em cima da sua cama. Quando chegou notei que não estava bem penteada. Apanhou as suas escovas para se pentear defronte do seu espelho.

– Espere um momento – disse eu, e dei um pulo, derramando o vinho na precipitação de subir o mais depressa que me era possível. Acendi o gás, os três bicos no meio do quarto, o bico junto da cama e os dois outros que ladeavam a cômoda. Fora tomado pela insensata esperança de encontrar um vestígio da passagem de Rita, um sinal, qualquer coisa. Puxei violentamente todas as gavetas, pensando que talvez ela tivesse escondido ali um pedaço de papel, uma nota. Perfeita loucura. Evidentemente não havia a menor possibilidade de coisa parecida. Teresa teria percebido. Fui apanhando todos os diversos objetos que estavam em cima da cômoda. Ao pôr as mãos nas escovas, tive uma emoção profunda, e com os olhos enevoados examinei-as meticulosamente, com a esperança nova de encontrar algum dos cabelos fulvos de Rita, embaraçado nos pêlos por qualquer acaso miraculoso. Mas Teresa eliminaria também essa possibilidade. Não consegui descobrir nada, embora eu as aproximasse da luz com o coração aos saltos. Estava escrito que nem mesmo *aquele* vestígio da passagem dela sobre a terra devia permanecer comigo: não para ajudar, mas para acalmar a recordação. Então acendi um cigarro e desci vagarosamente. A minha desventura embotava-se, como se embota o sofrimento daqueles que choram os mortos, diante da sensação acabrunhante que tudo está acabado, que uma parte de si mesmo está perdida irremediavelmente, levando consigo todo o sabor da vida.

Descobri Teresa ainda no mesmo lugar em que ficara, plantada no chão, as mãos uma na outra, e contemplando a minha cadeira vazia, diante da qual o vinho derramado empapara uma larga superfície da toalha. Absolutamente não se mexera. Nem mesmo apanhara o copo caído. Mas, assim que apareci, pôs-se a falar num tom insinuante:

– Se sentir falta de alguma coisa lá em cima, meu caro e jovem *monsieur,* não diga que fui eu. O senhor não sabe o que é a nossa Rita.

– Eu bem queria – disse eu – que ela tivesse tirado alguma coisa.

E de novo me senti preso de grande agitação, como se meu destino fosse morrer e reviver constantemente pela simples e torturante razão dela existir. Quem sabe se ela tinha tirado alguma coisa? Qualquer coisa. Algum objeto insignificante. Pensei de súbito na caixa de fósforos de pedra renana. Talvez fosse isso. Quis certificar-me logo. Imediatamente. Mas exigi de mim mesmo continuar sentado e quieto.

– E ela tão rica – continuou Teresa. – Nem mesmo o senhor, com o seu coração tão generoso, poderá fazer coisa alguma pela nossa Rita. Nenhum homem poderá já fazer coisa alguma por ela – a não ser, talvez, um só, mas ela tem tão má vontade em relação a ele, que nem havia de querer vê-lo se ele, com a bondade do seu coração indulgente, pensasse em oferecer-lhe a mão. É o peso da consciência que mete medo a Rita. Esse homem bom e caridoso tem mais amor a ela do que à própria vida.

– Você se refere a certo patife que anda em Paris e que, segundo creio, persegue Doña Rita. Escute, *Mademoiselle Thérèse,* se sabe onde é que ele pára, faria bem se lhe previnisse que tome cuidado. Acho que ele também se acha metido na intriga carlista. Ignora que sua irmã a qualquer hora pode mandar prendê-lo ou expulsá-lo pela polícia?

Teresa soltou um suspiro profundo e tomou um ar de virtude compungida.

– Oh, a dureza do coração dela! Ela já experimentou ser terna comigo. É terrível. Eu disse-lhe: – Rita, vendeste tua alma ao demônio? – e ela pôs-se a gritar como uma possessa: – Em troca da felicidade! Ah, ah, ah! – Ela atirou-se de costas em cima do divã do seu quarto e riu, riu, riu, como se eu lhe estivesse fazendo cócegas, e tamborilava no chão com o salto dos sapatos. Ela está possessa. Oh, meu caro e inocente rapaz, o senhor nunca viu nada de parecido. A perversa que a serve precipitou-se com um vidrinho que lhe deu para cheirar; mas eu tive a idéia de sair e ir buscar o padre da igreja onde vou à missa de manhã cedo, um homem tão bom, tão inflexível e severo. Mas aquela criatura falsa, velhaca (tenho certeza que ela rouba a nossa Rita de manhã à noite), falou com ela baixinho e conseguiu acalmá-la. Não posso saber o que foi que ela disse. Deve ter alguma liga com o diabo. E depois pediu-me que descesse e arranjasse uma xícara de chocolate para a Madame. Madame... é a nossa Rita. Madame! Parece que elas iam diretamente para Paris e a Madame não tinha comido nada desde a véspera de manhã. Imaginem, eu recebendo ordens para fazer chocolate para a nossa Rita! No entanto, a pobrezinha parecia tão exausta e tão pálida que acabei indo. Ah! o diabo bem sabe dar umas sacudidelas terríveis na gente quando lhe convém.

Teresa soltou um suspiro mais profundo ainda e, levantando os olhos, observou-me com grande atenção. Mantive uma expressão impenetrável, pois precisava ouvir tudo o que ela tinha a dizer-me a respeito de Rita. Com a maior ansiedade, notei que o seu semblante se iluminava numa expressão jovial.

— Então Doña Rita foi para Paris? – perguntei com displicência.

— Sim, meu caro *monsieur*. Acho que daqui seguiu diretamente para a estação. Quando se levantou do divã, mal se podia ter de pé. Mas, antes, enquanto bebia o chocolate que eu lhe preparara, tentei fazê-la assinar um papel que me dava a propriedade da casa, mas ela contentou-se em fechar os olhos e pediu-me que me esforçasse por ser boa irmã, e que a deixasse sozinha durante uma meia hora. E ficou lá estendida, como quem não tivesse mais que um dia de vida. Mas sempre me detestou.

Eu disse de mau humor: — Você não devia tê-la atormentado assim. Se ela não tivesse vivido um dia mais, você ficaria com esta casa e tudo mais ainda; pedaço maior do que a sua goela é capaz de engolir, *mademoiselle Thérèse*.

Acrescentei algumas observações que manifestavam o meu nojo pela sua rapacidade, mas não foram absolutamente adequadas, pois não consegui encontrar palavras bastante fortes para exprimir o meu verdadeiro estado de espírito. Mas não importava, pois não creio que Teresa me estivesse ouvindo. Parecia perdida numa estupefação indizível.

— Que está dizendo, meu caro *monsieur?* Quê! Tudo para mim sem nenhuma espécie de papel?

Pareceu transtornar-se com o meu breve "Sim". Acreditava na minha boa-fé. Acreditava em mim implicitamente, salvo quando eu lhe dizia a verdade sobre ela mesma, sem rodeios, enquanto se mantinha num sorriso modesto, como seu eu estivesse cumulando-a de elogios. Contava que ela continuasse com a terrível história, mas aparentemente havia encontrado um motivo de reflexão suficiente para deter a torrente. Soltou outro suspiro e murmurou:

— Então a lei pode ser justa, se é que não exige nenhum papel. Afinal de contas, sou irmã dela.

— É muito difícil acreditar... à primeira vista – disse eu com rudeza.

– Ah, mas isso eu posso provar. Há documentos.

Depois de tal declaração começou a tirar a mesa, conservando-se num silêncio pensativo.

Não fiquei muito surpreendido com a notícia da partida de Doña Rita para Paris. Não era necessário perguntar a mim mesmo por que havia ela partido. Nem cheguei a perguntar-me se ela teria deixado a vila alugada no Prado para sempre. Mais tarde, conversando de novo com Teresa, soube que a irmã tinha designado a residência para uso da causa carlista, e que uma espécie de cônsul não oficial, um agente carlista qualquer, ia morar lá ou já tinha tomado posse da mesma. Isso fora contado pela própria Rita antes de partir, na manhã agitada que passara naquela casa – no meu apartamento. Uma investigação cerrada demonstrou-me que lá não estava faltando nada. Até a maldita caixa de fósforos, que eu de fato esperava ter desaparecido, surgiu numa gaveta quando, cheio de satisfação, não contava mais com ela. Foi um grande choque. Pelo menos isso ela podia ter levado! Rita sabia que eu costumava tê-la constantemente comigo quando estava a bordo. Bem podia tê-la apanhado! Não desejava, visivelmente, que subsistisse nenhum liame, por mais insignificante que fosse. No entanto, levei muito tempo ainda para desistir de remexer e revistar todos os cantinhos de todos os receptáculos possíveis, em busca de qualquer coisa que ela pudesse ter abandonado ali de propósito. Era como a mania de certas mentalidades desequilibradas, que passam dias e dias em busca de um tesouro. Esperava encontrar algum grampo esquecido, um pedacinho de fita. Às vezes, de noite, punha-me a refletir que tais esperanças eram absolutamente absurdas; mas lembro-me que certa vez me levantei às duas da madrugada para ir procurar uma caixinha de papelão no banheiro, que eu não havia revistado ainda. Evidentemente estava vazia e, de qualquer forma, não era possível que Rita soubesse da sua existência. Voltei para a cama tremendo violentamente, embora a noite estivesse quente, e com a impressão nítida de que aquilo acabaria me pondo louco. Não se tratava mais de ser morto "por aquilo". A atmosfera moral dessa tortura era diferente. Acabaria doido. E essa idéia me agitou o corpo supino de fortes calafrios porque, certa vez, visitando um famoso manicômio, mostraram-me um pobre desgraçado que enlouquecera, segundo parecia, por pensar que uma mulher abominavelmente o lograra. Disseram-me que os seus males eram absolutamente imaginários. Era um rapaz de barbicha loura, agarrado à beira da cama, e que se apertava desesperadamente. Os seus incessantes e deploráveis gemidos enchiam o longo corredor nu, enregelando o coração muito antes da gente chegar à porta da sua cela.

E não havia ninguém de quem eu pudesse ouvir, com quem eu pudesse falar, com quem eu pudesse evocar a imagem de Rita. É claro que eu poderia pronunciar aquela palavra de quatro letras a Teresa, mas Teresa, por um motivo qualquer, meteu na cabeça que havia de evitar toda alusão à irmã. Tive ganas de arrancar-lhe, aos punhados, os cabelos que ela escondia modestamente dentro do lenço negro e cujas pontas às vezes amarrava debaixo do queixo. Mas na verdade eu não poderia apresentar-lhe nenhuma desculpa plausível por tal ultraje. Além disso, estava sempre muito ocupada nos cuidados da casa, que ela insistia em manter sozinha, pois que não conseguia acomodar-se à idéia de dar alguns francos por mês a uma empregada. Parecia-me que eu já não gozava tanto da sua simpatia quanto anteriormente, o que, por estranho que seja, também me exasperava. Dir-se-ia que uma idéia fecunda matara nela toda emoção mais doce e mais humana. Andava para cima e para baixo com vassouras e espanadores, sempre com o seu ar de meditação beata.

O homem que, de certo modo, me substituiu na preferência de Teresa foi o velho pai das dançarinas que habitavam o rés-do-chão. De cartola e sobretudo azul escuro muito elegante, ele deixava-se abotoar no vestíbulo por Teresa, que lhe falava interminavelmente de olhos baixos. Ele sorria-lhe gravemente, enquanto se esforçava por atingir a porta de entrada. Imagino que ele não dava grande valor à simpatia de Teresa. A nossa permanência no porto prolongava-se dessa vez, e eu conservava-me dentro de casa como um inválido. Certa noite convidei o velho para vir beber e fumar comigo no estúdio. Não opôs dificuldade em aceitar, trouxe o seu cachimbo de madeira, e mostrou ser uma companhia encantadora com a sua voz agradável. Não se podia dizer se tinha realmente alguma distinção, ou se não passava de um celerado, mas, de qualquer forma, com a sua barba branca, parecia perfeitamente venerável. Naturalmente, não podia fazer-me companhia com muita freqüência, pois precisava vigiar de perto as filhas e seus admiradores; não que as moças fossem excessivamente frívolas, mas é lógico que sendo ainda muito jovens não tinham experiência. Eram criaturinhas amáveis, de voz agradável e jovial, e ele tinha-lhes muita estima. Era um homem musculoso, corado, de mechas grisalhas caindo pelas têmporas por sobre as orelhas, dando-lhe um ar de apóstolo barroco. Tive a impressão de que o seu passado devia ser bastante tenebroso, e que a mocidade lhe fora bem difícil. Os admiradores das duas moças tinham muito medo dele, por instinto, sem dúvida, porque o procedimento do velho para com eles era amável e até um tanto obsequioso, embora lhe brilhasse nos olhos certa ferocidade que não deixava de os conter, salvo no capítulo da generosidade – que era estimulada. Certas vezes eu me perguntava se aquelas duas criaturinhas descuidadas, alegres e trabalhadeiras compreendiam a secreta beleza moral da situação.

A minha verdadeira companhia era o manequim do estúdio, e não posso dizer que me satisfizesse de todo. Levantei-o, com ternura, assim que tomei posse do estúdio, espanei-lhe os membros mutilados, o peito insensível e duro como um pau, e depois encostei-o num canto onde pareceu assumir sozinho uma atitude tímida. Conhecia a sua história. Não era um manequim vulgar. Certo dia, conversando com Doña Rita a respeito da irmã, disse-lhe achar que Teresa costumava derrubá-lo com uma vassoura, e Doña Rita riu-se muito. Tratava-se, disse ela, de um exemplo de antipatia puramente instintiva. Aquele manequim fora feito, outrora, sob medida. Durante muitos dias envergou os trajes de imperatriz bizantina com os quais Doña Rita pousara apenas uma ou duas vezes; mas naturalmente as pregas e os panejamentos da fazenda deviam ser conservados como no primeiro esboço. E Doña Rita descreveu-me, muito entretida, como fora obrigada a permanecer de pé no meio do quarto enquanto Rosa andava em volta, de fita métrica na mão, escrevendo as medidas num pedacinho de papel que foi logo mandado ao fabricante, mas este restituiu-o com uma carta indignada, declarando que tais medidas eram impossíveis em qualquer mulher. Ao que parece Rosa havia embrulhado tudo, e foi necessário esperar muito tempo para que a figura ficasse pronta e fosse enviada ao pavilhão numa longa cesta que pudesse conter os trajes e a atitude hierática da imperatriz. Mais tarde o mesmo manequim envergou com a mesma paciência o chapéu maravilhoso da "Moça de Chapéu". Mas Doña Rita jamais pôde compreender como é que aquele pobre objeto tinha ido parar em Marselha, desprovido da cabeça de nabo. Provavelmente viera com as roupas e uma quantidade de preciosos brocados que ela mesma enviara de Paris. O conhecimento das suas origens, o tom desdenhoso com que o capitão Blunt se referia a ele, a acentuada aversão de Teresa conferiam àquela figura sumária uma espécie de encanto, dava-me uma frágil e miserável ilusão do original, menos artificial que uma fotografia, menos precisa, demasiado... Mas não se pode explicar. Eu sentia positivamente amizade por ele, como se se tratasse de pessoa de confiança de Rita. Cheguei mesmo a descobrir que ele tinha uma espécie de graça pessoal. No entanto, não cheguei ao ponto de lhe dirigir frases no seu recanto onde tão timidamente se ocultava, ou arrastá-lo dali para o contemplar. Deixava-o em paz. Não estava louco. Estava apenas convencido que não tardaria a ficar.

II

A despeito da minha misantropia era obrigado a procurar algumas pessoas, ainda que só em virtude de todas aquelas questões monarquistas que eu não podia, e na verdade não desejava abandonar. Elas constituíam a minha desculpa para permanecer na Europa, pois não sentia a necessária coragem para regressar às Antilhas. Por outro lado, a minha carreira aventurosa punha-me em contato com o mar, onde encontrava ao mesmo tempo uma ocupação, uma proteção, um consolo, o alívio que se sente ao tratar de problemas concretos, o equilíbrio que se adquire no trato quotidiano com os homens simples, e a confiança em si, por mais fraca que seja, que proporciona relações freqüentes com as forças da natureza. Positivamente, não podia abandonar tudo aquilo. Além disso, tudo aquilo se relacionava com Doña Rita. Por assim dizer, eu tinha recebido tudo dado por mão dela, daquela mão cujo apertar era tão franco quanto o de um homem, e que contudo produzia uma sensação única. Uma onda quente me invadia todo, só ao lembrar-me disso. Foi a propósito daquela mão que começamos as nossas brigas, com a irritabilidade dos que sofrem de alguma dor obscura e que no entanto têm apenas uma meia consciência do seu mal. O próprio espírito de Rita pairava por sobre as águas agitadas do Legitimismo. Mas, quanto ao som das quatro letras mágicas do seu nome, poucas probabilidades me restavam de ouvi-lo ressoar suavemente no meu ouvido. Foi assim que a eminente personalidade do mundo das finanças com quem tive de conferenciar várias vezes não deixou de aludir à sedução irresistível que se exercia sobre o meu coração e o meu espírito, a esse poder de semblante misterioso e inesquecível, e que sabia aliar o brilho do sol ao esplendor insondável da noite: Madame de Lastaola. Era assim que aquele homem já grisalho denominava o maior mistério do universo. Ao pronunciar esse nome suposto, ele assumia um ar de circunspecção solene e reservada, como se temesse que eu esboçasse um sorriso, e que a dignidade cerimoniosa das nossas relações ficasse comprometida de modo irremediável.

Num tom de gravidade estudada, referia-se aos desejos, aos planos, às atividades, às instruções e aos gestos de Madame de Lastaola; ou então, apanhando uma carta no meio da confusão de papéis que em geral se encontra nas escrivaninhas de tais personalidades, lançava-lhe um olhar como que para refrescar a memória; e enquanto que, só ao ver aquela caligrafia eu já sentia a garganta seca, perguntava-me numa voz sem vida se eu tivera acaso "notícias diretas de... hum!... de Paris ultimamente". Outros detalhes de endoidecer se associavam àquelas visitas. Tratava-me como pessoa séria, e que podia julgar claramente certas eventualidades, enquanto nessa mesma ocasião, os meus olhos só conseguiam ver, na parede que lhe servia de fundo, uma cabeleira ruiva, escachoante, abundante e vaporosa, sobrenatural e adorável, e semeada de centelhas ardentes. O que mais aumentava o meu mal-estar era aquela atmosfera de monarquismo, de Legitimismo que reinava na sala, sutil e impalpável como o ar, como se jamais, no espírito daquele homem, um legitimista em carne e osso tivesse existido, a não ser eu mesmo, talvez. Ele, evidentemente, não passava de um banqueiro, um muito distinto, influente, e impecável banqueiro. Insistia em submeter-se ao meu conceito e ao meu bom senso com uma ênfase cuja causa era o seu perpétuo espanto diante da minha mocidade. Embora já me tivesse visto várias vezes (eu conhecia até a mulher dele), sempre se mostrava surpreso com a minha pouca idade. Ele com certeza já nascera com uns cinqüenta anos, nascera como eu o vira ali, com as suas suíças grisalhas e os seus olhos ictéricos, que tinha o hábito de piscar freqüentemente durante a conversa. Certa ocasião, me disse: – A propósito, o Marquês de Villarel está aqui por algum tempo. Perguntou notícias suas da última vez que me visitou. Posso comunicar-lhe que o senhor está nesta cidade?

Não soube o que responder. O Marquês de Villarel era o Don Rafael da história de Rita. Que tinha eu a ver com os grandes de Espanha? E ela, aquela mulher de todos os tempos, que tinha a ver com todos esses miseráveis ou esplêndidos disfarces com que a poeira humana se compraz em revestir-se? Tudo isso estava no passado, e eu tinha a sensação pungente de que para mim não havia nem presente nem futuro, apenas uma surda pena, uma paixão vã e tão forte que, encerrada no meu peito, dava-me a ilusão de uma grandeza solitária e que a minha pobre cabeça rolava perdida por entre as estrelas. Mas quando tomei a decisão (o que fiz rapidamente, para acabar depressa) de ir visitar a mulher do banqueiro, a primeira coisa que ela achou para me dizer foi que o Marquês de Villarel era "dos nossos". Disse isso cheia de satisfação. Se, no banco, no gabinete do marido, o Legitimismo era um simples princípio despovoado, no seu salão não passava de uma questão de pessoas. *"Il m'a causé beaucoup de vous"*, disse ela, como se nisso houvesse alguma malícia da qual eu me devesse orgulhar. Procurei esquivar-me dela. Não podia acreditar que aquele grande de Espanha lhe tivesse falado de mim. Nunca tive a impressão de fazer parte intimamente da grande empresa monarquista. Confesso que estava tão indiferente a tudo, tão profundamente desmoralizado, que uma vez tendo entrado no salão não senti mais força para me retirar, embora pudesse ver a volátil dona da casa ir de uma visita a outra, dizendo-lhes com um leve gesto: – Olhe! Ali, naquele canto. Aquele é o famoso *monsieur* George. Por fim, acabou me desalojando e veio sentar-se junto de mim, cheia de entusiasmo a propósito de *"ce cher monsieur* Mills" e aquele magnífico lorde X, e depois, com um piscar de olhos absolutamente insuportável, e à meia-voz, trouxe à conversa o nome de Madame de Lastaola e perguntou-me se, de fato, eu me achava tão íntimo na confiança de tão surpreendente pessoa. *"Vous devez bien regretter son départ pour Paris",* arrulhou, olhando para o leque com fingido pudor... Como consegui sair daquela sala é o que verdadeiramente não sei. Havia também uma escada. Não desci de cabeça para baixo, é o que posso afirmar; e lembro-me também que vagueei durante muito tempo à beira-mar e fui para casa muito tarde, pelo Prado, lançando em caminho um olhar amedrontado para a Vila. Não se notava luz alguma através da folhagem rala das árvores.

    Passei o dia seguinte com Dominic a bordo da pequena embarcação, vigiando os homens que trabalhavam no convés. Pelo modo com que se desempenhavam da sua tarefa, o moral daqueles homens parecia perfeito, e eu me senti altamente reconfortado durante o dia naquela companhia. Dominic também devotava-se inteiramente ao seu serviço, mas no seu tom taciturno havia qualquer coisa de sardônico. Depois resolvi ir ao café, e a sonora cordialidade de Mme. Léonore, que me recebeu com um "Eh, *signorino,* até que enfim!" me causou grande prazer. Mas, quando veio sentar-se diante de mim, foi a custo que suportei o brilho dos seus olhos negros. Aquele homem e aquela mulher pareciam saber de alguma coisa. Que sabiam eles? Ao despedir-se, ela apertou-me a mão de modo significativo. Que queria ela dizer? Mas não me senti atingido por essas manifestações. A alma que se abrigava no peito daquelas criaturas não era frívola à maneira das bexigas levemente perfumadas e dilatadas. Não eram revestidos dessa pele impermeável que parece de regra num mundo onde só se pensa em vencer a todo custo. De qualquer forma, haviam farejado alguma irregularidade, mas, fosse qual fosse a sua opinião a respeito, eu podia estar certo de que jamais encontrariam um pretexto para rir à minha custa.

Naquele dia, ao voltar para casa, notei que Teresa estava à minha espera, coisa que não acontecia havia muito tempo. Estendeu-me um cartão em que se lia o nome do Marquês de Villarel.

– Como foi que arranjou isto? – perguntei. Ela imediatamente abriu a torneira da sua volubilidade, e não fiquei de modo algum surpreendido ao saber que o grande de Espanha não chegara ao ponto de vir visitar-me em pessoa. Um rapaz viera trazer o cartão. Um rapaz muito simpático, exclamou ela com uma expressão de cobiça devota. Não era muito alto. Tinha a pele muito lisa (aquela mulher era incorrigível) e um bigodinho negro bem bonito. Teresa estava certa de que devia ser um oficial *en las filas legitimas*. Partindo desta convicção, pediu-lhe notícias daquele outro modelo de encanto e elegância, o capitão Blunt. Para grande surpresa dela, o encantador rapaz de olhos tão lindos parecia jamais ter ouvido falar em Blunt. Mas manifestou-se muito interessado pelo ambiente, examinou o vestíbulo em torno, notou a madeira rica dos painéis da porta, prestou alguma atenção à estatueta de prata que sustinha o bico de gás ao pé da escada, e, por fim, perguntou se se tratava realmente da casa da excelentíssima Señora Doña Rita de Lastaola. A pergunta quase fez cambalear Teresa, mas com grande presença de espírito respondeu ao rapaz que não sabia de que excelência se tratava, mas que a casa era de sua propriedade, e que lhe fora dada por sua irmã. Diante disso o rapaz mostrou-se embaraçado e furioso ao mesmo tempo, girou sobre os calcanhares e voltou para o fiacre. Por que zangar-se com uma pobre moça que jamais fizera nada de censurável?

– Acho que a nossa Rita anda contando mentiras horrorosas sobre a sua pobre irmã. – Suspirou profundamente (ela dispunha de várias espécies de suspiros e este foi dos mais desesperados) e acrescentou pensativamente: – Pecado sobre pecado, maldade sobre maldade! E, quanto mais ela viver, pior há de ser. Para a nossa Rita seria melhor ter morrido.

Declarei à *"Mademoiselle Thérèse"* que era realmente impossível dizer se ela era mais estúpida do que abominável, mas na verdade eu não estava muito escandalizado. Essas explosões em Teresa não significavam coisa alguma. A gente acabava se acostumando. Eram apenas expressão da sua rapacidade e da sua virtude; de modo que a nossa conversa terminou quando lhe perguntei se ela tinha jantar para mim naquela noite.

– De que serve arranjar-lhe comida, meu caro e jovem *monsieur* – escarneceu-me ela com ternura. – O senhor não faz mais que beliscar como um passarinho. É muito melhor deixar que eu lhe economize esse dinheiro. – Poder-se-á julgar do estado singular em que me achava se eu disser que fiquei profundamente surpreendido com a opinião de Teresa sobre o meu apetite. Talvez que ela tivesse razão. Eu positivamente não sabia. Olhei-a fixamente e por fim ela declarou que o jantar estava realmente pronto.

O novo rapaz que surgira no horizonte de Teresa não me surpreendeu muito. Villarel devia viajar com uma espécie de séquito, dois ou três secretários no mínimo. Ouvira falar suficientemente do quartel-general carlista para saber que esse indivíduo fora (provavelmente ainda era) capitão-general da guarda real, e que era personalidade de grande influência política (e doméstica) na Corte. O cartão era, de modo polido, uma simples ordem para que eu me apresentasse ao grande de Espanha. Nenhum monarquista convicto, como eu devia parecer-lhe, poderia enganar-se. Pus o cartão no bolso e, depois de jantar ou de não jantar – realmente não me recordo –, passei a noite fumando no estúdio, à cata de pensamentos ternos e dolorosos, de visões exaltadoras e cruéis. De quando em quando olhava para o manequim. Cheguei a levantar-me uma vez do canapé, no qual me contorcia como um verme, e dirigi-me para ele como que para tocá-lo, mas detive-me, não por vergonha súbita, mas vítima de profundo desespero. Nessa ocasião Teresa apareceu. Era tarde e, creio eu, ela ia deitar-se. Parecia personificar a ingenuidade descuidada da camponesa, e propôs-me um enigma que começava assim:

– Se a nossa Rita morresse dentro em breve...

Não foi mais adiante porque já eu tinha pulado, amedrontando-a aos berros: – Ela está doente? Que foi que aconteceu? Você recebeu alguma carta?

Recebera uma carta. Não lhe pedi que me mostrasse, embora tenha motivos para crer que acedesse ao meu pedido. Eu tinha a impressão de que não havia sentido em coisa alguma, pelo menos nada que importasse. Mas a interrupção fez com que aparentemente Teresa esquecesse o seu sinistro enigma. Observou-me durante algum tempo com os seus olhos astutos e ininteligentes, e depois, com a observação enfatuada de que a lei era justa, deixou-me entregue aos horrores do estúdio. Creio que fui dormir lá porque estava exausto. Durante a noite despertei transido e na mais completa obscuridade. Passava por verdadeiros horrores, não havia dúvida. Arrastei-me escadas acima em busca da minha cama, e passei diante da infatigável estatueta que sustinha a lâmpada sempre mortiça. O vestíbulo preto e branco estava frio como um frigorífico.

A principal consideração que me induziu a ir visitar o Marquês de Villarel foi o fato de ser eu, afinal de contas, uma descoberta de Doña Rita, o seu próprio recruta. A minha fidelidade e a minha firmeza haviam sido garantidas por ela e mais ninguém. Não podia suportar a idéia de sabê-la criticada por todos os tagarelas mentecaptos que pertenciam à Causa. E como, à parte esse argumento, nada importava muito – ora! –, o melhor era acabar logo com a tarefa.

Mas parece que eu não tinha refletido suficientemente em todas as conseqüências daquele passo. Antes de mais nada, a vista da Vila, que adquiria ao sol um aspecto sinistramente alegre (mas onde Doña Rita não estava mais), era tão perturbadora que, ao chegar ao portão, estive na iminência de fugir. Quando, depois de muita hesitação resolvi entrar – introduzido pelo homem de avental de lã verde que me reconheceu –, a idéia de penetrar naquela sala donde ela se retirara tão definitivamente como se estivesse morta produziu-me tal comoção que tive de apoiar-me de encontro à mesa até passar a sensação de fraqueza. No entanto, irritei-me como diante de uma tradição quando o homem de avental de baeta, em vez de me levar para a sala de jantar pompeiana, atravessou o saguão na direção de outra porta que não era nada pompeiana (mais no estilo Luís XV: aquela Vila era uma espécie de salada russa de estilos), e introduziu-me numa sala grande e clara, cheia de móveis dos mais modernos. O retrato *en pied* dum oficial de uniforme azul celeste estava pendurado na parede do fundo. O oficial tinha a cabeça pequena, uma barba negra e quadrada, era de compleição robusta, e apoiava-se com as mãos enluvadas no copo de uma espada. O impressionante quadro dominava uma secretária maciça de mogno, e, diante dessa secretária, uma poltrona de espaldar alto, estofada de veludo verde escuro. Pensava que me haviam introduzido numa sala vazia quando, depois de percorrer com o olhar o tapete altamente berrante, notei um par de pés debaixo da poltrona.

Avancei na direção dos mesmos e descobri um homenzinho, que não fez o menor movimento até que cheguei diante dele, afundado no veludo verde. Mudou lentamente de posição e dirigiu para o meu rosto os seus olhos fundos, negros de um brilho tranqüilo, para me analisar demoradamente. Notei qualquer coisa de condenatório no seu semblante amarelo e emaciado, mas hoje creio que ficou simplesmente pasmado ao ver-me tão jovem. Inclinei-me profundamente. Ele estendeu-me a mãozinha magra.

– Puxe uma cadeira, Don Jorge.

Era bem pequeno, frágil e delgado, mas não havia nada de lânguido na sua voz, embora fosse pouco mais que um sopro. Tais eram o envoltório e a voz da alma fanática que pertencia ao Grão-Mestre de cerimônias e Capitão General da Guarda do quartel-general da Corte Legitimista, então destacado em missão especial. Era todo fidelidade, inflexibilidade e taciturna convicção, mas como certos grandes santos tinha o corpo muito pequeno para conter todos esses méritos.

– O senhor é muito moço – observou para começar.
– Os assuntos sobre os quais desejo conversar consigo são muito graves.

— Tinha a impressão de que Vossa Excelência desejava ver-me imediatamente. Mas, se Vossa Excelência prefere, poderei voltar dentro de, digamos, sete anos, quando talvez já esteja suficientemente idoso para conversar sobre assuntos graves.

Não mexeu pé nem mão, e nem sequer o piscar de uma pálpebra deu prova de que tinha ouvido a minha resposta escandalosamente descabida.

— O senhor foi-nos recomendado por uma nobre e leal senhora, em quem Sua Majestade — que Deus guarde — deposita inteira confiança. Deus há de recompensá-la o quanto merece, bem como ao senhor, em proporção ao interesse que traz a esta grande causa que recebeu a bênção (e aqui se persignou) da nossa Santa Madre Igreja.

— Creio que Vossa Excelência compreende que em tudo isto não busco recompensa de qualquer espécie.

Neste ponto ele fez uma careta vaga, quase etérea.

— Eu me referia à benção espiritual que recompensa o serviço da religião, e que muito benefício trará à sua alma — explicou-me num tom levemente acre. — No que diz respeito à outra, está perfeitamente admitido, e a sua fidelidade é tida como certa. Sua Majestade — que Deus guarde — já teve o prazer de manifestar a sua satisfação pelos seus serviços à muito nobre e leal senhora Doña Rita, numa carta de seu próprio punho.

Esperava talvez que eu acolhesse esta declaração por algum sinal, frase, inclinação, ou qualquer outra coisa, pois que, diante da minha imobilidade, fez um leve gesto na sua poltrona que estalou de impaciência. — Receio, Senhor, que esteja afetado por esse espírito de irreverência e mofa que domina este desgraçado país, que é a França, onde tanto um como outro somos estrangeiros, quero crer. Será o senhor um jovem dessa espécie?

— Sou um excelente contrabandista, Excelência — respondi calmamente.

Ele inclinou a cabeça gravemente. — Já o sabemos. Mas eu procurava os motivos, que deviam ter suas puras origens na religião.

— Devo confessar com franqueza que não refleti nos motivos — disse eu. — Basta-me saber que nada têm de desonesto, e que ninguém pode dizer que sejam os de um aventureiro em busca de algum proveito sórdido.

Ouviu pacientemente, e quando notou que não tinha nada mais a acrescentar, pôs termo à discussão.

– Senhor, nós devemos refletir sobre os nossos motivos. É salutar para a nossa consciência e recomendado (novo sinal-da-cruz) pela nossa Santa Madre Igreja. Tenho aqui certas cartas de Paris sobre as quais deverei consultar a sua sagacidade jovem, cujo elogio nos foi feito pela muito leal Doña Rita.

O som desse nome nos lábios dele era simplesmente odioso. Estava convencido de que aquele homem escravo das formalidades, dos cerimoniais e do monarquismo fanático era inteiramente desprovido de coração. Talvez refletisse sobre os seus motivos, mas parecia-me que a sua consciência não podia ser outra coisa senão uma monstruosidade, que poucas ações seriam capazes de perturbar de modo apreciável. Todavia, em consideração a Doña Rita, não lhe recusei o apoio da minha jovem sagacidade. Ignoro o que ele pensava a respeito. Os assuntos que discutimos não eram, evidentemente, de alta política, embora sob o ponto de vista da guerra no sul fossem bastante importantes. Ficamos de acordo sobre certas medidas a tomar, e, por fim, sempre em consideração a Doña Rita, pus-me à disposição dele ou de qualquer agente carlista indicado em seu lugar, pois eu não acreditava que ele permanecesse muito tempo em Marselha. Levantou-se com grande esforço da poltrona, como se fosse uma criança doente. A audiência estava terminada, mas ele percebeu que os meus olhos vagavam na direção do retrato, e disse-me no seu tom sempre comedido e sussurrante:

– Devo o prazer de possuir aqui esta obra admirável à graciosa atenção de Mme. de Lastaola, que, sabendo do meu devotamento à pessoa real do meu amo, enviou-me de Paris para saudar-me nesta casa que foi designada para minhas ocupações, graças também à sua generosidade à causa monárquica. Infelizmente ela foi também contaminada por esta época irreverente e incrédula. Mas ela é moça ainda. Ela é moça.

Estas últimas palavras foram pronunciadas num tom singular de ameaça como se ele tivesse a noção sobrenatural de catástrofes iminentes. Com os seus olhos ardentes era a imagem de um inquisidor com uma alma indomável dentro daquele corpo frágil. Mas de súbito baixou as pálpebras e a conversa terminou de modo tão característico como havia começado: por uma lenta inclinação da cabeça, implicando despedida, e um "adiós, Señor – e que Deus o preserve do pecado".

III

Devo dizer que, durante os três meses que se seguiram, atirei-me no meu comércio ilícito com uma espécie de desespero, semelhante ao de um homem de bons costumes que se pusesse de repente a beber. A empresa começava a ficar perigosa. No sul, a organização dos bandos deixava muito a desejar, agia sem plano definido, e já começavam a ser caçados muito de perto. O transporte das vitualhas não estava mais garantido; os nossos amigos de terra começavam a ter medo; e não era brinquedo, depois de um dia de manobras habilidosas, descobrir que não havia ninguém no lugar determinado para o desembarque, e ter de pôr-se ao largo com a carga comprometedora, ou contornar a costa uma semana inteira sem confiar em ninguém, suspeitando de todo o barco que aparecesse. Caímos certa vez numa emboscada armada por um grupo dos "patifes dos carabineiros", como dizia Dominic, que se dissimulara entre os rochedos, depois de dispor uma tropa de mulas bem à vista na praia. Dominic felizmente, por um processo que não pude compreender, farejou qualquer coisa de suspeito. Talvez fosse em virtude de algum sexto sentido de que são dotados os que nasceram para misteres ilícitos. "Está cheirando a traição", observou de repente, retomando o remo. Remávamos sozinhos, os dois, numa canoa, para fazer o reconhecimento. Não pude perceber cheiro algum e até hoje considero a nossa fuga naquela ocasião como positivamente miraculosa. Decerto algum poder sobrenatural levantou o cano dos fuzis dos carabineiros, pois eles falharam o tiro por alguns metros apenas. E, como os carabineiros têm a reputação de bons atiradores, Dominic, depois de algumas blasfêmias horrorosas, atribuiu a nossa salvação ao anjo da guarda especial que vela pelos moços malucos. Dominic acreditava nos anjos de modo convencional, mas não reivindicava possuir nenhum para seu uso. Logo depois, enquanto velejávamos calmamente à noite, encontramo-nos de repente junto a um navio costeiro, também de luzes apagadas, que sem preâmbulos nos mandou uma rajada de balas. O vigoroso e inspirado berro de Dominic: *"A plat ventre!"*, bem como um inesperado desvio do vento, salvaram a vida de nós todos. Ninguém teve a menor arranhadura. Passamos num instante, e a brisa que soprou então permitiu-nos tomar a dianteira sobre quem quer que desejasse dar-nos caça. Mas uma hora depois, quando estávamos lado a lado perscrutando a treva, ouvi Dominic murmurar entre os dentes: *"Le métier se gâte"*. Também eu tinha a sensação de que a empresa, embora não de todo estragada, já vira melhores dias. Mas não me importei. Com efeito, para o meu desígnio, era até melhor, adquiria mais interesse, era como a embriaguez de um álcool mais puro. Uma rajada nas trevas, afinal de contas, não era uma coisa tão ruim assim. Apenas um momento antes de a termos recebido, ali, naquela noite calma do mar cheio de frescor e de murmúrios suaves, eu contemplava a forma deslumbrante de uma cabeça que luzia numa claridade que lhe era própria, uma cabeleira ruiva semeada de centelhas ardentes, presas na nuca muito alva por uma flecha de ouro ornada de brilhantes e adornada de rubis em toda a sua extensão. Essa jóia, cujo gosto de concepção muitas vezes tive ocasião de criticar perante Rita, ocupava na minha memória um lugar excessivo e adquiria até durante o meu sono uma particular significação. Não raro sonhava com a sua dona: a brancura dos seus membros brilhava fracamente na obscuridade, como uma ninfa na espessura da folhagem: ela erguia a graça perfeita do braço para apanhar nos cabelos aquela flecha de ouro e atirá-la na minha direção como se fosse um dardo. A flecha aproximava-se de mim, sibilando como um traço de luz, mas eu despertava sempre antes que me atingisse.

Sempre. Invariavelmente. Uma rajada de balas provavelmente se encarregaria disso algum dia – ou alguma noite.

Por fim chegou o dia em que tudo se me escapou das mãos. O barco, partido e aniquilado como o único brinquedo de uma criança solitária; o próprio mar, que o havia engolido, e me atirara na praia depois de um naufrágio que não me deixava a recordação de um combate leal, mas sim de um suicídio. Levara consigo tudo que eu possuía de vida independente, mas não conseguira arrancar-me de um mundo que tinha realmente o aspecto de um Outro Mundo só reservado a pecadores impenitentes. O próprio Dominic me abandonou, atingido no seu íntimo pelo fim, para ele mais trágico, da nossa empresa comum. A sinistra rapidez desta última aventura fora como um trovão ensurdecedor – e, certa noite, cansado, descorçoado, com as idéias confusas e o coração sangrando, encontrei-me de novo na estação de Marselha, depois de uma série de aventuras mais desagradáveis umas que as outras, que me valeram privações, enormes esforços, dificuldades com tudo quanto era gente a quem eu dava evidentemente mais a impressão de um vagabundo digno da atenção da polícia, do que a de um rapaz respeitável (embora extravagante) e protegido por um anjo da guarda privativo. Confesso que me esquivei da estação: evitei as suas luzes inúmeras, como se o fracasso transformasse necessariamente o homem num perverso. Não tinha nem um vintém no bolso. Não tinha nem mesmo a trouxa e o bastão dos viajantes desamparados. Estava com a barba por fazer e sem tomar banho, e quase não sentia o coração dentro de mim. O meu aspecto era de tal ordem que não ousei aproximar-me da fila de fiacres onde, a bem dizer, só distingui dois pares de lanternas, dos quais um se afastou de súbito enquanto eu o olhava. Quanto ao outro, deixei-o aos felizes deste mundo. Não tinha a menor confiança no meu poder de persuasão. Não tinha força alguma. Arrastei-me sem rumo, tiritando de frio, através das ruas rumorosas, onde a loucura se desencadeara. Era época de carnaval.

Há pequenos objetos sem valor que têm o poder de prender-se ao homem de modo pasmoso. Havia quase perdido a liberdade e a própria vida, havia perdido o meu barco, um cinturão recheado de ouro, havia perdido os meus companheiros, separara-me do meu amigo; a minha ocupação, o único laço que me prendia à vida, que me punha em contato com o mar – o meu gorro e a minha jaqueta tinham desaparecido –, mas um pequeno canivete e uma chave jamais me abandonaram. Com a chave abri a porta do refúgio. O saguão conservava o seu aspecto surdo-mudo, preto e branco da sua impassibilidade.

O mesquinho bico de gás lutava ainda galhardamente contra a adversidade no extremo do braço de prata da estatueta, que mantinha a sua graciosa posição na ponta do pé esquerdo, e a escadaria se perdia nas trevas. Teresa era parcimoniosa com a luz. Rever tudo aquilo era surpreendente. Parecia-me que todas as coisas que eu conhecera deviam ter desmoronado no momento da catástrofe terminal na costa espanhola. E eis que Teresa em pessoa descia a escada, assustada, mas corajosa. Talvez pensasse que desta vez seria infalivelmente assassinada. Tinha uma convicção estranha e fria de que aquela casa era particularmente propícia ao crime. Não se podia nunca chegar ao âmago das suas idéias incultas, às quais se agarrava com a estupidez de uma camponesa, sob a aparente serenidade de uma freira. Tremia até os ossos ao descer para a sua condenação, mas quando me reconheceu teve um choque tão grande que caiu sentada no último degrau. Não me esperava antes de uma semana, pelo menos, "e além disso", acrescentou, o estado em que eu me apresentava fez-lhe o sangue "dar voltas".

Na verdade, o estado lastimoso em que eu me achava parecia ter feito surgir ou concentrar a sua verdadeira natureza. Mas quem jamais pôde sondar a sua natureza! Não manifestou, com efeito, a sua volubilidade serviçal. Não houve nenhum "caro e jovem *monsieur*" nem o clássico "pobre coraçãozinho", nem referências ao pecado. Num silêncio mortal, atravessou a casa de carreira para ir preparar-me o quarto, acender o fogo e o gás, chegando a puxar-me pelo braço para me ajudar a subir a escada. Realmente, foi ao ponto de me tocar com as mãos nesse ato de caridade. E essas mãos tremiam. Os olhos descorados quase não deixavam de fitar-me.

– Quem foi que o deixou neste estado? – murmurou.

– Se eu algum dia lhe contasse, *mademoiselle Thérèse,* você veria nisto a mão de Deus.

Ela deixou cair o travesseiro sobressalente que vinha trazendo e quase caiu em cima dele.

– Oh, coitadinho! – murmurou, e saiu correndo para a cozinha.

Afundei-me na cama como se esta fosse uma nuvem, e Teresa reapareceu envolta em brumas, oferecendo-me qualquer coisa numa xícara. Creio que era leite quente, e depois de o ter bebido ela tomou da xícara e ficou me olhando fixamente. Consegui dizer com dificuldade: – Vá embora – ao que ela desapareceu como por magia antes que as palavras já estivessem fora da minha boca. Imediatamente depois o sol dardejou os seus raios através da veneziana, e Teresa apareceu de novo como que por magia, dizendo numa voz sumida: – "É meio-dia"... A mocidade deve ter os seus direitos. Eu dormira como uma pedra durante dezessete horas.

Imagino que um homem respeitável que tenha falido deva conhecer semelhante despertar: o sentimento da catástrofe, o receio diante da necessidade de recomeçar, a sensação vaga de que há desgraças que se devem pagar na forca. No correr do dia Teresa informou-me de que o apartamento habitualmente ocupado por Mr. Blunt estava vago, e acrescentou misteriosamente que pretendia conservá-lo vago durante algum tempo, pois que para tanto recebera ordens. Eu não podia imaginar por que motivo Blunt haveria de querer voltar a Marselha. Ela contou-me também que a casa estava sem hóspedes, a não ser eu e as duas dançarinas e o pai. Estes haviam estado fora durante algum tempo, pois as moças tiveram contratos em teatros de verão da Itália, mas tinham sido provavelmente contratadas de novo para o inverno e estavam agora de volta. Eu deixava Teresa falar porque assim evitava que a minha imaginação fosse trabalhar assuntos que (estava decidido) não eram absolutamente da minha conta. Mas saí cedo para dar cumprimento a uma incumbência desagradável. Era conveniente que eu fosse participar ao agente carlista que se achava acampado na vila do Prado a cessação brusca das minhas atividades. Seria uma notícia bastante grave para ele, e nada me agradava ser o portador da mesma, por motivos que eram sobretudo pessoais. Num ponto pelo menos me parecia com Dominic: não gostava do fracasso.

O Marquês de Villarel, evidentemente, tinha partido havia muito tempo. O homem que lá se achava era um tipo de carlista muito diferente, tendo o temperamento de um comerciante. Era o intendente em chefe dos exércitos legitimistas, honesto corretor de mantimentos e munições, e gozava de vasta reputação de habilidade. A sua importante função prendia-o, naturalmente, na França, mas a sua jovem esposa, cuja beleza e devotamento ao seu rei eram do conhecimento geral, representava-o contignuamente no quartel-general, onde ele só muito raramente aparecia. A lealdade diferente mas conjugada dessas duas criaturas fora recompensada com a baronia e a faixa de uma ordem qualquer. As tagarelices dos círculos legitimistas apreciavam esses favores com uma indulgência sorridente. Fora ele o homem que manifestou tanta inquietação quando da visita de Doña Rita a Tolouse. Tinha uma extrema consideração com a esposa. E naquela atmosfera de retinir de armas e de intrigas incessantes, ninguém teria então sorrido da sua inquietação se ele próprio não fosse um tanto ou quanto grotesco.

Decerto se surpreendeu quando me fiz anunciar, pois naturalmente não contava comigo então; na verdade ninguém me esperava. Atravessou a sala de mansinho. O nariz saliente, o crânio achatado e as vestes negras davam-lhe o aspecto de um corvo obeso, e quando o pus ao par do desastre, manifestou o seu espanto e confusão da maneira mais plebéia, com um assobio fino e expressivo. Quanto a mim, não me era possível partilhar da sua consternação. Meus sentimentos, a esse respeito, eram de ordem muito diferente, mas sentia-me aborrecido com aquele olhar nada inteligente.

– Suponho – disse eu – que o senhor tomará o encargo de comunicar a Doña Rita, que está altamente interessada neste caso.

– Sim, mas ouvi dizer que Madame de Lastaola devia deixar Paris ontem ou hoje de manhã.

Foi então a minha vez de olhar boquiaberto. Por fim perguntei:

– Para Tolouse? – num tom de quem está a par dos acontecimentos.

Seja porque ele tivesse baixado a cabeça, seja em virtude de um jogo de luz, pareceu-me que o seu nariz se alongara sensivelmente.

– É para lá, Senhor, que é preciso enviarmos esta notícia sem demora – sussurrou num tom inquieto. – Poderia telegrafar ao nosso agente de Baiona, que havia de encontrar um mensageiro. Mas não me agrada, não me agrada! Os afonsistas têm agentes também, sempre agarrados às estações telegráficas. Não há vantagem em deixar que o inimigo saiba desta notícia.

Estava manifestamente bastante embaraçado e esforçava-se em pensar duas coisas ao mesmo tempo.

– Sente-se, Don Jorge, sente-se. – E me obrigou a aceitar um charuto. – Estou positivamente desolado. Essa... – quero dizer, Doña Rita – está sem dúvida a caminho de Tolouse. É terrível.

Devo dizer, entretanto, que aquele homem tinha um certo sentimento do dever. Dominou os seus temores pessoais. Depois de alguma reflexão, murmurou:

– Há outro meio de fazer chegar a notícia ao quartel-general. Suponhamos que o senhor me escrevesse uma carta relatando os fatos, os deploráveis fatos. Temos um dos nossos agentes, uma pessoa que empreguei na compra de víveres, homem absolutamente honesto, que chega do norte pelo trem das dez, trazendo-me papéis de natureza confidencial. Não é lá muito inteligente. Eu me pergunto, Don Jorge, se o senhor consentiria em ir procurá-lo na estação e cuidar dele até amanhã. Não me agrada nada a idéia dele andar por aí sozinho. Amanhã à noite nós o mandaríamos para Tolouse pelo caminho da costa, com a sua carta, e ele poderia também ir visitar Doña Rita, que sem dúvida já se acha lá... – Ficou de novo, subitamente, com um ar preocupado, e chegou ao ponto de torcer as mãos gordas: – Oh, com certeza que ela está lá! – exclamou no tom mais patético.

Eu não me achava de modo algum com disposição para sorrir, e ele deve ter ficado satisfeito com a gravidade com que suportei as suas extraordinárias caretas. O meu espírito estava muito distante. Pensei: Por que não? Por que não escreveria uma carta a Doña Rita, dizendo-lhe que agora nada se opunha à minha partida da Europa, pois realmente não se podia começar aquela empresa de novo? Essa idéia de – nunca mais – apoderara-se completamente de mim. Não podia pensar noutra coisa. O digno comissário geral das forças carlistas estava sob a impressão de que eu olhava para ele; mas o que eu tinha diante dos olhos era uma confusão de donzelas e de adolescentes alados e o brilho mortiço de lâmpadas que brilhavam sobre uma flecha de ouro numa cabeleira que parecia esquivar-se da minha mão estendida.

– Oh, pois sim – disse eu –, não tenho nada a fazer, nem mesmo que pensar, por agora. Vou encontrar-me com o seu agente quando ele chegar pelo trem das dez. Mas como é ele?

– Ah, ele tem um bigode preto e suíças, e o queixo raspado – disse cordialmente o barão. – Um rapaz muito honesto. Sempre me foi muito útil. Chama-se José Ortega.

Estava de novo perfeitamente senhor de si, e caminhando de mansinho acompanhou-me até a porta da sala. Apertou-me a mão com um sorriso melancólico.

– Esta situação é terrível. A minha pobre esposa vai ficar atrapalhadíssima. Ela é tão patriota! Muito obrigado, Don Jorge. O senhor me traz um grande alívio. Esse homem é um tanto estúpido e pouco acessível. Criatura estranha, mas muito honesto! Oh! muito honesto!

IV

Era a última noite do carnaval. As mesmas máscaras, os mesmos gritos, as mesmas correrias loucas, o mesmo desvario da humanidade disfarçada se espalhando pelas ruas varridas pelas rajadas de um mistral que parecia fazê-los dançar como folhas mortas numa terra onde toda a alegria é vigiada pela morte.

Exatamente doze meses haviam decorrido desde aquela outra noite de carnaval em que eu me sentia um pouco entediado e solitário, mas em paz com o gênero humano. Devia fazer um ano, com um ou dois dias de diferença. Mas nessa noite não era apenas solidão o que eu sentia. Sentia-me prostrado pela impressão de uma ruína completa e universal, onde havia talvez mais ressentimento do que pena: como se o mundo me houvesse sido arrancado não por um augusto decreto, mas roubado à minha inocência por um destino oculto, exatamente no momento em que descobria minha paixão à sua cálida e generosa beleza. Essa consciência duma ruína universal tinha pelo menos a vantagem de pôr-me num estado equivalente ao de uma indiferença filosófica. Encaminhei-me para a estação ferroviária, dando tanta atenção às rajadas frias do vento como se estivesse me dirigindo ao cadafalso. O atraso do trem não me irritou de modo algum. Tinha resolvido escrever uma carta a Doña Rita e esse "rapaz honesto" que eu esperava seria o seu portador. Não teria dificuldade em encontrar Madame Lastaola em Tolouse. O quartel-general, que era também uma corte, devia estar zumbindo de comentários sobre a presença dela. Muito provavelmente esse "honesto rapaz" já era conhecido de Doña Rita. Era possivelmente uma das suas descobertas, como eu. E é provável que eu também fosse considerado como um "honesto rapaz", embora um pouco estúpido, desde que se verificou que a minha sorte não era inesgotável. Eu esperava que, portador da minha carta, ele não se deixasse apanhar por alguma guerrilha de afonsistas, os quais não se dispensariam de o liquidar. Mas por que havia de lhe acontecer isto? Eu, por exemplo, escapara com vida de empresas muito mais perigosas do que simplesmente atravessar a fronteira, conduzido por um guia seguro. Imaginei o homenzinho escalando penosamente as escarpas pedregosas e escorregando pelos barrancos abaixo com a minha carta para Doña Rita no bolso. Seria uma carta de despedida como jamais amante algum escreveu, como jamais mulher alguma no mundo recebeu desde o começo do amor sobre a terra. Seria digna da mulher. Nenhuma experiência, nenhuma reminiscência, nenhuma das tradições defuntas da paixão ou da linguagem a inspiraria. Ela própria seria a inspiração única. Nessa carta ela veria a própria imagem como espelho; e talvez compreendesse então aquilo ao que eu dizia adeus, no próprio limiar da minha vida. Um sopro de vaidade passou-me através do cérebro. Uma carta tão comovente quanto a própria vida dela seria qualquer coisa de único. Lamentei não ser poeta.

Despertei com um grande ruído de passos, uma súbita avalanche de gente através das portas da plataforma. Reconheci imediatamente as suíças do homenzinho, não que fossem enormes, mas porque a sua existência já me fora assinalada por antecipação pelo excelente comissário geral. A princípio nele só notei as suíças: eram negras, cortadas como nadadeiras de tubarão, e tão ralas que a mais leve brisa as agitava numa espécie de animação brincalhona. O homem quase não tinha pescoço, e, quando se desembaraçou da turba dos viajantes, deu-me a impressão de uma criatura infeliz e inquieta. Evidentemente, não esperava que alguém fosse encontrá-lo, pois que, quando lhe murmurei ao ouvido: "Senhor Ortega?" afastou-se de mim e por pouco deixava cair um pequeno saco que levava. Tinha a tez uniformemente pálida, a boca era vermelha, mas pouco simpática. O seu estado social não era bem definido. Trazia um sobretudo azul de talhe vulgar, e o seu aspecto não tinha relevo algum. Contudo, aquelas suíças inquietas, perto daquela boca vermelha, e a expressão suspeita dos seus olhos negros chamavam atenção. Era aliás o que eu mais lamentava, pois percebi dois indivíduos, um pouco afastados, que davam muito a aparência de ser policiais em trajes civis, observando-nos de um canto do grande vestíbulo. Empurrei o meu homem para dentro de um fiacre. Ele tinha viajado desde manhã com várias baldeações, e, logo depois de entrar numa ligeira intimidade, confessou-me que estava com muita fome e muito frio. Os seus lábios tremiam e o seu olhar pareceu-me animado por uma curiosidade ardilosa e cínica todas as vezes que os seus olhos me fixavam. Tinha as minhas dúvidas sobre o que poderia fazer dele, mas, enquanto rodávamos ao trote irregular do veículo, cheguei à conclusão que o melhor era instalá-lo no estúdio. As obscuras casas de cômodos são os lugares mais vigiados pela polícia e até os melhores hotéis são obrigados a manter os registros dos que chegam. Eu desejava ardentemente que nada viesse perturbar a sua missão de mensageiro ao quartel-general. Ao passarmos pelas esquinas onde o mistral se desencadeara furiosamente, senti que ele tiritava ao meu lado. Entretanto, Teresa devia ter acendido a lareira no estúdio antes de recolher-se para dormir, e, de qualquer forma, eu precisaria pedir-lhe para preparar a cama no divã. Serviço do rei! Devo dizer que ela era amável e não se importava que se lhe pedisse para fazer o que quer que fosse. Assim, enquanto o camarada dormitasse no divã, eu iria para o meu quarto do andar de cima, disposto a passar para o papel aquelas grandes expressões de paixão e de dor que me ferviam no cérebro e que deviam mesmo ter aberto caminho até os meus lábios, pois o homem perguntou-me de repente: "Que foi que o senhor disse?" – "Nada", respondi muito surpreendido. Sob a luz vaga dos lampiões das ruas ele parecia encarnar a miséria física, com os seus dentes que rangiam e as suíças espalmadas sobre as orelhas. Mas, de qualquer forma, não me despertou compaixão. Blasfemava entre dentes, em espanhol e francês, e eu tentava acalmá-lo, garantindo-lhe que não íamos demorar muito. "Estou morrendo de fome", observou num tom acre, e eu senti um pouco de remorso. É claro que a primeira coisa a fazer era alimentá-lo. Chegávamos então à Cannebière, e como eu não fizesse questão de mostrar-me na companhia dele num restaurante elegante onde uma cara nova (e que cara!) seria logo notada, mandei o fiacre chegar até a porta da Maison Dorée. Tratava-se de um lugar de reunião geral, e onde na confusão dos fregueses casuais ele passaria despercebido.

    Para aquela última noite de carnaval, a casa enorme enfeitara todas as sacadas com guirlandas de lanternas venezianas até o telhado. Dirigi-me para o grande salão, visto que os cômodos particulares foram todos reservados havia dias. Fervia lá uma multidão de gente fantasiada, mas por sorte conseguimos uma mesinha num canto e ninguém deu a menor atenção a nós. O Señor Ortega caminhava atrás de mim, e, depois de sentar-se do outro lado da mesa, lançou um olhar mau à cena festiva. Devia ser então umas dez e meia.

Dois copos de vinho que ele bebeu um em seguida ao outro não melhoraram as suas disposições. Apenas deixou de tiritar. Depois de ter comido alguma coisa ocorreu provavelmente que não tinha motivo para me ter rancor, e esforçou-se por adotar maneiras polidas e até cordiais. Sua boca, entretanto, traía uma persistente amargura, isto é, quando sorria; em repouso era absolutamente inexpressiva, tendo apenas uma vermelhidão excessiva para ser de todo vulgar. Ele todo era assim: as suíças demasiado negras, o cabelo demasiado brilhante, a fronte demasiado branca, os olhos demasiado móveis; e observava o interlocutor com uma expressão ávida que causava mal-estar. Parecia esperar que se escapasse alguma palavra impensada da qual pudesse apoderar-se com deleite. Foi essa particularidade que me obrigou a ficar em guarda. Eu não sabia bem quem estava ali do outro lado da mesa, e, na verdade, pouco me importava. As minhas impressões eram bastante confusas: os meus reflexos estavam num entorpecimento incrível. De quando em quando tinha a alucinação aguda de uma mulher com uma flecha de ouro nos cabelos, o que me causava, alternativamente, momentos de exaltação e abatimento, dos quais procurava esquivar-me conversando; mas o Señor Ortega não estimulava nada. Estava preocupado com as suas questões pessoais. Quando de repente me perguntou se eu sabia por que o haviam arrancado às suas ocupações (estivera comprando mantimentos a camponeses num ponto qualquer do centro da França), respondi-lhe que, no fundo, não sabia de nada, mas que supunha que se tinha a intenção de mandá-lo levar uma mensagem do Barão H ao quartel-general em Tolouse.

Ele fulminou-me com um olhar.

– E por que me mandaram buscar na estação? – perguntou com o ar de quem se prepara para ouvir uma mentira.

Expliquei-lhe que era por vontade do Barão, por prudência e para poupar-lhe qualquer aborrecimento com a polícia.

Ele interpretou mal a coisa: "Que tolice". E disse que era empregado havia muitos anos de Hernandez Irmãos, em Paris, firma importadora, e viajava por conta deles – como podia provar. Meteu a mão no bolso lateral e sacou um maço de papéis de toda espécie, que tornou a guardar imediatamente.

E mesmo então eu ignorava quem estava ali, diante de mim, todo ocupado em devorar uma porção de *pâté de foie gras*. Nunca me entrou na cabeça. Como poderia ser? A Rita que me obcecava não tinha história: não passava de um princípio vivo carregado de fatalidade. Sua forma era apenas uma miragem do desejo, uma miragem desesperadora.

O Señor Ortega sorveu um pouco mais de vinho e pediu-me que lhe dissesse quem eu era. "É justo que eu saiba pelo menos isso", acrescentou.

Nada se podia objetar; e, a alguém que se achava associado ao movimento carlista, o caminho mais curto era apresentar-me como aquele *"monsieur* George", de quem ele provavelmente já ouvira falar.

Inclinou-se de encontro à mesa, até encostar a borda com o peito: os olhos estavam como dois estiletes que ele quisesse cravar-me no cérebro. Só muito mais tarde é que compreendi quão perto da morte estive naquele momento. Mas as facas que estavam em cima da mesa eram apenas as de costume nos restaurantes, de ponta arredondada e tão mortíferas quanto arcos de barrica. Talvez no meio do seu furor se lembrasse do pouco valor que representava uma faca de restaurante francês, e qualquer coisa de ajuizado dentro dele fez com que abandonasse o projeto súbito de me arrancar o coração ali mesmo. Pois não pode ter sido senão um impulso repentino. A sua intenção era muito diferente. Não era o meu coração que ele visava. Os seus dedos, na verdade, passeavam em torno do cabo da faca que se achava perto do seu prato, mas o que atraiu a minha atenção durante um momento foram os seus lábios rubros, que moldavam um sorriso estranho, manhoso e insinuante. Se ouvira! É claro que ouvira falar de mim! O chefe da grande organização de contrabando de armas!

– Oh! – disse eu – isso seria dar-me demasiada importância. A pessoa que eu considerava como chefe de toda aquela empresa era, como ele sem dúvida não ignorava, uma certa nobre e leal senhora.

– Sou tão nobre quanto ela – proferiu num tom rabugento que imediatamente me fez considerá-lo como um animal perigoso. – E quanto a ser leal, que significa isso? É ser sincero! É ser fiel! Eu conheço tudo que diz respeito a ela.

Consegui manter um ar de perfeita indiferença. Não era pessoa com quem se pudesse falar sobre Doña Rita.

– O senhor é basco – disse eu.

Admitiu que fosse basco com um ar de bastante desdém, mas mesmo então a verdade não se esclareceu dentro de mim. Suponho que com o egoísmo inveterado do amante eu só pensasse em mim mesmo em relação a Doña Rita, e não em Doña Rita propriamente. E ele também evidentemente.

– Sou um homem que recebeu instrução – disse –, mas conheço toda a família dela: são todos camponeses. Existe uma irmã, um tio, um padre, também camponês e absolutamente sem instrução. Não se pode esperar grande coisa de um padre (sou livre-pensador, é claro), mas ele é realmente ruim, uma espécie de animal. Quanto à família dela, hoje já quase extinta, nunca teve o menor interesse. Tinham um pedaço de terra, mas iam sempre trabalhar nas herdades dos outros, uma turma de pobretões descalços, morrendo de fome. Sei dessas coisas porque somos parentes afastados. Primos em vigésimo grau, mais ou menos. Sim, sou aparentado dessa mui leal senhora. E, afinal, quem é ela? Não passa de uma parisiense com amantes sem conta, segundo me disseram.

– Não creio que esta sua informação esteja lá muito certa – disse eu afetando um leve bocejo. – Isso não passa de mexerico da ralé e muito me admira que o senhor, que na realidade nada sabe do caso...

Mas o repelente animal mergulhara em taciturnas reflexões. As próprias suíças estavam absolutamente imóveis. Eu já tinha então abandonado a idéia de escrever a carta a Rita. De repente ele pôs-se a falar de novo:

– As mulheres são a causa de todos os males. Nunca se deveria confiar nelas. Não têm honra. Honra nenhuma! – repetiu, batendo no peito com o punho cerrado, cujos nós sobressaíam muito brancos. – Deixei o meu vilarejo há muitos anos, e naturalmente estou muito satisfeito com a minha posição e não sei por que iria atormentar o espírito por causa dessa leal senhora. É assim, creio eu, que as mulheres vencem no mundo.

Convenci-me de que ele não era absolutamente a pessoa indicada para mensageiro ao quartel-general. Tive a impressão de que não se podia confiar nele de modo algum, e que, além disso, não era muito equilibrado. Tive a confirmação quando, de repente, sem a menor relação com o que dizíamos, e como continuação de algum encadeamento abominável de idéias, me disse: "Eu já fui criança", e depois deteve-se com um sorriso. Era um sorriso com qualquer coisa de aterrador pela mistura de maldade e angústia.

– Deseja comer mais alguma coisa? – perguntei.

Recusou com voz surda. Tinha comido bastante. Mas despejou no copo o resto de uma garrafa e aceitou um charuto que lhe ofereci. Enquanto o acendia, tive uma espécie de impressão confusa de que não me era tão estranho quanto eu havia pensado, e, no entanto, estava perfeitamente certo de jamais o ter visto antes. Logo em seguida senti que o esmurraria com prazer se não fosse aquele ar tão profundamente miserável, quando me fez a estupefaciente pergunta:

– O senhor já esteve apaixonado na sua mocidade?

– Que quer dizer? – perguntei. – Que idade pensa que eu tenho?

– É verdade – disse, olhando para mim com o olhar que devem ter os condenados que, do fundo das caldeiras de pez fervente, contemplam uma alma livre que passe pelo lugar de suplício. – É verdade, o senhor parece não se incomodar com coisa alguma. – Afetou um ar desembaraçado, passando um braço pelas costas da cadeira, e soprou a fumaça através da ferida formada pelos lábios rubros contraídos. – Diga-me, aqui entre nós, essa maravilhosa celebridade... – qual é mesmo o nome que ela se dá? – quanto tempo foi sua amante?

Refleti rapidamente que se o esmurrasse, derrubando-o com cadeira e tudo, acertando-lhe um golpe repentino no ombro, sobreviriam infinitas complicações, a começar por uma visita ao delegado de plantão, e terminando só Deus sabe com que escândalo e com que revelações de ordem política; não se sabia o que aquele animal furioso iria contar, nem quantas pessoas ele iria envolver numa publicidade das mais indesejáveis. Fumava o seu charuto com um ar de zombaria pungente, sem mesmo olhar para mim. Não se pode bater num homem que nem ao menos olha para a gente. Além disso, enquanto eu o contemplava, com aquela perna balançando, o sorriso cáustico e os olhos petrificados, senti pena dele. Era apenas o seu corpo que estava ali naquela cadeira. Era para mim manifesto que a sua alma estava ausente, nalgum inferno que lhe era próprio. Nesse momento pude compreender quem era a pessoa que estava diante de mim. Era o homem de quem tanto Doña Rita quanto Rosa tinham tanto medo. Incumbia-me pois cuidar dele durante a noite, e entrar em entendimentos com o Barão H para o mandar no dia seguinte para qualquer lugar, contanto que não fosse para Tolouse. Sim, evidentemente eu não podia perdê-lo de vista. Propus-lhe com a maior calma que devíamos ir para um lugar onde ele pudesse repousar, já que tanto necessitava. Levantou-se jovialmente, apanhou o pequeno saco de viagem, e, ao passar por mim, pareceria uma pessoa vulgaríssima aos olhos de todos, exceto aos meus. Passava então das onze, não muito, pois não chegamos a ficar uma hora naquele restaurante, mas a rotina da vida noturna de Marselha estando transtornada pelo carnaval, não se via a fila habitual de fiacres na porta da Maison Dorée; com efeito, viam-se muito poucos carros. Talvez os cocheiros também estivessem fantasiados de *pierrot,* e percorressem as ruas aos berros em companhia do resto da população.

– Teremos que ir a pé – disse depois de algum tempo.

– Oh, sim, caminhemos – consentiu o Señor Ortega –, do contrário acabo gelado aqui. – Era como um lamento de indizível miséria. Eu imaginava que todo o calor havia desaparecido dos seus membros para se juntar no cérebro. Comigo não se dava o mesmo: sentia frio na cabeça, mas não achava que a noite estivesse realmente tão fria. Caminhamos lado a lado, a passos rápidos. As minhas idéias lúcidas estavam, por bem dizer, envolvidas pelo berreiro daquela alegria carnavalesca. Tenho ouvido, depois disso, muito barulho, mas nunca tive a impressão tão viva dos instintos selvagens que se ocultam no coração do homem; aqueles berros festivos sugeriam o terror, o furor do assassínio, a ferocidade do desejo e a irremediável tristeza da condição humana; no entanto eram emitidos por pessoas convencidas de que se divertiam enormemente, tradicionalmente, com a sanção dos tempos, com o assentimento de sua consciência – e não podia haver a menor dúvida a respeito! O nosso aspecto, a reserva da nossa atitude faziam com que fôssemos notados. Uma ou duas vezes, por uma inspiração comum, mascarados precipitaram-se na nossa direção e, envolvendo-nos, puseram-se a dançar de roda emitindo gritos discordantes, pois nós constituíamos um ultraje às condições peculiares do momento, e além disso estávamos evidentemente sozinhos e sem defesa. Em tais ocasiões não há outro recurso senão permanecer calmo até passar a borrasca. O meu companheiro, entretanto, batia com os pés de raiva, e confesso que lamentei não estarmos munidos de um par de narizes postiços, que teriam sido suficientes para aplacar o justo ressentimento daquela gente. Poderíamos igualmente acompanhar a dança, mas essa idéia, por um motivo qualquer, não nos ocorreu, e eu ouvi uma vez certa mulher estigmatizar-nos em voz alta e inteligível com esta injúria: "Seus prosas!" *(espèce d'enflés)*. Prosseguimos sem grande embaraço, e enquanto o meu companheiro murmurava de raiva, eu retomava o fio das minhas reflexões, que se apoiavam na convicção absoluta de que o homem ao meu lado era louco, e de uma loucura muito diferente da do carnaval, que só se manifesta num momento determinado do ano. Era fundamentalmente louco, embora não fosse talvez completamente, o que, bem entendido, fazia dele não um perigo, mas um trambolho.

    Lembro-me que certa vez um médico moço expunha a teoria de que a maior parte das catástrofes nas famílias, dos episódios surpreeendentes nos negócios públicos e dos desastres na vida privada provinham do fato de se achar o mundo cheio de semiloucos. Afirmava que estes eram a maioria. Quando se lhe perguntou se considerava-se como pertencente a essa maioria, declarou francamente que não acreditava; a menos que a loucura de desvendar essa teoria a uma sociedade tão profundamente incapaz de apreciar todo o seu horror pudesse ser considerada como primeiro sintoma do seu estado. Protestamos contra ele e a sua teoria, mas não resta dúvida que ela provocou um frio na alegria da nossa reunião.

Chegamos então a um bairro mais tranqüilo da cidade, e o Señor Ortega cessou de murmurar. Quanto a mim, não tinha a menor dúvida sobre a minha sanidade mental. E a prova encontrava-a na maneira com que empregava a minha inteligência para resolver o que se devia fazer com o Señor Ortega. De um modo geral, parecia-me impróprio para qualquer missão. A instabilidade do seu caráter só podia expô-lo a complicações. Evidentemente, levar uma carta ao quartel-general não era coisa complicada: um cão bem ensinado, a meu ver, se desempenharia muito a contento. A minha carta para Doña Rita, a carta maravilhosa, única, de despedida, estava posta de lado na ocasião. Naturalmente, o problema Ortega só me inquietava no que dizia respeito à segurança de Doña Rita. A sua imagem presidia a todas as minhas deliberações, a todas as incertezas do meu espírito, e dominava todas as faculdades dos meus sentidos. Flutuava diante dos meus olhos, tocava-me o ombro, protegia-me à direita e à esquerda: os meus ouvidos pareciam apanhar o som dos passos atrás de mim, eu me sentia envolto em ondas furtivas de calor e perfume, e o contato sedoso de uma cabeleira acariciava-me às vezes o rosto. Ela me invadia, na minha cabeça não havia outra coisa senão ela...
– E na cabeça dele também, pensei lançando um olhar oblíquo ao meu companheiro, que caminhava tranqüilamente, a cabeça muito metida nos ombros, o saco de viagem na mão, e com o aspecto mais vulgar que se possa imaginar.

Sim. Havia entre nós a mais abominável camaradagem, a associação da absurda tortura dele e do sublime sofrimento da minha paixão. Não tínhamos passado um quarto de hora juntos e já aquela mulher surgira de modo fatal entre nós, entre aquele pobre-diabo e eu. Estávamos sob a obsessão da mesma imagem. Mas eu estava com juízo! Estava com juízo! Não porque estivesse persuadido de que esse indivíduo não devesse ir a Tolouse, mas porque me achava perfeitamente convencido da dificuldade de o impedir, visto que a decisão só dependia do Barão H.

Se eu entendesse ir dizer de manhã cedo àquele cavalheiro gordo e bilioso: "Escute uma coisa, esse tal Ortega é louco", ele, de certo, pensaria imediatamente que eu estava doido, ficaria com muito medo, e... seria impossível dizer que atitude tomaria. De qualquer forma, me eliminaria do caso. E no entanto eu não podia deixar que aquele homem fosse ao lugar onde se achava Doña Rita porque, evidentemente, ele a molestaria, a inquietaria, chegando até a amedrontá-la, tratando-se de um elemento desagradável e com uma influência perturbadora na vida dela – por mais incrível que possa parecer. Não podia permitir que ele fosse transformar-se num motivo de aborrecimento e embaraço, obrigá-la a sair de uma cidade em que ela desejava ficar (qualquer que fosse a razão) e provocar talvez algum escândalo retumbante. E aquela pequena, a Rosa, parecia recear mesmo qualquer coisa de mais grave que um escândalo. Mas, se eu fosse explicar detalhadamente o fato ao Barão H, ele era bem capaz de não sentir mais que uma grande satisfação íntima. Nada o agradaria tanto quanto fazer com que Doña Rita saísse de Tolouse. Que alívio para as suas inquietudes (e de sua mulher também); e se eu devesse ir mais longe, se eu chegasse ao ponto de revelar as apreensões que Rosa não conseguia me dissimular, que aconteceria então?... E eu continuei a pensar friamente, rejeitando com estoicismo a fé mais elementar na correção humana, que o marido acomodatício deixaria simplesmente aquele sinistro mensageiro correr o risco. Nisso não veria mais do que um meio de fazer calar para sempre as suas inquietações naturais. Horrível? Decerto. Mas eu não podia correr o risco. No decurso de doze meses eu evoluíra bastante na minha confiança em relação ao gênero humano.

Caminhávamos rapidamente. Eu pensava: "Como conseguirei detê-lo?" Se ao menos tivesse sido um mês antes, quando eu tinha todos os elementos na mão, quando tinha o meu fiel Dominic, poderia muito simplesmente ter raptado o sujeito. Uma pequena viagem por mar não teria feito nenhum mal ao Señor Ortega, embora, naturalmente, a coisa não fosse lá muito do seu agrado. Mas agora faltavam-me os elementos. Não sabia nem mesmo onde tinha ido esconder-se o meu pobre Dominic.

Mais uma vez olhei de esguelha para o meu companheiro. Era mais baixo do que eu e, à luz de um lampião, apanhei o olhar furtivo que me dirigia com uma expressão atormentada, expressão que me fez pensar que me seria possível ver até a alma daquele homem contorcendo-se no seu corpo como um verme fisgado por um alfinete. A despeito da minha profunda inexperiência, eu calculava as imagens que lhe atravessavam no espírito ao ver qualquer homem que se tivesse aproximado de Doña Rita. Era suficiente para despertar em qualquer ser humano um movimento de compaixão horrorizada; mas a minha piedade não era para ele, e sim para Doña Rita. Era por ela que eu me sentia desolado; deplorava-a por ter aquela alma danada no seu encalço. Deplorava-a com ternura e indignação, como se se tratasse de um perigo e de uma vergonha.

Não chegarei ao ponto de dizer que essas idéias fossem conscientes. Tive apenas a sensação resultante. No entanto, veio-me também uma idéia. Veio-me de repente, e perguntei a mim mesmo com raiva e espanto: "Deverei então matar este animal?" Não parecia haver outra alternativa. Entre ele e Doña Rita eu não podia hesitar. Creio que esbocei um riso de desespero. A subitaneidade desta sinistra conclusão tinha em si qualquer coisa de cômico e inacreditável, que serviu para afrouxar o esforço das minhas deduções. Veio-me à cabeça um provérbio latino sobre a descida fácil ao abismo. Fiquei admirado da facilidade com que me veio ao espírito, e que surgisse tão a propósito. Mas creio agora que me foi sugerido simplesmente pelo declive material da rua dos Cônsules. Acabávamos de dobrar a esquina. Todas as casas estavam escuras e numa perspectiva de completa solidão as nossas sombras fugiam-nos diante dos pés.

– Já chegamos – disse eu.

O pobre-diabo era extraordinariamente friorento. Quando nos detivemos ouvi o ranger dos seus dentes. Não sei então o que foi que me tomou. Tive uma espécie de acesso nervoso, ficando incapaz de achar os meus bolsos, e muito menos a chave. Pareceu-me ver no muro da casa uma faixa estreita de luz, como se houvesse uma fenda.

– Espero que a gente consiga entrar – murmurei.

O Señor Ortega esperava pacientemente com o saco de viagem na mão, como um viajante que se sente finalmente salvo.

– O senhor mora nesta casa, não é? – observou.

– Não – disse eu sem a menor hesitação. Não sabia como se comportaria aquele sujeito se soubesse que eu ia ficar sob o mesmo teto. Era meio doido. Podia ter a fantasia de querer conversar a noite inteira, de tentar estupidamente invadir o meu retiro. Que sabia eu? Além disso, eu não tinha lá muita certeza de permanecer naquela casa. Estava com uma certa intenção de sair de novo e andar de um lado para outro pela rua dos Cônsules até amanhecer.

– Não, um amigo ausente deixa o apartamento à minha disposição... Eu estava com a chave hoje de manhã... Ah! cá está ela.

Fiz com que ele passasse na frente. O mesquinho bico de gás lá estava no seu posto, intrépido, à espera de que o fim do mundo viesse apagá-lo. Creio que o vestíbulo preto e branco surpreendeu Ortega. Fechara a porta da entrada sem ruído e fiquei um momento à escuta, enquanto ele olhava furtivamente em torno. Havia apenas mais duas portas no saguão, à direita e à esquerda. Os seus painéis de ébano estavam decorados com aplicações de bronze no centro. A da esquerda era evidentemente a de Blunt. Como o corredor que se lhe seguia mergulhava na sombra, tomei o Señor Ortega pela mão e conduzi-o sem resistência, como uma criança. Não sei exatamente por que motivo caminhei na ponta dos pés, e ele imitou o meu exemplo. A luz e o calor do estúdio impressionaram-no favoravelmente; desembaraçou-se do saco de viagem, esfregou as mãos e manifestou um sorriso de satisfação, mas era o sorriso de um homem totalmente arruinado, ou condenado pelo médico e muito pouco tempo de vida. Pedi-lhe que se pusesse à vontade, e disse-lhe que ia imediatamente buscar a encarregada da casa, para lhe preparar a cama no sofá que ali estava. Mal ouvia as minhas palavras. Que lhe importava aquilo tudo! Sabia que o seu destino era dormir num leito de espinhos, de se alimentar de víboras. Mas esforçou-se por mostrar uma espécie de interesse polido.

– Que quarto é este? – perguntou.

– Era de um pintor – murmurei.

– Ah, o seu amigo ausente – disse ele crispando a boca. – Detesto todos esses artistas, todos esses escritores, e todos esses políticos que não passam de ladrões; e chego a ir mais longe, para amaldiçoar todos os ociosos que se apaixonam pelas mulheres. Pensa talvez que sou monarquista? Não. Se houvesse alguém no céu ou no inferno a quem se pudesse rezar, eu rezaria por uma revolução – uma revolução vermelha por toda parte.

– O senhor me espanta – disse eu, apenas para dizer alguma coisa.

– Não, mas há uma meia dúzia de pessoas no mundo com as quais eu gostaria de ter um acerto de contas. Um tiro nelas como se fossem perdizes, sem precisar perguntar nada: eis o que significaria para mim a revolução.

– É um ponto de vista duma simplicidade magnífica – disse eu. – Imagino que o senhor não seja o único a pensar assim; mas eu preciso realmente cuidar das suas comodidades. Não se esqueça de que devemos ir visitar o Barão H amanhã cedo.

E saí para o corredor, calmamente, perguntando a mim mesmo em que parte da casa Teresa resolvera dormir naquela noite. Mas, quando cheguei ao pé da escada, vi que ela descia do sobrado de camisa de dormir, como uma sonâmbula. No entanto, ela estava bem acordada, pois que, antes que eu pudesse soltar a menor exclamação, já tinha desaparecido como um fio de neblina clara e sem o menor ruído. O seu aspecto indicava perfeitamente que não podia ter ouvido a nossa chegada. Com efeito, devia ter a certeza de que a casa estava vazia, pois sabia tão bem quanto eu que as pequenas italianas, depois da ópera, iam divertir-se num baile de máscaras, acompanhadas, é claro, pelo consciencioso progenitor. Mas qual a idéia, a necessidade, ou impulso repentino que havia arrancado Teresa da cama daquela maneira era o que eu não podia conceber.

Não a chamei. Tinha certeza de que havia de voltar. Subi lentamente para o primeiro andar e encontrei-a de novo, agora com uma vela acesa na mão. Conseguiu tornar-se apresentável num espaço de tempo extraordinariamente breve.

– Oh, meu caro e jovem *monsieur*, o senhor me assustou.

– Sim, e eu quase desmaiei. Você estava horrível. Que tem você? Está doente?

Nesse ínterim ela tinha acendido o gás no patamar e devo confessar que jamais a vira com aquela cara. Agitava-se, confusa, e com o olhar esquivo; mas atribuí esse embaraço à sua modéstia ofendida, e sem me preocupar mais com as suas sensações, declarei-lhe que havia lá embaixo um carlista que seria preciso albergar durante aquela noite. Para grande surpresa minha ela manifestou uma consternação ridícula, mas que durou apenas um momento. Depois resolveu que eu lhe daria hospitalidade no sobrado, onde havia uma cama de campanha no meu quarto de vestir. Ao que respondi:

– Não. Instale-o no estúdio, onde ele está agora. Lá está quente. E, lembre-se bem: – você está absolutamente proibida de deixar transparecer a ele que eu durmo aqui. Aliás, não sei mesmo se vou dormir aqui: tenho certos casos a tratar esta noite. Você terá também que servir-lhe o café pela manhã. Vou levá-lo daqui antes das dez.

Tudo isso pareceu impressioná-la mais do que eu esperava. Mas ela tomou um ar despreocupado, como era costume seu sempre que sentia curiosidade ou qualquer outra emoção, e perguntou:

– Esse simpático cavalheiro é amigo seu, pois não?

– Sei apenas que é espanhol e carlista – respondi. – Acho que a informação lhe basta.

Em vez das exclamações efusivas de costume, murmurou: "Meu Deus! Meu Deus!" e subiu as escadas de castiçal na mão, para ir buscar cobertores e travesseiros. Quanto a mim, desci tranquilamente para o estúdio: tinha a curiosa sensação de agir de modo predeterminado, de que a vida não tinha mais o mesmo aspecto, ou, então, que eu mudara de todo num determinado momento daquele dia, a ponto de não ser mais a mesma pessoa que era ao levantar-me da cama de manhã.

Também os meus sentimentos haviam mudado de valor. As palavras, igualmente, tornaram-se estranhas. Só o ambiente inanimado persistia o que sempre fora. O estúdio, por exemplo...

Durante a minha ausência, o Señor Ortega tirara o casaco, e encontrei-o em mangas de camisa, e sentado numa cadeira que ele colocara bem no meio da sala. Reprimi um absurdo ímpeto de andar em volta dele como em torno de um objeto em exposição. Estava com as mãos espalmadas sobre os joelhos e parecia perfeitamente insensível. Não quero dizer que fosse uma figura estranha, fantástica, de pau, estava apenas insensível como um objeto em exposição. E esse efeito persistiu mesmo depois de ter levantado os olhos negros e desconfiados na direção do meu rosto, abaixando-os quase em seguida. Era perfeitamente maquinal. Resolvi abandoná-lo e preocupar-me comigo mesmo. A minha idéia era que mais valia para mim sair dali antes que me viessem à cabeça outras impressões extravagantes. Por isso só fiquei o suficiente para dizer-lhe que a encarregada da casa viria trazer-lhe roupa de cama, e que eu esperava que ele passasse uma boa noite. E assim que falei tive a impressão de que acabava de pronunciar a mais extraordinária oração que jamais se dirigiu a uma imagem daquela espécie. Ele, entretanto, não pareceu espantar-se nem comover-se. Limitou-se a dizer:

– Obrigado.

No ponto mais sombrio do longo corredor, encontrei Teresa carregando uma porção de cobertores e travesseiros.

V

Ao sair do estúdio tão iluminado, não distingui muito bem Teresa. Ela, contudo, tendo tateado cômodas escuras, devia ter as pupilas suficientemente dilatadas para ver que eu estava de chapéu na cabeça. Este detalhe tem importância, pois que, depois do que lhe dissera no sobrado, ela ficava assim convencida de que eu ia sair para algum negócio noturno. Passei por ela sem lhe falar, e ouvi atrás de mim a porta fechar-se com inesperado estrondo. Impressiona-me agora o fato de, em tais circunstâncias, não ter voltado para escutar atrás da porta, o que não seria ofensa. Mas a verdade é que a associação dos fatos não era tão clara no meu espírito como poderá ser ao leitor desta narrativa, nem tampouco o eram as relações exatas entre os diferentes personagens. E, além do mais, a gente só escuta às portas com uma certa intenção, a menos que se esteja afligido por uma curiosidade vulgar e fátua. Mas tal vício não faz parte do meu caráter. Quanto a planos, não os tinha. Transpus o corredor que ia da parede do fundo ao pé da escada com passadas gigantescas, como se houvesse alguém gravemente doente na casa. E a única pessoa que poderia corresponder a essa descrição era o Señor Ortega. Eu caminhava como que clandestinamente, absorto, indeciso, perguntando a mim mesmo com toda a sinceridade: "Que diabo vou fazer dele?" Essa preocupação exclusiva do meu espírito era tão perigosa para o Señor Ortega quanto poderia ser-lhe a febre tifóide. Fico impressionado com a precisão desse paralelo. Há quem se cure da febre tifóide, mas em geral as probabilidades são muito escassas. Era precisamente o caso dele. As suas probabilidades eram escassas, embora eu não lhe tivesse mais animosidade do que uma moléstia infecciosa tem por suas vítimas. Na realidade ele não teria nada a censurar-me: atirara-se a mim sem consideração, como quem entra num lugar infectado, e agora estava mal, bem mal com efeito. Não, eu não tinha o menor projeto contra ele. Sentia apenas que se achava em perigo de vida.

Creio que os homens mais audaciosos (e não pretendo fazer parte do seu grupo) têm não raro verdadeiro horror ao encadeamento lógico das idéias. Só o diabo, dizem eles, é que gosta da lógica. Mas eu não era o diabo. Não era nem mesmo sua vítima. Apenas abdicara a direção da minha inteligência diante desse problema, ou antes, esse problema é que expropriara a minha inteligência e reinava em seu lugar em companhia de um terror supersticioso. Uma ordem temível parecia espreitar nas trevas mais profundas da minha vida. A loucura desse carlista com alma de jacobino, os receios vis do Barão H, esse magnífico intendente militar, o contato da estupidez feroz de ambos, e, por fim, em virtude do meu desastre marítimo, o meu amor posto em contato direto com a situação, havia em tudo isso elementos de sobra para estarrecer, não diante do risco, mas do partido a tomar.

Pois era o meu amor que devia agir então, e nada mais. E o amor que nos eleva acima de toda a salvaguarda, acima dos princípios restritivos, acima das mesquinharias do sangue-frio, esse amor não deixa de conservar os pés solidamente presos ao chão, mantendo um senso prático maravilhoso em tudo que nos sugere.

Descobri que a despeito da minha persuasão de ter renunciado a Rita, a despeito de todas as agonias que havia atravessado, jamais perdera a minha esperança nela. A esperança permanecia viva, secreta, intacta, invencível.

Diante do perigo da situação, surgia mais viva que nunca, armada dos pés à cabeça, filha imortal do amor imortal. O que me impelia nada tinha a ver com a honra ou a piedade, era o arroubo de um amor supremo, sem remorsos nos seus desígnios; era a idéia pura e simples de que nenhuma mulher deve ser considerada como perdida para sempre, a menos que esteja morta!

Isso excluía, no momento, toda a consideração dos meios e modos, dos riscos e das dificuldades. Sua tremenda intensidade despojava-o de toda a direção, e deixava-me desarvorado no grande saguão preto e branco, como num oceano silencioso. Não se tratava, por assim dizer, de irresolução. Era apenas hesitação diante das disposições imediatas que eu devia tomar e que podiam não ter grande importância: hesitação apenas quanto ao melhor meio de passar o resto da noite. Eu não queria pensar sobre coisas mais distantes por múltiplas razões, mais ou menos otimistas, mas sobretudo porque não sou dotado de tendências homicidas. Essa tendência se encontrava na miserável criatura que estava no estúdio, o jacobino de ocasião, aquele maldito comprador de produtos agrícolas, o empregado pontual de Hernandez Irmãos, o miserável ciumento cuja linguagem obscena e cuja imaginação da mesma espécie o levaram à loucura. Pensava nele sem piedade mas também sem desprezo. Refletia que não havia nenhum meio de avisar Doña Rita em Tolouse, pois naturalmente não existia nenhuma comunicação postal com o quartel-general. E, além disso, de que serviria avisá-la nesse caso particular, mesmo supondo que fosse possível que ela acreditasse, que ela soubesse o que devia fazer? Como poderia comunicar a outrem aquela certeza que me dominava o espírito, tanto mais absoluta por me faltarem as provas?

A última expressão do desespero de Rosa soava-me ainda nos ouvidos: "A madame não tem amigos. Nem um!" e eu imaginava o completo isolamento de Doña Rita, exposta a todas as hipocrisias, cercada de ciladas, tendo dentro de si mesma os maiores perigos, na sua generosidade, nas suas apreensões, e também na sua coragem. O que me competia antes de mais nada era deter aquele miserável, custasse o que custasse. Fui tomado de grande desconfiança em relação a Teresa. Não queria que me encontrasse no saguão, mas relutava em subir para o meu apartamento por uma sensação absurda de que lá ficaria muito afastado, muito fora da cena. Havia a alternativa de uma noite interminável de vigilância na rua, diante da fachada sombria da casa. Era uma perspectiva das mais desagradáveis. Ocorreu-me então que o antigo quarto de Blunt seria excelente posto de observação. Eu conhecia a peça. Quando Henry Allègre deu aquela casa a Rita, logo nos primeiros tempos (muito antes de fazer o testamento), tinha a intenção de reformá-la completamente, e aquela peça estava destinada à sala de visitas. Os móveis foram feitos especialmente para esse fim, com um belíssimo estofo de um dourado fosco, com arabescos azul pálido, e medalhões ovais enquadrando o monograma de Rita, repetidos nas costas das cadeiras e dos canapés, bem como nas pesadas cortinas que caíam do teto ao chão. As portas de ébano e bronze eram da mesma época, assim como a estatueta de prata da escada e a balaustrada de ferro forjado que, até em cima da escadaria de mármore, repetia no seu complicado desenho o monograma decorativo de Rita. Posteriormente as obras foram interrompidas e a casa ficou abandonada. Quando Rita a destinou à causa carlista, puseram uma cama nesse salão, nada mais que uma cama. A peça contígua a esse salão amarelo fora, na mocidade de Henry Allègre, arranjada em sala de esgrima com uma banheira e um sistema complicado de duchas e jatos, muito em moda na época. A peça era bastante ampla, iluminada por cima, e com uma das paredes coberta de troféus de armas de toda a espécie, uma finíssima coleção de aço disposta sobre um fundo de panos e tapetes da Índia. Blunt usava como quarto de vestir. Uma portinha comunicava-a com o estúdio.

Bastava-me estender a mão e dar um passo para alcançar o magnífico trinco de bronze da porta de ébano, e, se não me convinha ser apanhado por Teresa, não havia tempo a perder. Dei o passo e estendi a mão, pensando que seria a minha sorte encontrar a porta trancada. Mas, ao empurrá-la, a porta cedeu. Em contraste com o saguão escuro, a sala me apareceu inesperadamente deslumbrante, como que iluminada a *giorno* para uma recepção. Nenhuma voz se ouviu, mas então já nada podia deter-me. Ao voltar-me para fechar a porta atrás de mim sem o menor ruído, percebi um vestido de mulher numa cadeira, e outros pertences de vestuário espalhados em torno. A cama de mogno coberta por um pedaço de seda clara que Teresa tinha achado não sei onde, e que lhe servia de colcha, era uma combinação magnífica de branco e vermelho entre as superfícies brilhantes da madeira escura; e a sala inteira tinha um ar de esplendor com os seus consolos de mármore, esculturas douradas, altos espelhos e um suntuoso lustre veneziano pendente do teto; um conjunto de estalactites, refletindo aqui e ali o brilho das velas de um candelabro de oito braços, posto sobre uma mesinha junto a um sofá que fora arrastado para diante da chaminé. Uma aragem quase imperceptível de um perfume familiar transtornou-me a cabeça.

Agarrei-me ao encosto do móvel mais próximo e o esplendor dos mármores e dos espelhos dos cristais polidos e das esculturas, tudo começou a oscilar diante dos meus olhos na névoa dourada das paredes e das cortinas, em torno de um par de meias pretas que se realçava imóvel sobre um tamborete de piano. O silêncio era profundo. Era como que um lugar encantado. De súbito uma voz começou a falar, clara, nítida, infinitamente tocante na sua calma lassitude.

– Você já não me atormentou bastante hoje? – dizia essa voz...

Minha cabeça estava firme então, mas o coração começou a bater-me violentamente. Ouvi até o fim sem fazer o menor gesto.

– Você não se resolve a deixar-me em paz esta noite? – recomeçou a voz com um tom de desdém caridoso.

O tom penetrante da voz que eu não ouvira por tantos e tantos dias encheu-me os olhos de lágrimas. Percebi logo que esse apelo se dirigia à atroz Teresa. Quem me falava estava por trás do alto encosto do sofá, mas a sua apreensão era perfeitamente justificada. Pois não fora eu que fizera retroceder a piedosa, a insaciável Teresa, quando esta descia de camisa de dormir para atormentar a irmã ainda uma vez? A simples surpresa diante da presença de Doña Rita naquela casa era suficiente para me paralisar; mas eu me achava também subjugado por uma imensa sensação de alívio, pela certeza de que ela e eu estávamos a salvo. Nem cheguei a perguntar a mim mesmo como é que ela estava ali. Bastava-me ver que ela não estava em Tolouse. Eu poderia ter sorrido à idéia de que tudo que me restava a fazer então era apressar a partida daquele abominável imbecil... para Tolouse, tarefa que não era nada difícil. Sim, eu teria sorrido, se não me sentisse ultrajado pela presença do Señor Ortega sob o mesmo teto que Doña Rita. Este simples fato me repugnava, revoltava-me moralmente, e a tal ponto que senti vontade de precipitar-me sobre ele e pô-lo na rua. Mas isso não era possível por vários motivos, um dos quais era a piedade. Senti-me de repente reconciliado com toda a humanidade, com a natureza inteira. Senti-me incapaz de fazer mal a uma mosca. A intensidade da minha emoção selava-me os lábios. Com uma alegria amedrontada a me puxar o coração, contornei a cabeceira do sofá sem dizer palavra.

Na vasta chaminé, sobre um monte de cinza branca, as achas de lenha tinham um brilho escarlate; e, voltada para elas, Doña Rita, reclinada de lado, envolvida em peles de animais, parecia um jovem e encantador chefe selvagem diante da fogueira do seu acampamento. Não levantava os olhos, dando-me a oportunidade de contemplar em silêncio aquela cabeça de adolescente levemente masculina, suavíssima nos seus contornos firmes, quase infantil no frescor dos detalhes, de um esplendor absoluto na sublime força do modelado. A cabeça preciosa repousava na palma da mão; o semblante estava ligeiramente corado (talvez de cólera). Ela mantinha os olhos obstinadamente fixos nas páginas de um livro que conservava na outra mão. Eu tinha tempo para depor a minha adoração aos seus pés, cuja superfície branca rebrilhava sob a reborda escura de peliça, no espaço livre das chinelas acolchoadas de seda azul e bordadas de pequeninas pérolas. Eu nunca as tinha visto: refiro-me às chinelas. E o mesmo em relação ao brilho do peito dos pés. Perdi-me numa sensação de profundo contentamento semelhante à pregustação de uma era de felicidade bastante calma para ser perene. Eu jamais experimentara uma tão perfeita quietude em minha vida. Era uma coisa extraterrena. Chegara ao além. Era como se tivesse atingido a sabedoria última, além de todos os sonhos e de todas as paixões. Ela era Aquilo que se deve contemplar por toda a Eternidade.

A perfeita imobilidade e o meu silêncio fizeram com que ela erguesse os olhos por fim, a contragosto, com uma expressão dura e defensiva que eu nunca lhe havia notado. Não admira! O olhar destinava-se a Teresa, e constituía um gesto de defensiva. Durante algum tempo o olhar não se alterou, mas ao modificar-se adquiriu uma fixidez granítica que eu também nunca havia percebido. Ela jamais desejara tanto ficar em paz. Jamais ficou tão surpreendida na sua vida. Chegara pelo expresso noturno, apenas duas horas antes do Señor Ortega, dirigira-se para casa, e depois de comer alguma coisa transformara, para o resto da noite, na vítima indefesa da irmã que a afagara, ralhara, bajulara e ameaçara de uma maneira que chegou a ultrajar os mais leves sentimentos de Rita. Valendo-se dessa inesperada ocasião, Teresa exibira uma versatilidade incrível de sentimentos: rapacidade, virtude, piedade, despeito, e falsa ternura – enquanto, de modo bastante característico, esvaziava o saco de viagem, ajudava a pecadora a aprontar-se para a cama, penteava-lhe o cabelo, e finalmente, num cúmulo, beijava-lhe as mãos, um pouco de surpresa, e um pouco à força. Depois de tudo isso, retirou-se do campo de batalha devagar, sem se dar por vencida, desafiando ainda o adversário, e lançando num derradeiro tiro esta impudente pergunta: "Dize-me só uma coisa, Rita, já fizeste teu testamento?" Ao que a pobre Doña Rita, com o espírito de oposição elevado ao mais alto ponto, respondeu: "Não, e nem pretendo" – com a impressão de que era isso que a irmã desejava dela. Não pode haver dúvida, entretanto, que essa informação era tudo quanto Teresa queria.

Rita, numa agitação demasiado forte para esperar outra coisa a não ser uma noite de insônia, não tinha coragem de ir para a cama. Queria ficar no sofá diante do fogo, tentava entreter-se com um livro. Como não trouxera penteador, enfiara o casaco de peles em cima da camisa de dormir, pusera algumas achas no fogo, e recostara-se. Não ouvira o menor ruído até sentir que eu fechava suavemente a porta. A mansidão nos movimentos era uma das características de Teresa, e a extenuada herdeira dos milhões de Henry Allègre pensou naturalmente que era a irmã que voltava para recomeçar a cena. Sentiu o coração sumir-se no peito. Por fim, um tanto amedrontada com o demorado silêncio, levantou os olhos. Ficou sem acreditar neles, durante muito tempo. Concluiu que era uma visão. Com efeito, a primeira palavra que a ouvi pronunciar foi um "Não", amedrontado e baixinho, e, embora eu compreendesse o seu significado, senti o sangue gelar-me como diante de um mau augúrio.

Foi aí que me decidi a falar.

– Sim – disse –, sou eu mesmo que você está vendo – e dei um passo à frente. Ela não se mexeu; levou apenas a mão à fímbria do casaco de peles e apertou-o de encontro ao peito. Ao observar esse gesto sentei-me na cadeira mais próxima. O livro que ela estava lendo deslizou pesadamente para o chão.

– Como é possível que você esteja aqui? – perguntou ela, com uma voz em que ainda havia dúvida.

– Estou de fato aqui – disse-lhe. – Você não quererá pegar na minha mão?

Ela não fez o menor movimento; os dedos ainda agarravam o casaco.

– Que foi que aconteceu?

– É uma história muito comprida, mas basta saber que está tudo acabado. O laço que nos unia desfez-se. Não sei se algum dia foi muito apertado. Era um elemento puramente exterior. A verdadeira desgraça é que jamais deixei de vê-la.

Esta última frase foi provocada por uma expressão de simpatia por parte dela. Doña Rita ergueu-se e olhou para mim intensamente: "Tudo acabado", murmurou.

– Sim. Fomos obrigados a afundar o barco. Foi terrível. Sinto-me como se fosse um assassino. Mas era preciso matá-lo.

– Por quê?

– Porque eu gostava imensamente dele. Não sabe que o amor e a morte andam sempre muito unidos?

– Eu quase me sentiria feliz por estar tudo terminado se você não tivesse sido obrigado a perder o seu amor. Oh, amigo George, era um amor perfeitamente garantido para você.

– Sim – disse eu. – Era um barco muito fiel. Ele nos salvaria a todos de qualquer perigo. Mas foi uma traição. Foi... mas que importa? Tudo isso já acabou. A questão é saber o que se vai fazer agora.

– Por quê?

– Não sei. A vida parece ser apenas uma série de traições. Há muitas espécies delas. Dessa vez, um plano é que foi traído, mas também se pode trair a confiança, a esperança... o desejo, e o mais sagrado...

– Mas que está fazendo aqui?

– Ah, sim! O eterno porquê. Até algumas horas atrás ignorava o motivo de estar aqui. E por que é que está você aqui? – perguntei à queima-roupa e com uma amargura de que ela não fez caso. E chegou a responder a minha pergunta sem hesitação, com uma abundância de palavras donde não pude concluir muita coisa. Só descobri que por cinco motivos diferentes pelo menos, e dos quais nenhum me impressionou particularmente, Doña Rita partira com muita precipitação de Paris com uma maleta de mão apenas, depois de ter dado licença a Rosa para visitar os velhos pais durante dois dias. Essa rapariga, nos últimos tempos, mostrou-se tão perturbada e inquieta, que a sensível Rita, temendo que ela estivesse cansada do emprego, ofereceu-lhe uma soma que lhe permitiria dedicar-se inteiramente aos seus velhos pais. E sabem o que respondeu a extraordinária criatura? Disse: "Que madame não creia ser orgulho da minha parte não aceitar esse oferecimento;

mas não posso nem sonhar em deixá-la. Creio que madame não tem amigos. Nem um só". De modo que, em vez de dar-lhe uma grande soma, Doña Rita deu-lhe um beijo, e como várias pessoas a atormentassem, querendo que ela fosse para Tolouse, fugira para Marselha, unicamente para se livrar de todos os importunos.

– Para esconder-me deles – continuou ela com ardor. – Sim, vim para cá a fim de me esconder – repetiu como que encantada finalmente por ter acertado nesse motivo entre tantos outros. – Como poderia imaginar que você estava aqui? – Depois, com um repentino arroubo que não fazia mais que aumentar o meu prazer em contemplar o jogo da sua fisionomia, acrescentou:

– Por que entrou você nesta sala?

Ela me encantava. As ardentes modulações da voz, o leve jogo dos lindos lábios, o brilho tranquilo e profundo de safira que vinha daqueles olhos pareciam ter vindo da origem dos tempos, e dava a impressão de observar coisas inimagináveis, aquele ligeiro tom de alegria que brincava através de todos os seus gestos e atitudes, como se fora uma dádiva da piedade dos deuses por essa mortal solitária, tudo isso dentro das quatro paredes, e só para mim, causava-me um contentamento quase intolerável. As palavras nada importavam. Mas evidentemente exigiam resposta.

– Entrei aqui por vários motivos. Um deles é que eu não sabia da sua presença nesta casa.

– Teresa não lhe disse?

– Não.

– Ela nunca lhe falou a meu respeito?

Hesitei apenas um momento.

– Nunca – disse eu. Depois, por minha vez, perguntei: – Ela lhe disse que eu estava aqui?

– Não – respondeu.

– É claríssimo que ela não desejava favorecer novo encontro nosso.

– Nem eu, meu caro.

– Qual é a sua intenção ao falar-me assim, neste tom, com estas palavras? Você parece usá-las como se fosse uma espécie de forma. Eu sou caro a você?... Alguém o é?... ou toda a gente é?...

Ficara durante algum tempo apoiada no braço, mas então, como se alguma coisa tivesse acontecido no seu íntimo, deixou-se cair até apoiar a cabeça na almofada do sofá.

– Por que procura ferir os meus sentimentos? – perguntou.

– Pela mesma razão pela qual você me chama de "caro" no fim de uma sentença como aquela: por falta de coisa mais divertida a fazer. Não pretenderá fazer-me crer que procede assim por motivos que qualquer pessoa decente confessaria.

As cores fugiram-lhe do semblante; mas eu estava tomado por um acesso de malvadeza, e prossegui:

– Quais são os motivos das suas palavras? O móvel das suas ações? Segundo a sua própria confissão, a sua vida parece uma perpétua fuga. Acaba de fugir de Paris. Para onde se escapará amanhã? De que é que você foge permanentemente? Ou será que corre atrás de alguma coisa? De quê? De um homem, de um fantasma – ou de alguma sensação?

A verdade é que eu estava desconcertado pelo silêncio que era a sua única resposta a estas invectivas. Dizia a mim mesmo que eu não deixaria a minha cólera naturalíssima, o meu legítimo furor ser desarmado por protestos de paixão ou dignidade. Suponho que estava realmente fora de mim, como que "possesso", como se diria na Idade Média. E continuei, gozando a minha própria infâmia.

– Por que não está em Tolouse? Devia estar em Tolouse. Não é Tolouse um terreno propício aos seus méritos, às suas simpatias, às suas prodigalidades, à sua generosidade? O rei sem coroa, o homem sem fortuna! Aqui não há nada digno dos seus talentos. Não, não há mais nada que mereça qualquer preocupação aqui. Não há nem mesmo aquele ridículo *monsieur* George. Creio que em toda a costa, daqui até Cette, só se diz que *monsieur* George morreu afogado. Palavra de honra que acredito. E é bem feito para ele. Existe Teresa, mas não suponho que o seu afeto por sua irmã...

– Pelo amor de Deus, não deixe que ela chegue e o encontre aqui.

Tais palavras fizeram-me voltar a mim, esconjuraram o espírito mau pelo simples poder de encanto daquela voz. Eram também tocantes pelo que sugeriam de prático, de utilitário, de muito remoto de qualquer sentimento. O espírito mau abandonou-me e eu fiquei como que ligeiramente interdito.

– Pois bem – disse –, se deseja que eu saia desta sala, confesso-lhe que ainda não me é fácil fazê-lo. Mas, se não faz objeção, posso trancar as duas portas.

– Faça o que quiser, contanto que a conserve lá fora. Vocês dois juntos seriam muita coisa para mim esta noite. Por que não vai trancar as portas? Tenho a impressão de que ela anda rondando por aí.

Levantei-me imediatamente dizendo:

– Creio que ela já foi se deitar.

Sentia-me absolutamente calmo e senhor de mim. Dei volta às chaves uma após outra com tanta suavidade que eu mesmo não ouvi o menor ruído das fechaduras. Feito isto, atravessei a sala devagar, os olhos baixos, e, aproximando-me sem erguer o olhar, caí de joelhos, e apoiei a testa na beira do sofá. No entanto não havia remorso nessa atitude de penitente. Ela não fez o menor gesto, não disse palavra. Um pedaço do casaco de peles tocava-me suavemente o rosto, mas a demência das suas mãos não veio apoiar-se na minha cabeça inclinada. Eu apenas respirava profundamente aquele frágil perfume de violetas que me penetrava, me envolvia até o coração numa intimidade inconcebível, que me aproximava mais dela do que o mais apertado amplexo, e contudo tão sutil que eu só o percebia com uma grande doçura ardente, confusa, como aquela luz do crepúsculo que, depois da paixão deslumbrante do dia, revela profundezas infinitas nas cores do céu, e um espírito de paz insuspeitada nas formas protéicas da vida. Havia meses que eu não conhecia quietude semelhante, e descobria em mim uma lassidão imensa, um desejo de permanecer ali, imóvel, até o fim dos tempos. Com efeito, permanecer ali parecia-me resolver todos os problemas da vida – até a própria morte.

Apenas a deplorável reflexão de que isso era impossível me fez por fim levantar-me com um suspiro de profunda pena.

Mas levantei-me sem desespero. Ela nada murmurou, não fez o menor gesto. Havia qualquer coisa de augusto na calma da sala. Era uma paz estranha que ela partilhava comigo nesse abrigo inesperado, todo desordem no seu esplendor abandonado. O que me perturbava era a consciência repentina, como que material, do tempo se escoar como a água que corre. Parecia-me que era apenas a tenacidade do meu sentimento que mantinha o corpo daquela mulher, estendido e tranqüilo sobre a corrente. Mas quando por fim me aventurei a olhar-lhe o rosto, vi-a enrubescida, os dentes cerrados – era visível –, as narinas dilatadas, e nos olhos estreitos, de olhar horizontal, uma expressão de êxtase interior e amedrontado. Os bordos do casaco de peles se afastaram e eu me afastei. Como na noite em que nos despedimos, tive a mesma impressão de que qualquer coisa acontecera e que eu não compreendia: apenas, desta vez, eu não a comovera. Realmente não podia compreender. Ao menor sussurro eu teria partido sem um lamento, como se tal emoção lhe conferisse o direito de ser obedecida. Mas não houve sussurro algum. Permaneci muito tempo apoiado no braço, a olhar o fogo e a sentir distintamente entre as quatro paredes daquela sala o correr do tempo irresistível passar por nossas duas personalidades naufragadas.

E de repente ela falou. Falou com aquela voz que era tão profundamente tocante sem jamais ser triste, talvez um tanto grave, expressão suprema do seu encanto. Perguntou como se nada houvesse acontecido:

– Em que pensa, amigo?

Voltei-me. Ela estava reclinada de lado, calma sobre o suave correr do tempo, de novo muito aconchegada no casaco de peles, a cabeça apoiada na almofada em ouro velho do sofá e que trazia, como tudo o mais naquela sala, as letras entrelaçadas do seu monograma; estava então com o rosto um pouco pálido, com o lóbulo vermelho da orelha sob o reflexo flavo da cabeleira solta, os lábios entreabertos, e o olhar de safira firme e imóvel, um pouco ensombrado de fadiga.

– Posso pensar noutra coisa que não seja você? – murmurei, sentando-me ao pé do sofá. – Ou antes, não é pensar, é mais, é como a consciência da sua presença permanente em mim, completa dos pés à cabeça, até a mais leve sombra de expressão, e não só quando estamos separados, mas ainda quando estamos juntos, sozinhos, perto um do outro como agora. Agora vejo-a deitada neste sofá, mas é apenas o fantasma insensível da sua pessoa real que existe dentro de mim. E me é tanto mais fácil sentir isso porque essa imagem que os outros vêem e chamam pelo seu nome – como poderei saber se ela não passa de uma névoa encantada? Você nunca deixou de esquivar-se de mim, salvo em um ou dois momentos que ainda me parecem mais irreais do que o resto. Desde que entrei nesta sala, você nada fez para destruir a convicção de que fora de mim só a sua aparência existe. Você não me ofereceu a mão para que eu a tocasse. Será pelo receio de não ser, fora de mim, mais do que um simples fantasma, e pelo temor de se arriscar a uma prova?

Uma das suas mãos estava sob o casaco, e a outra apoiava-se no seu rosto. Ela não proferiu uma só palavra. Não exprimiu a intenção do menor gesto. Os seus olhos não se mexeram, nem mesmo depois que acrescentei ao cabo de algum tempo de espera:

– Exatamente o que pensava. Você é uma fria ilusão.

Sorriu misteriosamente, sem me olhar, na direção do fogo, e foi tudo.

VI

Tive uma suspeita momentânea de ter dito alguma tolice. O seu próprio sorriso, entre muitas coisas, parecia convencer-me disso. E respondi com certa resignação:

– Pois bem, não estou lá muito certo de que você seja apenas uma névoa. Lembro-me de que um dia me apoiei em você como quem se afoga... Mas talvez seja melhor não tocar no assunto. Não foi há muito tempo, e você poderia...

– Não me importa. E então?...

– Pois bem, conservei a impressão de uma grande solidez. É preciso confessá-lo. Uma mulher de granito.

– Um médico me disse certa vez que eu fui feita para durar para sempre – disse ela.

– Mas é essencialmente a mesma coisa – continuei. – O granito também é insensível.

Observei-lhe o perfil bem de encontro à almofada, e o seu rosto adquiriu uma expressão que eu bem conhecia e que ela costumava ter quando, com uma indignação que dissimulava um riso reprimido, me atirava a palavra "imbecil". Esperei pela palavra, mas ela não veio. Devo dizer, contudo, que eu sentia a cabeça zonza, e de quando em quando um ruído semelhante ao das ondas nos ouvidos, de modo que é possível que não a ouvisse. A mulher de granito, feita para durar sempre, continuava a olhar para as achas ardentes que se amontoavam numa espécie de ruína inflamada sobre as cinzas brancas.

– Vou dizer-lhe como é – declarei. – Quando você está na minha presença, há uma tal projeção de todo o meu ser na sua direção, que não consigo vê-la distintamente. É assim desde o princípio. Posso dizer que nunca a vi distintamente até o momento da nossa despedida, quando pensei que a tinha perdido para sempre. Foi então que você tomou corpo na minha imaginação, e que o meu espírito se apoderou de uma forma definida para me devotar todas as suas adorações – suas profanações também. Não me imagino arrojando-me um aviltamento espiritual diante de uma simples imagem. Consegui um domínio sobre você que nada pode abalar agora.

– Não fale assim – disse ela. – É muito para mim. E temos uma noite inteira diante de nós.

– Você acha talvez que eu não fui bastante sentimental? Mas o sentimento ali estava, claro como a mais clara chama que jamais ardeu na terra desde os tempos mais remotos, diante desse elemento eterno que está em você, que é a sua herança. E será minha culpa se aquilo que eu tinha a oferecer era uma chama real, e não um incenso místico? Não é culpa sua nem minha. E agora, por mais que digamos um ao outro, de dia ou de noite, este sentimento existe, subsistirá até o dia da minha morte – quando você não estiver mais presente.

Ela continuava a olhar fixamente para os carvões ardentes; e dos seus lábios que mal se mexeram, caíram, num murmúrio calmo, estas palavras:

– Nada seria mais fácil do que morrer por você.

— Realmente – exclamei. – E você espera talvez que eu lhe beije os pés num transporte de gratidão enquanto encho o peito de orgulho com as suas palavras? Mas essa magnífica declaração só me inspira desdém. Como ousa você oferecer-me esse charlatanismo de paixão? Que tem ele a ver entre nós, entre as únicas criaturas no mundo que não têm necessidade de nenhuma hipocrisia entre si? Será possível que o charlatanismo tenha atingido o seu coração? Não por egoísmo, estou certo, mas por uma espécie de medo. No entanto, se você fosse sincera, então – preste bem atenção –, eu nunca a perdoaria. Visitaria o seu túmulo todos os dias para a amaldiçoar como uma calamidade.

— Uma calamidade – repetiu ela suavemente como um eco.

— Preferiria ser uma simples ficção que a gente esquece?

— Você nunca se esquecerá de mim – disse ela no mesmo tom, com os olhos fixos nos carvões ardentes. – Bem ou mal. Mas, meu caro, não me sinto nem uma calamidade nem uma ficção. É preciso que eu seja o que sou, e isto, amigo, não é tão fácil, porque posso ser simples, mas como todos aqueles que não conhecem a paz, eu não sou *uma só*. Não! Eu não sou *uma só*.

— Você é ao mesmo tempo todas as mulheres deste mundo – sussurrei inclinando-me sobre ela. E ela não parecia ter noção de coisa alguma, e continuou a falar, olhando sempre para as chamas.

— Se eu fosse isso, diria: Que Deus os proteja, então. Mas isso seria mais apropriado a Teresa. Tenho dentro de mim demasiado respeito para invocar o nome de um Deus de quem certos homens espertos me desviaram há muito tempo. Que remédio tinha eu? Os assuntos eram cativantes... e eu tinha o meu espírito. E além disso, como diz Teresa, sou pecadora por natureza. Sim, meu caro, posso ser naturalmente perversa, mas não sou um mal, e poderia morrer por você.

— Você! – exclamei. – Você tem medo de morrer.

— Sim. Mas não por você.

Todo o edifício das achas ardentes desmoronou, provocando um pequeno turbilhão de cinzas e fagulhas. Esse leve ruído pareceu despertá-la de todo. Ela voltou a cabeça sobre a almofada para me olhar.

– É positivamente extraordinário que nos encontremos os dois assim – disse com convicção. – Que você tenha entrado sem saber que eu estava aqui, e depois me diga que não pode sair. Parece esquisito... Não teria ficado zangada se você me dissesse que não queria. Ficaria ofendido. Mas ninguém jamais prestou muita atenção aos meus sentimentos. Por que sorri assim?

– Uma idéia. Sem o menor charlatanismo de paixão posso dizer-lhe qualquer coisa que se equipare ao seu afeto. Por sua causa não me temi por estar a um fio de cometer o que para toda gente seria um esquálido crime. Note que você e eu somos pessoas honradas. E no fim de tudo poderia ter havido um processo por assassinato. O cadafalso talvez.

– Diz todos esses horrores para me fazer tremer?

– Oh, não precisa tremer. Não haverá crime. Não é necessário que eu me arrisque ao cadafalso, visto que agora você está salva. Mas entrei nesta sala meditando resolutamente nas condições de um assassinato, calculando as possibilidades sem o menor remorso. Está acabado, agora. Está acabado desde que a vi aqui, mas estive tão perto que ainda estremeço.

Ela deve ter sentido grande espanto, pois que ficou alguns momentos sem poder falar. Depois, num fio de voz:

– Por minha causa! Por minha causa! – disse hesitando.

– Por sua – ou por minha? No entanto, não poderia ter sido por egoísmo. Que me importava que você ficasse no mundo? Nunca esperei tornar a vê-la. Cheguei a compor uma linda carta de despedida. Uma carta como mulher alguma jamais recebeu.

Imediatamente ela me estendeu a mão. Os bordos do casaco se afastaram. O eflúvio de um fraquíssimo perfume me invadiu as narinas.

– Deixe vê-la – disse imperiosamente.

– Não é possível. Ela está toda na minha cabeça. Mulher alguma poderá lê-la. Chego a suspeitar que talvez nunca pudesse ser escrita. Mas que despedida! E agora suponho que nos diremos adeus sem um aperto de mão sequer. Mas você está salva! Apenas devo pedir-lhe que não saia desta sala até que eu lhe diga que é possível.

Estava numa ansiedade imensa no meu receio de que o Señor Ortega chegasse a ver Doña Rita, ou mesmo saber que estivera tão perto dela. Estava ansioso pela partida desse indivíduo para Tolouse, e que ele fosse fuzilado nalgum barranco, ou fosse para o inferno por outro processo qualquer, contanto que perdesse definitivamente a pista de Doña Rita. É provável nesse caso que ficasse maluco e que o encarcerassem, ou então que se curasse, esquecesse, e seguisse a sua vocação, por exemplo: montar uma loja e engordar. Tudo isso me atravessou o espírito num instante, enquanto eu me achava ainda deslumbrado por essas imagens confortadoras; Doña Rita deu-me um puxão brusco:

– Você quer dizer – que eu não saia desta casa?

– Não, desta sala – disse eu um tanto embaraçado.

– Que significa isto? Há alguma coisa de extraordinário nesta casa, então? É estranho! Ficar nesta sala? E você também, não é? Você também receia por si?

– Não posso nem dar-lhe uma idéia do medo que tive. Agora estou um pouco mais calmo. Mas você sabe muito bem, Doña Rita, que eu nunca trago arma de espécie alguma comigo.

– E por que não, nesse caso? – perguntou ela com uma indignação que me encantou de tal forma que nem pude sorrir.

– Porque, por mais livre que esteja das convenções, continuo a ser um Velho europeu – murmurei suavemente. – Não, *Excelentíssima,* hei de passar pela vida sem trazer sequer uma chibata na mão. É inútil que se zangue. E se posso aplicar a este momento solene duas palavras que você já ouviu, direi: Sou assim. O meu temperamento é este.

Doña Rita encarou-me fixamente – expressão que não lhe era habitual. De repente levantou-se.

– Don George – disse, com uma animação encantadora –, insisto em saber o que se passa em minha casa.

– Insiste!... Mas Teresa diz que a casa é *dela.*

Se houvesse qualquer coisa à mão, como uma cigarreira, por exemplo, já teria voado espalhando os cigarros na trajetória. Toda corada, as faces, o pescoço, os ombros, ela parecia iluminada por dentro, numa transparência lindíssima. Mas não elevou a voz.

– Você e Teresa juraram cavar a minha ruína. Se não me disser o que pensa, saio daqui e dou um grito junto à escada mandando que ela desça. Sei que estamos só nós três nesta casa.

– Sim, três; mas sem contar o meu jacobino. Há um jacobino nesta casa.

– Um jac...! Oh, George, isto é ocasião para brincar? – começou ela num tom persuasivo, quando um ruído fraco mas esquisito selou-lhe os lábios como se ficassem subitamente gelados. Ela caiu imediatamente numa completa imobilidade. Eu, pelo contrário, fiz um gesto involuntário antes que ficasse também imóvel como a morte. Apuramos o ouvido. Mas o estalido esquisito e metálico fora tão leve, e o silêncio era agora tão perfeito, que se tornava difícil acreditar nos próprios sentidos. Doña Rita lançou-me um olhar interrogador. Fiz-lhe um ligeiro sinal com a cabeça. Ficamos a olhar um para o outro enquanto escutávamos, até o silêncio se tornar intolerável. Doña Rita murmurou compassadamente:

– Ouviu?

– Eu me pergunto... Chego até a pensar que não ouvi.

– Não me atrapalhe. Parecia um arranhar...

– Uma coisa caiu.

– Uma coisa? Que coisa? Quais são as coisas que caem sozinhas? Quem é esse homem a quem você se referiu? Há algum homem aqui?

– Sem dúvida alguma. Fui eu mesmo quem o trouxe para cá.

– Para quê?

– Por que é que eu não havia de ter o meu jacobino? Você também não tem um? Mas o meu é um problema diferente daquele seu farsante de cabelos brancos. O meu é genuíno. Deve haver muitos como ele por aí. Ele quer ter acerto de contas com uma meia dúzia de pessoas, segundo me disse, e clama por uma revolução que lhe dê o desejo.

– Mas por que foi que você o trouxe para cá?

— Não sei... por algum afeto súbito.

Tudo isto se passou em voz tão baixa que parecíamos perceber as nossas palavras mais pelo movimento dos lábios do que pelo ouvido. O homem é um animal estranho. Não me importava o que eu dizia. Tudo que eu queria era conservá-la naquela atitude, ao mesmo tempo animada e tranqüila, com os cabelos soltos, o rosto levemente corado, o casaco escuro num contraste acentuado com as alvas rendas que ela tinha no peito. Só pensava numa coisa, que ela estava adorável, de um encanto que não podia ser descrito. Só me importava essa sublime impressão estética, que resumia toda a vida, toda a alegria, toda a poesia! Tocava as raias do divino. Estou certo de que então não me achava completamente senhor de mim. Não devia estar no meu juízo perfeito. Ela observava-me a fisionomia, e não tenho dúvidas que percebia parte da minha exaltação interior. Ela sabia o que lhe competia fazer. No tom mais doce possível, como num sopro, ordenou:

— George, volte a si.

A doçura teve o efeito de uma luz crepuscular. Acalmei-me. A confiança que ela tinha na própria força comoveu-me profundamente. Suponho que o meu amor fosse demasiado grande para que a loucura pudesse apoderar-se de mim. Não posso dizer que me tenha acalmado de todo, mas fiquei ligeiramente envergonhado de mim mesmo. Murmurei:

— Não, não foi por afeto. Foi o amor por você que me fez trazê-lo para cá. Aquele imbecil H ia mandá-lo para Tolouse.

— Aquele jacobino! — Doña Rita ficou profundamente surpresa, como era natural. Depois, resignada ao incompreensível, disse: — Sim, mas que foi que você fez dele?

— Levei-o para dormir no estúdio.

O esforço de atenção que ela manifestava era encantador.

— E então? — perguntou.

— Então vim para cá a fim de enfrentar a necessidade de desembaraçar-me de uma vida humana. Eis aí o resultado deste curto prazo de doze meses. Não creia que eu a censure, ó força cega! Você *é*, e isso basta para justificá-la. Por mais que acontecesse, você não saberia de nada.

O horror obscureceu o esplendor maravilhoso do seu rosto, que empalidecia sob o violento esforço que ela fazia para compreender. Um silêncio absoluto reinava na casa. Parecia-me que tudo tinha sido dito, que o próprio mundo chegava à sua derradeira fase, ao silêncio eterno. De repente ela ergueu um dedo em sinal de advertência. Eu nada ouvira, e meneei a cabeça, mas ela balançou afirmativamente a sua e murmurou:

– Sim, sim, na sala de armas, como antes.

Respondi da mesma forma:

– Impossível! A porta está trancada e a chave está com Teresa.

Ela perguntou então com muito cuidado:

– Viu Teresa esta noite?

– Vi – confessei sem receio. – Deixei-a preparando a cama desse sujeito quando vim para cá.

– A cama do jacobino? – perguntou ela num tom diferente, como quem não quisesse contrariar um louco.

– Acho que o melhor é dizer-lhe que ele é espanhol e que parece conhecê-la desde a infância... – Encarei-a. O seu semblante estava profundamente tenso e apreensivo. Quanto a mim, não tinha mais a menor dúvida em relação ao tal sujeito, e esperava que ela tivesse chegado sozinha à devida conclusão. Mas creio que estava muito distraída e aborrecida de pensar seguidamente. Parecia apenas sentir certo terror pairando no ar. Movido por uma grande piedade, inclinei-me e murmurei-lhe ao ouvido: – Chama-se Ortega.

Esperei que esse nome produzisse algum efeito, jamais contei, porém, com o que aconteceu. Com a agilidade súbita, desembaraçada, espontânea de um animal jovem, ela pulou do sofá deixando cair as chinelas, e num salto chegou quase ao meio da sala. O vigor, a precisão instintiva daquele pulo tinha qualquer coisa de espantoso. Escapei de ser atingido. Ela pousou de leve no chão com o pé nu, num equilíbrio perfeito, e readquiriu logo a imobilidade, que aliás durou menos que um segundo, e então pôs-se a dar voltas e atirou-se para a primeira porta que encontrou. A minha própria agilidade foi apenas suficiente para me permitir agarrar um pedaço do casaco, e depois apanhá-la pela cintura antes que ela escapasse soltando os braços das mangas. E não cessava de repetir: "Não, não, não". Abandonou-se um instante, o que me permitiu trazê-la para o meio da sala. Depois tentou desembaraçar-se e eu soltei-a logo. Com o rosto bem perto do meu, mas sem saber, provavelmente, para onde olhava, repetiu ainda duas vezes: "Não... Não", com uma entonação que quase me fez vir lágrimas aos olhos, e que me obrigou a lamentar não ter matado logo de saída o bravo Ortega. De repente, Rita sacudiu-se toda e, arrepanhando os cabelos soltos, pôs-se a entrançá-los diante de um dos suntuosos espelhos. As amplas mangas do casaco de peles deslizavam ao longo dos seus alvos braços. Num movimento brusco, transfixou aquela massa de reflexos e centelhas ruivas com a flecha de ouro que ela então percebeu em cima do consolo de mármore. Depois afastou-se do espelho com um pulo, e murmurou febrilmente: "Para fora... fora... fora desta casa", tentando esquivar-se, com um olhar terrível, insensível, diante de mim, que lhe barrava o caminho de braços abertos. Por fim consegui agarrá-la pelos ombros, e, no extremo do meu desespero, sacudi-a rudemente. Se ela não se tivesse acalmado, creio que o meu coração ficaria em pedaços. Sussurrei-lhe bem junto ao rosto:

– Não a deixo. Você há de ficar aqui.

Pareceu reconhecer-me por fim, e, numa calma repentina, perfeitamente firme nos seus pés alvos, deixou cair os braços e, de um abismo de desolação, murmurou: – Ó George! Não! Não! Ortega não!

Havia uma paixão de sofrimento amadurecido nesse tom de súplica. E no entanto ela permanecia tão comovente e inerme quanto uma criança abandonada. Havia nessa atitude toda a simplicidade e a profundeza duma emoção infantil. A maneira direta de enternecer era a mesma. Mas que se podia fazer? Como se poderia acalmá-la? Era impossível acariciar-lhe a fronte, colocá-la nos joelhos, dar-lhe chocolate e mostrar-lhe um livro de figuras. Eu me achava absolutamente sem recurso. Completamente perdido.

– Sim, Ortega. E então? – murmurei com uma confiança imensa.

VII

Havia um turbilhão dentro da minha cabeça. Posso dizer que naquele momento preciso não havia ninguém de juízo perfeito na casa em que estávamos. Sem contar Teresa e Ortega, ambos sob o domínio de paixões indizíveis, toda a economia moral de Doña Rita se esfacelara. Tudo se perdera, a não ser o seu forte sentimento de viver com todas as suas ameaças implícitas. Ela não era mais que um caos de sensação e vitalidade. Quanto a mim, sofria intensamente pela minha incapacidade de agarrar-me a alguma idéia fundamental. A única em que eu poderia melhor edificar algumas esperanças era a idéia de que, naturalmente, Ortega não sabia de tudo. Foi o que sussurrei ao ouvido de Doña Rita, junto àquela orelha preciosa e de tão lindas formas.

Ela, porém, abanou a cabeça, como uma criança inconsolável, e com o pessimismo próprio às crianças murmurou:
– Teresa já lhe terá dito.

As palavras: "Que absurdo!" não conseguiram transpor-me os lábios, porque não podia ludibriar-me que tivesse havido um ruído, e que esse ruído tivesse vindo da sala de armas. Conhecia essa sala. Lá não havia nada que pudesse cair com tal sonoridade. Havia uma mesa com um espelho numa das extremidades, mas desde que Blunt levara o seu equipamento não ficara o menor objeto sobre o consolo ou em qualquer outro lugar que pudesse ter caído de algum modo misterioso. Uma das paredes apresentava um sistema complicado de sólidos canos de cobre, e perto uma enorme banheira embutida no assoalho. A maior parte da sala, em todo o seu comprimento, era recoberta de esteiras e como mobiliário dispunha apenas de uma longa e estreita banqueta de couro fixa à parede. Nada mais havia. E a porta que dava para o estúdio estava trancada. E quem tinha a chave era Teresa. E de repente o meu espírito se iluminou, independentemente do pessimismo de Doña Rita, pela força de uma convicção pessoal, certo de que Teresa havia de dizer-lhe. Todo o encadeamento dos fatos me apareceu perfeitamente coordenado, levando a esta conclusão particular: Teresa havia de dizer-lhe! Eu via na minha imaginação o contraste das cabeças daqueles dois temíveis lunáticos se aproximando, numa névoa escura de sussurros feitos de avidez, de piedade e ciúme, tramando com um sentimento de perfeita confiança, abrigados por assim dizer pela Providência. Pelo menos é o que Teresa pensava. Ela não podia deixar de estar sob a impressão de que (providencialmente) eu fora chamado a sair para o resto da noite.

E havia agora uma pessoa com juízo naquela casa, pois eu reconquistara pleno domínio sobre as minhas idéias. Uma sucessão lógica de imagens mostrou-me enfim, tão claramente quanto um quadro na parede. Teresa apertando com fervor a chave na palma da mão do rico, do prestigioso, do virtuoso primo, para que ele fosse fazer a dádiva da sua pessoa a Doña Rita, e fazer jus à recompensa perante Aquele cujos olhos vêem todas as ações dos homens. E esta imagem daqueles dois com a chave, no estúdio, parecia-me a mais monstruosa concepção do fanatismo, a mais abominável aberração. Pois quem poderia enganar-se sobre o estado de espírito que conferia a Ortega o aspecto que ele tinha, e que inspirava ao mesmo tempo piedade e temor? Eu não podia negar que compreendia o seu sofrimento, senão em toda a sua extensão, pelo menos em sua natureza exata. Embora jovem, eu resolvera o problema daquela grotesca e sombria personalidade. O seu contato comigo, aquele contato pessoal com um dos amantes (ele assim julgava, pelo menos) daquela mulher que lhe trouxera desde a infância a maldição dos deuses, fizera inclinar-se a balança indecisa. Eu teria estado sem dúvida bem perto da morte no grande salão da Maison Dorée se a sua tortura não tivesse sido tão viva. Parecia-me possível ter ouvido o grito daquela alma enquanto estávamos sentados à mesa do jantar. Mas durante um momento ele cessou de preocupar-se comigo. Eu não era nada. No excesso do seu ciúme eu era apenas um entre cem mil. Que valia a minha morte? Nada. Toda a humanidade possuíra aquela mulher. Eu sabia que o desejo que ele tinha por ela era: Minha – ou Morta.

Tudo isso devia ser claro como o dia, mesmo para o maior idiota que jamais existiu: e Teresa era, a bem dizer, exatamente isso. Uma idiota. Uma criatura possuída por uma só idéia. Apenas a idéia era complexa; sendo portanto realmente impossível dizer de que coisa não era ela capaz. Eis o que tornava horríveis os seus obscuros processos. Ela tinha às vezes o dom da mais espantosa percepção. Quem poderia dizer onde terminava a sua simplicidade, e onde começava a sua astúcia? Tinha também a faculdade de nunca se esquecer do menor fato que se relacionasse com a sua idéia fixa; e lembrei-me então que a conversa comigo sobre o testamento produzira nela uma impressão indelével da eqüidade da lei. Recordando a sua admiração ingênua pela lei "justa" que não exigia nenhum "papel" de uma irmã eu via-a desencadear o destino furioso com um ar devoto. E Teresa, naturalmente, daria a chave da sala de armas ao seu caro, virtuoso, grato e desinteressado primo, àquela alma danada de suíças encantadoras, porque julgava possível que Rita poderia ter trancado a porta que dava para o corredor, mas que não havia razão plausível, a menor verossimilhança, da irmã se preocupar com a outra porta. A justiça exigia que a irmã transviada fosse apanhada de improviso.

Tudo o que precede é a análise de um momento brevíssimo.

As imagens são para as palavras o que a luz é para o som: incomparavelmente mais rápidas. Tudo isso, realmente, não passou de um clarão através do meu espírito. Uma idéia confortadora se sucedeu: ambas as portas estavam trancadas, e de fato não havia perigo.

No entanto, houvera aquele ruído. Como e por quê? Naturalmente, no escuro, Ortega podia ter caído na banheira, mas isso não faria tão pouco barulho. Não teria sido um barulho arrastado. Não havia absolutamente nada que ele tivesse podido derrubar. Poderia ter deixado cair um castiçal se Teresa lhe tivesse deixado o seu. Era possível, mas então, e aquelas esteiras?

E, de qualquer forma, por que havia de deixar cair? E, que diabo, por que não havia de ter ido diretamente experimentar a porta? Tive de repente a visão dolorosa daquele sujeito acocorado junto ao buraco da fechadura, escutando, escutando, escutando, à espreita do menor movimento ou suspiro da adormecida que ele estava prestes a tirar do mundo, viva ou morta. Eu tinha a convicção de que ele ainda estava escutando. Por quê? Só Deus sabe! Ele bem podia estar embevecido com a certeza de que a noite era comprida e que todas aquelas horas lhe pertenciam.

Eu estava certíssimo de que ele não poderia ter ouvido nada dos nossos cochichos, pois a sala era demasiado vasta e a porta bastante sólida. Não tinha a mesma confiança na eficiência da fechadura. Silêncio!... Tapando os lábios com a mão, impeli Doña Rita de volta para o sofá. Ela não me respondeu, e quando a agarrei pelo braço, notei que não queria mover-se. Enraizara-se naquele tapete Aubusson; e estava tão rigidamente imóvel que os brilhantes da haste da flecha de ouro, sob todo o reflexo do candelabro de seis velas à cabeceira do sofá, nem sequer cintilavam.

Eu estava numa ânsia terrível de que ela não se traísse. Raciocinava, salvo seja, como psicólogo. Não tinha dúvidas de que o homenzinho sabia que ela estava ali, mas sabia-o apenas por ouvir dizer. E já era demais. Eu não podia deixar de sentir que, se ele obtivesse alguma evidência dessa presença por qualquer ruído, voz ou movimento, a sua loucura ganharia força bastante para arrebentar a fechadura. A minha preocupação com as fechaduras chegava ao ridículo. Senti-me possuído por uma horrível desconfiança pela casa inteira, que me aparecia como uma armadilha mortal. Eu não tinha armas, e não sabia se ele tinha alguma. Por mim não tinha medo de uma luta, mas receava por Doña Rita. Rolar aos seus pés, atracado, unhas e dentes, com Ortega, seria odioso. Eu queria poupar-lhe os sentimentos, assim como estava ansioso para livrá-la de qualquer contato com a lama dos pés daquela cabreira das montanhas de rosto simbólico. Encarei-a. Pela sua imobilidade bem podia ser uma estátua. Desejava saber como lidar com aquele mistério encarnado, para o influenciar, para o dirigir. Oh, como eu desejaria ter o dom da autoridade! Além disso, desde que tinha reconquistado o juízo, voltaram-me todos os escrúpulos de me agarrar a ela. Sentia-me tímido e embaraçado. Estava com os olhos fixos na maçaneta de bronze da porta da sala de armas, como se fosse qualquer coisa dotada de vida. Enrijava-me todo na expectativa do momento em que a visse girar. Era o que ia acontecer então. Havia de girar com toda a suavidade. O meu coração batia forte. Mas eu estava preparado para me conservar imóvel como a morte, e esperava que Doña Rita teria bastante juízo para fazer o mesmo. Lancei-lhe outro olhar ao rosto e nesse momento ouvi a palavra "Querida!" formar-se sozinha no ar quieto da sala, fraco, distinto, de meter dó, como a derradeira súplica de um agonizante.

Com grande presença de espírito sussurrei ao ouvido de Doña Rita: "Silêncio, nem uma palavra!" e fiquei louco de alegria ao ver que ela me ouvira, compreendera, que chegara mesmo a dominar os lábios rígidos. Respondeu-me num sopro, enquanto as nossas faces quase se tocavam: "Tire-me desta casa".

Olhei para as suas roupas espalhadas e sussurrei enérgico: "Não se mexa", observando com alívio que ela não fazia menção de mexer-se, embora voltasse a animar-se, ficando com os lábios apertados num terrível e involuntário sorriso. E não sei se fiquei contente quando ela, que parecia não se comover nunca, me agarrou de repente pelo punho. Foi como que de propósito, pois quase em seguida um outro "Querida!" mais forte, mais angustiado se possível, invadiu a sala e penetrou-me até o coração. Foi seguido sem a menor transição, preparo ou advertência por um legítimo berro: "Fala, animal perjuro!" que percebi passar num calafrio através de Doña Rita como um choque elétrico, deixando-a imóvel como antes.

Até ele sacudir o trinco da porta – o que fez logo em seguida – era-me impossível dizer através de que porta tinha vindo a sua voz. As duas portas (em paredes diferentes) eram muito próximas uma da outra. Era como eu esperava. Ele estava na sala de armas, perfeitamente desperto, com os sentidos alertas para captar o mais leve ruído. A situação não era nada agradável. Não podíamos nem sequer pensar em sair da sala. Ele podia perfeitamente precipitar-se no saguão antes de atingir a porta de entrada. Quanto a escapar para o sobrado, havia a mesma objeção, e arriscarmo-nos a uma perseguição através da casa vazia inteira por aquele demente seria a mais completa loucura. Não havia a menor vantagem em nos trancarmos numa peça qualquer do sobrado, onde as portas e as fechaduras eram muito menos resistentes. Não, a verdadeira salvação residia na imobilidade e no silêncio absoluto, a fim de que a sua própria fúria acabasse por duvidar, esgotando-se ou sufocando-o, antes de se extinguir, o que pouco me importava.

Para mim seria uma estupidez sair e encontrar-me com ele, pois eu tinha então a certeza de que Ortega estava armado. Lembrava-me que a parede da sala de armas estava decorada de troféus de armas brancas de toda a espécie, civilizadas e selvagens: azagaias dispostas em feixes agrupados entre si, sóis e estrelas de achas, de sabres e de punhais: da Itália, de Damasco, da Abissínia, de todos cantos do mundo. A Ortega só cabia fazer a sua bárbara escolha. Suponho que ele teria trepado na banqueta e, tateando por entre as armadas, deixou cair uma delas que, na queda, produzira o tal ruído arrastado. Mas de qualquer forma ir ao seu encontro seria uma loucura, porque, afinal de contas, eu poderia ser subjugado (mesmo de mãos nuas) e assim Doña Rita ficaria completamente sem defesa.

– Ele vai falar – chegou-me ao ouvido o murmúrio fantástico e aterrado da voz de Rita. – Tire-me desta casa antes que ele comece a falar.

– Fique quieta – murmurei. – Ele não tarda a cansar-se disto.

– Você não o conhece.

– Se conheço! Passei duas horas com ele.

Nisto ela largou-me o pulso e cobriu o rosto com as mãos num gesto apaixonado. Quando as deixou cair, tinha o aspecto de uma pessoa mortalmente aniquilada.

– Que lhe disse ele?

– Extravagâncias.

– Escute-me. Era tudo verdade!

– Sem dúvida. Mas que importa?

Este diálogo fantástico foi proferido numa voz pouco mais audível do que os nossos pensamentos; mas depois da minha última resposta, ela deteve-se, lançou-me um olhar inquisidor, e depois soltou um profundo suspiro. A voz do outro lado da porta explodiu como uma prece apaixonada, reclamando um pouco de piedade, duas palavras, uma única palavra – uma pobre palavrinha. Depois desistiu, para logo repetir mais uma vez:

– Diz que estás aí, Rita. Diz uma palavra, uma palavra só. Diz que sim. Vamos! Só um sim!

– Está vendo? – disse eu. Ela limitou-se a baixar as pálpebras sobre o olhar ansioso que me dirigiu.

Durante um minuto pudemos ter a ilusão de que ele se afastara furtivo, despercebido, sobre as esteiras grossas. Mas não penso que qualquer de nós se enganasse. A voz recomeçou, gaguejando palavras desconexas, interrompendo-se, até que de repente se firmou, elevando-se numa súplica inflamada, em tonalidades graves e roucas, volúvel, altiva, às vezes abjeta. Quando cessou, nós dois nos contemplamos profundamente.

– É quase cômico – murmurei.

– Sim. Dá vontade de rir – concordou ela, numa espécie de convicção sinistra. Eu nunca a vira com uma expressão exatamente como aquela, transformada de repente, uma Rita incrível.

– Pois não zombei dele vezes sem conta? – acrescentou com voz sombria.

Ele parecia estar falando sozinho do outro lado, e inesperadamente berrou "Que é?" como se tivesse julgado ouvir alguma coisa. Esperou um pouco antes de recomeçar aos gritos: "Fala, rainha das cabras, com as tuas manhas de cabra..."

Tudo ficou em silêncio durante algum tempo, depois veio uma pancada tremenda na porta. Ele com certeza recuara um passo para se arremessar de corpo inteiro contra o painel. A casa toda parecia estremecer. Repetiu o feito mais uma vez, e depois modificou-o com um prolongado martelar de punhos. Era verdadeiro cômico. Mas eu me sentia em luta contra uma tristeza avassalante, como se não estivesse mais seguro de mim mesmo.

– Leve-me – murmurou Doña Rita febril –, tire-me desta casa antes que seja tarde.

— É preciso que você suporte tudo isso — respondi.
— Assim seja, mas nesse caso você não deve ficar. Saia agora, antes que seja tarde.

Não me dignei a responder. O martelar dos punhos cessou, extinguindo-se a trovoada absurda no interior da casa. Não sei por que, tive precisamente nesse momento a visão da boca vermelha de José Ortega se contorcendo de raiva entre as ridículas suíças. Ele recomeçou, mas agora num tom desalentado:

— Esperas que alguém esqueça as tuas manhas, seu demônio? Não me viste dar voltas e mais voltas para te ver no meio daqueles cavalheiros elegantes, a cavalo, como uma princesa, de rosto puro como imagem de santa? Nem sei por que não te atirei pedras. Nem sei como não corri atrás de ti contando a história bem alto — maldito acanhamento meu! Mas tenho certeza que os outros sabiam tanto quanto eu. Mais ainda. Conheciam todas as novas manhas — se era possível.

Enquanto fazia esse estardalhaço, Doña Rita pôs os dedos nos ouvidos, depois mudou subitamente de idéia e tapou-me os ouvidos com as mãos. Instintivamente procurei livrar-me, ela, porém, insistiu. Lutamos um pouco sem sair do lugar, e de repente consegui soltar a cabeça: o silêncio era completo. Ele tinha berrado até perder o fôlego, mas Doña Rita, depois de murmurar: "Muito tarde, muito tarde!", soltou-me e, despindo completamente o casaco de peles, apanhou uma peça de roupa qualquer numa cadeira próxima (creio que era uma saia), com a intenção de vestir-se, imagino, e de fugir. Decidido a impedi-la, mas na verdade sem saber o que fazia, segurei-lhe o braço. Foi uma luta silenciosa também, mas eu empreguei o mínimo de força possível e ela conseguiu dar-me um empurrão inesperado. Recuando para não cair, derrubei a mesinha em que se achava o candelabro de seis braços, o qual bateu no chão, repercutiu com um ruído surdo no tapete, e, quando se deteve, todas as velas estavam apagadas. Do outro lado da porta, Ortega ouviu naturalmente o barulho, e saudou-o com um berro triunfante "Ah! consegui te acordar", grito cuja selvageria extrema tinha um efeito risível. Senti o peso de Doña Rita aumentar no braço, e achei melhor deixá-la escorregar para o chão, no intuito de ter os movimentos livres e na verdade apavorado pelo fato de Ortega, tendo por fim ouvido um barulho, vir infalivelmente arrombar a porta. Mas ele nem sequer a esmurrou. Parece que aquele grito o esgotara. Não havia outra luz na sala a não ser o sombrio reflexo das cinzas, e eu mal podia distinguir, entre as sombras dos móveis, Doña Rita de joelhos, numa atitude penitente e desesperada. Diante desse desmoronamento eu, que um momento antes havia lutado desvairadamente com ela, senti que não ousaria tocá-la. E eu não podia compreender esta emoção, esse abandono, essa humildade de consciência ferida. Do outro lado chegou-nos uma súplica, implorando para abrir a porta. Ortega continuava a repetir: "Abre a porta, abre a porta", com uma tão surpreendente variedade de entonações, imperiosas, lamurientas, persuasivas, insinuantes, e até inesperadamente jocosas, que cheguei a sorrir a mim mesmo, a despeito do peso que sentia no coração. Depois ele observou, como que entre parênteses: "Oh, tu sabes como atormentar um homem, seu diabinho queimado, magricela, desgrenhado. E vê bem", recomeçou num tom estranhamente doutoral, "que és detestável em todos os teus membros: os teus olhos são detestáveis, detestável é a tua boca, os teus cabelos são detestáveis, e o teu corpo é frio e viciado como o da serpente – tu és toda perdição".

A declaração foi feita num tom surpreendentemente deliberado. Ele soltou um suspiro lamentável e gritou numa entonação pungente: "Sabes bem, Rita, que não posso viver sem ti. Não tenho vivido, não estou vivendo agora. Isto não é vida. Vamos, Rita, não podes arrancar a alma de uma criança, depois deixá-la crescer e ir pelo mundo afora, pobre-diabo, enquanto te metes no meio dos ricos, indo dos braços de um para os de outro, mostrando todas as tuas manhas. Mas perdôo-te se ao menos me abrires a porta", e terminou bombástico: "Lembra-te como juraste tantas vezes ser minha mulher. Tu te prestas mais para mulher de Satanás, mas não me importa. Hás de ser *minha* mulher!"

Um ruído perto do assoalho fez-me inclinar a cabeça e murmurar gravemente: "Não ria", pois nas suas grotescas, quase burlescas perorações parecia-me existir verdade, paixão, e horror suficientes para comover uma montanha.

De repente a suspeita apoderou-se dele, e pôs-se a berrar com voz penetrante: "Oh, criatura miserável e falsa! Não me escaparás! Hei de apanhar-te..."

Tive a impressão de que ele se sumira. Naturalmente não me era possível vê-lo, mas, seja como for, era minha impressão. Mal me ocorrera isso quando – bumba!... já estava na outra porta. Provavelmente julgara que a presa lhe escapava. A sua rapidez era pasmosa, quase inconcebível, parecendo mais efeito de estratagema ou maquinaria. A pancada na porta foi tremenda, como se ele não tivesse sido capaz de deter-se a tempo. O choque parecia suficiente para abater um elefante. Era realmente cômico. E depois do estrondo seguiu-se um momento de silêncio, como se ele procurasse recuperar as forças. Em seguida ouviu-se um gemido baixo, e imediatamente ele retomou a idéia fixa:

– Hás de ser minha mulher. Não tenho vergonha. Juraste e tens que cumprir.

Sons abafados fizeram com que eu me inclinasse de novo sobre a forma ajoelhada, branca ao reflexo vermelho da lareira. "Pelo amor de Deus, não faça isso", murmurei-lhe. Ela lutava contra um tremendo acesso de alegria, repetindo a si mesma: "Sim, todos os dias, durante seis meses. Sessenta vezes pelo menos, sessenta vezes pelo menos". Sua voz elevava-se. Estava em luta contra o riso, mas quando tentei tapar-lhe os lábios com a mão senti que tinha o rosto úmido de lágrimas. Abanou a cabeça para se esquivar da minha mão com gemidos fracos, surdamente reprimidos. Perdi completamente a prudência e disse: "Cale-se", de modo tão ríspido que cheguei a espantar-me (e ela também).

A voz de Ortega no saguão perguntava distintamente: "Hein? Que é isto?" e depois ficou quieto, escutando, mas provavelmente pensava que os seus ouvidos o enganavam. Além disso, começava a cansar-se. Mantinha-se em silêncio do outro lado, descansando. Depois suspirou profundamente, e então, num tom de melancolia áspera, recomeçou:

– Meu amor, minha alma, minha vida, fala-me. Que sou eu então para que faças tanto esforço pretendendo que não estás aí? Fala-me – repetiu trêmulo, acompanhando este apelo mecânico de um rosário de termos de extravagante ternura, dos quais alguns absolutamente pueris, terminando todos de repente. E por fim, depois de uma pausa, ouvimos distintamente: "Que hei de fazer agora?", como se estivesse falando a si mesmo.

Estremeci ao ouvir, ao meu lado, elevar-se uma voz vibrante, cheia de desprezo: "Que hás de fazer? Pois bem, vai te esconder olhando para trás como costumavas fazer há anos passados quando eu estava farta de ti".

– Rita – murmurei apavorado. Ele deve ter ficado mudo durante um momento. Depois, só Deus sabe por que, no cúmulo da sua consternação ou da sua raiva, pôs-se a falar em francês com o sotaque mais ridículo do mundo.

– Ah! então acabaste encontrando a língua, hein? *Catin!*[1] Nunca foste outra coisa desde que nasceste. Não te lembras como...

Doña Rita pôs-se de pé num pulo junto de mim num grande grito:

"Não, George, não", que me transtornou completamente. A subitaneidade e a força desse grito fizeram com que o silêncio que se seguiu, de ambos os lados da porta, se tornasse profundamente aterrador. Pareceu-me que se eu não resistisse com todas as minhas forças, qualquer coisa dentro de mim se extinguiria naquele momento mesmo. Nas pregas longas e retas da sua camisa de dormir, ela parecia um bloco de mármore, enquanto eu também me petrificava diante do clamor tremendo que se fazia no vestíbulo.

– Teresa, Teresa – urrava Ortega. – Ela está com um homem lá dentro!

Correu para o pé da escada e gritou de novo:

– Teresa, Teresa! Há um homem lá dentro com ela. Um homem! Desce, sua camponesa miserável, desce para ver.

Não sei onde se achava Teresa, mas estou certo de que essa voz não deixou de atingi-la, terrível, como se clamasse aos céus, e num tom agudo, penetrante, que me deu a certeza de que, se ela estava deitada, a única coisa que havia de fazer seria enfiar a cabeça debaixo dos lençóis.

Com um último berro "Desce para ver", Ortega precipitou-se de encontro à porta do quarto e pôs-se a abalá-la violentamente.

Era uma porta muito alta, de duplo batente, cujas ferragens, as aplicações de cobre, os ferrolhos, deviam estremecer, porque ela estalava, rangia, parecia estourar, o que produziu um estrondo que ressoou no grande vestíbulo vazio. Era ao mesmo tempo ensurdecedor, aterrador, e vagamente alarmante, como se fosse capaz de pôr a casa embaixo, e, ao lado disso, a futilidade do conjunto das circunstâncias era, não se podia negá-lo, de efeito cômico. A própria enormidade da algazarra que aquele homenzinho provocava era engraçada. Mas não podia sustentar tal esforço continuamente, e quando ele se deteve para retomar o fôlego, ouvimo-lo gritar a si mesmo em tom de vingança. Compreendia tudo! Fora atraído para aquela casa (e a porta rangia). Fora atraído para aquela cidade, berrava, ficando cada vez mais excitado pelo ruído que ele mesmo fazia. – Fora atraído para ser exposto àquilo (e a porta rangia) – por essa desavergonhada *"Catin! Catin! Catin!"* Lançou-se de novo de encontro à porta com um vigor sobre-humano.

Atrás de mim ouvi Doña Rita rindo suavemente. Interpelei-a:

– Conserve o sangue-frio, por favor!

Ela respondeu-me com voz clara:

– Oh, meu caro, consentiria jamais em falar-me depois de tudo isso? Mas não me peça o impossível! Ele nasceu para ser escarnecido.

– Sim – exclamei –, mas não se deixe levar.

Não sei se Ortega nos ouviu: exibia então as últimas forças dos seus pulmões para protestar contra a infame trama que o expunham, à zombaria dos cúmplices daquela mulher obscena!... E principiou um novo assédio contra a porta, tão prolongado e violento que tive a impressão de que a caliça do teto ia-nos cair em cima, ou então que ele não tardaria a aniquilar-se, fulminado ali mesmo diante da porta.

Deteve-se, soltou algumas imprecações, e pareceu acalmar-se, esgotado.

– Essa história há de correr mundo – recomeçou. – Enganado, atraído a uma cilada, insultado, para servir de joguete às mais infames das criaturas, esta mulher e os seus cúmplices.

Era realmente uma espécie de meditação. Depois berrou:
– Hei de matá-los a todos.

Mais uma vez pôs-se a maltratar a porta, mas num esforço fraco e interrompido que logo cessou. Devia estar completamente exausto.

Doña Rita, do meio do quarto, perguntou-me bem alto, temerariamente:
– Diga-me! Ele não nasceu para ser escarnecido?

Não respondi. Estava tão perto da porta que tinha a impressão de ouvi-lo arfar do outro lado. Não tinha mais forças, nem fôlego, nem capacidade de resistir, mas eu ignorava-o. Estava esgotado, liquidado, mas talvez ele próprio o ignorasse. E como estava quieto! Assim que comecei a surpreender-me, ouvi-o distintamente dar um tapa na testa:
– Compreendo! – exclamou. – Aquela miserável hipócrita lá de cima arranjou tudo. Com certeza consultou a padraria. É preciso que eu reconquiste o respeito de mim mesmo. Que ela morra primeiro.

Precipitou-se para a escada. Fiquei apavorado, embora a idéia de Teresa ser apanhada na própria cilada fosse como um passe de teatro numa farsa. Numa farsa das mais ferozes. Instintivamente dei volta à chave na fechadura. O riso de Doña Rita ressoava, amargo e cheio de desprezo. Depois ouvi Ortega gemer como que numa tortura: "Está doendo! Está doendo! Está doendo!" Hesitei apenas um momento, meio segundo, nada mais, antes porém que pudesse abrir de todo a porta, ouvi no vestíbulo um gemido breve e o ruído de uma queda.

Ortega estava prostrado de costas, ao pé da escada. Ao vê-lo, fiquei interdito. Uma das suas pernas estava encolhida, a outra esticada, com o pé encostando quase no pedestal da estatueta de prata que sustentava aquela luz mortiça e tenaz que tornava tão pesadas as sombras do vestíbulo. Um dos seus braços estava atravessado sobre o peito. O outro estendia-se sobre o assoalho preto e branco, com a palma da mão virada para cima e os dedos enrijados. A sombra do último degrau atravessava-lhe o rosto de viés, mas podia-se distinguir uma das suíças e parte do queixo. Parecia singularmente deprimido. Não fazia o menor gesto. Estava em mangas de camisa. Senti uma profunda aversão por aquele espetáculo. O ruído característico de uma chave na fechadura feriu-me os ouvidos. Não podia localizá-lo, nem prestei muita atenção a princípio. Estava preocupado em observar o Señor Ortega. Não fosse a perna encolhida, mostrava-se de tal modo achatado no chão, e adquirira uma forma tão contorcida, que parecia ser apenas a sombra do Señor Ortega. Chegava a ser impressionante vê-lo tão calmo depois de toda aquela fúria, daquele clamor, daquelas vociferações. Positivamente nunca houve nada no mundo tão quieto quanto aquele Ortega que ali estava. Tive a estranha sensação de que não se deveria incomodá-lo.

Um ruído de correntes, um leve estalido ressoaram no silêncio do vestíbulo, e uma voz começou a blasfemar em italiano. A surpresa desses sons foi muito bem recebida, pois fez com que eu voltasse a mim, e percebi que vinha da porta de entrada, que parecia ligeiramente entreaberta. Quereria alguém entrar? Eu não me opunha absolutamente. Dirigi-me para a porta e disse: "Espere um pouco, está com o cadeado". Uma voz grave do outro lado respondeu-me: "Que coisa extraordinária!" Concordei mentalmente. Era com efeito extraordinário. O cadeado nunca se utilizava, mas Teresa era uma criatura terrível, e lançara mão dele naquela noite exclusivamente para não me deixar entrar. Era o velho italiano que, em companhia das filhas, voltava do baile e tentava entrar.

Tive de repente a consciência nítida da situação. Dei um pulo para trás, fechei a porta do quarto de Blunt, e logo em seguida disse ao italiano: "Um pouco de paciência". As mãos tremiam-me, mas consegui tirar o cadeado. O italiano estava imenso, venerável, um pouco aborrecido, e desmanchando-se em agradecimentos. As duas filhas, de saias curtas, meias brancas, e sapatos rasos, de cabeça empoada e brincos cintilantes, se acotovelavam atrás do pai, muito apertadas nos seus capotes leves. Uma delas conservava a meia máscara negra no rosto, e a outra trazia a sua na mão.

O italiano surpreendeu-se ao ver que eu barrava o caminho e observou brincando: "Está frio lá fora, *Signor*".

– Sim – disse eu, e acrescentei num sussurro apressado: – Há um morto no saguão.

Ele não disse uma palavra sequer. Afastou-me um pouco e projetou o corpo para diante para lançar um olhar perscrutador.

– As suas filhas! – murmurei.

Ele disse amável: – *Va bene, va bene.* – E depois, dirigindo-se a elas:

– Entrem, meninas.

Não há nada como lidar com um homem que tenha um longo passado de experiências singulares. A habilidade com que ele deu a volta e conduziu as moças através do saguão, paternal e irresistível, venerável e tranqüilizador, era um espetáculo digno de ver-se. Elas mal tiveram tempo de lançar um amedrontado olhar para trás. Ele impeliu-as, trancou-as com toda a segurança na parte da casa em que habitava, depois atravessou o vestíbulo a passos rápidos. Quando chegou perto do Señor Ortega, deteve-se e disse: "Com efeito, sangue!" Então, escolhendo o lugar, ajoelhou-se junto ao corpo, de cartola na cabeça e com o respeitável sobretudo, enquanto a barba branca dava-lhe de certo modo imensa autoridade.

– Mas... este homem não está morto – exclamou, olhando para mim. Com profunda sagacidade, como que inerente às suas longas barbas, não se deu ao cuidado de fazer-me indagações, e parecia certo de que eu nada tinha a ver com a tétrica cena.

– Ele conseguiu fazer aí do lado uma ferida enorme – observou calmamente. – E que arma! – exclamou, retirando-a debaixo do corpo. Era um produto abissínio ou núbio de forma extravagante: a coisa mais grosseira que se possa imaginar, misto de foice e cutelo, de um só gume e ponta rombuda.

O velho deixou-a cair com um desdém divertido.

– É melhor que o senhor o agarre pelas pernas – decidiu, sem discussão possível. Assim que o levantamos, a cabeça do Señor Ortega caiu desoladamente para trás, fazendo uma exibição medonha, indefesa, da sua garganta alva e grossa.

A lâmpada ardia no estúdio, e a cama estava feita no divã sobre o qual depositamos a nossa carga. O meu venerável amigo apanhou logo o lençol de cima, e começou a rasgá-lo em tiras.

– Pode deixá-lo comigo – disse-me aquele experimentado sábio –, mas o médico fica aos seus cuidados. Se não faz questão de que haja barulho em torno deste caso, terá de encontrar um médico discreto.

Manifestava um interesse benevolente pelo caso. Observou com um sorriso patriarcal, enquanto rasgava ruidosamente os panos: – Seria vantagem não perder tempo.

Não perdi tempo. Durante a hora que se seguiu, despendi uma atividade física considerável. Sem mais palavras, meti-me de cabeça descoberta na última noite de carnaval. Felizmente estava certo do médico que me convinha. Era um homem grisalho, de quarenta anos, bastante corpulento, mas capaz de um súbito esforço. Pelas ruas frias, escuras e desertas, veio correndo em passos graves e apressados, que ecoaram pesadamente no ar frio da noite, enquanto eu o precedia com um ou dois passos de distância. Foi só ao chegar à casa que percebi ter deixado aberta a porta de entrada. A cidade inteira, toda a maldade do mundo teria podido penetrar no saguão preto e branco. Mas não tive tempo para meditar na minha imprudência. O médico e eu trabalhamos em silêncio durante cerca de uma hora, e foi só quando ele se pôs a lavar as mãos na sala de armas, que perguntou:

– Que estava fazendo este imbecil?

– Oh, examinava esta curiosidade – disse eu.

– Ah, sim, e acidentalmente deixou-a escapar das mãos – disse o médico, olhando com desprezo para a faca núbia que eu atirara sobre a mesa. Depois enquanto enxugava as mãos: – Seria capaz de apostar que há uma mulher nessa história, o que, evidentemente, não afeta a natureza da ferida. Espero que a sangria lhe faça bem.

– Nada poderá fazer-lhe bem – disse eu.

– Casa curiosa, esta – continuou o médico. – Pertence a uma mulher bem curiosa, também. Tive ocasião de vê-la uma ou duas vezes. Não me surpreenderia se os vestígios dos seus lindos pés provocassem muita agitação à sua passagem. Suponho que o senhor a conheça bem.

– Conheço.

– Gente curiosa, a desta casa, também. Havia aqui um oficial carlista, homem magro, alto, moreno, que não podia dormir. Consultou-me uma vez. Sabe o que é feito dele?

– Não.

O médico acabara de enxugar as mãos atirando para longe a toalha.

– Extravasamento nervoso considerável. O cérebro parecia não ter repouso, o que não era nada bom. Quanto ao mais, perfeito cavalheiro. E esse espanhol aqui, conheces?

– O bastante para não me importar com o que possa acontecer-lhe – disse eu –, salvo quanto aos aborrecimentos que venha a causar aos meus amigos carlistas, se a polícia tomar conhecimento do caso.

– Bem, então, deverá correr o seu risco na reclusão onde o senhor o colocou. Tratarei de encontrar alguém de confiança para tomar conta dele. Enquanto isso, confio-lhe o caso.

VIII

Assim que fechei a porta atrás do médico, pus-me a gritar por Teresa.

– Desça imediatamente, sua hipócrita miserável! – berrei ao pé da escada, numa espécie de frenesi, como se fora um segundo Ortega. Nem sequer um eco me respondeu, mas de repente uma chama débil e trêmula desceu das trevas do sobrado, e Teresa apareceu no patamar com um castiçal aceso diante do semblante lívido, duro, fechado a qualquer remorso, compaixão, ou misericórdia pela mesquinharia da sua retidão e dos seus instintos rapaces. Estava vestida com aquela abominável fazenda parda de pregas imóveis, e, ao vê-la descer degrau por degrau, dava a impressão de ser feita de madeira. Recuei e apontei o dedo para a treva do corredor que levava ao estúdio. Passou a dois passos de mim, com os olhos pálidos olhando fixos para a frente, com desapontamento e fúria ainda no semblante. No entanto, é apenas suposição minha. Poderia ter-se tornado assim inumana pela força de um desígnio invisível. Aguardei um momento, depois, furtivamente, com extremo cuidado, abri a porta do chamado quarto do capitão Blunt.

As cinzas da chaminé estavam de todo extintas. Estava frio e escuro naquela sala, mas, antes que fechasse a porta atrás de mim, a escassa luz do saguão mostrou-me Doña Rita de pé no mesmíssimo lugar onde a deixara, estática na sua roupa de dormir. Mesmo depois de ter fechado a porta, ela avultou imensa, indistintamente rígida e inanimada. Apanhei o candelabro, tateei em busca de uma vela no tapete, encontrei uma e acendi-a. Durante todo esse tempo Doña Rita não fez um gesto. Quando me voltei para ela, parecia estar despertando lentamente de um êxtase. Estava mortalmente pálida, e, por contraste, o azul meigo de safira dos seus olhos parecia negro como carvão. Os olhos moveram-se de leve na minha direção, sem curiosidade, reconhecendo-me aos poucos. Mas, quando me reconheceram de todo, ergueu as mãos, escondendo nelas o rosto. Um minuto pelo menos decorreu. Depois eu disse em voz baixa:

– Olhe para mim – e ela deixou cair lentamente as mãos, como que se resignando ao inevitável.

– Devo acender o fogo?... – Esperei. – Está me ouvindo?

Não me respondeu, e com a ponta do dedo toquei-lhe o ombro nu: não fosse a sua elasticidade, dir-se-ia que era de gelo. Imediatamente procurei o casaco de peles; parecia-me que não havia um momento a perder para salvá-la, como se estivéssemos perdidos numa planície polar. Tive eu mesmo de passar-lhe os braços pelas mangas: estavam frios, inanimados, mas flexíveis. Pus-me diante dela e abotoei-a bem em torno do pescoço, para o que fui obrigado a levantar-lhe o queixo com o dedo, e o queixo tornou a cair vagarosamente. Abotoei todos os demais botões até embaixo. Era um casaco comprido e magnífico. Antes de levantar-me da minha posição genuflexa, palpei-lhe os pés: gelo. A intimidade desses cuidados incrementou a minha autoridade.

– Deite-se – murmurei –, vou colocar-lhe em cima todas as cobertas que encontrar por aqui.

Mas ela limitou-se a abanar a cabeça.

Nem mesmo nos dias remotos em que, "fina como uma cigarra e delgada como um fósforo", corria através das brumas frias das montanhas da terra natal, se sentira tão gelada, tão miserável, tão desolada. A sua própria alma, a sua alma grave, indignada e fantástica, parecia dormitar como um viajante extenuado que se entrega ao sono da morte. Mas, quando lhe pedi novamente para se deitar, conseguiu responder-me: "Não neste quarto". Rompia-se o sortilégio. Virou a cabeça de um lado para outro. Mas como sentia frio! Esse frio parecia emanar dela mesma, conquistando-me a mim também; e os próprios diamantes da flecha de ouro cintilavam como geada branca à luz da vela única.

– Não neste quarto. Aqui, não – protestava, com a suavidade peculiar de tom que lhe tornava a voz tão inesquecível, tão irresistível. – Depois de tudo isso, não! Não me seria possível fechar os olhos neste lugar. Está cheio de corrupção e fealdade por toda parte, e em mim também. Em toda parte, menos no seu coração, George, que não foi feito para estar onde eu respiro. Pode deixar-me aqui. Mas, onde quer que vá, lembre-se de que não sou má, que não sou má.

– Não tenho a menor intenção de deixá-la aqui – disse eu. – Há o meu quarto lá em cima. Você já esteve lá uma vez.

– Ah, contaram-lhe... – murmurou. O esboço de um sorriso vago desapareceu-lhe dos lábios.

– Também penso que você não pode ficar neste quarto, e sem dúvida não precisa hesitar...

– Não. Isso não importa. Agora. Ele matou-me. A Rita morreu.

Enquanto falávamos eu encontrara as chinelas azuis, e calçara-as nos seus pés. Ela estava absolutamente dócil. Depois, tomando-a pelo braço, levei-a para a porta.

– Ele matou-me – repetiu num suspiro. – A pobre alegria que havia em mim.

– Ele tentou matar-se aí no saguão – disse eu.

Ela recuou como uma criança amedrontada, mas não podia ser arrastada como uma criança.

285

Assegurei-lhe que o homem não estava mais lá, mas ela apenas repetia:

– Não posso atravessar o saguão. Não posso andar. Não posso...

– Pois bem – disse eu, abrindo bruscamente a porta e tomando-a nos braços –, se não pode andar, será carregada. – E levantei-a do chão de modo tão repentino que ela não pôde deixar de agarrar-me pelo pescoço, como o faria instintivamente qualquer criança.

Eu deveria realmente ter posto as tais chinelas azuis no bolso. Uma caiu ao pé da escada enquanto eu transpunha os repugnantes vestígios que haviam ficado no piso de mármore, e a outra perdeu-se um pouco mais acima, quando, não sei por que motivo (talvez por falta de firmeza), ela começou a debater-se. Embora eu tivesse a estranha impressão de estar numa espécie de aventura infantil, ela não era nenhuma criança para se carregar. Sustentava-a com dificuldade. Mas, se começava a debater-se, não me era possível prosseguir. Deixei-a cair de pé, contentando-me em sustentá-la pela cintura durante o resto do caminho. O meu quarto, naturalmente, estava em perfeita escuridão, mas conduzi-a diretamente ao sofá, onde a depus. Então, como se verdadeiramente a tivesse salvo numa montanha alpina ou numa geleira ártica, preocupei-me em acender o gás e o fogo. Nem tive a precaução de fechar a porta. Sentia o tempo todo a sua presença atrás de mim, e mesmo de qualquer coisa de mais profundo, que mais me pertencesse – a sua própria existência, pequena chama azul, azul como os seus olhos, vacilante e clara dentro do seu corpo gelado. Quando me voltei para ela, estava sentada muito rígida e hirta, os pés pisando hieraticamente o tapete, e a cabeça emergindo da gola ampla do casaco, como gema de uma flor surgindo dos bordos de um vaso escuro. Arranquei as cobertas e os travesseiros da minha cama e amontoei-os no chão perto do divã. O motivo é ser o meu quarto demasiado vasto para a chaminé, e o sofá se achava mais aproximado do fogo. Como único gesto, ela esboçou um vago sorriso pensativo. Com a maior naturalidade tirei-lhe a flecha dos cabelos, e coloquei-a na mesa do centro. A massa ruiva dos cabelos desprendeu-se logo sobre os seus ombros, e fez com que ela parecesse ainda mais desolada do que antes. Mas havia no seu coração uma invencível necessidade de alegria. Disse num tom jocoso, olhando para a flecha que cintilava à luz do gás:

– Ah, esta pobre jóia prosaica!

Um eco dos nossos primeiros dias, não mais inocente porém muito mais jovem, se manifestou na sua entonação; e ambos, como que tocados de pungente dor, olhamos um para o outro, com os olhos rebrilhando.

– Sim – disse eu –, como tudo isto está longe! E você não quis deixar-me nem mesmo este objeto da última vez que esteve aqui. Talvez que por isso ele me tenha obcecado tanto, sobretudo à noite. Sonhei às vezes com você como uma ninfa caçadora, muito branca entre as folhagens, atirando-me esta flecha como um dardo no coração. Mas nunca me atingiu. Caía sempre aos meus pés quando eu despertava. A caçadora nunca tencionou atingir esta presa.

– A caçadora era selvagem, mas não era má. E não era ninfa, era apenas uma pastora de cabras. Não sonhe mais com ela, meu caro.

Tive a força de espírito suficiente para fazer um gesto de assentimento, e ocupei-me em arrumar alguns travesseiros numa extremidade do sofá.

– Juro, ó pastora de cabras, que não és responsável – disse eu. – Não és! Descansa esta cabeça magoada – continuei, esforçando-me por gracejar na minha imensa tristeza –, esta cabeça que chegou a sonhar com uma coroa, mas não para si.

Ela deitou-se calmamente, enquanto eu a cobria. Olhei para os seus olhos, e senti-me tão agitado que tive vontade de sair, de caminhar sempre para frente, e vagabundear até cair de fadiga. Por fim me abismei nas minhas reflexões. Despertei num pulo ao ouvi-la decidida:

– Não. Nem mesmo neste quarto. Não posso fechar os olhos. Impossível. Tenho horror de mim mesma. Aquela voz nos meus ouvidos. Tudo verdade. Tudo verdade.

Estava sentada, com duas mechas do cabelo ruivo caindo de cada lado do rosto severo. Afastei os travesseiros e sentei-me no divã atrás dela.

– Assim, talvez – sugeri, atraindo-lhe suavemente a cabeça para o meu peito. Não resistiu, nem suspirou, nem sequer olhou para mim. Fui eu que a instalei, depois de ter adotado uma posição que julgava poder conservar durante horas... durante séculos. Depois de alguns instantes achava-me suficientemente calmo para perceber o tique-taque do relógio, e até a sentir prazer com isso. As pancadas registravam os momentos do seu repouso, enquanto eu me mantinha imóvel como se minha vida dependesse delas, com os olhos vagamente fixos na flecha de ouro, que cintilava frouxamente em cima da mesa sob a luz mortiça do bico de gás. A minha respiração, aí, caiu no ritmo tranqüilo do sono em que Rita acabou mergulhando. A minha impressão era que nada importava no mundo, porque o mundo estava salvo e repousava nos meus braços, ou no meu coração, quem sabe?

De repente pareceu-me que o coração se me rasgava em dois dentro do peito, enquanto a respiração me faltava. Foi um despertar tumultuoso. Amanhecera. Doña Rita abrira os olhos, vira-se nos meus braços, e num instante se desprendera deles com esforço brusco. De pé, ao sol filtrado pelas persianas fechadas, mostrava todo o horror pueril e a vergonha daquela noite vibrando naquele corpo desperto.

– É dia – murmurou em voz baixa. – Não olhe para mim, George. Não posso enfrentar a luz do dia. Não, em sua companhia, não. Antes de nos termos visto, todo esse passado não era nada. Eu o esmagara inteiro no meu novo orgulho. Nada podia tocar a Rita cuja mão foi beijada por você. Mas agora! Não, nunca mais, à luz do dia.

Fiquei ali, apalermado de surpresa e de dor. Não se tratava mais da aventura de duas crianças imprudentes. A amargura de um homem feito, desconfiada, consciente, semelhante ao ódio, brotou-me no coração:

– Tudo isto significa que você vai abandonar-me de novo, não é? – exclamei com desprezo. – Pois bem, não pense que vou atirar-lhe pedras... Vai embora?

Ela baixou vagarosamente a cabeça, fazendo com os braços um gesto para me manter a distância, pois eu saltara de pé como um louco.

– Então vá logo – disse eu. – Tem medo de viver em carne e osso. Você corre – atrás de quê? Da honestidade, como costuma dizer, ou de alguma distinta carcaça que lhe alimente a vaidade? Sei muito bem o quanto você pode ser fria, embora continue viva. Que foi que eu lhe fiz? Você dorme nos meus braços, acorda e vai embora. É para me impressionar? Charlatanismo espiritual, minha cara.

Avançou sobre os pés nus, firme naquele assoalho que a mim parecia elevar-se e abaixar-se, firme como sempre fora – a pastora de cabras que pulava pelas pedras das colinas da terra natal que jamais tornaria a ver. Apanhei em cima da mesa a flecha de ouro e arremessei-a na sua direção.

– Não se esqueça disto – gritei. – Você nunca perdoaria a si mesma se abandonasse isto aqui.

A flecha atingiu o dorso do casaco de peles e caiu no chão atrás dela. Doña Rita não se dignou a voltar-se. Caminhou para a porta, abriu-a sem pressa, e no patamar, sob a luz difusa que vinha da clarabóia, apareceu, rígida, como um destino obscuro e implacável, a terrível Teresa – que esperava a irmã. As pesadas pontas de um grande xale negro que lhe cobria a cabeça pendiam maciças em pregas bíblicas. Com um leve grito de medo, Doña Rita deteve-se ainda no umbral da minha porta.

As duas mulheres enfrentaram-se durante alguns momentos em silêncio. Teresa foi a primeira a falar. Não havia austeridade na sua voz, cujo tom era o de costume, pertinaz, insensível, com certo matiz de lamúria, terrível no seu inalterado desígnio.

– Fiquei diante desta porta a noite inteira – disse. – Não sei como consegui viver durante esse tempo. Pensei que havia de morrer cem vezes de vergonha. Então é assim que passas o teu tempo? És pior que sem-vergonha. Mas Deus ainda poderá perdoar-te. Tens alma. És minha irmã. Jamais te abandonarei – até morreres.

– Quê? – perguntou Doña Rita com vivacidade – que é que não hás de abandonar: minha alma ou esta casa?

– Sai e baixa a cabeça em sinal de humilhação. Sou tua irmã e hei de ajudar-te a orar a Deus e todos os Santos.

Afasta-te deste pobre rapaz que, como todos os outros, não pode sentir outra coisa por ti a não ser desprezo e nojo. Sai e esconde a cabeça onde ninguém possa recriminar-te, a não ser eu, tua irmã. Sai e bate no peito: vem, pobre pecadora, e deixa-me beijar-te, pois que és minha irmã!

Enquanto Teresa falava, Doña Rita recuou um passo, e como a outra avançasse ainda estendendo a mão num gesto de amor fraterno, ela bateu-lhe com a porta no rosto. – Criatura abominável! – gritou com violência; depois voltou-se e dirigiu-se a mim, que me mantinha imóvel, sentindo-me quase sem vida, não fosse a dor cruel que me dominava todo. De passagem deteve-se para apanhar a flecha de ouro, e então, caminhando mais depressa, estendeu-me na palma da mão.

– Pensou que eu não a daria. Amigo, nada desejei tanto quanto lhe dar isto. E agora... talvez você a aceite.

– Não sem a mulher – disse eu num tom sombrio.

– Tome esta flecha – disse ela. – Não tenho a coragem de entregar-me a Teresa. Não. Nem mesmo por sua causa, George. Não acha que tenho sido suficientemente miserável assim?

Arranquei-lhe a flecha da mão e num gesto ridículo apertei-a de encontro ao peito; mas quando abri os lábios, ela, que não desconhecia o que procurava sair do meu coração, disse:

– Não diga palavras de amor, George! Ainda não! Não nesta casa cheia de desventuras e falsidade. Nem a cem milhas desta casa, onde essas palavras foram profanadas pela boca daquele homem. Não as ouviu – aquelas palavras horríveis? E que têm a ver as palavras entre nós dois?

Estendia-me as mãos, súplice. Desconcertado como uma criança, respondi:

– Mas, Rita, como poderei deixar de dizer-te palavras de amor? Elas se formam sozinhas nos meus lábios!

– Elas se formam! Ah! Mas eu hei de selar os teus lábios com o próprio ato – disse ela. – Assim...

Segunda Nota

A narrativa do nosso herói prolonga-se ainda durante uns seis meses mais, a partir dessa data, última noite do carnaval, até a estação das rosas e mesmo além. O seu tom é muito menos exultante do que se poderia esperar. O amor não tendo, como se sabe, nada a ver com a razão, insensível que é às predições e cego até mesmo diante da evidência, o abandono desses dois seres a uma felicidade precária nada encerra, em si, de muito surpreendente; e a descrição da mesma, mau grado as tentativas do autor, é falha de interesse dramático. O interesse sentimental só pode exercer fascinação em leitores que se achem ocasionalmente apaixonados. O acolhimento do leitor depende do estado de espírito do momento, tanto que um livro pode parecer extremamente interessante quando lido tarde da noite, transformando-se em pura verbiagem pela manhã. O estado de espírito que permitiria a um leitor seguir com simpatia o resto desta narrativa é, na minha opinião, muito raro, e foi o que me decidiu a abreviá-la, e a só relatar aqui certos fatos que completam os acontecimentos anteriores, e que são de natureza a satisfazer a curiosidade que esta história possa ter provocado.

Deve notar-se que esse período é caracterizado mais por uma ternura profunda e alegre do que por legítima paixão. Toda a violência de espírito parece ter-se consumido no decurso das suas hesitações preliminares, das suas lutas entre si e contra eles mesmos. É duvidoso aliás que, em geral, o amor tenha a mesma significação essencial para os homens e as mulheres. A civilização interveio no caso. Mas o fato é que esses dois seres mantiveram perfeito acordo durante todas as fases da sua descoberta. Manifestaram-se igualmente ingênuos no seu sentimento. Os que conhecem as mulheres, suponho, não se surpreenderão ao ouvir-me dizer que ela era tão noviça quanto ele em amor. Um canto dos Alpes Marítimos ofereceu-lhes refúgio numa casinha feita de pedras secas, coberta de rosas, onde eles mais pareciam dois companheiros feitos um para o outro do que amantes em liberdade. Creio que, de modo geral, ele teve razão em insistir sobre o caráter infantil que as relações entre ambos nunca deixaram de ter. Na partilha completa e imediata de todos os seus pensamentos, de todas as suas impressões, de todas as suas sensações, pode-se perceber a temerária ingenuidade de uma aventura de crianças. Essa ausência de reserva exprimia para eles toda a verdade da situação. Para Doña Rita, bem pode ter sido diferente. É possível que tenha havido algum fingimento; embora ninguém seja de todo comediante, e que se torne necessário que o comediante acredite no seu papel. Dos dois, ela parece ter sido quem mais certeza e confiança teve. Mas se nisso se mostrou comediante, não foi mais que por efeito da sua inerradicável honestidade. Tendo uma vez renunciado aos seus escrúpulos de honra, fez questão de que ele não encontrasse o gosto da dúvida no fundo da taça. Sendo a mais velha, foi ela que impôs o seu caráter à situação. Quanto ao homem, se teve alguma superioridade, foi apenas a superioridade de quem ama com mais abandono.

É o que ressalta das páginas que discretamente suprimiu – em parte sem consideração pelas próprias páginas. Em todo o mistério, por terrestre que seja, há como que um elemento sagrado. Os comentários abundantes sobre o amor não são feitos para todos os olhares. Uma experiência universal é, sem dúvida alguma, o que mais dificilmente se pode apreciar em sua justa medida num caso particular.

Qual foi, nesse caso particular, o sentimento de Rosa, única companhia que tiveram os dois eremitas na sua cabana de pedras, lamento não poder informar: mas creio poder dizer que, por certos motivos, essa rapariga não podia sentir-se muito tranqüila com o que presenciava. Parece que a sua devoção nunca poderia ser satisfeita, pois deve ter se convencido cada vez mais que, houvesse o que houvesse, Madame nunca teria amigos. É possível que Doña Rita a deixasse entrever o fim inevitável daquela aventura, e que os olhos sem lustro da rapariga mascarassem uma desolação inquieta e sem remédio.

O que fora feito, durante esse tempo, dos bens de Henry Allègre é outra questão bastante curiosa. Disseram-nos que esses bens eram em quantidade suficiente para que não pudessem ser postos num saco e atirados ao mar. A parte representada pelas fabulosas coleções continuava a ser protegida pela polícia. Mas, quanto ao resto, pode-se supor que, durante seis meses, a sua significação e o seu poder se perderam de todo para os que nele se interessavam. O certo é que o procurador do falecido Henry Allègre se achou num estado de relativa ociosidade. Tais férias fizeram-lhe bem ao cérebro exausto. Recebera uma carta de Doña Rita dizendo-lhe que ela se retirava do mundo e não lhe mandava o seu endereço, não desejando que a aborrecessem com cartas sobre qualquer que fosse o assunto. "Que lhe basta saber que estou viva", escreveu ela. Mais tarde, em intervalos irregulares, ele recebeu cartões cujos selos traziam carimbos de diferentes estações postais, e contendo uma simples declaração. "Ainda estou viva", assinada por um enorme, florido e exuberante R. Imagino que Rosa era obrigada a viajar de trem longas distâncias para pôr no correio tais mensagens. Um pesado véu de segredo baixara entre o mundo e os amantes; no entanto, mesmo esse véu mostrou não ser impenetrável de todo.

Ele (seria conveniente chamá-lo de *monsieur* George até o fim) partilhava com Doña Rita do seu perfeito afastamento de todas as coisas do mundo, mas foi obrigado a fazer duas breves visitas a Marselha. A primeira foi-lhe ditada pela sua leal afeição por Dominic. Queria descobrir o que acontecera ou estava acontecendo com Dominic, e ver se era possível fazer alguma coisa por ele. Mas Dominic não era daqueles pelos quais se pode fazer muito. *Monsieur* George não chegou a vê-lo. Parecia, de modo estranho, que o coração de Dominic se partira. *Monsieur* George ficou escondido vinte e quatro horas na casa em que Madame Léonore mantinha o seu café. Passou a maior parte desse tempo conversando com Madame Léonore sobre Dominic. Ela estava desolada, mas tinha tomado a sua resolução. Aquela mulher de olhos brilhantes, displicente e apaixonada, preparava-se para passar o café antes de ir ao encontro de Dominic. Não quis dizer onde. Verificando que o seu auxílio não era necessário, *monsieur* George, segundo suas próprias palavras, "esquivou-se da cidade sem ser visto por ninguém de importância".

A segunda ocasião foi bastante prosaica, e num contraste chocante com o colorido supermundano daqueles dias. Ele não possuía nem os bens de Henry Allègre, tampouco um procurador dos seus negócios. Mas o aluguel da cabana de pedras, qualquer que fosse, tinha de ser pago a alguém, e Rosa não podia vir fazer compras no vilarejo ao pé da colina sem algum dinheiro. Veio o dia em que *monsieur* George teve de descer das alturas do seu amor a fim de, segundo suas próprias palavras, "obter um suprimento de fundos". Como havia desaparecido muito repentina e completamente durante algum tempo dos olhos da humanidade, era necessário que se mostrasse e assinasse alguns papéis. O negócio efetuou-se no escritório do banqueiro mencionado na narrativa. *Monsieur* George desejava evitar o contato com o banqueiro, mas não conseguiu. A entrevista foi curta. O banqueiro naturalmente não fez perguntas, não aludiu a pessoas e fatos, nem chegou a mencionar o grande princípio legitimista, que então não representava para ele interesse de espécie alguma. Mas nessa ocasião toda gente falava da empresa carlista, que se malograra integralmente deixando atrás de si, como de costume, uma chusma de recriminações, de acusações de incompetência e traição, e um bom acervo de mexericos escandalosos. O banqueiro (cuja esposa tivera um salão verdadeiramente carlista) declarou que nunca acreditara no êxito da causa. "O senhor fez bem em sair dela", observou ele com um sorriso gélido a *monsieur* George. Este limitou-se a notar que estivera "nela" muito pouco, para dizer a verdade, e que todo aquele caso lhe era totalmente indiferente.

– No entanto o senhor perdeu nela algumas penas – concluiu o banqueiro de semblante fechado e com a precisão de quem tem noção das coisas.

Monsieur George deveria ter tomado o primeiro trem, mas cedeu à tentação de querer saber o que acontecera à casa da rua dos Cônsules depois que ele e Rita escaparam de lá como duas crianças amedrontadas e no entanto contentes.

Tudo que conseguiu descobrir foi que uma mulher singular, gorda, espécie de virago, fora aparentemente posta ali pelo procurador de Doña Rita para tomar conta da casa. Ela opôs algumas dificuldades para reconhecer que estivera ali, tomando conta, durante os últimos quatro meses; a pessoa que a precedera fugira, segundo se acreditava, com um espanhol que passara mais de seis semanas doente e com febre naquela casa. Mas ela nunca teve ocasião de ver essa pessoa, tampouco o tal espanhol. Ouvira apenas falar do caso na rua. Naturalmente, ignorava para onde tinham ido os dois. Manifestou certa impaciência em desembaraçar-se de *Monsieur* George, e tentou mesmo impeli-lo para a porta. Foi uma experiência bastante ansiosa. No vestíbulo ele notou a chama do bico de gás ainda à espera que a viessem apagar na ruína geral do mundo.

Depois resolveu comer alguma coisa no restaurante da estação, onde tinha certeza de não encontrar nenhum dos seus amigos. Não lhe era possível pedir hospitalidade a Madame Léonore porque Madame Léonore já tinha ido embora. As suas relações não eram das que têm o costume de entrar em restaurantes daquela espécie, e além disso ele tomara a precaução de sentar-se numa mesinha de modo a ficar de frente para a parede. No entanto não tardou a sentir no ombro o contato leve de uma mão, e, erguendo o olhar, viu um dos seus conhecidos, um membro do grêmio monarquista, rapaz de temperamento jovial mas que o contemplava com expressão grave.

Monsieur George não ficou absolutamente encantado. Sua surpresa chegou ao extremo quando, logo às primeiras frases, soube que o conhecido viera à estação com esperança de lá o encontrar.

– Há muito tempo que você não é visto – disse ele. – Estava talvez em algum lugar onde as notícias do mundo não conseguem chegar, não? Houve muita mudança entre os nossos amigos e no meio de pessoas de que se costumava ouvir falar tanto. Madame de Lastaola, por exemplo, que parece ter desaparecido do mundo que tanto se interessava por ela. Tem alguma idéia sobre onde possa estar agora?

Monsieur George observou com ar carrancudo que de nada sabia.

O outro tentou mostrar-se à vontade. As más-línguas andavam mexericando em Paris. Havia uma espécie de financista internacional, um sujeito de nome italiano, personalidade tenebrosa, que andou à procura dela pela Europa inteira, e que se referia ao caso nos grêmios – é extraordinário como tais sujeitos conseguem meter-se nos círculos mais selecionados. Ah, sim, chamava-se Azzolati. Mas o que um indivíduo como esse dizia não tinha provavelmente a menor importância. O mais engraçado é que não havia ninguém de certa posição na sociedade que tivesse desaparecido ao mesmo tempo. Um amigo escrevera-lhe de Paris informando que certo jornalista bastante conhecido correra para o sul, a fim de investigar o mistério, mas voltara tão informado como quando partira.

Monsieur George observou menos amável que antes que, com franqueza, não lhe cabia culpa nenhuma no caso.

– Não – disse o outro com extrema amabilidade –, mas acontece que de todos os que têm relações diretas ou indiretas com a empresa carlista, você foi o único que também desapareceu antes do desmoronamento final.

– Quê?! – exclamou *monsieur* George.

– Exatamente – disse com ar significativo. – Não ignora que todos os meus o conhecem muito, embora tenham várias opiniões quanto à sua discrição. Ainda no outro dia Jane, a minha irmã casada, como sabe, conversava comigo a seu respeito. Estava vivamente contrariada. Garanti-lhe que você devia estar muito longe daqui ou profundamente enterrado num lugar qualquer para não ter dado sinal de vida diante dessa provocação.

Monsieur George quis naturalmente saber do que se tratava, e o outro pareceu sentir um grande alívio.

– Eu tinha a certeza de que você não sabia de nada. Não quero ser indiscreto, não quero perguntar-lhe onde anda. Fui informado de que fora visto no banco hoje, e fiz um esforço especial para o apanhar antes que tomasse novo sumiço, pois, afinal de contas, sempre fomos bons amigos e todos aqui o estimamos muito. Escute: conhece um certo capitão Blunt, pois não?

Monsieur George teve de convir que conhecia o capitão Blunt, mas muito superficialmente. O amigo informou-o então de que esse capitão Blunt parecia estar em muito boas relações com Madame de Lastaola, ou, pelo menos, pretendia estar. Era um homem respeitável, fazia parte de um círculo muito distinto, de certo modo muito parisiense, e tudo isso, continuou, contribuía para piorar a situação contra a qual ele se sentia na dolorosa necessidade de advertir *Monsieur* George. Esse Blunt, em três ocasiões distintas, quando o nome de Madame de Lastaola surgiu na conversa numa reunião masculina bastante misturada, exprimira o seu pesar pelo fato dela se haver tornado vítima de um jovem aventureiro que a explorava desavergonhadamente. Falava como quem estivesse certo das suas declarações, e como citasse nomes...

– Com efeito – exclamou o rapaz muito excitado –, é o *seu* nome que ele cita. E, para indicar claramente do que se trata, tem o cuidado de acrescentar que é você o rapaz conhecido como *monsieur* em todo o sul entre os iniciados do carlismo.

Como Blunt se teria suficientemente informado para fundamentar essa infame calúnia é o que *monsieur* George não conseguia imaginar. Mas o fato ali estava. Conservou um silêncio indignado até que o amigo murmurou:

– Espero que você deseje que ele saiba da sua presença aqui.

– Sim – disse *monsieur* George –, e conto que você consinta em ser minha testemunha. Antes de mais nada, faça-me o favor de telegrafar-lhe comunicando que o espero. Será o bastante para que ele venha, pode estar certo. Queira ainda pedir-lhe que traga dois amigos consigo. Não é meu desejo que isto se transforme em assunto de comentário para os jornalistas de Paris.

– Sim. Um caso como este exige uma resolução imediata – assentiu o outro, concordando com a proposta de *monsieur* George de que o encontro se realizasse na propriedade do seu irmão mais velho, onde a família só raramente residia. Havia lá um jardim cercado bastante propício.

Monsieur George tomou então o trem, prometendo estar de volta dentro de quatro dias, e deixando ao amigo a incumbência de arranjar tudo. Orgulhou-se da sua impenetrabilidade diante de Doña Rita, da felicidade sem sombras daqueles quatro dias. Doña Rita, no entanto, deve ter tido a intuição de que havia qualquer coisa no ar, pois na noite do dia em que ele a deixou de novo sob um pretexto qualquer, ela já estava escondida na casa da rua dos Cônsules enquanto a fiel Rosa esquadrinhava a cidade em busca de informações.

As condições do encontro que se realizou num jardim fechado não exige descrição pormenorizada. Foram convencionalmente corretas, mas um certo ardor, que se manifestava na própria atmosfera, deu ao quadro um caráter um tanto diverso das questões de honra habituais. Deve ser mencionado a uma pequena cena à parte, que passou despercebida às testemunhas muito ocupadas na ocasião. Sem consideração pelas regras estritas em semelhantes casos, *Monsieur* George aproximou-se do adversário e disse-lhe:

– Capitão Blunt, é possível que o resultado deste me seja desfavorável. Em tal caso, queira reconhecer publicamente que se enganou. Pois o senhor enganou-se, e não o ignora. Posso fiar-me na sua honra?

O capitão Blunt, sempre correto, em resposta a esse pedido, não entreabriu os lábios, mas inclinou-se ligeiramente. Quanto ao mais, foi perfeitamente implacável. Se era absolutamente incapaz de se deixar levar pelo amor, no seu ciúme não havia nada de equívoco. Tal psicologia não é muito rara, e no que diz respeito propriamente ao combate, não se poderia censurá-lo. O que aconteceu foi o seguinte: *Monsieur* George disparou ao ouvir a voz de atirar e, por sorte ou habilidade, conseguiu atingir o capitão Blunt na parte superior do braço que segurava a pistola. O braço caiu inerte. Mas Blunt não largou a arma. Nada havia de equívoco na sua resolução. Com a maior decisão, tomou da pistola com a mão esquerda e, visando cuidadosamente, atingiu Monsieur George no peito do lado esquerdo. Pode-se imaginar a consternação das quatro testemunhas, e a atividade dos dois cirurgiões na atmosfera confinada e mole daquele jardim fechado. Estavam a pouca distância da cidade, enquanto *monsieur* George era transportado para lá a passo, um *brougham* que vinha em direção oposta deteve-se ao lado da estrada. Uma cabeça de mulher coberta por espesso véu apareceu na janela, e tendo tomado conhecimento da situação exclamou com voz firme: "Sigam o meu carro". O *brougham* deu meia-volta e partiu na frente. Muito antes do comboio ter atingido a cidade, outra carruagem em que vinham quatro senhores (um dos quais, com o braço numa tipóia, se apoiava com grande abatimento) passou rapidamente e desapareceu numa nuvem de poeira provençal. Foi a última aparição do capitão Blunt na narrativa de *monsieur* George. Este, evidentemente, só soube disso mais tarde, pois naquela ocasião não estava em condições de notar coisa alguma. O seu interesse pelo ambiente que o cercava conservou durante muitos dias o caráter nebuloso de um pesadelo. De quando em quando tinha a impressão de achar-se num quarto que lhe era singularmente familiar, de ter visões muito vagas de Doña Rita, com quem tentava falar como se nada tivesse acontecido: mas ela punha-lhe sempre a mão na boca para o impedir, e depois falava-lhe com voz muito estranha, que às vezes se parecia com a de Rosa. O semblante também parecia às vezes ser o de Rosa. Havia também uma ou duas figuras masculinas que ele tinha impressão de conhecer bem, embora não se lembrasse os seus nomes. Conseguiria talvez lembrar-se, fazer um esforço, mas seria demasiado para as suas condições de então. Depois veio uma época em que as imagens de Doña Rita e da fiel Rosa se dissiparam por completo. Veio em seguida um período, um ano talvez, ou talvez uma hora, em que teve a sensação de sonhar toda a vida passada. Não sentia a menor apreensão, não tentava especular sobre o futuro. Parecia-lhe que tudo estava além do seu alcance, e que tudo portanto lhe era indiferente. Estava como o espectador desinteressado de um sonho, que não sabe o que vai acontecer depois. De repente, pela primeira vez na vida, teve a consciência infinitamente confortadora de mergulhar em sono profundo.

Quando despertou, no fim de uma hora, de um dia, ou de um mês, as trevas invadiam o quarto, mas ele reconheceu perfeitamente. Era o seu apartamento na casa de Doña Rita;

ali estava o ambiente familiar no qual tantas vezes dissera a si mesmo que ia morrer ou ficar louco. Mas agora sentia-se perfeitamente lúcido, e com a sensação plena de estar vivo, sensação que o invadia deliciosamente. O encanto principal consistia em não haver necessidade em mexer-se, o que lhe dava uma espécie de satisfação moral. Veio-lhe aí pela primeira vez ao espírito uma idéia independente das suas sensações pessoais. Perguntou a si mesmo quando é que Teresa iria entrar e começar a falar. Distinguiu vagamente no quarto uma forma humana, mas era um homem, que falava com voz abafada mas com uma precisão extraordinária.

– É o segundo caso que tenho nesta casa, e estou persuadido de que, direta ou indiretamente, tem relação com aquela mulher. Ela há de continuar assim deixando vestígios, até que um belo dia tenhamos um cadáver de verdade. Bem poderia ter sido este rapaz.

– Neste caso, doutor – disse outra voz –, não se pode censurar muito a mulher. Asseguro-lhe que ela lutou resolutamente.

– Que quer dizer? Que ela não queria...

– Sim. Uma luta de verdade. Eu soube de tudo. É fácil censurá-la, mas, como ela me perguntou desesperadamente – devia então atravessar a vida velada da cabeça aos pés, ou retirar-se definitivamente para um convento? Não, ela não é culpada. Ela é simplesmente... o que é.

– E que é ela?

– É bem mulher. Talvez um pouco mais à mercê de impulsos contraditórios do que outras mulheres. Mas não é culpa sua. Creio sinceramente que foi honestíssima.

As vozes amorteceram-se de repente, transformando-se num murmúrio confuso, e então a forma do homem saiu do quarto. *Monsieur* George ouvia distintamente a porta abrir-se e fechar-se. Então falou pela primeira vez, descobrindo, com particular satisfação, que era facílimo falar. Chegou a ter a impressão que berrava:

– Quem está aí?

Da sombra do quarto (ele reconheceu imediatamente os contornos característicos da sua corpulência) Mills avançou para junto do leito. Doña Rita telegrafara-lhe no dia do duelo, e aquele homem livresco, abandonando o seu retiro, chegara ao sul com o máximo de rapidez que os barcos e trens permitem. Como disse mais tarde a *monsieur* George, tivera toda a consciência da sua parte de responsabilidade no caso. E acrescentou: "Não foi somente em você que pensei". Mas a primeira pergunta que *monsieur* George lhe fez foi:

– Faz quanto tempo que não o vejo?

– Mais ou menos dez meses – respondeu a voz bondosa de Mills.

– Ah! Teresa está atrás da porta? Ela ficou ali a noite inteira, como sabe.

– Sim, disseram-me. Mas agora está a centenas de milhas daqui.

– Muito bem, então peça a Rita para entrar.

– Não é possível, meu amiguinho – disse Mills com afetuosa amabilidade. Hesitou um momento. – Doña Rita foi-se embora ontem – disse suavemente.

– Foi-se embora? Por quê? – perguntou *monsieur* George.

– Porque, sinto-me feliz em dizer, a sua vida não está mais em perigo, meu caro. E se lhe digo que ela foi embora é porque, por absurdo que pareça, creio que você suportará melhor esta notícia agora do que mais tarde, quando tiver recuperado as forças.

É preciso crer que Mills tinha razão. *Monsieur* George adormeceu antes que pudesse sentir qualquer dor ao receber tal notícia. Pairava-lhe no espírito uma espécie de surpresa confusa, nada mais porém, e depois cerrou as pálpebras. O despertar foi bem diverso. Mas Mills já o previra. Durante dias seguidos permaneceu perto do leito, deixando pacientemente o rapaz falar de Doña Rita, sem quase se manifestar, até que um dia *monsieur* George lhe perguntou se ela jamais lhe falara abertamente. Mills respondeu então que sim, várias vezes.

– Disse-me, entre outras coisas, se é que isto lhe causa alguma satisfação, que antes de o encontrar ela nada sabia do amor. Disse-me que para ela você foi, sob mais de um aspecto, uma completa revelação.

– E então foi-se embora. Fugiu da revelação – disse o enfermo com amargura.

– Por que zangar-se? – admoestou Mills com doçura. – Você sabe que este mundo não foi feito para os que se amam, nem mesmo para os que, como vocês dois, nada têm a ver com o mundo tal como é. Não, um mundo de amantes seria impossível. Seria uma simples ruína de existências que parecem destinadas a outros desígnios. Não sei qual seja esse desígnio, e estou certo – declarou com certa compaixão jovial – de que nem você nem ela o descobrirão jamais.

Alguns dias mais tarde falavam ainda de Doña Rita. Mills disse:

– Antes de sair desta casa ela deu-me aquela flecha que costumava usar no cabelo, pedindo-me que lhe entregasse como recordação, e também que o impedisse de sonhar com ela. Trata-se de uma mensagem bastante misteriosa.

– Oh, eu a compreendo perfeitamente – disse *monsieur* George. – Não me dê esse presente agora. Deixe-o num lugar onde eu possa encontrá-lo um dia em que estiver só. Mas, quando lhe escrever, poderá dizer-lhe que agora finalmente – com mais precisão do que a bala do capitão Blunt – a flecha atingiu o alvo. Não sonharei mais. Diga-lhe. Ela compreenderá.

– Nem sei onde ela está – murmurou Mills.

– Não, mas o seu procurador sabe... Diga-me, Mills, que será dela?

– Ficará aniquilada – disse Mills com tristeza. – É uma criatura infelicíssima. Nem mesmo a pobreza poderia salvá-la agora. Não pode voltar para junto das suas cabras. E, no entanto, quem sabe? Talvez encontre alguma coisa na vida. É possível! Não será o amor. Sacrificou esse ensejo pela integridade da sua vida, meu caro – heroicamente. Lembra-se que lhe disse um dia desejar viver a vida integralmente – oh, meu jovem pedante sem lei! Pois bem, ela se foi. Mas pode estar certo de que aquilo que ela poderá encontrar na vida não há de ser a paz. Compreende-me? Nem mesmo num convento.

– Ela era adorável – disse o ferido, referindo-se a ela como se já estivesse morta no seu coração oprimido.

– E enganadora – acrescentou Mills em voz baixa. – Algumas são assim. Ela nunca há de mudar. No meio de tudo quanto é vergonha e sombra daquela vida ver-se-á sempre brilhar a luz da sua honestidade perfeita. Nada sei da sua honestidade, meu amigo, mas a sua será sempre mais fácil. Para você haverá sempre o seu... outro amor – meu jovem entusiasta do mar.

– Então deixe-me voltar para ele, deixe-me! – exclamou monsieur George.

Voltou para o mar assim que teve forças suficientes para sentir plenamente o peso esmagador da sua perda (ou do seu ganho), e compreender que podia suportá-lo sem vacilar. Depois dessa descoberta estava pronto a enfrentar tudo. Conta à sua correspondente que, se tivesse sido mais romântico, jamais olharia para outra mulher. Mas, pelo contrário, nenhum rosto digno de atenção lhe escapou. Olhou para todos eles, e cada um deles lembrou-lhe Doña Rita, seja por alguma profunda semelhança, seja pela força pungente do contraste.

A austeridade fiel do mar protegeu-o dos rumores que povoam a língua dos homens. Nunca mais soube dela. Nem mesmo os ecos da venda da grande coleção Allègre o atingiram. E esse acontecimento deve ter feito bastante ruído na sociedade. Mas não chegou até ele. Depois, anos mais tarde, viu-se despojado até da flecha. Perdeu-a durante um naufrágio tempestuoso. Confessa que, no dia seguinte, quando se achava numa praia rochosa, batida pelos ventos, olhou para o mar em fúria e concluiu que assim estava melhor. Não era um objeto que devesse ser legado a mãos estranhas – aos olhos frios da ignorância. Como o velho rei de Tule fizera com a taça de ouro da amada, ele seria obrigado a atirá-la ao mar antes de morrer. Diz também que se pôs a sorrir ao ter essa idéia romântica. Mas, na verdade, que mais poderia ele ter feito?

Coleção **L&PM** POCKET (LANÇAMENTOS MAIS RECENTES)

608. **Um assassino entre nós** – Ruth Rendell
609. **Crack-up** – F. Scott Fitzgerald
610. **Do amor** – Stendhal
611. **Cartas do Yage** – William Burroughs e Allen Ginsberg
612. **Striptiras (2)** – Laerte
613. **Henry & June** – Anaïs Nin
614. **A piscina mortal** – Ross Macdonald
615. **Geraldão (2)** – Glauco
616. **Tempo de delicadeza** – A. R. de Sant'Anna
617. **Tiros na noite 2: Medo de tiro** – Dashiell Hammett
618. **Snoopy em Assim é a vida, Charlie Brown! (3)** – Schulz
619. **1954 – Um tiro no coração** – Hélio Silva
620. **Sobre a inspiração poética (Íon)** e ... – Platão
621. **Garfield e seus amigos (7)** – Jim Davis
622. **Odisséia (3): Ítaca** – Homero
623. **A louca matança** – Chester Himes
624. **Factótum** – Charles Bukowski
625. **Guerra e Paz: volume 1** – Tolstói
626. **Guerra e Paz: volume 2** – Tolstói
627. **Guerra e Paz: volume 3** – Tolstói
628. **Guerra e Paz: volume 4** – Tolstói
629. (9).**Shakespeare** – Claude Mourthé
630. **Bem está o que bem acaba** – Shakespeare
631. **O contrato social** – Rousseau
632. **Geração Beat** – Jack Kerouac
633. **Snoopy: É Natal! (4)** – Charles Schulz
634. (8).**Testemunha da acusação** – Agatha Christie
635. **Um elefante no caos** – Millôr Fernandes
636. **Guia de leitura (100 autores que você precisa ler)** – Organização de Léa Masina
637. **Pistoleiros também mandam flores** – David Coimbra
638. **O prazer das palavras – vol. 1** – Cláudio Moreno
639. **O prazer das palavras – vol. 2** – Cláudio Moreno
640. **Novíssimo testamento: com Deus e o diabo, a dupla da criação** – Iotti
641. **Literatura Brasileira: modos de usar** – Luís Augusto Fischer
642. **Dicionário de Porto-Alegrês** – Luís A. Fischer
643. **Clô Dias & Noites** – Sérgio Jockymann
644. **Memorial de Isla Negra** – Pablo Neruda
645. **Um homem extraordinário e outras histórias** – Tchekhov
646. **Ana sem terra** – Alcy Cheuiche
647. **Adultérios** – Woody Allen
648. **Para sempre ou nunca mais** – R. Chandler
649. **Nosso homem em Havana** – Graham Greene
650. **Dicionário Caldas Aulete de Bolso**
651. **Snoopy: Posso fazer uma pergunta, professora? (5)** – Charles Schulz
652. (10).**Luís XVI** – Bernard Vincent
653. **O mercador de Veneza** – Shakespeare
654. **Cancioneiro** – Fernando Pessoa
655. **Non-Stop** – Martha Medeiros
656. **Carpinteiros, levantem bem alto a cumeeira & Seymour, uma apresentação** – J.D.Salinger
657. **Ensaios céticos** – Bertrand Russell
658. **O melhor de Hagar 5** – Dik Browne
659. **Primeiro amor** – Ivan Turguêniev
660. **A trégua** – Mario Benedetti
661. **Um parque de diversões da cabeça** – Lawrence Ferlinghetti
662. **Aprendendo a viver** - Sêneca
663. **Garfield, um gato em apuros (9)** – Jim Davis
664. **Dilbert 1** – Scott Adams
665. **Dicionário de dificuldades** – Domingos Paschoal Cegalla
666. **A imaginação** – Jean-Paul Sartre
667. **O ladrão e os cães** – Naguib Mahfuz
668. **Gramática do português contemporâneo** – Celso Cunha
669. **A volta do parafuso** seguido de **Daisy Miller** – Henry James
670. **Notas do subsolo** – Dostoiévski
671. **Abobrinhas da Brasilônia** – Glauco
672. **Geraldão (3)** – Glauco
673. **Piadas para sempre (3)** – Visconde da Casa Verde
674. **Duas viagens ao Brasil** – Hans Staden
675. **Bandeira de bolso** – Manuel Bandeira
676. **A arte da guerra** – Maquiavel
677. **Além do bem e do mal** – Nietzsche
678. **O coronel Chabert** seguido de **A mulher abandonada** – Balzac
679. **O sorriso de marfim** – Ross Macdonald
680. **100 receitas de pescados** – Sílvio Lancellotti
681. **O juiz e o seu carrasco** – Friedrich Dürrenmatt
682. **Noites brancas** – Dostoiévski
683. **Quadras ao gosto popular** – Fernando Pessoa
684. **Romanceiro da Inconfidência** – Cecília Meireles
685. **Kaos** – Millôr Fernandes
686. **A pele de onagro** – Balzac
687. **As ligações perigosas** – Choderlos de Laclos
688. **Dicionário de matemática** – Luiz Fernandes Cardoso
689. **Os Lusíadas** – Luís Vaz de Camões
690. (11).**Átila** – Éric Deschodt
691. **Um jeito tranqüilo de matar** – Chester Himes
692. **A felicidade conjugal** seguido de **O diabo** – Tolstói
693. **Viagem de um naturalista ao redor do mundo** – vol. 1 – Charles Darwin
694. **Viagem de um naturalista ao redor do mundo** – vol. 2 – Charles Darwin
695. **Memórias da casa dos mortos** – Dostoiévski
696. **A Celestina** – Fernando de Rojas
697. **Snoopy (6)** – Charles Schulz
698. **Dez (quase) amores** – Claudia Tajes
699. **Poirot sempre espera** – Agatha Christie
700. **Cecília de bolso** – Cecília Meireles
701. **Apologia de Sócrates** precedido de **Êutifron** e seguido de **Críton** – Platão
702. **Wood & Stock** – Angeli
703. **Striptiras (3)** – Laerte
704. **Discurso sobre a origem e os fundamentos da desigualdade entre os homens** – Rousseau
705. **Os duelistas** – Joseph Conrad
706. **Dilbert (2)** – Scott Adams
707. **Viver e escrever (vol.1)** – Edla van Steen
708. **Viver e escrever (vol.2)** – Edla van Steen
709. **Viver e escrever (vol.3)** – Edla van Steen
710. **A teia da aranha** – Agatha Christie